[俄] 列夫·托尔斯泰 著

草婴 译

自述主题中短篇小说

ВОСПОМИНАНИЯ
回 忆

人民文学出版社

根据 Л.Н.ТОЛСТОЙ, СОБРАНИЕ СОЧИНЕНИЙ В 12 ТОМАХ（МОСКВА, ГОСЛИТИЗДАТ,1958–1959）翻译。

图书在版编目(CIP)数据

回忆/(俄罗斯)列夫·托尔斯泰著;草婴译. —北京:人民文学出版社,2021(2022.5重印)
(草婴译列夫·托尔斯泰中短篇小说全集)
ISBN 978-7-02-015982-6

Ⅰ.①回… Ⅱ.①列… ②草… Ⅲ.①中篇小说—小说集—俄罗斯—近代 ②短篇小说—小说集—俄罗斯—近代 Ⅳ.①I512.44

中国版本图书馆CIP数据核字(2021)第149425号

责任编辑	柏 英	
装帧设计	陶 雷	
责任印制	宋佳月	

出版发行	人民文学出版社	
社　　址	北京市朝内大街166号	
邮政编码	100705	
印　　刷	三河市博文印刷有限公司	
经　　销	全国新华书店等	
字　　数	299千字	
开　　本	890毫米×1290毫米　1/32	
印　　张	14.375　插页6	
印　　数	5001—7000	
版　　次	2021年8月北京第1版	
印　　次	2022年5月第2次印刷	
书　　号	978-7-02-015982-6	
定　　价	58.00元	

如有印装质量问题,请与本社图书销售中心调换。电话:010-65233595

列夫·托尔斯泰（摄于1849年）

1847年4月17日

　　……人生的目的是什么？无论我从什么角度出发来谈这个问题，无论我认为这个问题的根源在哪里，最后我总得出这样一个结论：人生的目的是尽一切可能促使一切存在着的东西得到全面发展。……

17 апреля 1847 года

　　...какая цель жизни человека? Какая бы ни была точка исхода моего рассуждения, что бы я ни принимал за источник оного, я прихожу всегда к одному заключению: цель жизни человека есть всевозможное способствование к всестороннему развитию всего существующего. ...

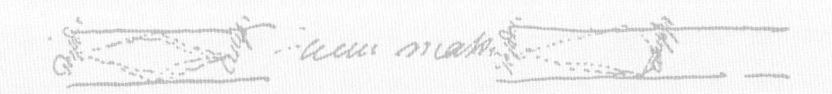

走进这座巍峨的大山

——序《草婴译列夫·托尔斯泰中短篇小说全集》

赵丽宏

二十多年前,曾经有报刊给我出题,要我推荐人类有史以来最伟大的十部小说。中国的小说,我首先想到的是《红楼梦》,外国的小说家,第一个出现在脑海里的就是列夫·托尔斯泰。然而,选他的哪一部小说? 我感到为难。《战争与和平》《安娜·卡列尼娜》《复活》,三部小说都是伟大的作品,选任何一部都不会辱没了这个小说的排行榜。我最后还是选了《战争与和平》,不过加了一个说明:托翁的这三部小说,难分高下,都可以入选。面对托尔斯泰和他的作品,再狂妄自大的家伙,也不敢发出不恭敬的声音。"伟大"这样的形容词,曾经被人用得很随便很泛滥,用来形容托尔斯泰,却是妥帖的。

托尔斯泰的形象和他的小说,似乎有些对不上号。照片和雕塑中那个满脸胡子的老人,更像一个普通的俄罗斯农夫。托尔斯泰是贵族,是大地主,但对贵族的头衔和田地钱财看得很轻。他把土地分给农奴,让农奴们恢复自由,自己也常常穿着粗布衣衫,操着农具,和农民一起在田野里劳动。但是,他的小说中表现的，却是那个时代知识分子最沉重最深刻的思考，他的小说中展现的宽阔雄浑的场景和丰富多彩的人物，让人叹为观止。他是一个小说家，也是一个哲学家，读他的那些哲学笔记，我也曾被他深邃的思想震惊。不是所有的小说家都在这样锲而不舍地寻找真理，探索人类的精神。他追求的是人与人之间的平等，希望人心向善，希望正义和善良能以和平的方式战胜邪恶。他是一个理想主义者，并用自己所有的生命和才华去追求这理想，尽管这理想在他的时代犹如云中仙乐、空中楼阁。他的向往和困惑，在小说中化成了有血有肉的人物，化成了让人叹息沉思的曲折人生。

如果认为托尔斯泰只写长篇小说，那就大错特错了。托尔斯泰一生写的中短篇小说，和其他篇幅不长的散文、特写、随笔、日记，不计其数。它们的数量和篇幅，也许远超托尔斯泰的长篇小说。人民文学出版社这次出版的由草婴翻译的列夫·托尔斯泰中短篇小说全集，篇幅浩瀚，有洋洋洒洒七卷之巨。它们的题材和内容极其丰富，几乎容纳和涵盖了托尔斯泰一生的经历和追求。这七卷中短篇小说的编排，没有以写作时间为序，而是根据不同的主题集合成卷。第一册《回忆》，是托尔斯泰的自传文字。多年前，人民文学出版社曾经出版过其中的三部曲《童年》《少年》《青年》，这是托尔斯泰早年的代表作。读这些回忆的篇章，可以生动地了解托尔斯泰最初的才华展露和精神成长。第二册《高加索回忆片段》，所选篇目都与托尔斯泰在高加索的经历有关——他在高加索亲历的战争生活，他对高加索问题、对战争问题的思考。第三册《两个骠骑兵》，作品多为军旅主题，表现俄罗斯贵族在军营中的哀怒喜乐,是了解俄国社会生活的一个特殊视角。第四册《三死》,所选作品都与死亡有关,如《三死》《伊凡·伊里奇的死》《费奥多尔·库兹米奇长老死后发表的日记》。思考死亡,表现死亡,其实也是对生活和生命的思考,托尔斯泰把自己对死亡的深邃见解,通过小说的人物故事,生动地传达给了读者。第五册《魔鬼》,并非写妖魔鬼怪,而是以欲望为主题的选篇,因其中有题为《魔鬼》的作品而取名。小说写的是情欲、财欲和权力之欲,思考的是人类的生存境况和命运走向,也传达了托尔斯泰的人生观。第六册《世间无罪人》,所选作品多与俄国社会问题有关,既有作家对俄国社会问题的关注,也有对人性的思考,表达着托尔斯泰对故土和人民的热爱。第七册《苏拉特的咖啡馆》是哲思主题的选篇。托尔斯泰是一位思想家,他一生都在做哲学的思考,晚年写过很多谈哲学的文章。而收在这里的小说,是以丰富多彩的故事、日记、人物对话以及别具一格的寓言,传达作家对生命之旅、对生活之道的探寻求索,对人类终极问题的深邃沉思。读这些小说,可以看到托尔斯泰是如何把他的哲思巧妙地融入了自己的小说。

列夫·托尔斯泰的中短篇小说,还是第一次如此完整系统地呈现给中国读者,通过这些作品,我们可以对这位文学巨匠有更全面和深刻的了解。托尔斯泰是一位创作态度极为严谨的作家,作品无论长短,他都一样用心对待。他曾经在为莫泊桑小说集写的序文中宣示自己的创作观。他认为,对任何艺术作品都应该从三个方面去评判:一是作品的内容,必须真实地揭示生活的本质,"作者对待事物正确的,即合乎道德的态度";二是作品表现形式的独特和优美的程度，以及与内容的相符程度，"叙述的畅晓或形式美"；三是真诚，即"艺术家对他所描写的事物的爱憎分明的真挚情感"。他认为，作家是否有真诚的态度，是决定作品成败的关键。他用这三个标准批评他人的作品，也用这三个标准指导自己的创作。读托尔斯泰的中短篇小说，和读他的长篇小说一样，我们都能感受到他所遵循的这三条原则，感受到他的正直、独特和发自灵魂的真诚。这也许正是托尔斯泰成就他非凡的文学人生的秘诀。

中国读者能如此完整地读到托尔斯泰的中短篇小说，要感谢翻译家草婴先生。"草婴"这两个字，在我心里很早就是一个响亮的名字，在小学时代，我就读过他翻译的俄苏小说，他翻译的长篇巨著《一个人的遭遇》和《新垦地》，让中国人认识了肖洛霍夫。草婴的名字和很多名声赫赫的俄苏大作家连在一起——莱蒙托夫、托尔斯泰、巴甫连柯、卡达耶夫、尼古拉耶娃……在中国的俄罗斯文学翻译家中，他是坚持时间最长、译著最丰富的一位。

四十年前，我刚从大学毕业，分在《萌芽》当编辑，草婴的女儿盛姗姗是《萌芽》的美术编辑，她告诉我，她父亲准备把托尔斯泰的所有小说作品全部翻译过来。我当时有点儿吃惊，这是何等巨大的工程，完成它需要怎样的毅力和耐心。托尔斯泰的长篇小说，在草婴翻译之前早已有了多种译本。然而托尔斯泰小说的很多中译本，并非直接译自俄文，而是从英译本或者日译本转译过来，便可能失去了原作的韵味。草婴要以一己之力，根据俄文原作重新翻译托翁所有的小说，让中国读者能读到原汁原味的托尔斯泰作品，是一个极有勇气和魄力的决定。草婴先生言而有信，此后的岁月，不管窗外的世界发生多大的变化，草婴先生一直安坐书房，专注地从事他的翻译工作，把托尔斯泰浩如烟海的小说文字，一字字、一句句、一篇篇、一部部，全都准确而优雅地翻译成中文。我和草婴先生交往不多，有时在公开场合偶尔遇到，也没有机会向他表达我的敬意。但这种敬意，在我读他翻译的托尔斯泰小说时与日俱增。二〇〇七年夏天，《世界文学》原主编、翻译家高莽在上海图书馆举办画展。高莽先生是我和草婴先生共同的朋友，他请我和草婴先生作为嘉宾出席画展。那天下午，草婴先生由夫人陪着来了。在开幕式上，草婴先生站在图书馆大厅里，面对着读者慢条斯理地谈高莽的翻译成就，谈高莽的为人，也赞美了高莽为几代作家的绘画造像。他那种认真诚恳的态度令人感动，也让我感受到他对友情的珍重。在参观高莽的画作时，有一个中年女士手里拿着一本书走到草婴身边，悄悄地对他说："草婴老师，谢谢您为我们翻译托尔斯泰！"她手中的书是草婴翻译的《复活》。草婴为这位读者签了名，微笑着说了一声"谢谢"。高莽先生在一边笑着说："你看，读者今天是冲着你来的。大家爱读你翻译的书。"那天画展结束后，高莽先生邀请我到他下榻的上图宾馆喝茶，一边说话，一边为我画一幅速写。高莽告诉我，他佩服草婴，佩服他的毅力，也佩服他作为一个翻译家的认真和严谨。他说，能把托尔斯泰所有的小说作品都转译成另外一种文字，全世界除了草婴没有第二人。高莽曾和草婴交流过翻译的经验，草婴介绍了他的"六步翻译法"。草婴说，托尔斯泰写《战争与和平》用了六年时间，修改了七遍，要翻译这部伟大的杰作，不反复阅读原作怎么行？起码要读十遍二十遍！翻译的过程，也是探寻真相的过程,为小说中的一句话、一个细节,他会查阅无数外文资料,请教各种工具书。有些翻译家只能以自己习惯的语言转译外文,把不同作家的作品翻译得如出自一人之笔,草婴不屑于这样的翻译。他力求译出原作的神韵,这是一个精心琢磨、千锤百炼的过程。其中的艰辛和甘苦,只有认真从事翻译的人才能体会。高莽对草婴的钦佩发自内心,他说,读草婴的译文,就像读托尔斯泰的原文。作为俄文翻译同行,这也许是至高无上的赞誉了。

今天我们读到的这套托尔斯泰的中短篇小说全集,凝聚着草婴先生后半生的心血,其中的每一篇作品,都是他的智慧和心血的结晶。草婴先生的翻译,在托尔斯泰和中国读者之间,在俄罗斯文学和中国文学之间,架起了一座恢宏坚实的桥梁。托尔斯泰在天有灵,应该也会感谢草婴,感谢他的这位中国知音。他用一生心血创作的小说作品,被一位中国翻译家用一生的心血翻译成中文,这是怎样的一种深缘。

我很多年前访问俄罗斯,有一个很大的遗憾,就是没有去看看托尔斯泰的庄园,没有去祭扫一下托尔斯泰的墓。托尔斯泰的墓,被茨威格称为"世界上最美的、最感人的坟墓"。这位大文豪的归宿之地,"只是树林中的一个小小长方形土丘,上面开满鲜花,没有十字架,没有墓碑,没有墓志铭,连托尔斯泰这个名字也没有",但这却是世上最宏伟的墓地,因为,里面长眠着一个伟大的灵魂,他在全世界都有知音。

在当时的苏联作家协会的花园里,有一座托尔斯泰的雕像,他穿着那件典型的俄罗斯长衫,坐在椅子上,表情忧戚地注视着每一个来访者。我在他的雕像前留影时，感觉自己是站在一座巍峨的大山脚下。现在，用中文阅读托尔斯泰这些展露心迹的中短篇小说，感觉是走进了这座巍峨的大山，慢慢走，细细看，可以尽情感受山中的美妙天籁和浩瀚气象。

二〇二一年三月七日于四步斋

目 次

童年 ………………………………… 001
少年 ………………………………… 117
青年 ………………………………… 205
回忆 ………………………………… 371
沃土：日记摘录 …………………… 437

童 年

第一章　教师卡尔·伊凡内奇

一八××年八月十二日,也就是我满十岁生日、得到许多精美礼物后的第三天,早晨七点钟,卡尔·伊凡内奇用糖纸绑在棒上做成的苍蝇拍在我头顶上方拍苍蝇,把我弄醒了。他动作笨拙,碰到了挂在栎木床架上我的守护神,还让死苍蝇一直落到我的头上。我从被子下露出鼻子,用手扶住还在摇晃的圣像,把死苍蝇扔到地上,又睡意蒙眬而怒气冲冲地瞪了卡尔·伊凡内奇一眼。卡尔·伊凡内奇身穿一件花哨的棉睡袍,腰束一条同样料子的腰带,头戴一顶红色的毛线带缨子小圆帽,脚穿一双山羊皮靴,一直顺着墙壁走来走去,瞄准苍蝇就拍。

"就算我年纪小,"我想,"他凭什么吵醒我?他为什么不在伏洛嘉床边打苍蝇?瞧,他那边有多少!哼,伏洛嘉比我大,我比谁都小,所以他就欺负我。他一辈子就是跟我过不去,"我嘀咕说,"他明明看到我被他弄醒,吓了一跳,却装作没有看见……这家伙真是讨厌!他的睡袍、小圆帽、帽缨,没有一样不叫人恶心!"

我心里这样恨着卡尔·伊凡内奇,他却走到自己床前,望了望床头上方那个台座上镶玻璃珠的挂钟,把苍蝇拍挂到钉子上,心情愉快地向我们转过身来。

"起来，孩子们，起来！该起来了，妈妈已在饭厅里等着了。"①他和颜悦色地用德语大声说，走到我床边坐下，又从口袋里掏出鼻烟壶。我假装睡着了。卡尔·伊凡内奇先嗅了一撮鼻烟，擦擦鼻子，弹弹手指，再来对付我。他笑着搔搔我的脚后跟，说："喂，喂，懒骨头！"

尽管我很怕痒，我仍不起床，也不理他，只是把头往枕头底下钻，两脚乱踢，竭力忍住不笑出声来。

"他这人多好，他多爱我们，可我却把他想得那么坏！"

我恨自己，也恨卡尔·伊凡内奇，我又想笑，又想哭，心情很激动。

"哦，别碰我，卡尔·伊凡内奇！"我含着眼泪叫道，从枕头底下伸出头来。

卡尔·伊凡内奇大为惊讶，放下我的脚，焦急地问我是怎么回事，是不是做了噩梦？他那和善的德国脸型，他竭力要弄清我流泪的原因，这种关怀使我哭得更伤心了。我感到害臊，我真弄不懂，一分钟之前我怎么会不喜欢卡尔·伊凡内奇，甚至讨厌他的睡袍、小圆帽和帽缨？现在，正好相反，我觉得他的一切都非常可爱，连他的帽缨也表明他这人十分善良。我对他说，我哭是因为做了噩梦，我梦见妈妈②死了，她被抬去埋葬。其实这都是我瞎编的。我一点儿也不记得夜里做过什么梦。但卡尔·伊凡内奇却被我瞎编的故事所感动，连忙安慰我。这时，我仿佛觉得真的做过噩梦，而我流泪则是由于别的原因。

等卡尔·伊凡内奇一走，我就从床上抬起身来，把长筒袜往小

---

① 楷体文字在原著中是德语，以下不再一一加注，其他语言另注。——编者注
② 文中以楷体标示的"妈妈"均为法语。——编者注

脚上穿，我的眼泪减少些，但由那场瞎编的噩梦所引起的阴郁心情却一直没有消除。男仆尼古拉走来，他身材矮小，外表整洁，做事认真仔细，待人彬彬有礼，是卡尔·伊凡内奇的好朋友。他给我们送来衣服和鞋，给伏洛嘉送来靴子，给我送来我当时很不喜欢的带花结皮鞋。我不好意思在他面前哭，再说朝阳正喜气洋洋地从窗子里照进来，伏洛嘉站在洗脸盆旁模仿玛丽雅·伊凡诺夫娜（姐姐的家庭教师）的动作，笑得那么快乐、那么响亮，连那站在旁边、肩上搭着毛巾、一手拿肥皂一手拿脸盆的严肃的尼古拉都忍不住笑着说："好了，伏洛嘉少爷，您洗脸吧。"

我快活极了。

"你们快准备好了吗？"教室里传来卡尔·伊凡内奇的声音。

卡尔·伊凡内奇的声音很严厉，已不是使我感动得落泪的那种语气。在教室里，卡尔·伊凡内奇完全变成另一个人，他是个十足的老师。我赶快穿好衣服，洗好脸，手里还拿着刷子，边抚平湿漉漉的头发，边应声走进教室。

卡尔·伊凡内奇戴着夹鼻眼镜，手里拿着一本书，坐在门窗之间他坐惯的地方。门左边有两个书架：一个是我们孩子们的，另一个是卡尔·伊凡内奇私人的[①]。我们的书架上摆着各种各样的书：有教科书，也有课外读物，有些竖着，有些平放着，只有两大卷红封面的《游记》[②]整整齐齐地靠墙竖着，然后是大大小小、长短厚薄不等的书，有的有封面，有的没有封面。每当课间休息前，卡尔·伊凡内奇总是吩咐我们整理图书馆（他就是这样把书架夸大为图书馆

[①] 加着重号文字在原著中是斜体，以下不再一一加注。——编者注
[②] 原文是法语。

的），我们就胡乱把书往那里塞。卡尔·伊凡内奇的私人藏书册数虽没有我们多，但种类却五花八门。我还记得其中的三本：一本是没有硬封面的德文小册子，内容是讲大白菜的施肥方法；一本是羊皮纸精装，但烧去一角的《七年战争史》；另一本是《流体静力学》教程。卡尔·伊凡内奇大部分时间都用在读书上，因此伤了眼睛。但除了这些书和《北方蜜蜂》①外，他什么书也不读。

卡尔·伊凡内奇的书架上有一件最使我难忘的东西。那是一小片圆形纸板，下面支着木腿，可以利用几根小钉子移动。圆纸板上贴着一张图画，画的是一个贵妇人和一个理发师。这件东西，卡尔·伊凡内奇做得很精巧，是他自己设计的，用来遮住强烈的光线，保护自己视力很差的眼睛。

我至今仿佛还看见卡尔·伊凡内奇：瘦长的个子，身穿棉睡袍，头戴小红帽，帽子下露出稀疏的白发。他坐在小桌旁，桌上竖着画有理发师的小圆纸板，圆纸板的阴影就落在他脸上。他一只手拿着书，另一只手搭在安乐椅扶手上，面前放着一个钟面上画着猎人的钟，还有一条方格手帕、一个圆形黑色鼻烟壶、一个绿色眼镜盒和一把放在小托盘里的剪烛花的钳子。一切都整整齐齐，井井有条。单从这一点就可以看出，卡尔·伊凡内奇是个心地纯洁、襟怀坦白的人。

有时，我在楼下大厅里玩够了，就踮着脚尖悄悄上楼，往往可以看到卡尔·伊凡内奇独自坐在安乐椅上，神态安详端庄地读着一本他喜爱的书。有时遇到他不在读书，眼镜低低地架在大鹰钩鼻上，那双蓝色的眼睛半开半闭，现出一种特别的表情，嘴唇上浮着忧郁

---

① 《北方蜜蜂》——一种保守的政治、文学刊物，一八二五年至一八六四年在彼得堡出版。

的微笑。房间里静悄悄的,只听见他均匀的呼吸和那座画有猎人的时钟的嘀嗒声。

他往往没有发现我,我就站在门口想:"老头儿真可怜,真可怜!我们人多,一起玩呀,乐呀,可他孤零零一个人,也没有人安慰他。他说他是个孤儿,这是事实。他的身世真是不幸!我记得他给尼古拉讲过这方面的事,真是可怜!"我非常可怜他,常常走到他跟前,拉住他的手说:"亲爱的卡尔·伊凡内奇!"他喜欢我这样称呼他,总是抚摩我,心里显然很感动。

另一面墙上挂着几幅地图,破得很厉害,但被卡尔·伊凡内奇精心修补好了。第三面墙中间有一道门通向楼梯,门的一边挂着两把尺:一把刀痕累累,是我们的;另一把完好无损,是他私人的,但多半被用来训诫人,难得用来画线。门的另一边挂着一块黑板,黑板上用圆圈表示我们大的过错,用十字表示我们小的过错。黑板左边的角落是我们被罚跪的地方。

这个角落令我终生难忘!我记得那个炉门,炉门上的通风口,以及转动它时发出的响声。有时,我跪着,跪着,觉得腰酸背痛,心里想:"卡尔·伊凡内奇把我给忘了,他准是舒舒服服坐在柔软的安乐椅上,读他的《流体静力学》,可是我呢?"为了使他想到我,我就轻轻地把炉门打开又关上,或者从墙上挖下一块灰泥,但要是有块太大的灰泥嘭的一声落到地上,我心里那份害怕啊,真是比什么惩罚都难受。我回头望望卡尔·伊凡内奇,可他依旧捧着书在那里读,仿佛什么也没有察觉。

房间中央摆着一张桌子,桌上铺着一块黑色破漆布,窟窿里许多地方露出被铅笔刀划出道道的桌子边缘。桌子周围放着几张凳子,凳子没有漆过，但因为使用久了磨得发亮。剩下的一面墙上有三扇小窗，窗外的景色是这样的：正前方有一条大路，路上每个坑洼、每颗石子、每条车辙都是我早就熟悉和感到亲切的；过了大路就是一条修剪得整整齐齐的菩提树林荫道，透过林荫道可以隐约看见几处篱笆，林荫道之后有一片草地，草地一边是打谷场，另一边是树林，树林深处有看林人的小屋。从窗口向右望，可以看见凉台一角，午饭前大人们常坐在那里。当卡尔·伊凡内奇批改听写卷子的时候，我常常往那里看，我能看见妈妈的黑头发和谁的脊背，并隐约听见那里的谈话和笑声。我不能到那里去，总感到很气恼，心里想："我几时才能长大，不再念书，不再死读《会话课本》，而同我喜欢的人坐在一起呢？"气恼变成悲伤，天知道我怎么会这样想得出了神，连卡尔·伊凡内奇发现卷子上的错误发脾气我都没有听见。

卡尔·伊凡内奇脱下睡袍，穿上他那件肩上有垫肩和打褶的藏青燕尾服，在镜子前理好领带，这才领着我们下楼去向妈妈请安。

第二章　妈　妈

妈妈坐在客厅里斟茶。她一手扶着茶壶，一手按着茶炊龙头，龙头里的水流出来漫过茶壶口，溢到托盘里。尽管她目不转睛地望着，却没有发现这情况，也没有发现我们进去。

当我们竭力回忆亲人的相貌时，许多往事就会涌上心头，通过这种回忆，就像通过眼泪一样，看到的形象往往模糊不清。这是含泪的回忆。当我竭力回忆妈妈当年的音容笑貌时,我只能看到她那双永远流露着慈爱的棕色眼睛、她脖子上那颗生在鬈曲短发下的黑痣、她那雪白的绣花衣领、她那常常爱抚我并让我亲吻的细嫩的手,但我无法在头脑里再现她的整个神态。

沙发左边摆着一架古老的英国三角钢琴,钢琴前面坐着我那个皮肤黑黑的姐姐柳波奇卡,她那双刚在冷水里洗过的红红的小手紧张地弹着克莱曼蒂①练习曲。她那时才十一岁,穿一件短短的麻布连衣裙、一条镶花边的雪白长裤,还只能用琶音②弹八度音。她旁边侧坐着玛丽雅·伊凡诺夫娜。玛丽雅·伊凡诺夫娜头戴有红缎带的睡帽,身穿天蓝色短袄,脸色通红,怒容满面。卡尔·伊凡内奇一进来,她的脸色就更加严峻。她严厉地对他望望,也不还礼,仍用脚踏着拍子,声音更响更严厉地数着:"一,二,三;一,二,三。"

卡尔·伊凡内奇对此毫不介意,还是照例按德国人的礼节走到妈妈跟前吻她的小手。她醒悟过来,摇摇头,仿佛想甩掉愁思,把手伸给卡尔·伊凡内奇,并在他吻手的时候吻了吻他那皱纹密布的鬓角。

"谢谢您,亲爱的卡尔·伊凡内奇。"她接着用德语问道:"孩子们睡得好吗?"

卡尔·伊凡内奇的一只耳朵本来就聋,此刻在钢琴声中更是什么也听不见。他向沙发弯下腰,一手撑着桌子,单腿站着,带着当时我觉得极文雅的笑容掀了掀头上的帽子说:"纳塔丽雅·尼古拉耶夫娜,您能原谅我吗?"

---

① 克莱曼蒂(1752—1832)——意大利作曲家和钢琴家。
② 琶音——顺序奏出和弦中各个音。原文是意大利语。

卡尔·伊凡内奇害怕秃头着凉，总是不摘掉他那顶小红帽，但每次走进客厅，总要请求人家的原谅。

"戴上吧，卡尔·伊凡内奇……我问您，孩子们睡得好吗？"妈妈向他靠近一些，相当大声地说。

但他还是什么也没有听见，用小红帽盖住秃头，笑得更和蔼可亲了。

"您停一停，咪咪①，"妈妈含笑对玛丽雅·伊凡诺夫娜说，"什么也听不见。"

妈妈的相貌本来就很美，她一笑就更加迷人，仿佛周围一切也都显得喜气洋洋。在生活最痛苦的时刻，只要看一眼她的笑容，我就不知道什么叫悲哀了。我觉得相貌美不美就在于一笑；如果一笑能增添魅力，这脸就是美的；如果一笑不能改变相貌，这脸就平平常常；如果一笑损害了相貌，这脸就是难看的。

妈妈同我打过招呼后，双手托起我的头，注视着我的眼睛说："你今天哭过啦？"

我没有回答。她吻吻我的眼睛，又用德语问道："你哭什么呀？"她同我们亲切交谈时，总是用她精通的德语说话。

"我做梦哭了，妈妈。"我说。我一想到虚构的噩梦细节，不禁浑身哆嗦。

卡尔·伊凡内奇证实我的话，但只字不提梦里的事。大家又谈到天气，咪咪也参加谈话。然后妈妈拿了六块糖放在托盘里送给几个受尊敬的老家人，自己站起身，走到窗口的绣架旁。

---

① 咪咪——玛丽雅的法文小名。

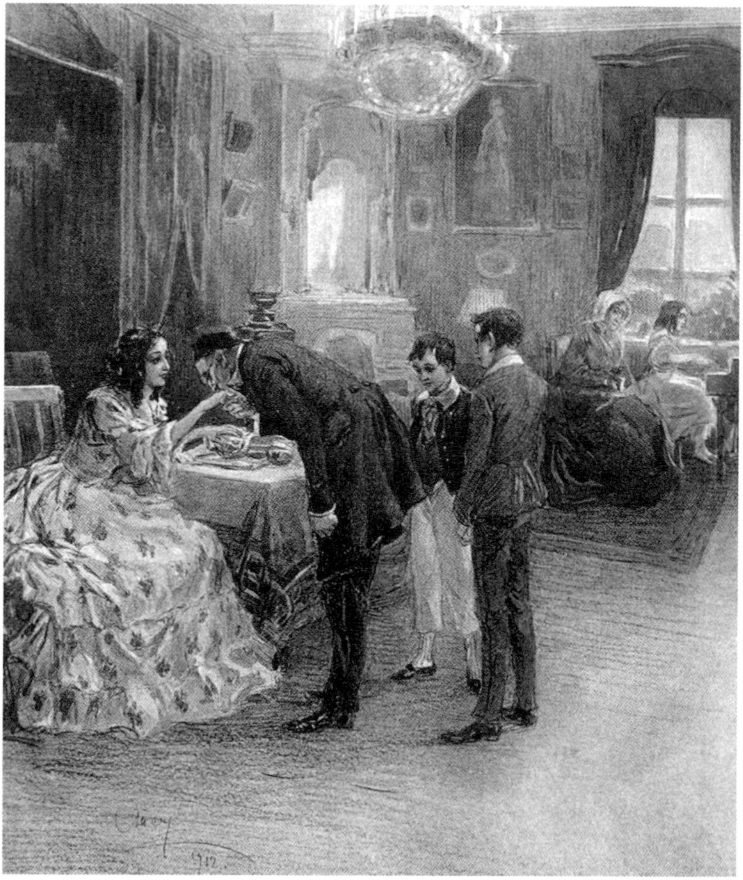

"好，孩子们，现在你们到爸爸那儿去，叫他去打谷场前务必先到我这儿来一下。"

又是音乐，数拍子，又是严厉的目光。我们就到爸爸那儿去。我们穿过从祖父时代起就称作男仆室的房间，走进书房。

第三章　爸　爸

爸爸站在写字台旁，指着一些信封、文件和几扎钞票，情绪激动，生气地对管家雅科夫·米哈伊洛夫说着什么。管家站在他站惯的房门和晴雨表之间，把双手放在背后，手指迅速乱动着。

爸爸越是激动，管家的手指就动得越快；反过来，爸爸不作声，管家的手指也就不动了。但雅科夫自己说话的时候，手指就上下左右拼命乱动。从他手指的动作上，我觉得可以猜透他的心思；他的神态泰然自若，说明他既意识到自己的尊严，也没有忘记是受制于人的，他仿佛在说："我是对的，但听您的便！"

爸爸看见我们，只说了一声："等一等，马上就好。"

接着他用头示意，要我们哪一个把门关上。

"唉，老天爷！你今天是怎么了，雅科夫？"他耸耸一边的肩膀（他有这个习惯），继续对管家说，"这个装着八百卢布的信封……"

雅科夫拉近算盘，拨了个八百，目光茫然地等着下文。

"……我出门后用作家里开销。你明白吗？你从磨坊那里可以收一千卢布……对不对？你从国库可以收回八千卢布押金；干草，照你估计可以卖七千普特①，每普特算他四十五戈比，你就可以收到三千卢布；这样，你总共可以收到多少钱？一万二千卢布……对不对？"

"对，老爷。"雅科夫说。

但从他手指乱动上我看出他要提出不同意见，但爸爸打断他的话："好吧，你要从这些钱里替彼得洛夫斯科耶付一万卢布给委员会。账房里存的钱，"爸爸继续说（雅科夫抹掉原来的一万二千，打上二万一千），"现在你去给我拿来，就付今天的账。（雅科夫抹掉算盘珠，把算盘翻过来，显然表示那二万一千卢布也没有了。）这封信你替我转给收件人。"

我就站在桌子附近，瞟了一眼信封上的字，只见上面写着：卡尔·伊凡内奇收。

爸爸大概发现我看了不该看的东西，把手放在我的肩上，轻轻把我从桌旁推开。我不知道他这是对我的爱抚还是责备，但不管怎样我还是吻了吻那只搭在我肩上的青筋毕露的大手。

"是，老爷，"雅可夫说，"关于哈巴洛夫卡那笔钱您有什么吩咐？"

哈巴洛夫卡是妈妈的庄园。

"存在账房里，没有我的吩咐绝对不准动用。"

雅科夫沉默了几秒钟，接着，他的手指更快地动起来。他一改听主人吩咐时那种呆头呆脑、唯命是从的样子，又露出他那老奸巨猾的神气，把算盘往跟前一拉，说："请允许我向您禀告，彼得·亚历山德雷奇，不论您高兴怎样，委员会那笔钱是不可能如期付清的。

---

① 1普特合16.38公斤。

您老爷说,"他有板有眼地继续说,"我们可以从押金、磨坊、干草上收到钱……(他说着这些项目,在算盘上打出数字。)但我怕我们算错了。"他沉默了一会儿,意味深长地瞧了爸爸一眼,添加说。

"为什么?"

"您瞧,关于磨坊的事,磨坊老板已来找过我两次,要求延期付款,赌咒发誓,说他没有钱……他现在就在这儿,您愿不愿意当面同他谈谈?"

"他有什么要说的?"爸爸问,摇摇头表示他不愿同磨坊老板谈话。

"他会说什么吗?他会说生意一点儿也没有,他仅有的几个钱都用在水坝上了。老爷,如果我们把他解职,那又有什么好处呢?至于说到押金,我好像已向您报告过,我们的钱投到那里,是不可能很快就收回来的。前几天,我往城里给伊凡·阿法纳西奇运去一车面粉,顺便问起这件事,可他老人家回答的还是那一套,说什么他很愿意为彼得·亚历山德雷奇效劳,但他做不了主。由此看来,再过两个月您也未必能收到这笔款子。至于您说到的干草,假定可以卖三千卢布……"

他把算盘珠拨上三千,停了停,一会儿望望算盘,一会儿望望爸爸的眼睛,那副神气仿佛说:"您自己瞧,这数目太少了!要是现在我们把干草卖出去,还得亏本,这您明白……"

看来他还有一大堆理由,因此爸爸没让他再说下去。

"我不改变主意,"爸爸说,"但如果这些款子确实要拖延一阵才能收到,那也没有办法,只能动用哈巴洛夫卡那笔钱了。"

"是,老爷。"

从雅科夫的脸色和手指动作上可以看出，最后这个吩咐使他感到很满意。

雅科夫原是个农奴，对主人忠心耿耿，做事十分卖力。他像一般好管家那样，替主人精打细算，对主人的利益抱有古怪的看法。他总是千方百计损害女主人的财产以增添男主人的财产，因此竭力证明，非动用女主人庄园的全部收入来贴补彼得洛夫斯科耶（我们居住的村庄）不可。此刻他得意扬扬，因为在这方面完全如愿以偿。

爸爸跟我们打过招呼后说，我们在乡下玩得也够了，我们不再是孩子，应该好好念书了。

"我想你们已经知道，我今晚要去莫斯科，要把你们带去，"他说，"你们将住在外婆家，妈妈跟女孩子们留在这儿。你们要知道，只要听到你们学习成绩优良，大家对你们满意，妈妈就会感到欣慰。"

尽管这几天我们已有所准备，料到会发生什么不寻常的事，这个消息还是使我们大吃一惊。伏洛嘉脸涨得通红，声音哆嗦地传达了妈妈让他捎的话。

"原来我的梦预兆的是这么一回事！"我想，"但愿不要再发生什么更糟的事。"

我非常非常舍不得妈妈，但一想到我们已经长大，心里感到很高兴。

"如果我们今天就走，那就一定不会上课了。这太妙了！"我想，"但我很舍不得卡尔·伊凡内奇。他准被辞退了，要不然也不会给他准备那个信封……最好一直在家里念书，永远不走，不离开妈妈，不让可怜的卡尔·伊凡内奇伤心。他本来就够不幸的了！"

这些思想在我头脑里掠过。我一动不动，凝视着我鞋子上的黑色花结。

爸爸跟卡尔·伊凡内奇又谈了几句晴雨表下降的事，还吩咐雅可夫不要喂狗，好在吃过午饭、临走前试一试小猎狗。随后出乎我的意料，他竟要我们去上课，但又安慰我们说，要带我们去打猎。

我上楼时顺便到凉台上看一看。爸爸心爱的老猎狗米尔卡正眯缝着眼睛躺在门口晒太阳。

"米尔卡，"我抚摩着它，吻着它的嘴脸说，"我们今天就要走了。别了！我们再也见不到了。"

我大动感情，哭了起来。

第四章　上　课

卡尔·伊凡内奇心情很不好。这从他紧锁双眉，从他把礼服扔进五斗柜，怒气冲冲地束紧腰带，用指甲使劲在书上标明要我们背诵的段落等动作上都可以看出。伏洛嘉学习得很认真，我却心烦意乱，什么事也做不成。我茫然地望着会话课本，但一想到眼前的离别，不禁热泪盈眶，再也读不下去。轮到我给卡尔·伊凡内奇读那段会话，他眯缝着眼睛听着我读（这是一种不好的兆头）。读到一个人说"您从哪儿来？"，另一个回答说"我从咖啡馆来"时，我再也忍不住而失声痛哭，说不出下面一句"您没有看过报吗？"上书法课时，我的眼泪落在纸上，墨水洇开来，就像用水写在包装纸上似的。

卡尔·伊凡内奇很生气，罚我下跪，骂我脾气倔，装腔作势（这是他的口头禅)。他拿戒尺威吓我,要我讨饶,我却因不断抽噎,说不出话来。最后,他大概觉得自己这样做不好,就走进尼古拉的房间,砰的一声关上门。

从教室里可以听见下房里的谈话。

"孩子们要去莫斯科。你听说了吗,尼古拉?"卡尔·伊凡内奇走进屋里说。

"是啊,听说了。"

尼古拉准是想站起来,因为卡尔·伊凡内奇说:"坐着吧,尼古拉!"说着他就把门关上。我离开墙角,走到门边偷听。

"不论你替人家做了多少好事,不论你怎样忠心耿耿,也别指望人家感激你。你说是吗,尼古拉?"卡尔·伊凡内奇不胜感慨地说。

尼古拉坐在窗口补靴子,点点头回答。

"我在这个家里生活了十二年,我可以对上帝起誓,尼古拉。"卡尔·伊凡内奇继续说,眼睛望着天花板,高高地举起鼻烟壶,"我爱护他们,照顾他们,超过自己的孩子。你记得吗,尼古拉,伏洛嘉那次发高烧,我九天九夜坐在他床边没有合过眼。是啊!那时我卡尔·伊凡内奇是个亲爱的好人,那时他们用得着我,可现在呢?"他带着调侃的语气微笑着说,"如今孩子们长大了,他们要认真学习了,"仿佛他们在这儿没学习似的,"尼古拉,你说呢?"

"好像还得学习。"尼古拉放下锥子,双手拉着麻绳说。

"是的,现在用不着我了,要把我赶走了,答应过的话到哪里去了?哪里有一点儿感激的意思?我敬爱纳塔丽雅·尼古拉耶夫娜,尼古拉,"他一只手按着胸口说,"但她又怎样呢?在这个家里,她的主意就是这么一回事。"他说着富有表情地把一小块碎皮子扔到地上,"我知道这是谁出的鬼主意,为什么不要我了,因为我不会像有些人那样奉承拍马,随声附和。我一向对谁都说实话,"他傲然地说,"让他们去吧!我不在,他们也不会发财。我呢,上帝保佑,总能找到一口饭吃的……是不是,尼古拉?"

尼古拉抬起头来,望望卡尔·伊凡内奇,似乎想证实他是不是真的能找到一口饭吃,但他什么话也没有说。

卡尔·伊凡内奇又这样说了好一阵。他谈到他以前住在某将军家里,他们很赏识他的能力(我听到这里,心里很难过),谈到萨克森,谈到他的父母,谈到他的朋友桑海特裁缝,等等。

我很同情卡尔·伊凡内奇的悲伤。我对父亲和对卡尔·伊凡内奇几乎同样敬爱,一想到他们相互不能理解,就感到很难过。我回到角落,跪在地上,考虑怎样使他们言归于好。

卡尔·伊凡内奇回到教室,吩咐我站起来,准备好听写的练习簿。等一切都准备好了,他就威严地坐到安乐椅上,用一种发自胸腔的声音口授:"一切缺点中最可怕的是……写好了吗?"他停了一停,慢吞吞地吸了一撮鼻烟,打起精神,接着说,"最可怕的是忘——恩——负——义……第一个字母大写。"我写好最后一个字,望了他一眼,等他往下说。

"句号。"他含着一丝隐约的微笑,示意要我们把练习簿交给他。

他抑扬顿挫地反复念着这句格言,得意扬扬地表达着他的心情。然后坐到窗口给我们上历史课。他的脸色已不像原来那样忧郁,显出一个人在受侮辱出了气后的轻快神态。

已是一点差一刻了,但卡尔·伊凡内奇仿佛还不想放我们走,他接连不断地给我们上新课。无聊和食欲以同样的速度增长着。我迫不及待地注意着快吃午饭的种种迹象。一会儿听见女仆拿着擦子去洗盘子；一会儿听见饭厅里食具叮当作响，以及搬桌子和椅子的声音；一会儿听见咪咪、柳波奇卡和卡金卡（卡金卡是咪咪的女儿，今年十二岁）从花园进来，但没有看见管家福卡，平时每次开饭总是由他宣布的。只有他一来，我们才可以抛下书本，不管卡尔·伊凡内奇，跑下楼去。

这时楼梯上传来了脚步声，但这不是福卡！我熟悉他的脚步声，总能听出他靴子的吱咯声。门开了。门口出现了一个我完全不认识的人。

第五章　疯　修　士

屋里进来一个人，五十岁光景，长脸盘，脸色苍白，满脸麻子，留着长长的白发和稀疏的红棕色胡子。他身材非常高大，进门不但要低下头，连整个身子都得弯下来。他穿着一件破衣，又像农民的长袍，又像神父的内长衣；手里拄着一根大拐杖。他走进屋来，拼命用拐杖敲着地板，扬起眉毛，嘴张得老大，非常可怕、非常不自然地哈哈大笑。他瞎了一只眼睛，这只眼睛的眼白不住地乱转，使他那本来就很丑的脸显得格外可憎。

"啊哈！捉住了！"他叫道，小步跑到伏洛嘉跟前，抱住他的头，仔细察看他的头顶，然后神态严肃地离开他，走到桌旁，往漆布下吹气，又在上面画十字。"哦，真可怜！哦，真难过！小宝贝们……

要飞走了。"他用悲伤得发抖的声音说，感伤地望着伏洛嘉，用袖子擦擦掉下来的眼泪。

他的声音沙哑粗野，动作慌张冲动，说话前言不搭后语（他从不用代词），但语调昂扬动听，焦黄的丑脸上有时露出不加掩饰的悲哀神色。听他讲话，不能不使人产生又是惋惜、又是恐惧、又是感伤的复杂情绪。

他就是疯修士，云游僧格里沙。

他从哪儿来？他的父母是谁？什么原因促使他过云游生活？谁也不知道。我只知道他从十五岁起就成了众所周知的疯修士，一年四季，不论冬夏，他都赤脚走路，朝拜修道院，把小圣像送给他喜爱的人，说些古怪难懂的话，有人就把这些话看作预言。他从来就是这个样子。有时他去我外婆家，有人说他是有钱人家的不幸子弟，天性纯洁，又有人说他是庄稼汉，懒鬼。

我们期待已久的严守时刻的福卡终于出现了，我们就下楼去。格里沙一面哭，一面继续语无伦次地说话，跟在我们后面，用拐杖敲着楼梯。爸爸和妈妈手挽着手在客厅里踱来踱去，低声交谈着。玛丽雅·伊凡诺夫娜正襟危坐在跟长沙发摆成直角的单人沙发上，严厉但压低声音教训着坐在旁边的姑娘们。卡尔·伊凡内奇一走进去，她瞅了他一眼，立刻转过身去，脸上的表情仿佛在说："我没注意您，卡尔·伊凡内奇。"从姑娘们的眼色中可以看出，她们急于要告诉我们一个重大消息，但要是离开座位走到我们跟前，那是违反咪咪的规矩的，我们得先走到她跟前，说一声"您好，咪咪！"立正行个礼，然后才能加入谈话。

咪咪可真是个讨厌的女人！在她面前总是什么话也不能说，什么事她都认为不成体统。此外,她总是喋喋不休地要我们"讲法语",但当时我们有意跟她为难,偏偏讲俄语。要不就是在吃饭的时候,你刚吃到一样可口的菜,希望没有人来打扰你,可她少不了要说"就着面包吃,"或者"你这是怎么拿叉子的?"我就想:"她跟我们有什么相干!让她去教教她那些女孩子好了,我们有卡尔·伊凡内奇。"我像他一样对有些人非常憎恨。

"去求求妈妈,让他们带我们去打猎。"当大人们领头到餐厅去的时候,卡金卡拉拉我的短袄,低声说。

"好的,让我们试试。"

格里沙在餐厅里吃饭,但单独在一张小桌旁,他眼睛盯住盘子,偶尔叹一口气,做着可怕的鬼脸,仿佛自言自语地说:"真可怜!飞了……鸽子飞上天……唉,坟上有块石头!"以及诸如此类的话。

妈妈从早晨起就心情不佳。格里沙的到来,他的语言和行动,显然使她更加心烦意乱。

"对了,我还有一件事忘记求你。"她把汤盆递给父亲,说。

"什么事?"

"请你叫人把你那几条恶狗锁起来。你瞧,格里沙刚才走过院子,它们险些把这个可怜的人咬伤。再说,它们也可能咬孩子们的。"

格里沙听见人家谈到他,就向餐桌转过身来,让人家看到他那件破衣服的前襟,一面咀嚼,一面说:"他想把我咬死……但上帝不允许。纵狗伤人是罪孽!罪孽深重!别伤人,当家的[①],为什么要伤人?上帝饶恕……世道不同了。"

---

① 他对所有的男人都这样称呼。——列夫·托尔斯泰注

"他这是在说什么呀?"爸爸问,眼睛严厉地盯着他,"我一点儿也不明白。"

"我可明白,"妈妈回答说,"他告诉过我,有个猎人故意纵狗咬他,所以他说:'他想把我咬死,但上帝不允许。'他求你别处罚那个猎人。"

"噢! 原来如此!"爸爸说,"他怎么知道我要处罚那个猎人呢? 你也知道,我一向不太喜欢这些先生。"他接着用法语说,"但这一个我特别讨厌,想来……"

"哦,你别这样说,我的朋友,"妈妈仿佛大吃一惊,打断爸爸的话说,"你是怎么知道的?"

"我似乎有机会研究过这一类人,他们之中来拜访你的可真不少,都是一个模样。说来说去总是那一套……"

在这件事上妈妈显然有完全不同的看法,但她不愿争论。

"请给我一个油炸包子,"她说,"今天包子好吃不好吃?"

"不,我很生气,"爸爸接着说,他拿起一个包子,但离得远远的,妈妈根本够不着。"不,看见聪明而又有教养的人受骗上当,我就很生气。"

他说着用叉子敲敲桌子。

"我请你给我一个包子!"妈妈伸出手又说。

"把这帮人关到警察局去才好!"爸爸移开手,接着说,"他们的功劳就是使本来神经衰弱的女人更加烦躁。"他含笑添加说,发现妈妈不喜欢这场谈话,就把包子递给她。

"这方面我只有一点要对你说:一个人尽管已经六十岁,冬冬夏夏都光着脚走路,脚上还要戴两普特重的铁链,坚决拒绝人家向他提供的舒适生活。我们很难相信,这种人只是出于懒惰才这样做。

至于说到预言，"她顿了顿，叹了一口气又说，"我不是无缘无故相信他们的，我好像对你说过，基留沙曾经向爸爸预言他将在哪天、哪个时辰去世。"

"啊，你这是要拿我怎么样！"爸爸含笑说，举手从咪咪坐着的那一边捂住嘴。（他这样做的时候，我总是留神听，等着他讲什么笑话。）"你为什么要提到他的脚？我看了他一眼，如今可什么也吃不下了。"

午饭快结束了。柳波奇卡和卡金卡频频向我使眼色，坐在椅子上扭动身子，显得十分不安。她们的眼色表示："你们怎么不要求带我们去打猎？"我用臂肘推推伏洛嘉，伏洛嘉推推我，最后他打定主意，先是怯生生地，然后坚决地大声说，我们今晚就要走了，因此很想带姑娘们一起坐马车去打猎。大人们商量了一下，就答应了我们的要求，尤其使我们高兴的是，妈妈说她也跟我们一起去。

第六章　准备打猎

吃点心的时候，爸爸把雅科夫叫来，吩咐他准备马车、猎狗和坐骑，吩咐得很详细，点了每匹马的名字。伏洛嘉的马瘸了，爸爸吩咐给他备一匹猎马。"猎马"这个名词妈妈觉得很刺耳，她认为猎马一定有点儿像疯狂的野兽，它准会把伏洛嘉摔死。不论爸爸怎么劝慰，不论伏洛嘉怎么好强地说，这没有关系，他最爱骑马奔驰，可怜的妈妈还是一再说，我们打猎时她会一直提心吊胆的。

吃完午饭，大人们到书房里去喝咖啡，我们就跑到花园里，一面沙沙地踩着黄叶满地的小径，一面谈着话。我们谈到伏洛嘉骑猎马，谈到柳波奇卡跑得没有卡金卡快太丢脸，还谈到要是能看看格里沙的铁链一定很有趣，等等，但只字不提我们将要分手的事。一辆马车驶过来，把我们的谈话打断了，车上每个弹簧座上都坐着一个农奴的孩子。马车后面是骑着马、带着狗的猎人们，猎人后面是车夫伊格纳特。伊格纳特骑着准备给伏洛嘉骑的那匹马，牵着我的老马。开头我们都向篱笆跑去，从篱笆那儿我们可以看见这些有趣的景象。接着我们尖叫着跑上楼去换衣服，尽量把自己打扮得像个猎人。最主要的方法就是把裤脚塞在靴子里。我们动作敏捷，毫不拖拉，急着想跑到台阶上去欣赏猎狗和马，并同猎人交谈。

天气很热。形状古怪的阴云一早就出现在天边，后来被微风吹得越来越近。偶尔把太阳都遮没了。不过，不管阴云多浓，也不会有雷雨，都不会影响我们最后一次打猎的兴致。傍晚，阴云又消散了，有的颜色变淡，有的形状拉长，向天边飘去；有的就在我们头上，变成透明的白色鳞片，只有东方停留着一大片乌云。卡尔·伊凡内奇一向懂得乌云的去向，他说这片乌云是向马斯洛夫卡飘去的，不会下雨，准是个好天气。

福卡虽然上了年纪，却轻快地跑下楼来，嘴里叫着："赶过来！"接着就叉开两腿稳稳地站在大门口，也就是车夫停车和门槛之间的地方，还摆了一副熟练的姿态，表示他的职责无须别人提醒。太太小姐们走下楼来，稍稍商量了一下谁坐在哪边，抓住什么人（虽然我觉得根本无须抓住别人），然后坐上车，打开阳伞，马车就起步了。等马车一动，妈妈指着"猎马"，声音哆嗦地问车夫：

"这就是给伏洛嘉少爷准备的马吗?"

车夫回答说是,她就摆摆手,转过身来。我迫不及待地跨上马,伏下身子,就在院子里表演起各种马术来。

"当心别把狗踩死了。"有个猎人对我说。

"你放心,我又不是头一次骑马。"我傲然回答。

伏洛嘉骑上"猎马",尽管他个性刚强,也不免有些胆怯。他抚摸着马,一再问:"它老实吗?"

伏洛嘉骑马的姿势很好看,就像大人一样。他那穿着马裤的腿骑在马鞍上显得特别好看,使我不由得好生嫉妒,尤其因为我从自己的影子看出,我的姿势远不如他潇洒。

这时响起了爸爸下楼的声音。管猎狗的人把四散的猎狗赶拢来;带狼狗的猎人把各自的狼狗唤到跟前,自己骑上马。马夫把一匹马牵到台阶前,爸爸的那群猎狗,原来都姿势各异地卧在台阶前,这时一齐向他奔来。米尔卡戴着珠项圈,铃铛叮当作响,跟着爸爸快乐地跑出来。它出来总要同猎狗打招呼,同有些狗玩玩,同另一些狗互相嗅嗅鼻子,吠叫一声,再在另一些狗身上捉捉跳蚤。

爸爸骑上马,我们就出发了。

第七章 打 猎

那个绰号叫"土耳其人"的猎人,头戴毛茸茸的帽子,肩背大号角,腰里插着猎刀,骑一匹青灰色钩鼻马,一路领先。他那副阴沉凶狠的相貌使人觉得他不是去打猎，而是去同谁决一死战。在他那匹坐骑的后腿周围，一大群品种不同的猎狗东西乱跑。看到那只不幸掉队的狗，不禁令人替它的命运担心。它必须竭尽全力才能拖住和它系在一起的同伴。当它做到这一点时，后面一个管猎狗的人就会给它一个长鞭，喝令它"归队"！出了大门，爸爸就吩咐猎人和我们走大路，自己却向黑麦田走去。

正是麦收的大忙时节。一望无际的金黄色田野，只有一边同高高的蓝色树林相接。那片树林，当时我觉得是个遥远而神秘的地方，再过去不是世界的尽头，就是荒无人烟的国度。田野上到处都是麦垛和农民。稠密高大的黑麦中间，在一块割去麦子的地方，有个女人弯着腰，一抓住麦秆，麦穗就摆动起来；另外一个女人在阴凉处俯身在摇篮上，还有一束束黑麦散在长满矢车菊的麦茬地上。另一边，男人们只穿一件衬衫站在大车上，堆着麦捆，在干燥炎热的田野上扬起灰尘。村长脚穿靴子，身披粗呢外套，手里拿着记工的筹码，老远看见爸爸，就摘下羔皮帽，用毛巾擦擦红头发和胡子，同时对妇女们吆喝。爸爸骑的那匹红棕马轻快地走着，偶尔垂下头，绷紧缰绳，用蓬松的尾巴拂去贪婪地叮在它身上的牛虻和马蝇。两条狼狗紧张地卷起地像镰刀一样的尾巴，跟在马后面，高抬起脚，在高高的麦茬地上姿势优美地往前跳去。米尔卡跑在前面，昂起头，等待着野味。农民的谈话声，马蹄的嘚嘚声，马车的辘辘声，鹌鹑的快乐啼声，盘旋在空中的昆虫的嗡嗡声，苦艾、干草和马汗的气味，炎热的阳光在淡黄色的麦茬、远处蓝色的树林和淡紫色云片上洒下万般色彩和明暗色调，白色的蛛丝飘浮在空中或者落在麦茬上，这一切我都看见，我都听到，我都闻到。

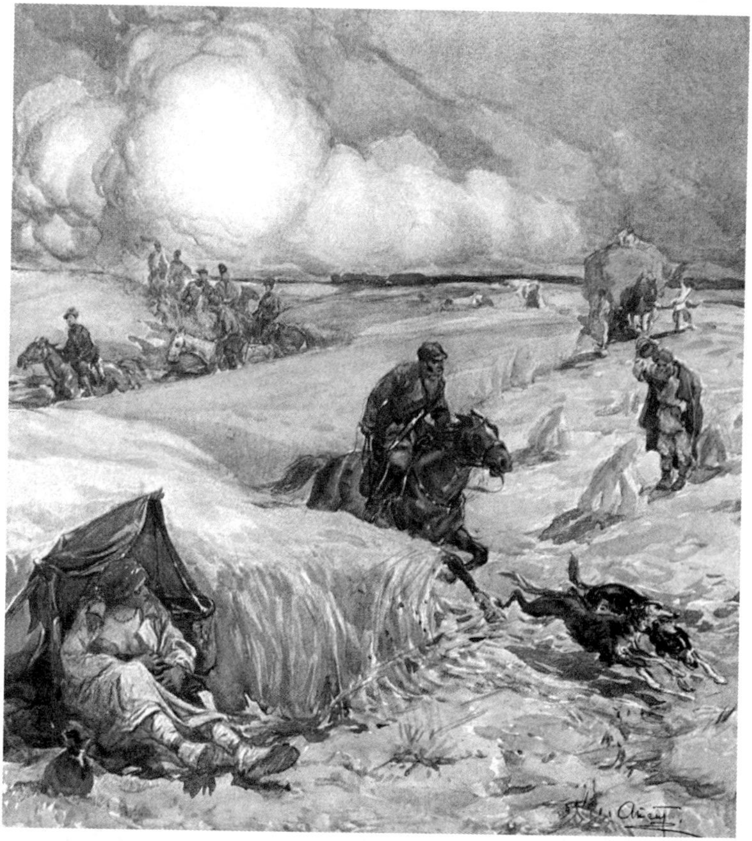

我们骑马来到卡里诺夫树林，发现我们的马车已在那里，我们完全没有想到还有一辆单马拉的大车，车上坐着司膳。干草下面露出一个茶炊、一只冰淇淋桶和几个诱人的包裹和盒子。毫无疑问，大家将在空气清新的野外吃茶点，包括冰淇淋和水果。我们一看见大车，就高兴得狂叫，因为在这种树林里的草地上，在这从来没有人吃过茶点的地方吃茶点真是一大乐事。

"土耳其人"骑马走近猎场，停下来，留心听爸爸的详细指示，怎样看齐，往哪儿冲，等等（不过他从不考虑这些指示，总是按照自己的意思去做）。他解开猎狗的皮带，不慌不忙地把它们绑在鞍座后面，骑上马，吹着口哨隐没在小桦树林里。那群解开皮带的狗，先摇摇尾巴表示高兴，然后身子一抖振作起精神，嗅了嗅，摇摇尾巴，敏捷地小步向四面跑去。

"你带手帕了吗？"爸爸问我。

我从口袋里掏出手帕给他看。

"好，你就用这块手帕绑住那条灰狗……"

"绑住热兰吗？"我现出懂行的神气问。

"是的，沿着大路跑。跑到树林中那块空地上停下来。注意，打不到兔子别来见我。"

我把手帕绑在热兰毛茸茸的脖子上。一个劲儿地朝指定的地点冲去。爸爸笑了，在我后面叫道："快一点儿，快一点儿，不然就赶不上了！"

热兰不时停下来，竖起耳朵，倾听猎人们的吆喝声。我的力气不够，拖不动它，只能对它吆喝："快追！快追！"于是热兰往前猛冲，我好容易才把它拉住。在到达指定地点之前，我摔了好几跤。

我在一棵高大的栎树下挑了个阴凉而平坦的地方，躺在草地上，让热兰留在我身边，开始等待。在这种场合，我的想象总是远远跑在现实前面。当树林里传出第一只猎狗的吠声时，我已在想象纵犬追第三只兔子的情景了。"土耳其人"的声音在树林里传得越发响亮，越发有劲。一条猎狗尖叫起来，接着它的叫声越来越频繁，另外一条狗声音低沉地附和它，接着是第三条、第四条……这些叫声时而停止，时而又争先恐后地响起来。声音逐渐增强，连续不断，最后汇合成一片轰响、嘈杂的喧闹。正是：猎场震天响，猎狗齐声吠。

听见这片响声，我呆若木鸡，一动不动。我盯住树林边缘，茫然地微笑着。我脸上汗流如注，汗水沿着下巴流下来，怪痒痒的，但我没有去擦。我觉得这真是关键时刻啊！这种紧张的局面要是持续很久，那可真是要命。那群猎狗时而在树林边缘狂吠，时而渐渐离开我，可是不见一只兔子。我向四下里张望。热兰也是这样：它先是拼命挣扎，狂叫，然后在我身边躺下，把头枕在我的膝盖上，这才安静下来。

我坐在一棵栎树下。在这棵栎树光秃秃的树根周围，在干燥的灰色土地上，在栎树的枯叶、栎实、披着苔藓的干枝、黄绿色苔藓和间或冒出嫩芽的青草上，到处都爬满蚂蚁。这些蚂蚁在它们开辟的小径上奔走忙碌，有些负着重荷，有些空着身子。我拾起一根树枝，挡住它们的去路。真有趣，有些不怕危险，从树枝下面爬过去；有些从上面爬过去，但有些，特别是那些负着重物的，心慌意乱，不知道该怎么办，它们停下来找寻道路，或者退回去，再不然就是顺着树枝爬到我的手上，看样子要一直爬到上衣袖子里去。这时，一只非常迷人的黄蝴蝶在我面前飞舞，把我的注意力从蚂蚁身上吸引过去。我刚注意它，它就飞离我有两三步远，在一朵快凋谢的白色野苜蓿花上飞了几圈，然后落在上面。我不知道它是被阳光晒暖了呢，还是吸收了苜蓿花汁，因此显得非常精神。它偶尔鼓动一下小翅膀，紧偎着那朵花，最后一动不动了。我双手托着头，津津有味地瞧着它。

突然热兰吠叫起来，猛地往前一冲，险些儿把我摔倒。我回头一看，一只野兔在树林边上跳跃，它的一只耳朵垂下，一只耳朵竖起。热血涌上我的头脑，刹那间我忘了一切，我狂叫起来，松了狗，纵身跑去。但我刚这样做，就后悔了，因为那兔子蹲下身子往前一纵，我就再也看不见它了。

当"土耳其人"跟着猎狗从林中来到林边的时候，我真是羞愧极了！他看见我犯了过错（就是我沉不住气），轻蔑地瞪了我一眼，只说了一声："唉，少爷！"但他那种语气可真叫人受不了！他就是把我像兔子那样吊在马鞍上，我也要好受些。

我心灰意懒地在那里站了好半天，没有唤狗，只是拍着大腿一再说："天哪，我这是干了什么啦！"

我听见那群猎狗往前跑去，猎场另一边发出枪声，打中了一只兔子，"土耳其人"吹着号角唤狗，而我则留在原地一动不动……

第八章　游　戏

打猎结束了。我们在小桦树的树荫下铺了一块毯子，大家围成一圈坐在毯子上。司膳加夫里洛踩平了周围鲜嫩的青草，擦着盘子，从盒子里取出用树叶包着的李子和桃子。阳光漏过小桦树的绿色枝叶，在地毯的花纹上、我的腿上甚至加夫里洛出汗的秃顶上投下颤动的光点。微风吹过树叶，吹拂着我的头发和出汗的脸，使我感到非常凉爽。

我们吃完冰淇淋和水果，坐在地毯上没事可做，尽管阳光还很灼人，我们都站起来做游戏。

"喂，玩什么呢？"柳波奇卡被阳光照得眯缝着眼睛，在草地上跳跳蹦蹦，说，"我们来玩鲁滨逊吧！"

"不……没意思，"伏洛嘉说着，懒洋洋地倒在草地上，嘴里嚼着草叶，"老是玩鲁滨逊！如果一定要玩，那还不如搭亭子。"

伏洛嘉分明是在摆架子，他一定是因骑过猎马而骄傲，装出很累的样子。也许是他这人太理智，太缺乏想象力，因此不喜欢玩鲁滨逊。这种游戏是表演《瑞士鲁滨逊》①中的一些故事，这本书我们不久前才读过。

"喂，来吧……你为什么要使我们扫兴呢？"姑娘们缠着他不放。

"你可以扮查尔斯，或者欧内斯特，或者父亲，你要扮谁就扮谁，好吗？"卡金卡说，抓住伏洛嘉的衣袖，竭力要把他从地上拉起来。

"真的不要，没意思！"伏洛嘉说。他伸着懒腰，同时露出自负的微笑。

"如果谁也不愿玩，那还不如坐在家里好。"柳波奇卡眼泪汪汪地说。

---

① 《瑞士鲁滨逊》——瑞士作家鲁道夫·魏斯写的一部儿童惊险小说，于一八一二年出版。

童　年　｜　031

她是个很会哭的姑娘。

"好，来吧，只是你千万不要哭，我最受不了你哭！"

伏洛嘉那种勉强迁就的态度并没有使我们感到快乐，而他那副懒洋洋没精打采的神气更是破坏了游戏的全部乐趣。我们坐在地上，想象着自己乘船去捕鱼，拼命使劲划桨，可是伏洛嘉却坐在一边袖手旁观，一点儿也不像渔夫。我向他指出这一点，他却回答说，不论我们怎样挥动手臂划桨，都不会有什么得失，反正我们是走不远的。我不得不同意他的意见。当我扛着一根木棍向树林走去，装作去打猎的样子，伏洛嘉却仰天躺下来，双手枕着头，对我说，就算他也去打猎好了。这样的言语和行动太不愉快，使我们大为扫兴，但我们心里不能不同意伏洛嘉的所作所为是有道理的。

我自己也知道，木棍打不死鸟，而且根本不能当枪用。这只是游戏。如果这样想，那么椅子也不能当马车。不过，我想，伏洛嘉也该记得，在漫长的冬夜里，我们曾把头巾盖在安乐椅上当马车，一个人坐在前面做车夫，另一个人站在后面当跟班，姑娘们坐在中间，三把椅子当三匹马，我们就这样驾着马车起程。一路上遇到多少有趣的事啊！那些冬夜过得多么开心，多么快啊！如果一本正经，那就没有游戏了。如果没有游戏，那还有什么呢？

第九章　有点儿像初恋

柳波奇卡装作从树上摘下一种美国水果，她采下的一片树叶上有一条很大的毛毛虫,她吓得把它扔到地上,举起双手跳到一旁,仿佛害怕有什么东西会跳出来。游戏停下了,我们都趴在地上,头靠着头,察看这个奇怪的东西。

我从卡金卡肩上望过去,看见她把一片叶子放在毛毛虫爬行的路上,想把它捡起来。

我发觉许多姑娘都有耸肩膀的习惯,想用这种动作把滑下的开领衣裳耸回原位。我还记得咪咪看见这种动作总是很生气,说:"只有使女才这么做。"卡金卡俯身看毛毛虫,也做了这个动作,这时一阵风正好把小围巾从她白嫩的脖子上吹起来。她做这个动作时,她的肩膀离我的嘴唇只有两指远。我不再看毛毛虫,却瞧着她肩膀,并且使劲在上面吻了吻。卡金卡没有回头,但我发现她的脖子和耳朵都红了。伏洛嘉没有抬起头来,只轻蔑地说:"这算是一种什么柔情呀?"我眼眶里滚动着泪水。

我目不转睛地瞧着卡金卡。我早就熟识她那金发下白嫩的小脸蛋,总是很喜欢它。此刻我更仔细地察看着它,越发喜欢了。我们回到大人那里,使我们大为高兴的是,爸爸宣布,应妈妈的要求,我们将推迟到明天动身。

我们骑马跟着马车回家。伏洛嘉和我想在骑术和胆量上一比高低,就在马车旁大显身手。我的影子比原来长了些,由此我判断我骑马的姿势十分优美,但我这种扬扬自得的情绪很快就被下面一件事破坏了。为了很好地吸引所有坐在马车里的人,我有意稍微落后一点儿,然后鞭打脚踢,策马前进,摆出一副潇洒优美的姿势,想一阵风似的从卡金卡坐的马车那一边冲过去。我只是不知道,是默默地冲过去好,还是大喝一声好。可是我那匹该死的马在跑到拉车的马旁边的时候，不论我怎样努力，竟突然停住，而且停得那么突然，使我从马鞍上冲到马颈上，险些儿摔下去。

第十章　我父亲是个怎样的人

他是个上一世纪的人物，具有那个世纪青年所共有的性格：难以捉摸的骑士精神，精明强悍，十分自信，殷勤好客，贪恋酒色。他瞧不起我们这个世纪的人，他怀有这种情绪一方面是由于他天生骄傲，另一方面是由于他在这个世纪得不到当年的权势和成就，因而愤愤不平。他生平的两大嗜好就是打牌和女人；他一生赢过几百万卢布，同无数不同阶层的女人有过私情。

他身材魁梧，走路步子很小，姿势有点儿怪，喜欢耸单边肩膀，一双小眼睛总是含着笑意，一个鹰钩鼻很大，嘴唇线条不端正，仿佛总是羞怯而又很惬意地抿着，发音有点儿咬舌，头顶全秃——这就是我所能记忆的父亲的外表。凭着这个外表，他不仅享有名声，而且很"走运"，不论哪个阶层、什么地位的人，毫无例外都喜欢他，特别是那些他想取悦的人。

不论同什么人打交道，他总是占上风。他从来没有成为最上层人物，但他善于同这个阶层的人物交往，并因此受到尊敬。他极其骄傲和自信，但并不因此得罪别人，却在舆论中提高了自己的声誉。他有独特的见解，但并非永远如此，他利用这种特长来取得名誉地位和金银财富。世界上没有什么能使他感到惊讶：不论

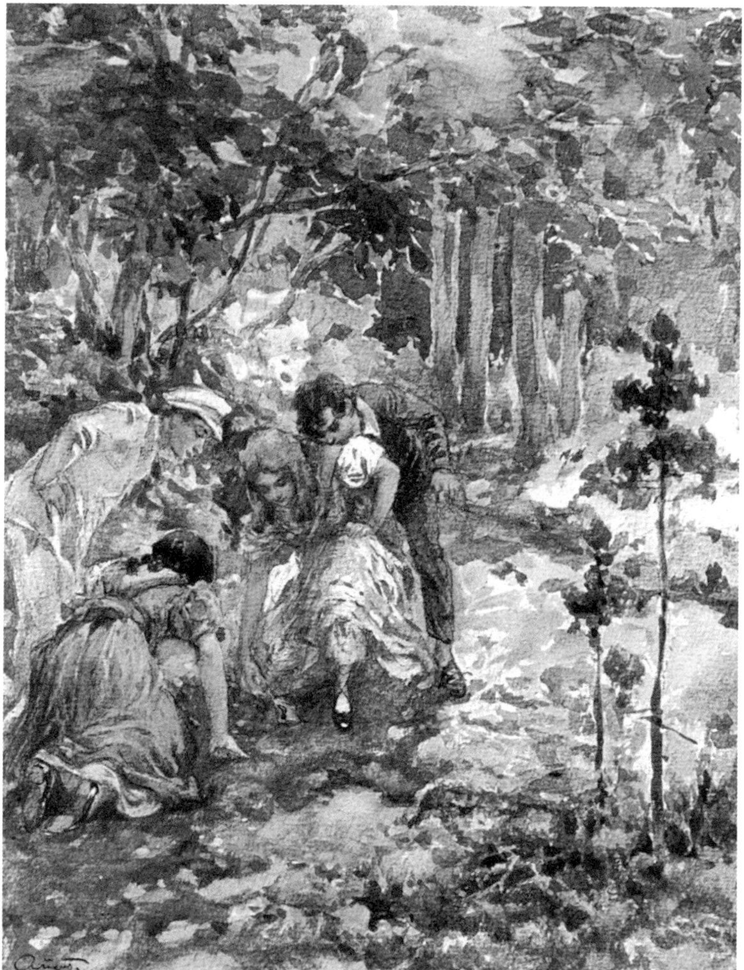

地位多么显赫，他都认为这是他命中注定的。他善于隐瞒和摆脱人所共知的生活中充满琐碎烦恼和悲伤的阴暗面，因而不能不使人羡慕他。他知道一切能使人舒服和快乐的事，并善于享受。他爱谈他同达官贵人的交往，这种关系部分来自母亲的亲属，部分来自年轻时的同伴，但他心里却愤愤不平，因为他们的官衔远远超过他，而他始终只是个退伍的近卫军中尉。他像一般退伍军人那样不善于打扮得很时髦，不过他的穿着还是独特而雅致。他总是穿着宽松的衣服、讲究的衬衫，带翻领和卷袖……不过，一切都适合他那魁梧的身材、强壮的体格、秃头和沉着自信的动作。他多愁善感，甚至容易掉眼泪。他大声朗诵，在读到动人的地方时，常常声音颤动，热泪盈眶，不得不感伤地放下书本。他爱好音乐，自己弹琴伴奏，唱他朋友 A^① 所作的浪漫曲，唱吉卜赛歌和歌剧中的一些曲子；但他不喜欢古典音乐；不顾舆论，公然说贝多芬的奏鸣曲使他昏昏欲睡，兴味索然；他认为再也没有比谢苗诺娃所唱的《不要唤醒我的青春》和吉卜赛女郎塔纽莎所唱的《我并不孤独》更美妙的歌曲了。他坚持好东西必须得到公众的承认。只有公众说好，他才认为是好的，至于他有没有什么道德信念，那就只有天知道。他一生吃喝玩乐，根本没有工夫考虑这种问题，再说他生活一向走运，觉得不需要什么信念。

上了年纪，他对事物形成了固定的看法和不变的准则，但一切都从实用出发。凡是能给他带来幸福或快乐的行为和生活方式，他就认为是好的，而且人人都应该照此办理。他说话引人入胜，这种

---

① A——俄文字母，发音同"阿"。——编者注

本领使他的准则增添了灵活性：他可以把同一件事说成逢场作戏，也可以说成卑鄙无耻。

第十一章　书房和客厅里的活动

我们回到家里，天色已经黑了。妈妈在钢琴旁坐下，我们做孩子的则拿了纸、铅笔和颜料，在圆桌旁坐下来画图画。我只有蓝颜料，虽然如此，我还是想画打猎的场面。我画了一个穿蓝衣服、骑蓝马的男孩和一群蓝色的狗，画得很生动，但我不知道可不可以画一只蓝兔子。我就跑到书房里去问爸爸。爸爸正在看书。我问他："有没有蓝兔子？"他头也不抬就回答说："有的，好孩子，有的。"我回到圆桌旁，画了一只蓝兔子，后来又觉得应该把蓝兔子改成一丛灌木。灌木我也不喜欢，我就把它改成一棵树，又把树改成一个大干草垛，再把大干草垛改为云彩，结果整张纸都被蓝颜料涂得一塌糊涂，我气得把纸撕个粉碎，然后坐到高背安乐椅上打瞌睡。

妈妈在弹她的教师菲尔德[①]的《第二钢琴协奏曲》。我在打瞌睡，我的头脑里浮起一些轻松、快乐和明晰的回忆。她正在弹贝多芬的《悲怆奏鸣曲》，使我想起一些悲伤、压抑和凄凉的事。妈妈常弹这两支曲子，因此我清楚地记得它们在我心中唤起的情绪。这种情绪有点儿像怀念，但怀念什么呢？仿佛在怀念一种从未有过的事。

---

① 菲尔德（1782—1837）——英国作曲家，一八〇四年至一八三一年侨居彼得堡，给贵族家庭教授音乐课，后在莫斯科去世。

我面对着通向书房的门，看见雅科夫和一些穿长袍、留大胡子的人走进门去。那扇门随即关上了。我想："嘿，活动开始了！"我觉得，天下没有比书房里所做的事更重要的了。大家走近书房门口，总是压低声音说话，踮着脚尖走路，这就更加肯定了我的这种想法。书房里还传出爸爸洪亮的声音和雪茄的烟味。不知怎的，雪茄的香味总是很吸引我。在睡意蒙眬中，我突然被男仆室里一种熟悉的靴子声惊醒了。卡尔·伊凡内奇脸色阴沉而果断，手里拿着几张条子，踮着脚尖走到门口，轻轻敲了敲门。他被让进屋里，门又关上了。

"但愿不要出什么不幸的事，"我想，"卡尔·伊凡内奇怒气冲冲，什么事都做得出来……"

我又打起瞌睡来。

不过，并没有出什么不幸的事。一小时后，我又被那靴子声吵醒了。卡尔·伊凡内奇用手帕擦着眼泪（我发现他脸颊上有泪痕），从书房里出来，嘴里嘟囔着什么，走上楼去。爸爸随着他出来，走进客厅。

"你知道我刚才做了什么决定吗？"他一只手搭在妈妈肩上，语气快乐地说。

"什么，我的朋友？"

"我要把卡尔·伊凡内奇和孩子们一起带去。马车里有位子。他们和他相处惯了，他也真舍不得他们，一年七百卢布也算不了什么，再说他实在是个好家伙。"

我怎么也弄不懂爸爸为什么要骂卡尔·伊凡内奇。①

"我很高兴，"妈妈说，"为孩子们高兴，也为他高兴，他是个好老头儿。"

---

① 主人公把法语的"好家伙"误听作"好鬼"，因此误认为爸爸在骂卡尔·伊凡内奇。

"我叫他把这五百卢布作为馈赠收下,他那副感动的样子可惜你没有看到……不过,最有意思的是他给我送来的这张账单。值得看看,"他含笑添加说,把卡尔·伊凡内奇亲笔写的条子递给她,"真是妙极了!"

这张条子的内容如下:

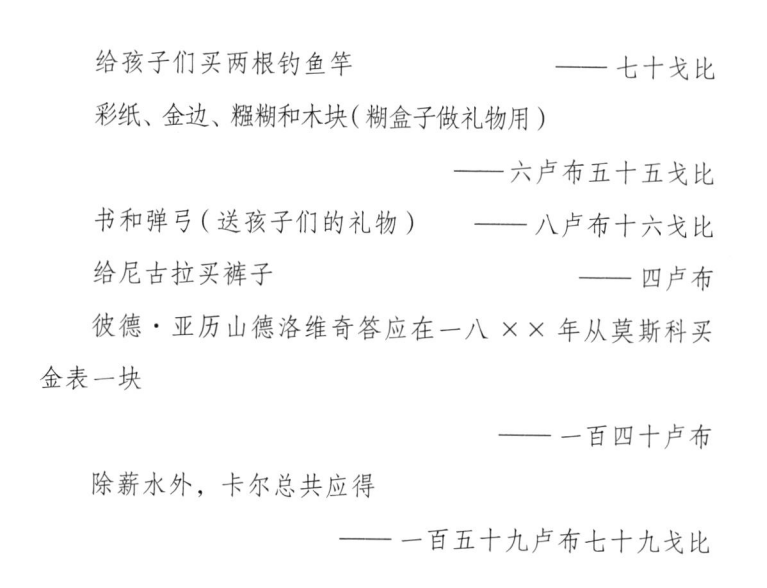

给孩子们买两根钓鱼竿　　　　　　——七十戈比

彩纸、金边、糨糊和木块(糊盒子做礼物用)

　　　　　　　　　　　　　——六卢布五十五戈比

书和弹弓(送孩子们的礼物)　——八卢布十六戈比

给尼古拉买裤子　　　　　　——四卢布

彼德·亚历山德洛维奇答应在一八××年从莫斯科买金表一块

　　　　　　　　　　　　　——一百四十卢布

除薪水外,卡尔总共应得

　　　　　　　　　　　——一百五十九卢布七十九戈比

不论谁看到这张字条(上面开列卡尔·伊凡内奇要求付给他买礼物的全部费用和答应送给他的礼物),都会觉得卡尔·伊凡内奇是个无情无义、贪得无厌的家伙,但那可错了。

他手里拿着字条,打好发言腹稿,走进书房,准备滔滔不绝地向爸爸诉说他在我家所受的种种委屈,但当他用平时给我们口授听写的动人声音和感人的语调说话时,他的口才却对他自己产生了最强烈的作用,因此一说到"离开孩子们将使我非常伤心",他就语无伦次,声音发抖,不得不从口袋里掏出方格手帕来。

童　年

"是的，彼得·亚历山德雷奇，"他含着眼泪说（在他的腹稿里根本没有这段话），"我和孩子们相处惯了，没有他们我真不知道怎么过。我情愿不拿薪水为你们效劳。"他添加说，一只手擦着眼泪，另一只手把账单递过去。

卡尔·伊凡内奇当时说这话是出于真心，这一点我敢肯定，因为我知道他心地善良，但这张账单怎么能同他的话协调，在我却是一个谜。

"如果您觉得伤心，那么，同您分手我可觉得更伤心，"爸爸拍拍他的肩膀说，"现在我改变主意了。"

晚饭前不久，格里沙来到屋里。他一走进我们的家门就不断唉声叹气，流着眼泪。在那些相信他预言本领的人看来，我们家将遭到不幸。他来告别说，明天一早就要上船。我对伏洛嘉使了个眼色，就走出屋去。

"什么事？"

"如果你们想看看格里沙的铁链，我们这就到楼上男客房去。格里沙住第二间，我们可以舒舒服服地坐在储藏室里，什么都看得见。"

"太好了！你在这儿等着，我去叫姑娘们来。"

姑娘们跑了出来，我们就上楼去。我们争论了一番，决定谁先走进那间黑暗的储藏室，这才坐下来等待。

第十二章　格　里　沙

在黑暗中，大家都感到很害怕，我们紧紧地挤在一起，一句话也没说。格里沙几乎紧跟着我们悄悄走进来。他一手挂着拐杖，一手拿着插着蜡烛的黄铜烛台。我们都屏住呼吸。

"主耶稣基督！至圣的圣母！圣父、圣子、圣灵……"他喘着气，用各种烂熟的音调和略语念着。

他嘴里祈祷着，把拐杖放在屋角，瞧了瞧床，动手脱衣服。他解开黑色旧腰带，慢吞吞地脱掉破旧的土布上衣，仔细把它折好，搭在椅背上。此刻他的脸不像平时那样慌张和愚蠢，相反，他显得镇定沉着，若有所思，简直可以说很庄严。他的举动缓慢而稳重。

他只穿一件衬衣，慢慢在床上坐下，朝四面八方画了十字，然后吃力地（这从他皱紧的眉头上看得出来）整理了一下衬衣下的铁链。他坐了一会儿，仔细察看衬衣上的几处破洞，然后站起来，一边祷告，一边把蜡烛举到神龛那么高，龛里摆着几尊圣像，他对着圣像画了十字，就把蜡烛倒过来，让火苗往下，蜡烛爆了一下熄灭了。

一轮近乎圆满的月亮把它的光辉投进面向树林的窗子。疯修士长长的白色身体一边被银色的月光照亮，一边投下黑色的阴影；这阴影同窗框的阴影一起投到地板上、墙壁上，一直达到天花板。更夫在院子里敲着铁板。

格里沙把两只大手交叉按住胸口，垂下头，不断重重地喘着气。他默默地站在圣像前，然后费力地跪下来祈祷。

他先是轻声念着大家熟悉的祈祷文，只强调其中几个字，然后反复背诵，但声音越来越响，情绪越来越激动。接着他用自己的话祷告，竭力用古斯拉夫语表达。他语无伦次，但音调动人。他为所有的施主（他这样称呼招待他的人）祈祷，其中包括我们的母亲和我们，他也为自己祈祷，恳求上帝饶恕他的重大罪孽，又一再说："上帝啊，饶恕我的仇敌吧！"他呼哧呼哧地喘着气爬起来，反复这样叨念着，也不管铁链的重量，伏在地上又站起来，铁链撞在地上发出刺耳的响声。

伏洛嘉在我大腿上拧了一把，拧得我很痛，但我连头都没有回一下，只用手揉揉痛的地方，继续怀着孩子的惊讶、怜悯和景仰之情注视着格里沙的一言一行。

我进储藏室时原以为这里有的是快乐和欢笑，可是此刻却只感到战栗，心脏也抽紧了。

格里沙还久久地处在这种宗教的狂热之中，随口祈求着什么。一会儿，他反复叨念："主保佑！"但每次都用不同的语气和表情；一会儿，他说："饶恕我吧，主啊，教教我怎么做……教教我怎么做！"脸上的表情仿佛希望马上得到答复。一会儿，只听得悲惨的哭声……他跪着抬起身子，双手交叉在胸前，一言不发。

我悄悄地从门里探出头去，屏住呼吸。格里沙木然不动，从胸膛里发出沉重的叹息。月光照到他那只失明的眼睛，但见浑浊的瞳仁上挂着一滴眼泪。

"你的旨意定能实现！"他突然露出难以描写的表情大叫一声，前额碰到地上，像孩子一般号啕大哭。

从那时起，多少岁月逝去了，多少往事对我已失去了意义，变成朦胧的幻梦，就连疯修士格里沙也早已结束了他的最后一次云游，但是，当时他给我留下的印象，他所引起我的情绪，却永远不会在我脑海里消失。

哦，伟大的基督徒格里沙！你的信心真是坚定，你感到上帝临近，你的爱真是伟大，你的话都是自然地脱口而出，无须经过思考……当你找不到适当的语言来表达，泪流满面地拜倒在地时，你献给上帝的又是多么崇高的颂词！

我听格里沙祈祷时受到的感动并没有持续多久，因为：第一，我的好奇心很快得到了满足；第二，我在一个地方坐得太久，腿发麻了，我想到后面黑暗的储藏室去，参加大家的低声交谈和吵闹。有人拉住我的手，悄悄地问："这是谁的手？"储藏室里一片漆黑，但从接触和低语中我立刻认出这是卡金卡。

我无意识地抓住她短袖下的臂肘，把嘴唇贴上去。这个举动一定使卡金卡大吃一惊，她把手臂缩了回去，但她这样一动就把储藏室里的一把破椅子撞倒了。格里沙抬起头来，悄悄环顾了一下，一边祷告，一边向四角画十字。我们低声交谈着，闹哄哄地跑出储藏室。

第十三章　纳塔丽雅·萨维什娜

上世纪中叶，在哈巴洛夫卡村居民的院子里，常可以看到一个叫纳塔什卡[①]的红脸蛋胖姑娘跑来跑去。她虽然穿着粗布衣服，光着脚，但总是快快活活的。她的父亲叫萨瓦，在我家吹单簧管。由于他的功劳和要求，外祖父把纳塔什卡提升上来，当外祖母的使女。作为一名使女，纳塔什卡以性情温顺、做事勤快出名。我

---

① 纳塔什卡——纳塔丽雅的爱称。

母亲出生后需要一个保姆,这个职务就落在纳塔什卡身上。担任这个新职后,纳塔什卡就因忠诚、能干和对小东家的爱护而受到称赞和奖赏。然而,头发上敷粉、脚穿吊带长袜的伶俐青年男仆福卡,在工作上同她有接触,竟把她那颗粗野而多情的心给迷住了,她终于鼓起勇气亲自去要求外祖父准许她嫁给福卡。外祖父听了勃然大怒,把她的要求看作忘恩负义,就把可怜的纳塔什卡遣送到草原田庄去饲养牲口作为惩罚。但谁也代替不了纳塔什卡原来的职务,六个月后她又被召了回来。她身穿粗布衣服从流放地回来,走到外祖父跟前,跪在他脚下,请求再赐给她恩惠和照顾;她记忆起自己一度中邪的糊涂念头,她发誓决不再犯。她果然信守誓言。

从那时起,纳塔什卡就成了纳塔丽雅·萨维什娜,开始戴包发帽①,她身上的全部爱心都转移到她所照顾的小姐身上。

当一名家庭女教师取代了她在我母亲身边的地位时,储藏室的钥匙就交给了她,由她掌管内衣、床单和食品。她执行新的职务依旧那么殷勤和忠心。她全心全意照管主人的财产,发现处处都有浪费、损坏和盗窃,就千方百计加以防止。

妈妈出嫁时,想报答纳塔丽雅·萨维什娜二十年来的辛勤劳动和一片忠心,把她叫到屋里,对她大为赞扬,向她表示感激和垂爱,并交给她一张印有徽章的解放证②,上面写明给予纳塔丽雅·萨维什娜自由,同时说,不论她是不是继续在我家当差,每年都可得到三百卢布的养老金。纳塔丽雅·萨维什娜默默地听完这些话,拿起文件,恶狠狠地瞧了它一眼,咬牙切齿地嘟囔了几句,就跑出屋去,

---

① 沙俄时一般使女都包头巾,到一定年纪才能戴包发帽。
② 解放证——沙俄政府一八六一年前发给农奴的解放证书。

砰的一声关上门。妈妈弄不懂她这种古怪行为的意思，过了一会儿走进纳塔丽雅·萨维什娜的房间。只见她坐在箱子上，泪流满面，手指翻弄着手帕，目不转睛地望着撕成碎片、散落在地上的解放证。

"您这是怎么啦，我的好纳塔丽雅·萨维什娜？"妈妈拉住她的手问。

"没什么，小姐，"她回答，"想必是我什么地方使您讨厌，您要把我赶走……那好，我这就走。"

她抽回手，勉强忍住眼泪，要走出屋去。妈妈把她拦住，抱住她，两人抱头痛哭起来。

自从我记事的时候起，我就记得纳塔丽雅·萨维什娜，记得她的爱心和关注，而直到现在我才懂得珍惜她的人品，可当时我根本没有想到，这老妇人是个多么少见的可贵的人。她不仅从来不提自己，而且几乎从未想到过自己：她的一生就是爱和奉献。我习惯于接受她那无私的慈爱，根本没有想到会有别种情况，一点儿也不感激她，也从来没有想到过她自己是不是幸福，是不是感到满足。

我有时借口有事逃学，跑到她的屋里，坐下来诉说我的梦想，在她面前一点儿也不感到拘束。她总是忙忙碌碌，不是织袜子，就是在满屋的箱子里翻寻着什么，或者登记内衣床单，同时听着我的胡言乱语，例如："等我当上将军，我要娶一个顶漂亮的美人，买一匹枣红马，盖一幢玻璃房子，把卡尔·伊凡内奇的亲属从萨克森召来。"等等。她总是说："对，少爷，对。"当我起身要走时，她往往打开那只蓝箱子（我至今记得，箱子盖里贴着一张彩色骠骑兵像、一张从生发油瓶上揭下来的商标和伏洛嘉画的一张画），从箱子里拿出一块香点上，挥挥说："少爷，这还是奥恰科夫出产的香呢，是你过世的爷爷——愿他在天国平安——去打土耳其人时，从那里带回来的。这是最后一块了。"她叹了口气添加说。

她的屋里堆满箱子，什么东西都能在那里找到。平时不论需要什么，大家总是说："得问问纳塔丽雅·萨维什娜。"果然，她稍微翻翻，就会找到所需要的东西，并且说："幸亏我收起来了。"这些箱子里有成千上万件东西，家里除了她，谁也不知道，谁也不关心。

有一次我很生她的气。事情是这样的：吃午饭时，我给自己倒克瓦斯，不小心打翻玻璃瓶，把克瓦斯洒在了桌布上。

"把纳塔丽雅·萨维什娜叫来，让她瞧瞧她的宝贝干的好事。"妈妈说。

纳塔丽雅·萨维什娜走来，看见我洒的一摊克瓦斯，摇摇头。接着妈妈对她咬了咬耳朵，对我做了个威胁的手势，走出屋去。

吃完饭，我心情很好，蹦蹦跳跳来到大厅，没想到纳塔丽雅·萨维什娜突然从后面奔过来，一手拿着桌布，一手把我捉住，尽管我拼命挣扎，她还是拿那块湿桌布往我的脸上擦，嘴里说："不许弄脏桌布！不许弄脏桌布！"我感到十分委屈，气得号啕大哭。

"哼！"我在大厅里走来走去，喉咙哽咽，自言自语，"纳塔丽雅·萨维什娜，哼，纳塔丽雅，你胆敢对我称'你'，还用湿桌布打我的脸，好像我是个小家奴。不行，这太气人了！"

纳塔丽雅·萨维什娜看见我哭，立刻跑开。我仍旧在大厅里走来走去，考虑着怎样向放肆的纳塔丽雅对我的侮辱进行报复。

过了一会儿，纳塔丽雅·萨维什娜回来了，怯生生地走到我跟前，安慰我说："行了，好少爷，别哭了……原谅我这个傻瓜……是我错了……您就原谅我吧，我的宝贝……这给您……"

她从手帕里拿出一个狭长的红纸包,里面包着两块糖和一个干无花果,用颤抖的手递给我。我没有勇气抬头看看这位善良的老妇人的脸,就转过身去接受她的礼物。我泪如雨下,但这已不是由于愤怒,而是由于感动和羞愧。

第十四章　离　别

在发生上述事件后的第二天上午十一点多钟,一辆轿车和一辆篷车停在大门口。尼古拉一身出门打扮,裤脚塞在靴子里,旧礼服用一条宽腰带紧紧束住。他站在篷车上,在座位上铺好外套和靠垫,他觉得座位太高,就坐到靠垫上,拼命蹦着想把它们压低些。

"劳您驾,尼古拉·德米特里奇,老爷的匣子能不能放在您那儿?"爸爸的侍仆从轿车里探出头来,气喘吁吁地说:"匣子很小……"

"您应该早点儿说,米海伊·伊凡内奇。"尼古拉生气地急急回答,使劲把一个小包扔到篷车的底座上。"说真的,我已经忙得晕头转向,您还要拿什么小匣子来。"他添加说,推了推帽子,从晒得黑黑的额上擦掉大颗汗珠。

男仆们有的穿着礼服,有的穿着长袍,有的穿着衬衫,都光着头;女仆都穿着粗布衣服,头上包着条纹头巾,手里抱着婴儿;还有赤脚的孩子。他们都站在门口,瞧着马车,交谈着。有一个驼背的老车夫,头戴暖帽,身穿粗呢外套,手里握着辕杆,一边摸弄着,一边沉思着,望着车轮。另一个车夫年轻、漂亮,穿着一件腋下有红布镶条的白衬衫,他搔着金黄色鬈发,把圆筒形黑羔皮帽一会儿推到这只耳朵上,一会儿推到那只耳朵上。接着把外套扔在驭座上,把缰绳也扔在上面,挥挥用皮条编的鞭子,一会儿瞧瞧自己脚上的靴子,一会儿望望正在给马车加油的车夫。一个车夫使劲托住马车,另一个俯身在车轮上,仔细地在车轴和车毂上涂油,为了不浪费留在刷子上的油,还把它涂在车轮上。几匹毛色不同、疲劳不堪的驿马站在栅栏旁,用尾巴拂着苍蝇。有些马伸出肿胀的毛茸茸的腿,眯缝着眼睛打瞌睡;有些马闲着无聊,互相搔着痒,或者嚼着台阶旁粗硬的暗绿色羊齿植物的叶和茎。几条狼狗,有的卧在阳光下吃力地喘着气,有的徘徊在马车的阴影下,舔着车轴上的油。空气中弥漫着尘雾,地平线呈紫灰色,但天上没有一片云。一阵猛烈的西风从路上和田野上卷起一股股尘土,吹弯花园里高高的菩提树和白桦树的树梢,把枯黄的落叶刮得远远的。我坐在窗口,迫不及待地等待准备工作结束。

当一家人都聚集在客厅,围着圆桌一起坐上最后几分钟时,我根本没有想到面临着多么伤心的时刻。我的头脑里转着一些极无聊的念头。我暗自思量:哪个车夫赶篷车?哪个车夫赶轿车?谁跟爸爸一起坐?谁跟卡尔·伊凡内奇一起坐?为什么一定要我围上围巾,穿上棉袄?

"我又不是娇娃娃,我总不至于冻死吧。但愿这一切快点儿结束,好上车出发。"我心里想。

"请问,孩子们衣服的清单交给谁呀?"纳塔丽雅·萨维什娜泪流满面,手里拿着清单走进来,问妈妈说。

"交给尼古拉,然后您来同孩子们告别。"

老妇人想说什么,但突然闭上嘴,用手帕掩住脸,摆摆手走出屋去。看着她这副样子,我不禁有点儿心酸,但急于上路的心情压倒这种情绪。我继续若无其事地听着爸爸和妈妈谈话。他们谈着显然两人都不感兴趣的事:给家里买点儿什么?对莎菲公爵小姐和裘丽夫人讲点儿什么?路好不好走?

福卡走进来,站在门口,用平时报告"饭好了"那样的语气说:"马套好了!"我发现妈妈一听到这消息浑身打了个哆嗦,脸色煞白,仿佛完全出乎她的意料似的。

福卡奉命关上房间里所有的门。我感到很好玩,心里想:"仿佛大家躲着什么人似的。"

等大家都坐下[①],福卡也在长椅的一端坐下来。但他刚坐下,门就吱咯响了一声,大家都回过头去。纳塔丽雅·萨维什娜匆匆走进屋来,她眼睛也没抬一抬,就在门边福卡坐的那张长椅上坐下。我至今仿佛还看见福卡的秃头、他那皱纹密布的没有表情的脸和那个驼背的慈祥的老妇人,她头戴包发帽,帽下露出花白的头发。他们挤在一条长椅上,有点儿局促不安。

我仍旧漫不经心,但很不耐烦。大家关上门坐了十秒钟,我觉得简直有整整一个小时。最后大家站起来,画了十字,互相告别。爸爸搂住妈妈,吻了她好几次。

"好了,我的朋友!"爸爸说,"又不是永别。"

"总有点儿伤心!"妈妈含着眼泪,声音哆嗦地说。

---

① 俄国风俗,出门前全家一起默坐一会儿,预祝一路平安。

我听见这声音，看见她那抖动的嘴唇和饱含泪水的眼睛，我忘了世上的一切，心里感到又悲伤，又痛苦，又害怕，我真想逃走，不愿和她告别。这时我才明白，她拥抱爸爸，也就是同我们告别。

她再三再四地吻伏洛嘉，替他画十字，我以为这下子该轮到我了，就钻到前面去，但她还是一次又一次替伏洛嘉祝福，把他紧紧抱在怀里。最后我搂住她，依偎着她，哭了又哭，什么也没想，心里只有伤感。

当我们要上马车的时候，讨厌的仆人们都聚在前厅同我们告别。他们说："让我吻吻您的手。"他们啧啧地吻我们肩膀的声音，以及他们头上发出的油腻味，这一切都使我恼恨和不快。在这种心情支配下，当纳塔丽雅·萨维什娜泪流满面地向我告别时，我只十分冷淡地吻了吻她的包发帽。

奇怪的是，我至今还清楚地记得仆人们的脸，能够细致入微地把它们描绘出来，但是妈妈的相貌和姿势却忘得一干二净，也许这是因为我当时始终鼓不起勇气来瞧她一眼。我觉得，我要是这样做，我和她的悲伤就会难以忍受。

我抢先跳上轿车，坐到后座上。由于车篷已经支起，我什么也看不见，但凭本能知道妈妈还在马车旁。

"要不要再看看她？是的，最后一次！"我自言自语，从马车里探出头向台阶望去。这时，妈妈怀着同样的心情从马车对面走来，嘴里唤着我的名字。听见她在后面叫我，我连忙转过身去，但由于转得太快，我们的头撞在一起。她凄苦地一笑，最后一次使劲地、使劲地吻了我。

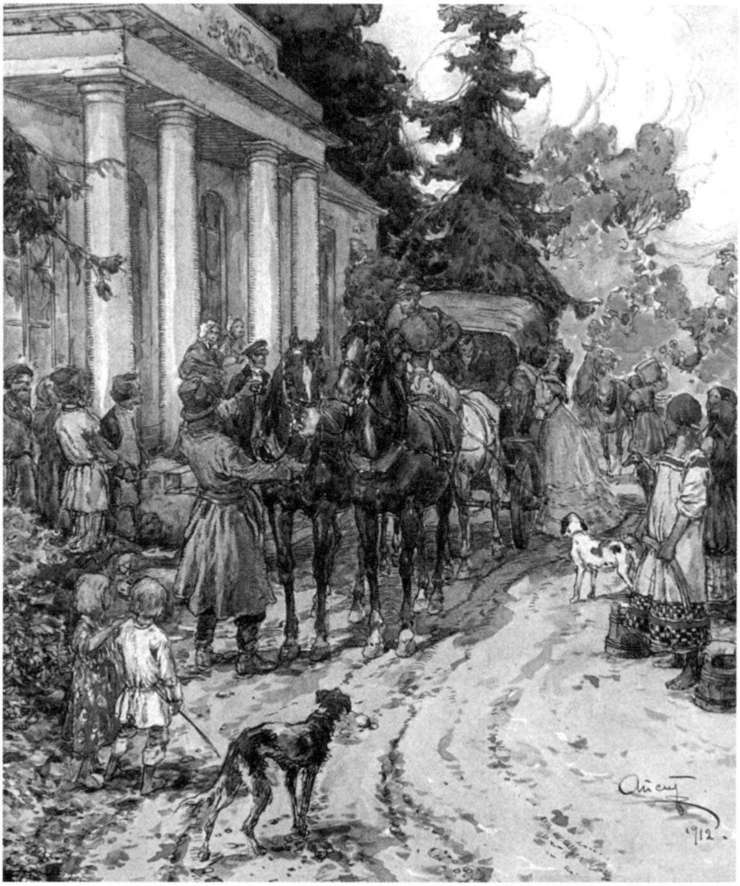

我们走了有几俄码^①远,我决定再看她一眼。风吹起她头上浅蓝色头巾;她垂下头,双手掩着脸,慢慢走上台阶。福卡扶着她。

爸爸坐在我旁边,什么话也没有说。我哭得喘不过气来,喉咙像被什么东西堵住,我简直怕会闷死……上了大路,我们看见有人在阳台上挥动白手帕。我也挥起我的手帕来。这样做使我稍微平静点儿。想到我的眼泪足以证明我是个感情丰富的人,我感到很欣慰。

走了一俄里^②光景,我坐得舒服点儿,聚精会神地凝视着眼前最近的东西——在我这边拉边套的马的臀部。我望着这匹花马怎样甩动尾巴,一只脚怎样撞着另一只,车夫的马鞭怎样落到它身上,它的四只脚怎样整齐地一起奔腾。我望着它身上的皮套和皮套上铜环的跳动,一直望到马尾旁皮套上淋漓的汗沫。我环顾四周,眺望麦浪翻滚的田野、黑色的休耕地,地里间或有一个农夫扶着木犁和带马驹的母马,我望望里程碑,甚至望一眼驭座,看看替我们赶车的是哪个车夫。我脸上的泪水还没有干,也许我和母亲从此再也见不到了,这时我的思想已远离我的母亲。不过,不论我回忆什么事,我都会想到她。我想起昨晚在白桦林荫路上发现的蘑菇,想起柳波奇卡和卡金卡争着要采这棵蘑菇,还想起同我们分别时她们怎样哭泣。

我真舍不得离开她们!舍不得离开纳塔丽雅·萨维什娜!舍不得离开白桦林荫路!舍不得离开福卡!连那个很凶的咪咪,我也舍不得离开她!一切都舍不得!还有可怜的妈妈,她将怎么样?泪水又在我的眼眶里翻滚,但是没有持续多久。

---

① 1俄码合2.134米。
② 1俄里合1.06公里。

第十五章　童　年

　　童年，无比幸福而又一去不返的童年！我怎能不爱它，怎能不陶醉在对它的回忆中？这些回忆使我精神振奋、心情舒畅，是我心灵快乐的源泉。

　　玩够了，我就坐在高背安乐椅上喝茶。天色晚了，我早已喝完那杯加糖的牛奶，睡意蒙眬地闭上眼睛，但还是坐着不动，听大人说话。怎么能不听呢？妈妈在跟谁说话，她的声音那么甜美，那么亲切。单是她的声音就使我神往！我用惺忪的睡眼凝视着她的脸，她突然变得非常小，非常小，她的脸不比一个纽扣大，但我还是看得清清楚楚，我看见她瞧了我一眼，微微一笑，我喜欢看见她只有这么一点点大。我把眼睛眯得更细一些，她变得只有瞳仁里的小人那么大。我动了动身子，幻象破灭了。我眯细眼睛，转动身子，竭力想使这种幻象重现，但是徒然。

　　我站起来，蜷起腿，舒服地躺到安乐椅上。

　　"你又要睡着了，尼科连卡，"妈妈对我说，"你还是上楼去吧。"

　　"我不要睡，妈妈。"我回答她，但朦胧而甜蜜的幻象充满我的头脑，孩子的正常睡意使我闭上眼睛。一会儿我就进入梦乡，直到被人家唤醒。在睡意蒙眬中，我常常感到有一只温柔的手在抚摩我。单凭这种抚摩我就知道是她，还在睡梦中我就不由自主地捉住这只手，把它紧紧贴在嘴唇上。

所有的人都已散去，只有一支蜡烛点在客厅里。妈妈说，是她把我弄醒的。她坐在我睡觉的安乐椅上，用她温柔可爱的手抚摩着我的头发。在我的耳边响起了她那熟识的悦耳的声音："起来，我的宝贝，该去睡觉了。"

不论谁的冷淡目光都不会使她感到拘束，她不怕向我倾注全部慈祥的母爱。我一动不动，但更紧地吻着她的手。

"起来，我的小天使！"

她的另一只手托住我的脖子，她的手指动得很快，搔着我的肌肤。房间里鸦雀无声，一片昏暗。她的搔痒和呼唤使我兴奋，清醒过来。妈妈坐在我旁边，她抚摩着我。我闻到她的气息，听到她的声音。这一切使我猛地坐起来，我双手搂住她的脖子，把头偎在她怀里，上气不接下气地说："哦，妈妈，亲爱的妈妈，我真爱你啊！"

她感伤而迷人地微微一笑，双手抱住我的头，吻我的前额，让我坐在她的膝上。

"那么你很爱我吗？"她沉默了一会儿，然后说，"听好，你要永远爱我，永远别忘记我。如果你妈妈不在了，你也不会忘记她吧？不会忘记她吧，尼科连卡？"

她更温柔地吻我。

"行了！别说这种话，妈妈，我的好妈妈！"我大声说，吻着她的膝盖，我的眼睛里涌出泪水，这是爱和激动的泪水。

随后我总是走到楼上，身穿棉睡袍，站在圣像前，嘴里说："主啊，你拯救爸爸和妈妈吧！"当我重复着刚牙牙学语时就学会的为我亲爱的母亲祝福的祷文时，我对母亲的爱就和对上帝的爱奇妙地交织在一起。

祈祷完毕，我就钻进被窝，心里觉得轻松、舒畅和快乐，梦想一个接着一个，但梦想些什么呢？这些梦想难以捉摸，但充满纯洁的爱和幸福的憧憬。有时我想到卡尔·伊凡内奇，想到他的苦命（他是我所知道的唯一不幸的人），我真替他难过，我真爱他，眼泪不禁夺眶而出，心里想："愿上帝赐给他幸福，但愿我能帮助他，减轻他的痛苦，我愿为他牺牲一切。"然后我把我心爱的瓷玩具——一只小兔或者一条小狗——放在鸭绒枕头角上欣赏着，瞧它那么温暖、舒服、愉快地躺在那里。接着我又向上帝祈祷，愿人人如意，个个幸福，明天风和日丽，适宜郊游。我翻了一个身，思绪和梦想混成一片，我就恬静地进入梦乡，脸上还留着湿漉漉的泪水。

童年时代的天真纯洁、无忧无虑、渴望挚爱的坚强信心，能不能复返？天真的欢乐和对爱的无限渴望是人生的两大美德，还有什么时候比那时更美好的呢？

那些热情的祈祷在哪里？那种最可贵的礼物——纯洁真挚的眼泪——在哪里？抚慰的天使飞来了，含笑擦干这些眼泪，向纯洁无瑕的孩子的心灵灌输甜蜜的梦想。

难道生活在我心中留下这种痛苦的痕迹，就是要使我永远失去欢乐和眼泪？难道留下的就只有回忆吗？

第十六章　诗

我们来到莫斯科后一个月光景，我坐在外祖母家楼上房间的大桌子旁写字。对面坐着图画教师,他正在给一幅用黑铅笔画的缠着头巾的土耳其人头像进行最后加工。伏洛嘉伸长脖子站在教师后面,从他的肩上望过去。这个头像是伏洛嘉的第一幅铅笔画,要在今天外祖母的命名日送给她。

"这儿您不再加点儿阴影吗?"伏洛嘉踮着脚尖,指着土耳其人的脖子对教师说。

"不,不用,"教师说着把铅笔和笔套放进一只小匣子里,"现在很好,您不用再动了。那么,您呢,尼科连卡?"他添加说,站起来,继续斜眼望着土耳其人。"该把您的秘密公开了,您给外婆送什么东西?我说,您也送个头像吧。再见了,先生们。"他说完,拿起帽子和票子[1]走了。

这时我也觉得画个头像比做个别的东西合适。当我们听说,不久就要庆祝外祖母的命名日,我们应该准备礼物时,我就想作一首诗祝贺她。我立刻写了两句押韵的诗,并希望很快把其余几句写出来。我一点儿也记不得怎么会产生这种就孩子来说十分古怪的念头,只记得我很喜欢这个主意。人家一问到这件事,我总是回答说,我一定给外祖母送一件礼物,至于送什么礼物我对谁也没有说。

但事与愿违,除了一时心血来潮想出的那两句诗,我虽绞尽脑汁,却再也写不出来。我阅读我们书里的诗句,但德米特里耶夫[2]也好,杰尔查文[3]也好,对我都毫无帮助。相反,他们更加使我相信自己没有这方面的才能。我知道卡尔·伊凡内奇喜欢抄诗,就偷偷翻

---

[1] 家庭教师每授课一次,领票子一张,以后一起结算报酬。
[2] 德米特里耶夫(1760—1837)——俄国感伤主义诗人。
[3] 杰尔查文(1743—1816)——俄国古典主义诗人。

阅他的文件,结果在一堆德文诗里找到一首俄文诗。这首诗大概是他自己作的。

献给彼得洛夫斯卡雅夫人

记住我就在眼前,

记住我远在天边,

记住我,

从今天起直到永恒,

记住我,

直到我离开人间,

我爱你一片忠诚。

卡　尔

一八二八年六月三日

这首诗用圆润漂亮的字体写在一张薄信纸上,我很喜欢诗里洋溢着的动人的感情。我立刻把它背熟了,决定拿它做范本。这样写诗就省力多了。到命名日那天,我写好一首十二行的贺诗。我坐在教室课桌旁,把诗誊写在一张精美光滑的纸上。

已写坏了两张纸……并非因为我想改动什么,我认为诗是很出色,但从第三行起,每行结尾就越来越向上翘,即使从远处也看得出歪歪斜斜,完全不行。

第三张同前两张一样歪斜,但我决定不再重抄。我在诗里向外祖母祝贺,祝她健康长寿,结尾说:

我们要让你活得欢畅,

爱你就像爱亲娘。

这首诗似乎还不错，但最后一行使我觉得刺耳。

"爱你就像爱亲娘，"我暗自吟诵，"还有什么字可以代替亲娘押韵的……就这样也行！总比卡尔·伊凡内奇的强！"

于是我写上最后一行诗。接着我在卧室里有声有色地把全诗朗诵了一遍。全诗完全不讲格律，我也没有推敲，这样最后一行越听越刺耳，越听越使人反感，我坐在床上思索……

"我为什么要写就像爱亲娘？她又不在这里，干吗提到她？不错，我爱外婆，尊敬外婆，但她毕竟不是……我干吗这样写，干吗撒谎？就算这是诗，也不该这样写。"

就在这时裁缝走进来，给我送来崭新的短礼服。

"哼，算了！"我非常不耐烦地说，懊丧地把那首诗塞在枕头底下，跑过去试莫斯科的新装。

莫斯科的新装非常出色：咖啡色短礼服，钉上铜纽扣，做得十分合身，不像乡下做的衣服那么肥大；黑色长裤也瘦瘦的，紧紧地包住肌肉，裤脚可以罩住靴子。

"我终于也有带套带的长裤了！"我得意忘形地想，从前后左右打量着自己的腿。虽然穿着这身新衣感到很紧，很不舒服，我却讳言这一点，反而说我觉得很舒服。如果说这身衣服还有什么毛病的话，那就是稍微肥了一点儿。接着我在镜子前站了好半天，梳我那涂了很多油的头发，但不论我怎样用心，还是梳不平头顶上那撮翘起的头发。我想试试那撮头发是否服帖，拿开梳子，它就立刻竖起来，向四面乱翘，使我的相貌显得非常滑稽可笑。

卡尔·伊凡内奇在另一个房间里穿衣服，仆人穿过教室给他送去藏青燕尾服和几件白色内衣。从通楼梯的门里传来外祖母的一个使女的声音。我走出去问她有什么事。她拿着一件浆得笔挺的胸衣，告诉我她是给卡尔·伊凡内奇送去的，为了及时洗好浆好，她干了个通宵。我答应把胸衣转交给卡尔·伊凡内奇，还问她外祖母起来了没有。

"当然起来了！咖啡也喝过了，大司祭也来了。哦，您好漂亮！"她打量着我的新装，笑眯眯地添加说。

她这句评语使我红了脸。我金鸡独立，转过身去，弹了弹手指，跳了一跳，想使她感觉到她还不太知道我是个挺漂亮的小伙子。

我给卡尔·伊凡内奇送去胸衣，他已不需要，因为他已穿上另一件。他站在桌旁的小镜子前，弯着腰，双手捏着领带的花结，试试刮得光光的下巴能不能在花结上转动自如。他把我们身上的衣服处处都拉挺，叫尼古拉也给他这样做，然后领着我们去见外祖母。想起我们三人下楼时头上发出浓烈的生发油味，我感到很好笑。

卡尔·伊凡内奇手里捧着一只他自己做的匣子，伏洛嘉拿着他那幅画，我带着那首诗，每人都准备好祝词。就在卡尔·伊凡内奇打开大厅的门时，神父正穿上法衣，开始念祷文。

外祖母已在大厅里。她弯着腰，扶着椅背，站在墙边虔诚地祈祷着。爸爸站在她旁边。他转过身来，看见我们慌忙把准备好的礼物藏到身后，竭力装作若无其事的样子站到门口，他微微一笑。我们原希望来个出其不意，这下子可就落空了。

大家走到十字架跟前。这时我感到羞愧难当，几乎愣住，觉得自己再也没有勇气献上礼物，就躲在卡尔·伊凡内奇背后。卡尔·伊凡内奇用最优美的词句向外祖母祝贺,把小匣子从右手换到左手,献给外祖母,然后向旁边走了几步,让伏洛嘉上去。外祖母似乎很喜欢这个金边小匣子,现出非常亲切的笑容表示她的感激。但她不知道该把这个匣子往哪儿放,就交给爸爸,要他看看这东西做得多么精致。

爸爸看够以后,把它递给大司祭。大司祭似乎也挺喜欢这玩意儿,他摇摇头,好奇地一会儿瞧瞧匣子,一会儿瞧瞧做出这精美礼物的巧匠。伏洛嘉献上他画的土耳其人,也博得大家一片赞美。轮到我了,外祖母带着鼓励的笑容望着我。

凡是体验过羞怯的人都知道,这种感情是同时间成正比增长的,而决心正好相反,羞怯的心情持续越久,决心也就越小。

当卡尔·伊凡内奇和伏洛嘉献上礼物的时候,我身上最后的勇气和决心都已消失净尽,而我的羞怯则达到了极点。我觉得血从心脏直往头上涌,脸上一阵红一阵白,额上和鼻子上涌出大颗大颗的汗珠。我的耳朵发烧,浑身出汗,不断哆嗦,两脚交替站立,但留在原地没有动。

"好,尼科连卡,让我们看看你带来什么?是匣子还是图画?"爸爸对我说。我无可奈何,只得用颤抖的手把揉皱的该死的稿纸交出去,但嗓子完全不听使唤,我就默默地站在外祖母面前。一想到他们没有看到期待的画,却将当众朗诵我那糟糕透顶的诗句(其中"爱你就像爱亲娘"那样的诗句足以说明,我并不爱妈妈,甚至把她给忘了),我就无法镇静下来。外祖母开始朗诵我的诗,但因为看不清楚,朗诵到一半停住,带着当时我觉得嘲弄的微笑瞧了爸爸一眼。她没有像我所希望的那样一气念完,而因目力不济而把那张纸交给爸爸，叫他从头再念一遍，在这种情况下我真是无法表达当时内心的痛苦。我觉得她之所以这样做，是因为她不爱这么拙劣的、写得歪歪扭扭的诗，并且要爸爸亲自念最后那句清楚表明我缺乏感情的诗句。我以为他会拿这卷诗抽我的鼻子，并说："坏孩子，给你一下……别忘了你母亲！"但结果完全不是那么一回事，相反，当全诗念完的时候，外祖母说："太好了！"还吻了吻我的前额。

匣子、画和诗都放到外祖母常坐的高背安乐椅上的活动小几上，放在两块麻纱手帕和画有妈妈肖像的鼻烟壶旁。

"柯尔纳科娃公爵夫人到。"外祖母两个高大侍仆中的一个通报说。

外祖母望着玳瑁鼻烟壶上的肖像沉吟了一下，什么也没有回答。

"夫人，请她进来吗？"侍仆又问。

第十七章　柯尔纳科娃公爵夫人

"请她进来。"外祖母说，在安乐椅上坐得舒服一点儿。

公爵夫人大约四十五岁，身体虚弱瘦小，满脸怨气，一双灰绿色的小眼睛不讨人喜欢，眼神和那张装腔作势的小嘴显然也很不协调。她头戴一顶插有鸵鸟翎的丝绒帽，下面露出浅棕色头发；她脸色憔悴，因此眉毛和睫毛就显得更淡更红。虽然如此，由于她的举止雍容大方，再加上一双纤细的小手和清癯的面容，她的整个模样还是显得高贵而精神。

公爵夫人滔滔不绝地说个不停，就她爱说话这个特点看来，她属于那种说话时好像老有人在反驳他们，其实根本没有人开过口。她一会儿提高嗓门，一会儿渐渐压低嗓门，接着又突然有声有色地说起来，同时环顾在场但没有参加谈话的人，仿佛要用这种目光使自己振作起精神。

尽管公爵夫人吻了外祖母的手，不住地叫她我的好姑妈，我却发现外祖母并不喜欢她。她讲道，米哈伊洛公爵虽然很想来给外祖母祝寿，但为什么没有来。外祖母听着，古怪地扬起眉毛。她用俄语回答公爵夫人的法语，特别拖长声音说："十分感谢您对我的关心，亲爱的侄女。至于米哈伊洛公爵没有来，那有什么可说的……他总是忙得不可开交。再说，坐着陪老太婆又有什么乐趣呢？"

不容公爵夫人辩解，她又说下去："那么，亲爱的侄女，你们的孩子都好吗？"

"很好，赞美上帝，我的好姑妈，他们都长大了，都在念书，都很淘气，尤其是艾顿，他是老大，是个十足的浪荡鬼，一点儿规矩也不懂，但人挺聪明，看来前程远大。表姐夫，你真不会想到，"她继续说，只对着爸爸一个人，因为外祖母对公爵夫人的孩子一点儿不感兴趣，只想夸耀夸耀自己的外孙，小心翼翼地从匣子底下拿出我的诗，打了开来。"你真不会想到，表姐夫，前几天他干了些什么……"

公爵夫人向爸爸探过身，起劲地对他讲了起来。她讲的话我没有听见。她讲完就大笑，用探询的目光瞧着爸爸的脸说："表姐夫，你真想不到这孩子有多调皮。他真该挨揍，但他想出来的把戏那么聪明，那么好笑，我只好饶了他，表姐夫。"

公爵夫人目不转睛地瞧着外祖母，一言不发，脸上仍挂着微笑。

"难道您打您的孩子吗，亲爱的侄女？"外祖母问，高高地扬起眉毛，把打这个字说得特别响。

"啊，我的好姑妈，"公爵夫人迅速地瞧了爸爸一眼，语气温和地回答说，"我知道您对这事的看法，但在这方面我不敢苟同。尽管对这事我也反复思考过，看过许多书，也同人家商量过，但我凭经验还是认为，管教孩子非吓唬不可。要使孩子有出息，需要吓唬……您说是吗？表姐夫？请问，还有比树条更能使孩子害怕的东西吗？"

说这话时，她用询问的目光对我们瞧了瞧。说实在的，我当时感到有点儿不舒服。

"不论怎么说，一个男孩子到十二岁甚至十四岁都还是个孩子，但姑娘可是另一回事了。"

"幸亏我不是她的儿子。"我暗自想。

"是的，这很好，亲爱的侄女，"外祖母说，把我的诗稿好好放在匣子底下，仿佛认为公爵夫人说了这话以后就不配听这样的作品，"这很好，但请您说说，您打了孩子后还能指望他们对您有什么好感？"

外祖母认为这种论证是无法反驳的，为了结束这场谈话她就添加说："不过，这事各人有各人的看法。"

公爵夫人没有回答，只宽厚地笑笑，仿佛以此表示，她原谅她十分尊敬的人的这种怪论。

"啊，让我同你们的年轻人认识认识吧。"她说，带着亲切的微笑望着我们。

我们站起来，眼睛盯住公爵夫人的脸，怎么也不知道该怎样表示我们已经认识了。

"你们快吻吻公爵夫人的手。"爸爸说。

"希望你们能爱我这个老姨妈。"她吻着伏洛嘉的头发说。"我虽是你们的远亲,但我看重交情,而不问远近亲疏。"她添加说,主要是对外祖母说的。但外祖母对她还是不满意,回答说:"唉!亲爱的侄女,难道如今还有谁看重这样的亲戚关系吗?"

"我这个孩子善于交际。"爸爸指着伏洛嘉说。"这一个是诗人。"他补充说。当时我正在吻公爵夫人干枯的小手,同时生动地想象着这只手里有一根树条,树条下面是长凳,以及诸如此类的东西。

"哪一个?"公爵夫人拉住我的手臂,问。

"就是这个小的,头发翘起的。"爸爸快乐地微笑着回答说。

"我头发翘起跟她有什么相干……难道就没有别的话可说吗?"我心里想着,往角落里走去。

我对美抱有非常古怪的想法,我甚至认为卡尔·伊凡内奇是天下第一美男子。但我清楚地知道我长得不美,这是毫无疑问的,因此有人提到我的外表,我就感到莫大的侮辱。

我记得清清楚楚,有一次吃午饭,那时我才六岁,他们议论我的外表。妈妈竭力在我脸上找出美的地方,说我眼睛长得很聪明,笑起来讨人喜欢,但最后她还是向爸爸的论证和事实让步,不得不承认我长得难看。后来,我照例为午餐向她道谢,她拍拍我的面颊说:"尼科连卡,你要明白,人家不会因你的相貌喜欢你的,因此你要努力做个聪明的好孩子。"

她这话不仅使我确信我不是个美男子,而且使我相信我一定会做个聪明的好孩子。

虽然如此,我还是常常悲观失望。我觉得,一个像我这样长着大鼻子、厚嘴唇和灰色小眼睛的人在世界上是得不到幸福的。我祈求上帝创造奇迹，把我变成一个美男子，我情愿献出现有的一切和将有的一切，来换取一张漂亮的脸。

第十八章　伊凡·伊凡内奇公爵

公爵夫人听了那首诗，对作者大大称赞了一番。这时外祖母的态度变得温和些，同她讲法语，不再客气地称她"您"和"亲爱的侄女"，并且请她晚上把所有的孩子都带到我们家来。公爵夫人答应了，又坐了一会儿才走。

这天真是贺客盈门，院子里，大门口，整个上午一直有几辆马车停在那里。

"您好，亲爱的表妹。"一位客人走进屋，吻着外祖母的手说。

这位客人有七十岁光景，身材魁梧，穿一身军装，佩着大肩章，领口里露出一个很大的白色十字架，神态沉着开朗。他举动的豪放洒脱使我惊讶。尽管他的后脑勺上只剩下半圈稀疏的头发，从上嘴唇上看得出他掉了牙，他的相貌还是相当漂亮的。

还在上世纪末，伊凡·伊凡内奇公爵凭着高尚的性格、英俊的仪表、过人的勇气、有权有势的亲戚，特别是凭着他的好运气，年纪轻轻就已官运亨通。他连续任职，不久功名心充分得到满足，在这方面已别无所求。他从青年时代起，一举一动仿佛就是要争取日后命运给他安排的显赫地位，因此，尽管在他追求功名而取得辉煌

童　年　｜　065

成绩的一生中，同别人一样有过挫折、失望和悔恨，他可从没改变过镇定沉着的性格、崇高的思想，以及宗教和道德的基本准则。他获得人们的普遍尊敬，并非由于他的显赫地位，而是由于他的意志和毅力。他智力不高，但凭地位他可以蔑视生活中的各种虚荣现象，他的思想始终很高尚。他心地善良，富有感情，但待人冷淡，还有几分傲慢。这种情况是由于他身处高位，能对许多人有利，而他之所以态度冷淡，则是因为要防止那些想利用他的势力的人提出无穷的要求和巴结他。这种冷淡却被他那上流社会彬彬有礼的风度所冲淡。他博览群书，很有教养，不过他的教养是在年轻时也就是上世纪末获得的。他读过法国十八世纪哲学和修辞学方面的名著，熟悉法国文学中的所有杰作，因此能够并喜欢引用拉辛[1]、高乃依[2]、布瓦洛[3]、莫里哀[4]、蒙田[5]和费纳隆[6]的词句。他熟悉神话，根据法文译本研究过古代著名史诗，通过塞格尔[7]的著作获得丰富的历史知识。但在数学方面，除了算术，他一无所知；对物理学和现代文学一窍不通。在谈话时，他能彬彬有礼地保持沉默，或者对歌德、席勒和拜伦泛泛地谈上几句，其实他从未读过他们的作品。尽管他受过古典的法国教育（现在这种人已是凤毛麟角），他的谈吐却非常朴素。这种朴素既掩盖了他对某些事情的无知，也表现了他的良好风度和宽

---

[1] 拉辛（1639—1699）——法国剧作家。
[2] 高乃依（1606—1684）——法国剧作家。
[3] 布瓦洛（1636—1711）——法国诗人，文学理论家。
[4] 莫里哀（1622—1673）——法国喜剧作家，戏剧活动家。
[5] 蒙田（1533—1592）——法国思想家，散文作家。
[6] 费纳隆（1651—1715）——法国作家，教育家。
[7] 塞格尔（1753—1830）——法国史学家，外交家。

厚胸怀。他反对一切标新立异的做法，认为标新立异是缺乏教养的人惯用的狡猾手段。社交活动在他是必不可少的，不论住在哪里：在莫斯科还是国外，他总是很好客，定期招待全市各界人士。他交游广阔，他的请帖可以用作进入任何客厅的出入证。许多年轻漂亮的妇女甘愿把红红的脸颊伸过去，让他像慈父般吻吻她们。有些显然十分重要和体面的人物获准参加公爵的招待会，他们那种得意的神气简直难以形容。

对公爵来说，像外祖母这样和他同一个圈子、受过同样教育、观点相同、年龄相仿的人，现在已寥寥无几，因此他特别珍重这种老交情，总是格外尊敬她。

我对公爵瞧个不停，因为大家对他这么尊敬，他身佩大肩章，外祖母看见他特别高兴，而且显然只有他一个人不怕外祖母，待她十分随便，甚至胆敢称她我的表妹，这一切使我对他怀着像对外祖母一样的敬意，如果不是更多的话。他看了我的诗把我叫到跟前说："很难说，我的表妹，他将来说不定会成为第二个杰尔查文。"

他说时重重地拧了一下我的脸颊，我没有叫喊，只因为我认为这是爱抚的表示。

客人们纷纷离去，爸爸和伏洛嘉也走了，客厅里只剩下公爵、外祖母和我。

"我们那位可爱的纳塔丽雅·尼古拉耶夫娜怎么没有来啊？"沉默了一会儿以后，伊凡·伊凡内奇公爵突然问。

"唉！亲爱的表哥！"外祖母压低声音回答，一只手放在他的制服袖口上。"如果她能照她的心意办，她一定会来。她在信上对我说，皮埃尔建议她来，但她自己不愿来，因为今年他们一点儿收入也没有。她还说：'再说，今年我们用不着全家到莫斯科去。柳波奇卡还太小，至于男孩子，他们住在您那里，比跟我在一起，我还要放心。'这一切自然都很好！"外祖母继续说，但她的语气分明表示她认为这样一点儿也不好，"男孩子们早就该送到这儿来了，这样他们可以学到点儿东西，学会社交活动，要不然在乡下能受到什么教育呢？要知道，大的快满十三岁了，另一个也有十一岁了……亲爱的表哥，他们在这儿完全像野孩子……连进客厅的规矩都不懂。"

"可我不明白，"公爵回答，"为什么总是埋怨境况不好？他有一份很好的产业，至于纳塔丽雅在哈巴洛夫卡（我同您以前在那里演过戏）的那份领地，我了如指掌，确实是十分出色的！它总能带来可观的收入。"

"您是我的知己，不瞒您说，"外祖母带着忧郁的表情打断他的话说，"我认为这都是借口，好让他单身住在这儿，经常出入俱乐部，参加宴会聚餐，天知道在那儿干些什么，而她却毫不怀疑。您知道，她真是善良得像个天使，她什么都相信他。他要她相信，孩子们应该带到莫斯科来，她跟那个愚蠢的家庭女教师应该留在乡下，她也就相信了。要是他对她说，孩子们应该挨打，就像柯尔纳科娃公爵夫人打孩子那样，她恐怕也会同意。"外祖母十分轻蔑地说，坐在安乐椅上转动着身子。"是啊，我的朋友，"外祖母停了停继续说，拿起两块手帕中的一块，擦去流出来的一滴眼泪，"我常常想，他既不珍重她，也不理解她，尽管她是那么善良，那么爱他，那么竭力掩饰自己的悲伤（这一点我知道得很清楚），她跟他一起是不会幸福的。您记住我的话，要是他不……"

外祖母拿手帕捂住脸。

"唉，我的好朋友！"公爵用责备的口气说，"我看您还是一点儿也想不开，总是自寻烦恼，无缘无故流泪。唉，您怎么不难为情？我早就认识他了，他可是个殷勤、体贴的好丈夫，主要的是，他是个高尚的人，是个十分正派的人。"

我无意中听到一场我不该听的谈话，就踮着脚尖心情激动地走出屋去。

第十九章　伊文家的孩子们

"伏洛嘉！伏洛嘉！伊文家的孩子们来了！"我从窗口看见三个穿海龙皮领蓝大衣的男孩，跟着一个年轻漂亮的家庭男教师，从对面人行道上走来，就叫道。

伊文家是我们的亲戚，他们的几个孩子年龄跟我们相仿，我们来莫斯科后不久就同他们认识，而且跟他们很合得来。

伊文家的老二，叫谢辽查，是个皮肤黑黑的鬈发男孩，长着一个倔强的翘鼻子，鲜红的嘴唇很难盖住有点儿突出的雪白上牙，深蓝色的眼睛十分好看，面部表情异常活泼。他平时脸上没有笑容，非常严肃，但一旦笑起来，就会纵情大笑，笑声清脆响亮，富有魅力。一见面，他那种与众不同的美就使我大为惊讶。我觉得他有一种无法抗拒的吸引力。我只要看见他就感到高兴，我的心思一度就集中在这种愿望上，如果三四天没有看见他，我就感到寂寞，甚至伤心得掉眼泪。我日夜想念他：躺下睡觉，我希望梦见他，一闭上眼睛,他的影子就浮现在我眼前,这种幻想就是我最大的乐趣。我不愿把这种感情告诉任何人,我太珍重它了。也许因为他讨厌我一直死死盯住他的眼睛,或者因为他对我毫无好感,他显然更喜欢跟伏洛嘉玩耍和聊天。尽管如此,我还是心满意足,毫无所求,毫无所望,情愿为他奉献一切。他在我心中引起热烈的迷恋,同时使我产生另一种同样强烈的感情:唯恐他不快,唯恐得罪他,唯恐他不喜欢我。也许是因为他脸上现出傲慢的神气,或者是因为我对自己的外貌有自卑感,过分欣赏别人的美貌,或者更确切地说,这是爱的必然征象:我对他有几分爱,就有几分惧。谢辽查第一次同我说话,我真是受宠若惊,脸上一阵红一阵白,什么也答不上来。他有一个坏习惯,当他想心事的时候,眼睛总是盯住一个地方,翕动鼻子,扬起眉毛,一个劲儿地眨眼睛。大家都认为这个习惯损害他的相貌,但我却觉得它很可爱,不由得也养成了这种习惯。我同他认识几天之后,外祖母问我是不是眼睛痛,因为我像猫头鹰一样老眨眼睛。我们之间没有谈过一句爱慕的话,但他感觉到他能够控制我,就在我们幼稚的关系上不自觉然而残酷地运用它。虽然我很想向他说说心里话,但我太怕他,不敢跟他坦诚相见,只是竭力装得若无其事,毫无怨言地服从他。有时我觉得他盛气凌人,难以忍受,但又无法摆脱他。

这种无私的无限美好感情,没有吐露,没有获得同情,就消失了,想起来真使我伤心。

说也奇怪,我小时候竭力想装得像个大人,而当我不再是小孩的时候,我又常常想做个孩子。在我同谢辽查的关系上,由于我不想做孩子,便常常克制自己,不让自己流露感情,使我变得虚假。我不仅不敢吻他(尽管有时我很想吻他),不敢拉住他的手说我见到他很高兴，而且不用爱称称呼他，这在我们已成了习惯。每次感情的流露都证明行为幼稚，谁这样做就是个孩子。我们还没有尝到成年人那种谨小慎微、冷漠无情的苦恼，但已丧失孩子纯洁的温柔的眷恋，原因只是想模仿大人。

我在下房里迎接伊文家的孩子们，跟他们打了招呼，就连忙跑去通知外祖母。我告诉她伊文家的人来了，我的语气表示这消息一定会使她高兴。然后我目不转睛地瞧着谢辽查，跟着他走进客厅，注意他的一举一动。外祖母说他长大许多，并用她那洞察一切的眼睛盯着他。这时我感到又害怕又满怀希望，就像一个画家等待着尊敬的鉴赏家对他的作品做出评定。

伊文家年轻的家庭教师弗洛斯特先生得到外祖母的同意跟我们一起走到花园。他坐在绿色长椅上，神气活现地架起腿，把他那根有青铜镶头的手杖夹在两腿中间，得意地吸起雪茄来。

弗洛斯特先生是个德国人，但同我们心地善良的卡尔·伊凡内奇完全不同。首先他俄语说得正确，但法语说得很糟；以博学多才著称，特别是在妇女中间。其次，他蓄着棕红色小胡子，围着黑色丝围巾，围巾上别着一枚红宝石别针，围巾两端塞在背带下面，穿着一条淡蓝色有套带的闪光长裤。第三，他年纪很轻，相貌堂堂，神态自若，两条腿肌肉发达。显然他特别看重自己的这个长处，认为它对女性具有不可抗拒的魅力，因此总是把腿摆在最显眼的地方，不论站着或坐着都晃动小腿。这是那种年轻的俄国化德国人的典型，想显得英俊潇洒，风流多情。

花园里大家玩得非常快活。官兵捉强盗的游戏玩得再好也没有了，但出了一件事，简直大煞风景。谢辽查做强盗，他追逐过路旅客，绊了一跤，膝盖猛撞在树干上，撞得那么重，我还以为他把膝盖撞碎了。尽管我扮的是宪兵，我的责任是逮住他，但我却走过去，关切地问他痛不痛。谢辽查很生我的气，他握紧拳头，顿着脚，用一种显然撞得很痛的声音对我嚷道："哼，这算什么呀？这样还能玩下去吗？哼，你为什么不逮住我？为什么不逮住我？"他反复说，斜眼望着扮成旅客、在小路上乱逃的伏洛嘉和伊文家老大。然后，他突然尖叫一声，哈哈大笑，跑去捉他们。

尽管他痛得要命，但他不仅没有哭一声，甚至没有露出疼痛的样子，一刻不停地玩下去。我无法描写这种英雄行为多么使我惊讶和钦佩。

不久，伊连卡·格拉普加入了我们一伙，午饭前我们一起上楼，谢辽查再次以他过人的勇气和坚强的性格使我惊讶和钦佩。

伊连卡·格拉普是一个贫穷的外国人的儿子，他父亲以前在外祖父家住过，受过外祖父的恩惠，因此认为常叫儿子来看望我们是他应尽的义务。他要是认为同我们来往会给他的儿子带来荣誉或快乐，那他就大错特错了，因为我们跟伊连卡不仅不要好，而且只有要拿他寻开心时才理睬他。伊连卡是个十三四岁的孩子，身材瘦长，脸色苍白，嘴尖貌丑，一副忠厚老实的样子。他衣着十分寒酸，但头上总是涂着大量发油，使人觉得在太阳光下发油定会融化，滴到衣服上。现在回想起来，我觉得他是一个殷勤文静的好孩子，但当时我却很瞧不起他，认为他不值得同情，甚至不值得想到他。

官兵捉强盗的游戏结束后，我们到楼上去戏闹，相互卖弄各种体育技巧。伊连卡惊讶地露出胆怯的笑容望着我们。大家请他也来露一手，他推托说他一点儿力气也没有。谢辽查特别可爱，他脱下上衣，容光焕发，眼睛闪闪发亮，不断地哈哈大笑，想出各种新花样来：跳过三把并列的椅子，满屋子翻筋斗，把塔季谢夫编的辞典①摆在屋子中央当垫子，在上面倒立，两只脚又做出各种滑稽的动作，逗得大家忍不住大笑。玩了这最后一套把戏，他想了想，眨眨眼，突然一本正经地走到伊连卡跟前，说："您试试这玩意儿，说实在的，这不难。"伊连卡发现大家的目光都集中在他身上，涨红了脸，声音低得几乎听不见地说，他绝对做不来。

"这究竟为什么……为什么他不肯表演呢？他又不是姑娘……一定要他来个倒立！"

于是谢辽查拉住他的手。

"一定要……一定要来个倒立！"大家围住伊连卡同声喊道。伊连卡显然很害怕，脸色发白。我们拉住他的手，把他拉到辞典那里。

"放开我，我自己来！你们要把我的衣服拉破了！"这个不幸的受难者叫道。但这种绝望的叫嚷使我们更加来劲。我们都笑得要死。他那件绿色上衣的接缝都绽开了。

伏洛嘉和伊文家老大把他的头按在辞典上，我和谢辽查就捉住这个可怜孩子乱踢乱蹬的细腿，把他的裤腿卷到膝盖上，大声笑着把他的腿举上去。伊文家最小的孩子扶住他，使他全身保持平衡。

在一阵大笑之后，我们突然都不作声了，屋里一片寂静，只听见可怜的伊连卡发出沉重的喘息。在这一瞬间，我并不完全相信这事很好玩，很可笑。

"哦，现在你可是个好汉了！"谢辽查用手拍拍伊连卡说。

---

① 塔季谢夫曾编纂多卷《法俄辞典》，出版于一八三九年。

伊连卡不作声，双脚乱蹬，拼命挣扎。他不顾死活地乱踢，鞋后跟猛地踢着谢辽查的眼睛，谢辽查立刻疼得放开他的腿，捂住不由自主地流出泪来的眼睛，使劲推了伊连卡一把。伊连卡不再由我们扶着，好像一件没有生命的东西，砰的一声倒在地上。他呜咽得只会说："你们干吗折磨我？"

可怜的伊连卡头发蓬乱，泪流满面，裤腿卷起，下面露出肮脏的靴筒，他这副可怜的样子使我们大为感动。大家都默不作声，竭力装出笑容。

谢辽查第一个冷静下来。

"哼，婆婆妈妈的，"他轻轻踢踢伊连卡说，"他开不得玩笑……哼，得啦，起来吧。"

"我对你说，你是个流氓。"伊连卡恶狠狠地说，转过身去，放声大哭。

"嗨，他用鞋跟踢人，还要骂人！"谢辽查叫道，抓起辞典，在倒霉的人头上挥舞。伊连卡没有想到自卫，只用手抱着头。

"给你！给你！既然他开不得玩笑，我们就不要他……我们下楼去。"谢辽查不自然地笑笑说。

我同情地望望这个可怜的人，他躺在地板上，脸藏在辞典中间，哭得那么伤心，仿佛过不了多久就会因全身抽搐而死去。

"喂，谢辽查！"我对他说，"你为什么要这么干？"

"很好！我今天险些摔断骨头都没有哭。"

"噢，这倒是真的，"我想，"伊连卡不过是个哭娃娃，而谢辽查才是个好汉……是个了不起的好汉！"

我没有考虑到，这个可怜的人哭多半不是因为肉体上受到痛苦，

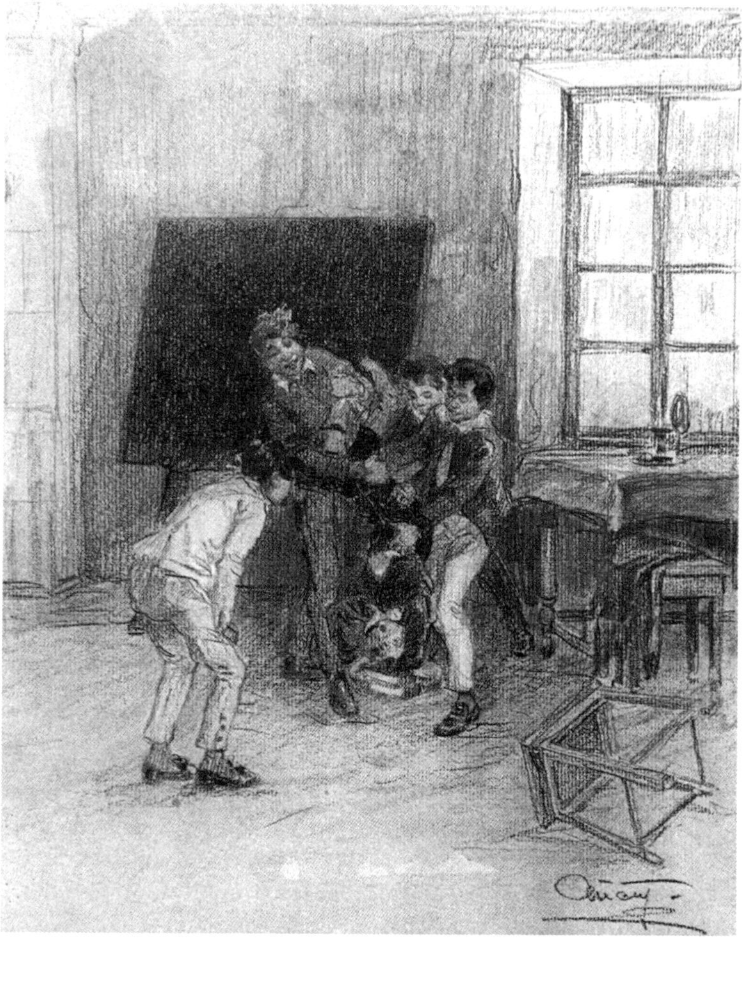

而是因为他想到，这五个男孩（也许是他所喜欢的）竟会串通一气，无缘无故仇恨他，折磨他。

我实在无法向自己解释我怎么会做出这样残酷的事来。我为什么不走上前去保护他，安慰他？平时看见一只被扔出巢的小乌鸦，或者一只被扔到篱笆外的小狗，或者厨子捉走一只做汤的母鸡，我就会放声大哭，此刻我的同情心又到哪儿去了？

难道由于我对谢辽查的爱和在他面前做个像他那样的好汉的愿望，就把这种美好的感情窒息了？这种爱和这种愿望都是不值得羡慕的！这件事在我童年的回忆中留下了唯一的一个污点。

第二十章 宾客盈门

从餐厅里一片不寻常的忙碌上，从客厅和大厅里我早就熟悉的器物都擦得晶光闪亮，显出一派节日气氛上，尤其是从伊凡·伊凡内奇公爵居然派出他的乐队这件事上可以预料，今晚将宾客盈门。

每听到过路马车的响声，我总要跑到窗口，把手放到太阳穴和窗玻璃之间，焦急而好奇地望着街道。从笼罩窗外景物的暮色中依稀可以看出：正对面，那家熟识的小铺子点着一盏灯；斜对面是一座大房子，楼下两扇窗子亮着灯光；街道中央有一辆载着两个乘客的老爷马车，或者一辆没有乘客、缓步回家的空马车；终于大门口来了一辆轿车，我敢断定这是伊文家的人，因为他们答应早一点儿来，我就跑到前厅去迎接他们。但这不是伊文家的人，一个穿号衣的跟班伸手打开车门，接着出现了两个女人：一个身材高大，身披貂皮领蓝色斗篷；另一个身材矮小，全身披着一条绿色大围巾，围巾下只露出一双穿毛皮靴的小脚。她们根本没注意前厅里有我这个人，尽管我认为我应该向她们行礼。小个子女人默默地走向大个子女人，站在她的面前。大个子女人解开小个子女人头上的大围巾，脱下她的斗篷。穿号衣的跟班接过这些衣服，再脱下她脚上的毛皮靴子。于是原先裹得严严实实的小个子女人就变成一个十二岁的漂亮姑娘，她穿着短短的敞领薄纱连衣裙，雪白的裤子，小小的黑鞋。她那雪白的小脖子上围着一条黑丝绒带子，头上长着深棕色鬈发。这鬈发，前面同她美丽的脸蛋十分相称，后面同她的光肩膀又十分协调，即使卡尔·伊凡内奇亲口告诉我，她的头发所以这样鬈曲，是因为一清早用《莫斯科新闻》裁成的纸片卷起来，再用火热的铁钳烫过，我也不会相信。仿佛她天生就有这么一头鬈发。

她生有一双大得出奇的半开半闭的鼓眼睛，这双眼睛同她的小嘴形成奇怪而有趣的强烈对比。她的嘴唇抿着，眼神又十分严肃，她的表情使人觉得她不会微笑，正因为如此，她笑起来就格外迷人。

我竭力避开别人的注意，悄悄溜到大厅门口，觉得我应该来回踱步，假装在沉思默想，根本不知道有客人到来。当客人们走到大厅中央，我仿佛才醒悟过来，并起双脚，向她们报告说，外祖母在客厅里。华拉希娜夫人和蔼可亲地向我点点头。我很喜欢她的脸，特别因为我觉得她同她女儿宋尼奇卡的相貌十分相像。

外祖母似乎很高兴见到宋尼奇卡，把她唤到跟前，理理她垂到前额的一绺鬈发，凝视着她的脸蛋说："多么迷人的孩子！"宋尼奇卡微微一笑，涨红了脸，显得格外妩媚动人。我望着她，脸也红了。

"希望你在我这儿不会感到无聊，宝贝，"外祖母托起她的下巴，说，"你们尽情跳舞快乐吧。我这儿已经有了一位女士和两位骑士。"她摸摸我的手，对华拉希娜夫人添加说。

这种亲切的态度使我感到愉快，我又脸红了。

我感到我的羞怯越来越厉害，同时听到又有一辆马车驶近，我认为应该走了。在前厅，我见到柯尔纳科娃公爵夫人，她带来她的儿子和一大群女儿。女儿们的长相都差不多，很像公爵夫人，都很难看，因此没有一个引起我的注意。她们脱下斗篷，摘下长围巾，忽然都尖声尖气地说起话来，乱哄哄地为什么事发笑，大概是笑她们有那么多人。艾顿是个十五六岁的男孩，高大肥胖，面容憔悴，眼窝凹陷发青，手脚都大得超过年龄。他举止笨拙，嗓音难听，忽高忽低，但似乎扬扬自得，大概就是挨树条的那个男孩。

我们面对面站了好一阵，一言不发，互相仔细打量着。然后我们走近一点儿，大概是想接吻，但彼此又望了望，就改变了主意。等他所有的姐妹衣服发出窸窣的响声从我们旁边走过后，为了找话说，我就问他马车里挤不挤。

"我不知道，"他漫不经心地回答说，"不瞒你说，我从来不坐马车，因为一坐就恶心，这一点妈妈是知道的。晚上我们乘车出去，我总是坐驭座，那里开心多了，什么都看得见，菲利普让我赶车，有时我还接过鞭子。有时还会遇见这样的乘客，"他富于表情地打着手势添加说，"妙极了！"

"少爷！"跟班走进前厅说，"菲利普问您把鞭子放到哪儿去了？"

"什么放到哪儿去了？我还给他啦。"

"他说您没有还给他。"

"噢，那么是挂在车灯上了。"

"菲利普说车灯上也没有，您还是承认一下，是您拿过把它弄丢了，要不然您淘气，菲利普就得掏腰包赔钱。"跟班越来越激动，怒气冲冲地继续说。

跟班愁眉苦脸，看样子是个受尊敬的人，他热心袒护菲利普，一定要把这事弄个水落石出。我觉得应该知趣些，就装作什么也没有注意似的走开。但在场的仆人们却完全不是这样，他们走得更近些，带着赞许的神情望着那个老跟班。

"嘿，丢了就丢了，"艾顿说，避免进一步解释，"鞭子花得了他多少钱，我赔就是了。真可笑！"他添加说，走到我跟前，领我向客厅走去。

"噢，请问少爷，您拿什么来赔呢？我知道您怎么赔法：您欠玛丽雅·华西里耶夫娜二十戈比已有七个多月了，欠我的呢，怕也有一年多了，还有欠彼得鲁什卡的……"

"你给我闭嘴！"少爷气得脸色发白，嚷道，"这一切我都要告诉……"

"都要告诉，都要告诉！"那跟班嘟囔说。"少爷，这样不好！"我们走进大厅时，他特别有声有色地说，接着把斗篷拿到衣柜里。"说得好，说得好！"我们走后，前厅里传来什么人的声音。

外祖母有一种特殊的本领，在一定场合用一定语气说"您"和"你"这两个不同的代词，来表示她对人的态度。她对这两个词的用法与通常习惯相反，这种细微的差别到了她的嘴里就具有特殊意义。艾顿公爵少爷走到她面前,她对他只说了几句话,并用您来称呼他,而且还十分轻蔑地瞧了他一眼。要是我处在他的地位,一定会手足无措,但艾顿显然不是我这种性格的孩子,他不但没注意外祖母怎样接待他,甚至根本没注意外祖母这个人,他只向大家点了点头,样子即使不算灵活,也是漫不经心。宋尼奇卡吸引了我的全部注意。我记得,伏洛嘉、艾顿和我在大厅里交谈,从那里可以看见宋尼奇卡,宋尼奇卡也能看见我们和听见我们的话,这时我说话就津津有味。当我说出我自认为聪明或者可笑的话时,我就放开嗓门,眼睛望着客厅的门。当我们换到别的地方,从客厅里看不见我们,也听不见我们的话时,我就默不作声,再也提不起说话的兴致。

客厅和大厅里渐渐挤满客人,儿童晚会的客人中有几个大孩子,他们照例不肯错过跳舞的机会,仿佛只是为了要讨女主人的欢心。

伊文家的孩子们到来时,我不但没有平时遇见谢辽查时那样高兴,还古怪地生他的气,因为他将看见宋尼奇卡,在她面前炫耀自己。

第二十一章　跳玛祖卡舞以前

"哦,看样子你们要跳舞了,"谢辽查说,他从客厅出来,从口袋里掏出一副新羊皮手套,"我得戴上手套。"

"怎么办?我们没有手套,"我想,"得到楼上去找一找。"

然而，尽管我翻遍抽屉，只在一个抽屉里找到一副出门用的绿色五指手套，在另一个抽屉里找到一只对我毫无用处的羊皮手套：第一因为太旧太脏；第二因为我戴起来太大，尤其因为它缺了中指，想必是好久以前卡尔·伊凡内奇手指受伤时把它剪掉。但我还是戴上这只破手套，聚精会神地察看着我那只总是沾着墨水的中指。

"要是纳塔丽雅·萨维什娜在这儿就好了，她那里一定找得到手套。就这样下楼去不行，因为要是有人问我为什么不跳舞，叫我怎么回答呢？留在这儿也不行，因为他们一定会找到我的。我该怎么办？"我摆动双手说。

"你在这儿做什么？"伏洛嘉跑进来说，"去邀请一位舞伴……跳舞马上就要开始了。"

"伏洛嘉，"我绝望地对他说，给他看看我那从脏手套里露出来的两个手指，"伏洛嘉，这事你没想到吧！"

"什么事？"他不耐烦地问。"噢！手套，"他看到我的手，若无其事地添加说，"确实没想到，得问问外婆……她会怎么说呢？"接着，他没再多想这件事，跑下楼去。

他对待我认为十分重大的事那么冷静，这使我放心。我完全忘了戴在左手上的破手套，连忙跑进客厅。

我小心翼翼地走到外祖母的安乐椅旁，轻轻地拉拉她身上的长袍，低声对她说："外婆！叫我怎么办呀？我没有手套！"

"什么，我的宝贝！"

"我没有手套。"我重复说，身子越来越靠拢她，双手放在安乐椅的扶手上。

"那么这是什么呀？"她突然捉住我的左手说。"您瞧，亲爱的朋友,"她接着对华拉希娜夫人说,"您瞧,这个小伙子为了同您的女儿跳舞,打扮得多么漂亮呀。"

外祖母紧紧地握住我的手,带着疑问的神情严肃地望望在座的人,直到所有宾客的好奇心都得到满足、哄堂大笑为止。

要是谢辽查看见我羞愧得皱紧眉头,想把手抽回又抽不回来,我会十分难堪的,但是,宋尼奇卡哈哈大笑,笑得眼泪盈眶,满脸红晕,鬈发飘动,我在她面前却一点儿也没感到害臊。我看到她笑得很响很自然,一点儿也没有嘲弄的意味;相反,我们四目相视,一起欢笑,我同她仿佛更加接近了。手套这个插曲虽然也可能成为笑柄,但也给我带来好处,使我在这个很可怕的客厅里感到自在,一点儿也不觉得局促不安。

腼腆的人的痛苦在于不知道人家对他的看法,一旦看法明确表达出来(不论是好是坏),痛苦也就消失了。

当宋尼奇卡和笨拙的小公爵在我对面跳法国卡德里尔舞时,她是多么可爱啊!当她跳连环舞步,把小手伸给我时,她是多么可爱啊!当她的一头棕色鬈发随着音乐节拍飘动时,她是多么可爱啊!她迈着小小的脚跳齐步时,又是多么天真啊!跳到第五种姿势时,我的舞伴离开我跑到另一边,我等着拍子准备独舞,宋尼奇卡就严肃地抿起嘴,眼睛望着一旁。不过她替我担忧是多余的,因为我大胆地向前,向后,侧步跳到她面前时,淘气地把露出两个指头的手指给她看,她哈哈大笑起来,一双可爱的小脚在镶木地板上用碎步跳得更迷人了。我还记得,当我们围成一圈,大家手拉着手的时候,她低下头,没有把手从我手里抽走,又用手套擦擦鼻子。这一切仿佛就在我眼前,我还听见《多瑙河姑娘》中的卡德里尔舞曲,看到在

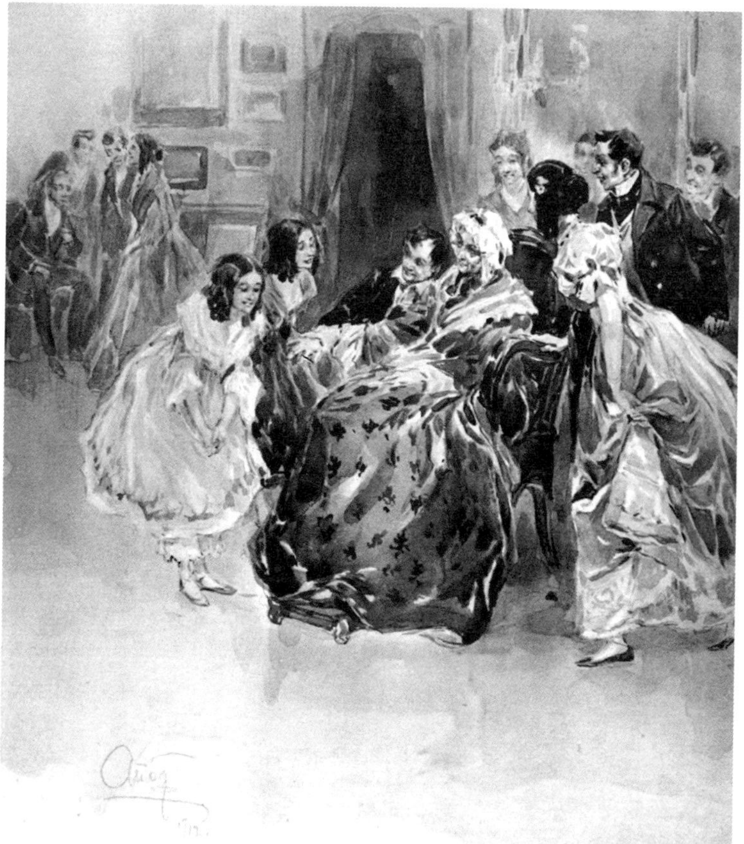

音乐声中发生的种种情景。

第二次卡德里尔舞开始，我又同宋尼奇卡合跳。跳完后坐在她旁边，我感到局促不安，简直不知道同她谈什么好。沉默的时间太久了，我唯恐她把我当作傻瓜，而我无论如何不让她产生这样的误会。"您经常住在莫斯科吗？"我问她，在得到肯定的回答后又说，"可我还从来没有去过京城呢。"我特别强调"去过"这个词以加深印象。不过，虽然我觉得这个开场很出色，又充分证明我精通法语，但是我没有本领一直这样谈下去。下一轮舞还不会很快轮到我们，我们又沉默了。我心神不宁地对她望望，想知道我给了她什么样的印象，并且期待她的帮助。"您从哪儿找到一只这么有趣的手套？"她突然问我。她这样一问顿时使我感到十分轻松愉快。我解释说，这只手套是卡尔·伊凡内奇的，并就卡尔·伊凡内奇这个人物添枝加叶甚至带着某种揶揄的口气说了一大通，说他摘下小红帽时模样十分可笑，有一次他身穿绿色大衣从马背上跌下来，正好跌在水洼里，以及诸如此类的话。卡德里尔舞不知不觉跳完了。这一切都很好，但我为什么要嘲笑卡尔·伊凡内奇呢？难道我如实向宋尼奇卡说明我对他的敬爱心情，就会失去她的好感吗？

跳完卡德里尔舞，宋尼奇卡对我说了声"谢谢"，模样十分可爱，仿佛我真的值得她感谢似的。我欢欣若狂，简直得意忘形，自己也不知道哪来的勇气、信心，竟敢这样胆大妄为。"天下没有什么事能使我害臊！"我一边想，一边在大厅里踱步。"我什么事情都敢干！"

谢辽查建议我做他的对舞者。"好的，"我说，"虽然我没有舞伴，但我能找到的。"我断然向大厅扫视了一下，发现所有的女士都已有人邀请，除了客厅门口站着的一个大姑娘。这时，有个高个子青年

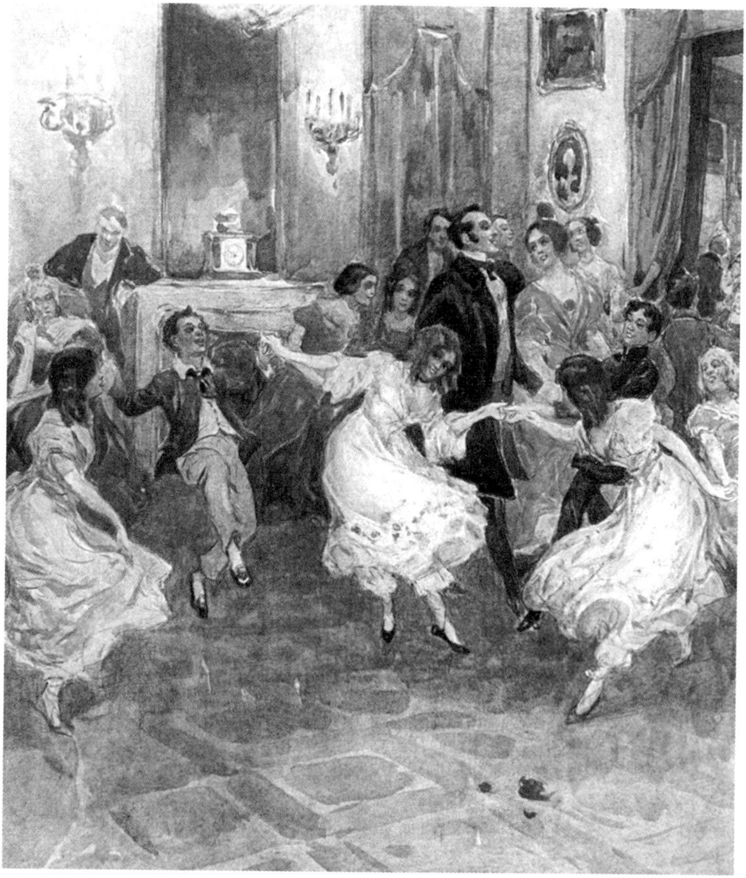

向她走去，我断定他是去邀请她跳舞的。他离她只有两步路，而我却在大厅的另一头。转瞬间，我姿势优美地在镶木地板上向她滑过去，顿时就到了她面前，我并脚行了个礼，语气坚决地邀请她跳乡间舞。大姑娘宽厚地微笑着，把手伸给我，撇下那个没有舞伴的青年。

我对自己的力量充满信心，甚至没理会那个青年的恼怒。事后我听人说，这个青年曾问，那个从他身边冲过、在他面前抢走舞伴的翘头发青年是什么人。

第二十二章 玛祖卡舞

被我抢走舞伴的青年在玛祖卡舞里跳第一对。他从座位上跳起来，拉住舞伴的手，不按咪咪教我们的巴斯克舞步跳，却一直向前跑。他跑到屋角停下来，叉开双腿，用鞋跟跺了跺，转个身，一边跳，一边向前跑去。

我没有舞伴跳玛祖卡，就坐在外祖母的高背安乐椅后面观看。

"他们搞的是什么名堂？"我心里想，"这根本不像咪咪教我们的那一套。她一向对我们说，玛祖卡舞是用脚尖跳的，两脚均匀地走着圆圈，可现在他们跳的完全不是这样。瞧，伊文家的人，艾顿，他们都不跳巴斯克，连我们的伏洛嘉也学了新跳法。那倒也不错！宋尼奇卡是多么可爱啊！瞧，她到那边去了……"我感到非常快乐。

玛祖卡舞接近尾声。几个上了年纪的男女宾客同外祖母告别，走了。仆人们避开跳舞的人，小心翼翼地把餐具端到后面房间。外祖母显然倦了,她勉强说着话,拖着长音。乐队懒洋洋地奏着奏了三十遍的乐曲。跟我跳过舞的大姑娘正在跳各种花样,她发现了我,脸上装出笑容,显然要讨好外祖母。她把宋尼奇卡和无数公爵小姐中的一位领到我面前,问我说:"要玫瑰还是荨麻?"①

"哦,你在这儿!"外祖母坐在安乐椅上,转过身来,"去吧,宝贝,去吧。"

当时我宁愿全身躲到外祖母的椅子下面,也不愿从椅子后面走出来,但是我怎么能拒绝呢?我站起来,说了声"玫瑰",就怯生生地望了宋尼奇卡一眼。没等我醒悟过来,就有一只戴白手套的手落到我手里,公爵小姐笑容可掬地走到我面前,根本没想到我简直不知道该怎么跳。

我知道我跳巴斯克是不合适的,不合礼仪的,甚至会使我丢尽脸面,而熟悉的玛祖卡舞曲却能对我的听觉起作用,触动我的神经,使我的脚跳起舞来。我踮着脚尖不由自主地跳起均匀的圆形舞步来,全场观众看了都大为惊讶。我们一直往前跳时,我还能凑合,但在转弯时发现,如果我不注意,一定会往前直冲。为了避免这种煞风景的事,我停了停,试图按照领头青年优美的姿势跳个特别花样。但我一分开脚,准备跳跃,围着我飞快旋转的公爵小姐就带着茫然的好奇和惊讶的目光望着我的脚。这种目光使我无地自容。我手足无措,不再跳舞,却以最古怪的姿势原地踏步,既不合拍,也不协调,最后索性站住不动。大家都望着我,表情各异,有的惊讶,有的好奇,有的嘲笑,有的同情,只有外祖母毫不在意地望着我。

---

① 这是舞伴的代号。

"既然不会跳，那就不要跳！"爸爸怒气冲冲地在我耳边说。他轻轻把我推开，拉住我舞伴的手，跟她跳了一圈老式舞，然后在观众的喝彩声中把她送到原位。玛祖卡舞随即结束了。

"主啊！你为什么这样残酷地惩罚我！"我暗自想。

大家都瞧不起我，永远瞧不起我……通往友谊、爱情、荣誉的道路都被我自己堵上了……一切都完了！伏洛嘉为什么在大庭广众中向我做手势？这些手势对我并无好处。这个讨厌的公爵小姐为什么要那样打量我的脚？为什么宋尼奇卡……这个可爱的人，她当时为什么要笑？爸爸为什么涨红了脸，还抓住我的胳膊呢？难道他也替我害臊吗？哦，这真是太可怕了！要是妈妈在这儿，她可不会为她的尼科连卡脸红的……我的想象远远地飞到亲爱的妈妈身上。我想起我家门前那片草地，花园里高高的菩提树，清澈的池塘，池塘上空盘旋的燕子，白云飘浮的蓝天，芬芳的新鲜干草，以及许多宁静的美丽回忆。这些景象都在我不平静的脑海中一一掠过。

第二十三章　跳玛祖卡舞以后

晚餐时，领舞的青年坐在我们儿童席上，对我特别关心，如果说在那件倒霉事发生以后我还有所感受的话，他这样做就大大满足了我的自尊心。他千方百计要使我快活起来，逗我，叫我好汉，只要大人一不注意，就往我的杯子里倒各种酒，而且一定要我喝干。

晚餐快结束时，管家拿起包着餐巾的酒瓶往我杯里斟了四分之一杯的香槟，但那个青年坚持要给我斟满，并硬要我一口喝干，我觉得浑身上下暖洋洋很舒服，对那位快活的庇护人特别有好感，竟哈哈大笑起来。

突然从大厅里传出《祖父舞曲》的乐声，大家纷纷从餐桌旁站起来。我同那个青年的友谊就立刻结束了。他走到大人那里，可是我不敢跟着他，就好奇地走去倾听华拉希娜夫人母女俩的谈话。

"再待半个钟头！"宋尼奇卡坚决地说。

"哦，不行，宝贝。"

"你就为了我吧。"宋尼奇卡撒娇说。

"要是我明天病了，你会高兴吗？"华拉希娜夫人说，情不自禁地微微一笑。

"哦，你答应了！我们再待一会儿吗？"宋尼奇卡说，高兴得跳起来。

"拿你有什么办法，去吧，去跳舞……这儿有个舞伴。"她的母亲指着我说。

宋尼奇卡把手伸给我，我们就往大厅里跑去。

喝下去的酒、宋尼奇卡的在场和她的兴致使我完全忘了跳玛祖卡舞时的事故。我跳出极滑稽的姿势，一会儿模仿马，跑着小步，傲慢地抬起脚；一会儿像头公羊，原地踏步，对着狗发脾气；同时放声大笑，一点儿也不在乎给人家什么印象。宋尼奇卡也笑个不停，她笑我们手拉着手不住地旋转；看见一个上了年纪的老爷慢慢移动双脚跨过手帕，装出一副很吃力的样子，她哈哈大笑；当我纵身一跃几乎碰到天花板以显示我的灵活时，她简直要笑死了。

经过外祖母的书房，我照了照镜子。我汗流满面，头发蓬乱，前面的一绺头发翘得比平时更高，但脸上的表情是那么快乐、和善、健康，我不禁自我欣赏起来。

"我要是一直像现在这样，"我想，"我会更讨人喜欢的。"

但我又望了望我舞伴漂亮的小脸蛋，看见她脸上除了我脸上那种快乐健康和无忧无虑的神情外，还洋溢着十分娴雅和温柔的美，我不禁生自己的气，觉得我妄想获得这样一位美人的青睐是多么愚蠢。

我不能指望相互的感情，也根本没有这样想，我的心即使不这样也已充满幸福。我不明白，除了使我心里充满快乐的爱情，并使这种感情永不中断外，还能要求什么更大的幸福，还能有什么别的愿望。就这样我已够幸福了。我的心像鸽子一样不断跳跃，血不断地往心里涌，我真想哭。

当我们穿过走廊，经过楼梯下黑暗的储藏室时，我对它瞧了一眼，心里想："要是能同她在这黑暗的储藏室里过上一辈子，而且不让人知道，那该多么幸福啊！"

"今天很快活，是吗？"我声音哆嗦地轻轻问，加快脚步，与其说是由于所说的话，不如说是由于我想说话而感到害怕。

"是的……很快活！"她向我扭过头来回答，脸上的表情那么坦率善良，使我不再害怕。

"特别是晚餐以后……但您真不知道我感到多么遗憾（我本想说伤心，但我不敢），因为您快走了。我们再也见不到你了。"

"为什么见不到？"她说，凝视着她的鞋尖，一个手指摸摸我们经过的格子屏风，"每逢星期二和星期五我都跟妈妈乘车到特维尔大街兜风。难道您不想去散散步吗？"

"星期二我们一定要求出去，如果不放我走，我就不戴帽子一个人溜出去。我认识路。"

"您知道吗？"宋尼奇卡突然说，"我跟那些到我们家来的男孩子总是你我相称，让我们也这样称呼吧。你愿意吗？"她猛地抬起头，对直望了望我的眼睛，添加说。

这时我们走进大厅，里面正在奏《祖父舞曲》的另一部分。

"请您……"我说，当时的音乐声和喧哗声压倒了我的声音。

"要说请你，不要说请您。"宋尼奇卡纠正说，笑起来。

《祖父舞曲》结束了，可是我没来得及说一句有你字的话，虽然我竭力思索有这个代词出现的句子。我缺乏勇气这样做。"你愿意吗？""让我们你我相称吧！"这些话在我耳际回响，使我陶醉：除了宋尼奇卡，我什么东西、什么人都看不见。我只看见她的鬈发怎样被撩到耳后，她的前额和鬓角怎样露出来，她的全身怎样被裹在绿披巾里，只露出小鼻子尖。我发现要不是她用嫩红的手指在嘴边把披巾拉开一个小洞，她准会闷死的。我看见她跟着母亲走下楼去，敏捷地转过身来向我们点点头，就走出门去了。

伏洛嘉、伊文家的孩子们、小公爵和我都爱上了宋尼奇卡，大家都站在楼梯上目送着她。她特别对谁点头，我不知道，但当时我深信那是对我。

跟伊文家的孩子们告别时，我跟谢辽查非常随便甚至有点儿冷淡地说了几句话，并握了握手。如果他知道，从那天起他就失去了我的爱和控制我的权力，他一定会感到遗憾，虽然他竭力装得若无其事。

我生平第一次在感情上变了心，而且也是第一次尝到这种感情的甜蜜。把原来那种习以为常的忠忱换成一种充满神秘不可知的新鲜爱情,我觉得很有趣。何况甩开一个人,又爱上另一个人,这就意味着爱得比以前加倍强烈。

第二十四章　在　床　上

"我怎么能那么热烈那么长久地爱着谢辽查?"我躺在床上思索这个问题。"不! 他从来不理解,也不会珍惜,也不配享有我的爱……可是宋尼奇卡呢? 她是一个多么可爱的人儿! '你愿意吗?''你来开头。'……"

我四肢朝下跳起来,生动地想象着她的小脸,然后用被子蒙着头把全身裹住,裹得严严实实地躺下来,感到一种愉快的温暖,沉浸在甜蜜的幻想和回忆之中。我目不转睛地盯住被子夹里,就像一小时前那样清清楚楚地看到了她。我在心里同她交谈。这场谈话虽然毫无意义,却给了我无法形容的快乐,因为谈话里不断出现你、给你、同你、你的等词儿。

这些幻想十分清晰。一种甜蜜的兴奋使我不能入睡,我真想同谁分享这种过分的幸福。

"好朋友!"我猛地翻了个身,几乎说出声来,"伏洛嘉! 你睡着了?"

"没有,"他睡意蒙眬地回答说,"什么事?"

"伏洛嘉,我在恋爱了! 真的爱上宋尼奇卡了。"

"那又怎么样？"他伸着懒腰回答。

"哦，伏洛嘉！你真不能想象我发生了什么事……这会儿我裹着被子躺着，那么清清楚楚地看见她，同她说话，简直叫人惊奇。你知道还有什么吗？我这样躺着想念她，不知怎的会这样伤心，我真想哭。"伏洛嘉身子动了一下。

"我只有一个愿望，"我继续说，"就是永远和她在一起，永远看见她，再没有别的愿望了。你是不是在恋爱？老实告诉我，伏洛嘉。"

真奇怪，我愿意人人都爱上宋尼奇卡，人人都把这件事说出来。

"这跟你有什么相干？"伏洛嘉转过脸来望着我，说，"也许是这样的。"

"你并不想睡，你在装假！"我发现他眼睛闪闪发亮，毫无睡意，喊道，接着掀开被子。"我们还不如来谈谈她吧。她真是迷人，是吗？她那么迷人，要是她对我说：'尼科连卡！从窗口跳下去！'或者说：'跳到火里去！'嗯，我敢起誓，我会立刻去跳，而且高高兴兴地跳下去。哦，她真是迷人！"我添加说，历历在目地想象着她。为了充分欣赏她的形象，我突然翻了个身，把头钻到枕头底下。"伏洛嘉，我真想哭啊！"

"真是个傻瓜！"他含笑说，停了停又说，"我跟你完全不一样。我想，要是可能的话，我先要坐在她旁边，跟她谈谈……"

"哦！那么你在恋爱吗？"我打断他的话说。

"然后，"伏洛嘉羞答答地笑着说下去，"然后好好地吻吻她的小手指、小眼睛、小嘴、小鼻子、小脚，好好地把她全身吻个够……"

"蠢话！"我从枕头底下嚷道。

"你什么也不懂。"伏洛嘉轻蔑地说。

童年 | 093

"不，我懂，你才不懂，尽说蠢话。"我含着眼泪说。
"但你哭什么呀！简直像个女孩子！"

第二十五章　信

四月十六日，在我上一章所叙述的事件发生大约六个月后，父亲上楼来找我们，当时我们正在上课。他宣布，当天夜里我们就要跟他一起到乡下去。我听到这消息，心顿时揪紧，并且立刻想到了妈妈。

这样突然决定动身是由下面这封信引起的。

直到此刻晚上十点钟，我才收到你四月三日那封亲切的信。照例我立刻给你回信。费奥多尔昨天就把你的信从城里带回来，但因时间已晚，今天早晨他才交给咪咪。咪咪借口我身体不适，心情不佳，一整天都没把信交给我。我确实有点儿低热，身体不舒服，卧床已是第四天了。

亲爱的朋友，请你不要担心，我的自我感觉相当好。要是伊凡·华西里奇许可，我明天就想起来。

上星期五，我带孩子们乘车出去游玩，但将要走上大路接近我一向害怕的小桥旁时，马陷到泥塘里。天气晴朗，我想趁他们忙着把马车拖出来的时候，步行到大路上。我走到小礼拜堂那里，感到非常疲劳，就坐下来休息。约莫过了半小时，才来人把马车拖出来，我觉得身上发冷，特

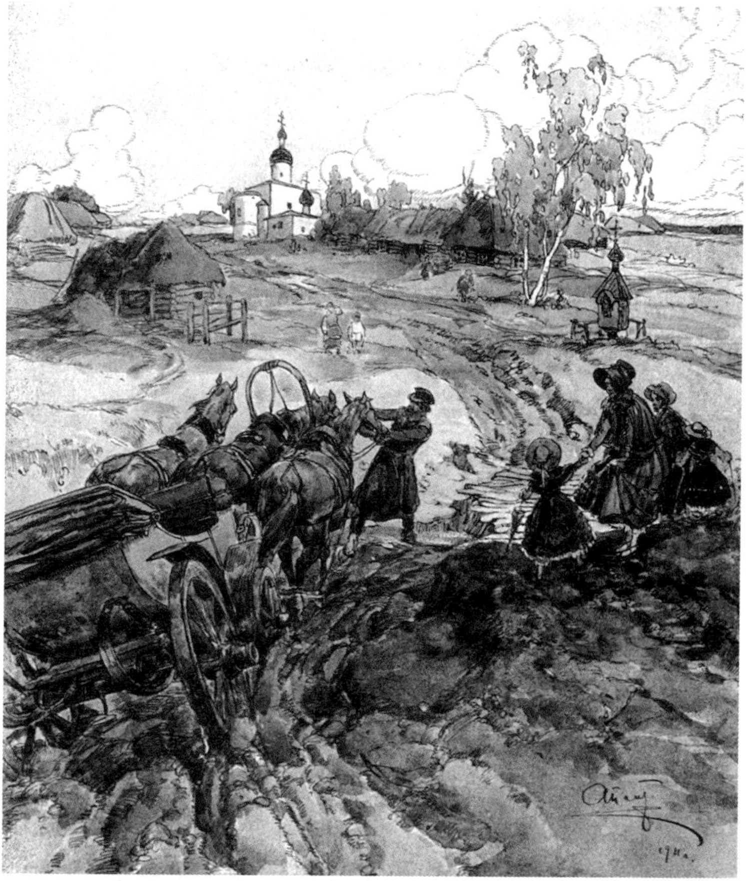

别是双脚，因为我穿的是薄底靴，都湿透了。午饭后，我感到身上一阵冷一阵热，但我照常走路。喝茶后同柳波奇卡四手联弹钢琴。（她进步极大，你一定认不出她了！）但我不能数节拍，你可以想象我是多么吃惊啊。我数了好几次，但脑子里一片混乱，耳朵里也发出古怪的鸣声。我数了一、二、三，接着就突然数起八、十五来，主要是感觉到语无伦次，怎么也纠正不过来。最后咪咪走来帮助我，几乎是强迫我躺到床上。我的朋友，现在你就能详细了解我是怎样病倒的，而且那完全是我自己的过错。第二天我烧得相当厉害，我们那位善良的伊凡·华西里奇老人（他至今还住在我们家里）跑来，答应不久可以让我到户外去。伊凡·华西里奇可真是位可爱的老头儿！当我发烧和说胡话的时候，他通宵没有合眼，坐在我旁边。此刻他知道我在写信，就同孩子们坐在起居室，我从卧室里听见，他在给他们讲德国童话，他们都听得哈哈大笑。

弗兰米美人（你这样称呼她）来我家做客已有一星期多，她母亲到什么地方做客去了。她对我的细心照顾证明她对我的真诚眷恋。她非常信任我，向我吐露内心的一切秘密。她长得很漂亮，心地善良，再加上年纪轻，要是能得到良好的教养，准能成为一个完美无缺的好姑娘，但她生活在那样的环境里，就她所讲述的情况判断，她会完全被毁掉的。我常常想，要不是我自己有那么多孩子，我准会做桩好事收养她。

柳波奇卡要亲自给你写信，但她已撕掉三张信纸，还说:"我知道爸爸多么爱嘲笑人。只要我写错一个字,他就会拿给所有的人看。"卡金卡还是那么可爱,咪咪还是那么善良和忧郁。

现在来谈谈正经事:你来信告诉我今冬收入不好,你不得不动用哈巴洛夫卡那笔钱。你来征求我同意,我简直觉得奇怪。难道我的东西不也就是你的东西吗?

亲爱的朋友,你的心真好,为了怕我伤心向我隐瞒真相,但我能猜到,你一定输了很多钱。不过我可以起誓,这事绝不会使我难过。因此,只要这事可以补救,你就不必太放在心上,别徒然折磨自己。我向来不仅不指望你为孩子们赢钱,而且,恕我直说,也不指望你的全部财产。你赢钱并不使我高兴,输钱也不会使我伤心,我难过的只是你那么热衷于赌博,使我失去一部分你对我的温存,逼得我不得不像现在这样说出痛心的真话,天知道这在我是多么痛苦啊!我不住地向上帝祈祷,求他使我们避免……不是避免贫穷(贫穷算得了什么?),而是避免我必须维护的孩子们的利益同我们的利益发生冲突那种可怕的处境。至今上帝一直谛听我的祷告,你没有做得过分,我们还不用牺牲那不属于我们而属于孩子们的财产,要不……想想都可怕,不过这种可怕的灾难总是在威胁着我们。是的,这是上帝加在我们两人身上的沉重十字架!

你来信还谈到孩子们,回到我们争论已久的问题上:你要求我同意送他们进学校。你知道我一向反对这种教育……

亲爱的朋友，我不知道你是否同意我的意见，但不论怎样我恳求你，为了对我的爱答应我，不论我活着还是死后（如果上帝要我们分离的话）永远不要这样做。

你来信说，你为处理我们的事必须去彼得堡。基督保佑你，我的朋友，去吧，早点儿回来。你不在，我们大家都觉得非常寂寞！春天真是太美了：阳台门已卸掉，通暖房的小径四天前就完全干了，桃花盛开，少数地方还有残雪，燕子归来了，今天柳波奇卡给我带来第一束春花。医生说，再过两三天我就可以完全康复，可以到户外呼吸新鲜空气，晒晒四月的太阳。再见，亲爱的朋友，不要担心我的病，也不要为你输钱而懊恼；赶快办完事，带孩子们回来过一个夏天。我已做好消夏的美好计划，只等你回来实现。

信的其余部分是用法文写的，字迹潦草不清，写在另一张纸上。我把它逐字翻译如下：

不要相信我上面所写的病情，谁也不会想到我病得那么厉害。我知道我再也起不了床。一分钟也不要耽误，立刻带着孩子们回来。也许我还来得及再次拥抱你，最后一次为孩子们祝福，这也是我最后的心愿。我知道这对你是个多么可怕的打击。不过迟早你会从我这里或从别人那里得到这种打击的。让我们坚强地满怀上帝的恩典竭力忍受这种不幸吧。我们服从他的旨意。

不要以为我所写的是病中的胡言乱语。相反，此刻我的思想极其清楚。我十分镇静。不要以为这是一个怯懦灵魂的荒诞不经的预感,并以此安慰自己。不,我觉得,我知道(我所以知道,因为上帝已向我做了启示)我活不长了。

难道我对你和对孩子们的爱会随着我的生命而结束吗?我明白这是不可能的。此刻我强烈地感到,我无法想象,我赖以生存的那种感情有朝一日会消失。没有对你们的爱,我的灵魂就无法存在。我知道,要是像我的爱这种感情有朝一日会停止,那它就不会产生,单凭这一点,我就知道它会永久存在。

我不会再和你们在一起,但我坚信我的爱永远不会离开你们。这种想法使我的心感到欣慰,我将毫无恐惧,平静地等待死神降临。

我很平静。上帝知道,我一向把死看作向更美好生活的过渡,但为什么泪水把我憋得喘不过气来?为什么要使孩子们失去亲爱的母亲?为什么要让你遭到沉重的意外打击?既然你们的爱使我的生活过得无比幸福,我为什么要死?

但我服从上帝的旨意。

我泪眼模糊写不下去。也许我再也看不见你了。谢谢你,我的无价的朋友,为了今生你给我的全部幸福,我在阴间也将祈求上帝报答你。别了,亲爱的朋友,记住,虽然我将不在,但是我的爱任何时候任何地方都不会离开你。别了,伏洛嘉!别了,我的天使!别了,维尼雅明[1]——

---

[1] 维尼雅明——《圣经》人物名,此处意指小儿子。——编者注

我的尼科连卡。

难道他们有一天会忘记我吗？！

彼得洛夫斯科耶，四月十二日

信里还附有咪咪用法文写的便条，内容如下：

她对您说的悲惨预感已由医生的话得到证实。昨天夜里她吩咐立刻把这封信付邮。我以为她是在说胡话，就一直等到今天早晨，并决定把信拆开看看。我刚拆开，纳塔丽雅·尼古拉耶夫娜就问我怎样处理这封信，并吩咐我说，如没有寄出，就把它烧掉。她一直说到这封信，说它会给您带来沉重的打击。如果您想在这位天使离开我们之前再见她一面，那就不要拖延归期。原谅我字迹潦草。我有三夜没有睡觉了。您知道我是多么爱她！

纳塔丽雅·萨维什娜四月十一日在我母亲卧室里守了一个通宵，后来告诉我，妈妈写了信的第一部分后把它放在身旁的小桌上，就躺下睡觉了。

"我得承认，"纳塔丽雅·萨维什娜说，"我在安乐椅上打盹，所织的袜子从手里掉下了。这是半夜十二点多钟，我在梦中仿佛听见她在说话，我睁开眼睛一看，她这位天使正坐在床上，这样交叉着两手，泪流满面。'一切都完了？'她说了这句话，用双手掩住脸，我跳起来问：'您怎么了？'"

"'哦，纳塔丽雅·萨维什娜，您知道我梦见了谁？'"

"不论我怎样问，她再也不说什么，只叫我把小桌移近一些，又写了几句话，吩咐我当着她的面把信封好，立刻送走。以后情况就越来越坏。"

第二十六章　乡下什么事等着我们

四月十八日，我们在彼得洛夫斯科耶老家门口下车。离开莫斯科时爸爸心事重重。伏洛嘉问他是不是妈妈病了，他伤心地望望伏洛嘉，默默地点点头。在旅途中，他显然平静一点儿，但离家越近，他的脸色就越悲伤。他跳下马车，就问气喘吁吁地跑出来的福卡说："纳塔丽雅·尼古拉耶夫娜在哪儿？"他的声音有点儿发抖，眼睛里含着泪水。善良的老福卡偷偷地瞧了我们一眼，垂下眼睛，打开通前厅的门，转过脸去回答说："已经第六天没有出房门了。"

米尔卡自从妈妈病倒那天起就不住地哀叫（这是我后来知道的），此刻一看见爸爸，就快乐地冲过来。它扑到爸爸身上，尖声大叫，舔他的手，但爸爸把它推开，穿过客厅，走进起居室，起居室的门直通卧室。他越走近卧室，他全身的动作就越分明地显出他的不安。他踮着脚尖走进起居室，几乎屏住呼吸，画了个十字，这才抓住门把手。这时，头发蓬乱、满面泪痕的咪咪从走廊里跑来。"唉，彼得·亚历山德雷奇！"她低声叫道，脸上露出绝望的神色。她发现爸爸在转动门把手，又悄悄地说："这儿进不去，要走下房。"

我已预感到可怕的灾难临头了，而这一切更加痛苦地加强了我这孩子的想象!

我们走进女仆室,在走廊里我们遇见了傻子阿金姆。阿金姆一向好扮怪相逗我们开心,但此刻我不仅不觉得他可笑,而且一看见他那副冷漠愚蠢的脸,就觉得特别难受。两个使女坐在下房里干活,这时站起来向我们行礼,脸上现出悲伤的表情,使我感到害怕。接着,穿过咪咪的房间,爸爸打开卧室的门,我们就走了进去。门的右首有两扇窗,窗上挂着窗帘。纳塔丽雅·萨维什娜坐在窗前,鼻梁上架着眼镜,手里织着袜子。她没有像往常那样吻我们,只欠起身来从眼镜上方望望我们,接着眼泪就簌簌地落下来。大家一看见我们就哭起来,他们原来总是很平静的。这一点使我感到非常不快。

门左首放着一排屏风,屏风后面放着一张床、一张小桌、一个小药柜和一张大安乐椅,医生正坐在上面打瞌睡。床旁站着一个年纪很轻、相貌俊美的金发姑娘,她身穿一件雪白的罩衫,袖子卷起一点儿,正往妈妈头上放冰块,但这时我还看不见妈妈。

这个姑娘就是妈妈信上说的弗兰米美人,后来她在我们一家的生活中扮演了非常重要的角色。我们一进去,她就把一只手从妈妈头上抽回来,理理胸前的衣褶,然后悄悄地说:"昏迷了。"

我当时悲伤极了,但不由得注意起一切细节。房间里昏暗,闷热,充满薄荷、花露水、甘菊和霍夫曼滴剂的混合味儿。这种味儿是那么强烈地刺激了我,后来,不仅一提到它,而且一想到它,我的眼前就立刻浮现出那个使人窒息的阴森森的房间,以及那个可怕时刻的种种细节。

妈妈的眼睛睁着,但她什么也没有看见……唉,我到死也不会忘记她那可怕的眼神!眼神里流露出多大的痛苦!

我们被带走了。

后来我向纳塔丽雅·萨维什娜询问母亲临终的情景，她这样告诉我："你们被带走后，她，我的好人，又折腾了好一阵，她这儿仿佛被堵住了，然后她的头从枕头上滑下来，她就像天使一般平静地睡着了。我走出去看看，她的药水怎么没有送来，等我回来，她这个可怜的人已把身边所有的东西扔掉，不住地叫你爸爸过去。你爸爸向她俯下身去，但她显然已无力说出要说的话，只张开嘴巴呻吟着：'我的上帝！主哇！孩子们！孩子们！'我想跑去找你们，可是被伊凡·华西里奇拦住，他说：'那样会使她更难过，还是不要去叫。'然后她举起手来，又放下。她这是要什么，只有天知道。我想她这是在暗暗给你们祝福，显然上帝不让她在临终前再看一眼自己的孩子。最后她稍稍抬起身来，她这个好人，双手这样动了一动，突然用那种叫人不敢回想的凄惨声音叫道：'圣母啊，不要抛弃他们啊！'这时她的心脏一阵剧痛，这从她的眼神看得出来，这个可怜的人真是痛苦极了。她倒在枕头上，用牙咬着床单，天哪，她的眼泪就这样簌簌落下来了。"

　　"那么，后来呢？"我问。

　　纳塔丽雅·萨维什娜再也说不下去。她转过身去，放声痛哭。

　　妈妈是在极度痛苦中死去的。

第二十七章　悲　伤

　　第二天深夜，我很想再看她一眼，就克制住情不自禁的恐惧，悄悄打开门，踮着脚尖走进大厅。

大厅中央放着一张桌子,桌子上摆着棺材,周围高高的银烛台上点着烛泪直淌的蜡烛。大厅一角远远地坐着一个诵经士,正在单调地低声朗诵《诗篇》。

我在门口站住,向里面张望,但我的眼睛哭坏了,神经深受刺激,什么也看不清楚。烛光、锦缎、高大的烛台、镶花边的粉红色枕头、花环、缀有缎带的帽子,还有一样像白蜡一般苍白的东西,这一切都古怪地融成一片。我站到椅子上想看看她的脸,但我在那里看到的仍是那白里带黄的东西。我不能相信这就是她的脸。我聚精会神地仔细察看,才渐渐认出她那亲切的熟悉面貌。当我确信这就是她时,我吓得浑身打了个哆嗦,但我不懂她那双紧闭着的眼睛为什么凹陷得那么深。为什么她的脸色那么苍白,一边面颊的白皮肤下还有黑斑?为什么她面部的表情那么严峻、冰冷?为什么嘴唇那么苍白,嘴巴那么好看、那么庄重,透露出一种超凡的宁静,使我凝视她的时候不禁打了个寒噤?

我望着,感到有一种无法理解、无法克服的力量把我的目光吸引到那张毫无生气的脸上。我的目光没有离开它,但头脑里却浮现出一幅生气盎然、充满幸福的图画。我忘记这具躺在我面前的尸体,这件我茫然望着而同我的回忆毫无关系的东西就是她。我想象着处于不同状态的她:起初是快乐活泼,笑容可掬,随后,我所凝视的那张苍白脸上的某个特征使我吃惊。我不禁想到这可怕的现实,浑身哆嗦,但眼睛还是没有离开它。接着幻想又代替了现实,然后现实感又打破幻想。最后想象疲劳了,它不再哄骗我,现实感也跟着消失,我完全出神了。我不知道这种状态延续了多久,也不知道究竟是怎么一回事。我只知道暂时失去了自己存在的意识,体验到一种崇高的难以描摹的又悲又喜的感觉。

她那美好的灵魂升天时，也许会忧郁地俯视她把我们撇下的这个世界。她会看到我的悲伤，动了怜爱之心，于是鼓动爱的翅膀，带着圣洁的悲悯的微笑，降落到尘世，来安慰我，为我祝福。

门吱地响了一声，一名诵经士走进大厅来换班。这响声把我惊醒，我首先想到的是，我没有哭，毫无表情地站在椅子上，诵经士也许会以为我是个呆头呆脑的孩子，出于怜悯或好奇才爬到椅子上。于是我画了个十字，鞠了一躬，哭了起来。

我现在回忆当时的情景，觉得只有精神恍惚的一刹那才是真正的悲哀。葬礼前后我不停地哭泣，心里很哀伤，但我羞于回忆这种哀伤，因为其中总夹杂着一种自我欣赏的成分：时而想显示我比谁都悲伤，时而考虑我对别人的影响，时而出于没有目的的好奇心观察咪咪的帽子和在场人们的脸。我蔑视自己，因为我内心产生的并非纯粹的哀伤，并且竭力掩饰所有别的感情，因此我的哀伤是不真诚和不自然的。除此之外，我还感到一种满足，因为知道我是不幸的，就竭力唤起这种不幸的感觉。这种自私的感觉比什么都更强烈地压倒我心中真正的哀伤。

那天我安安静静地酣睡了一夜（在极度悲伤之后总是这样），第二天醒来眼泪干了，心情也平静了。十点钟我们被叫去参加出殡前的祭祷。大厅里挤满了家仆和农奴，他们个个含着眼泪来送别女主人。在祭祷时，我得体地哭着，画着十字，深深地鞠躬，但心里并没有祈祷，态度也相当冷淡。我只关心刚才给我穿上的新礼服，觉得腋下很紧，考虑着跪下时不要把裤子弄得太脏，同时偷偷打量着所有在场的人。父亲站在棺材头上，脸色白得像纸，显然勉强忍着眼泪。他那穿着黑燕尾服的高大身材、富于表情的苍白面孔，以及他在画十字、一躬到地、从神父手里接过烛台和走近棺材时优雅而稳重的动作，都是极其动人的。但不知怎的，在这种时刻他的举动竟能那么动人，这反而使我不以为然。咪咪靠墙站着，仿佛勉强支撑着身子；她的衣服很皱，粘满绒毛，帽子歪在一边；眼睛又红又肿，头不住地摇晃；她用撕裂肝肠的声音号啕大哭，一直用手帕和双手捂着脸，我觉得她这样做是不让人家看见她的脸，好假哭一阵后歇一会儿。我记得，前一天她对爸爸说，妈妈的去世对她是一个无法承受的沉重打击，使她失去了一切，这位天使（她这样称呼妈妈）临终也没有把她忘记，宣布她希望永远保证她和卡金卡的生活。她说这话时痛哭流涕，也许她的悲痛是真实的，但这种感情是不单纯的。柳波奇卡穿着钉有丧章的黑色连衣裙，满面泪痕，垂着脑袋，偶尔望望棺材，而她脸上流露的只有孩子的恐惧。卡金卡站在母亲身边，尽管哭丧着脸，但脸色仍像平时一样红润。性格直爽的伏洛嘉在悲痛时也是直爽的，他若有所思地站着，眼睛盯着什么东西，有时他的嘴突然撇向一边，他就连忙画十字，低头行礼。所有参加丧礼的外人，我都讨厌，他们安慰父亲的话，如"她在天上将过得更好""她不是尘世的凡人"，都使我感到不愉快。

他们有什么权利谈论她和为她哭呢？其中有几个人谈到我们，管我们叫孤儿。仿佛他们不说，人家就不知道没有母亲的孩子叫孤儿！他们首先这样称呼我们，就像通常人家急于叫刚出嫁的姑娘为夫人一样。

在大厅远远的角落里，跪着一个弯腰曲背、白发苍苍的老妇人，她的身子几乎躲在餐室敞开的门后。她合着双手，举目望天，没有哭，只是默默祈祷着。她的心灵飞向上帝，请求上帝把她和她在世间最爱的那个人结合在一起,并且深信这事不久就会实现。

"瞧,这才是真正爱她的人!"我暗自想,为自己感到惭愧。

祭祷结束了。死者的脸暴露着,所有参加丧礼的人,除了我们,都鱼贯走到棺材旁吻了吻她。

最后一批来向死者告别的人中有一个农妇,她手里抱着一个五六岁的好看女孩,天知道她为什么把孩子抱来。这时我无意中把湿手帕落在地上,我想把它捡起来。但我刚弯下腰去,一个充满恐怖的尖叫声使我大吃一惊,我就是活到一百岁也不会忘记这个叫声,我一想到它就会不寒而栗。我抬起头,只见那个农妇站在棺材旁边的凳子上,勉强抱住手里的女孩,这女孩挥动两只小手,恐惧的小脸向后仰着,睁大眼睛盯住死者的脸,恐怖地狂叫。我大叫一声,声音比我听到的声音更可怕,从屋里奔出去。

这时我才明白,为什么大厅里充满混合着神香的那股浓烈难闻的气味。我一想到那张几天前还是那么美丽那么温柔的脸,那张世界上我最心爱的人的脸,竟会使我感到这样恐怖,仿佛第一次懂得了一个痛苦的真理,并且内心充满了绝望。

第二十八章　最后的悲痛回忆

妈妈已经不在了,但我们的生活还是老样子:我们仍按规定的时间就寝,按规定的时间起床,仍住在原来的房间里;早茶、晚茶、午餐、晚餐的时间一如往常;桌椅都放在原处;家里的一切和我们的生活方式都没有改变；只是她不在了……

我认为，在经历了这样的不幸之后，一切应该有所改变。我觉得，我们一成不变的生活方式亵渎了对她的悼念，一切都在清楚地提醒我们她已不在人世。

在出殡前一天，午饭后我想睡一会儿，就走到纳塔丽雅·萨维什娜的屋里，打算躺到她那铺软垫的床上，再盖上暖和的绗过的被子。我进去的时候，纳塔丽雅·萨维什娜正躺在床上，大概睡着了。一听见我的脚步声，她欠起身，掀掉头上防苍蝇的羊皮围巾，扶正睡帽，坐到床沿上。

以前我也常到她屋里午睡，因此她猜到我的来意，就从床边站起来，说："什么事？我的宝贝，您是不是要休息一下？那就躺下吧。"

"瞧您说的，纳塔丽雅·萨维什娜，"我拉住她的手臂说，"我根本不是为了这个……我是随便走过来的……您也累了，还是您自己躺一会儿吧。"

"不，少爷，我已经睡够了，"她对我说（我知道她已有三天三夜没有睡了），"再说，我现在也不想睡。"她长叹一声添加说。

我想跟纳塔丽雅·萨维什娜谈谈我们的不幸。我知道她的诚挚和爱心，因此跟她一起哭一场是会感到痛快的。

"纳塔丽雅·萨维什娜，"我沉默了一会儿，坐到床上，说，"您想得到会出这样的事吗？"

老妇人困惑而好奇地对我望望，大概不明白我为什么这样问她。

"谁能想到这种事呢？"我又问。

"唉，少爷，"她向我投来十分温柔的同情目光，说，"不但没有想到，直到现在我还无法想象这件事，像我这样的老太婆，早就该让我这副老骨头安息了。我还活着干什么？太老爷尼古拉·米哈伊洛维奇公爵，您的祖父，愿他永垂不朽，还有他的两个兄弟、他的妹妹安娜，他们都比我年轻，少爷，如今她又走在我前头，这都是因为我罪孽深重。这是上帝的旨意！上帝把她召去，因为她够资格，天上也需要好人哪！"

这种淳朴的思想使我感到安慰，我向纳塔丽雅·萨维什娜靠拢一些。她双手交叉在胸前，抬头向上望了望。她那双凹陷的湿润眼睛流露出深切而平静的哀伤。她坚信上帝不会让她长期同她多年来全心全意爱着的人分离。

"是啊，少爷，我仿佛觉得不久前还抱着哄她，用襁褓把她包起来，她叫我纳莎。有时她跑到我跟前，两条小胳膊搂住我，吻我，嘴里说：'我的好纳莎！我的美人儿！你是我的火鸡。'

"有时我就开玩笑说：'不对，小姐，您并不爱我，等到您长大了，出嫁了，您就会把您的纳莎给忘了。'她想了一会儿说：'不，要是不能把纳莎带去，我宁可不嫁人，我永远不会抛下纳莎。'可如今她把我抛下了，不等我了。您那位去世的妈妈，她可是真爱我呀！说实在的，她又有谁不爱呢？唉，少爷，您可不能忘记您妈呀。她不是凡人，她是天使。等她的灵魂升到天国，她还会爱您，还会为您高兴的。"

"那么，纳塔丽雅·萨维什娜，您为什么说等她的灵魂升到天国？"我问，"我想她现在已在那里了。"

"不，少爷，"纳塔丽雅·萨维什娜压低嗓子，在床上凑近我说，"现在她的灵魂还在这里。"

她向上指指。她说话几乎是用耳语，并且充满感情和信心，我不由得抬起头望望檐板，在那里找寻着什么。

"一个正直的灵魂升到天堂之前,少爷,它还得经过四十道磨难,再过四十天,因此它可能还在家里……"

她又这样说了好一阵,说得那么朴素,那么肯定,仿佛在说最平常的事,而且是她亲眼看见的,谁也不可能有丝毫怀疑。我屏息凝神听着她,虽然并不完全懂得她的话,但却完全相信她。

"是的,少爷,她现在就在这儿望着我们,也许还在听我们说话呢。"纳塔丽雅·萨维什娜结束说。

她垂下头,不再作声。她要了一块手帕,擦去掉下来的眼泪。她站起来,对直瞧了瞧我的脸,激动得声音哆嗦地说:"上帝通过这件事使我跟他接近好几步。现在我留在这儿干什么?我为谁活着?我爱谁呢?"

"难道您不爱我们吗?"我责备她说,勉强忍住眼泪。

"上帝知道我有多么爱你们,我的宝贝们,但我从来没有、也不可能像爱她那样爱任何别人。"

她再也说不下去,转过身去放声痛哭。

我已经不想睡了。我们默默地面对面坐着流泪。

这时福卡走进屋来。他看见这种情景,大概不愿惊动我们,在门口站住,一声不响,怯生生地瞧着我们。

"你有什么事?福卡?"纳塔丽雅·萨维什娜用手帕擦着眼泪,问道。

"要一磅[①]半葡萄干、四磅糖、三磅黍米,做甜粥。"

"就来,就来,老伙计。"纳塔丽雅·萨维什娜说,匆匆吸了吸

[①] 本书中的"磅"均指"俄磅"。1俄磅合409.51克。

鼻烟，快步走到箱子跟前，当她动手做一件她认为非常重要的事情时，由我们谈话引起的最后的悲伤痕迹也消失了。

"怎么要四磅？"她一面唠叨，一面用天平称着糖，"三磅半就够了。"她说着从天平上拿下几块糖。

"昨天刚给了八磅黍米，现在又来要，真是太不像话了。福卡·杰米德奇，不管你怎么说，黍米我不给。现在家里乱成一团，万卡这家伙就高兴，他想浑水摸鱼。不行，老爷家的东西我是不肯随便给人的。谁见过这样的事，一要就是八磅？"

"这怎么办，他说都用完了。"

"好，那么拿去吧，拿去！给他！"

她跟我谈话时感情那么悲伤，现在一下子又变得那么唠叨，在小事上斤斤计较，这种变化使我感到惊讶。事后考虑下来，我明白尽管她心里悲痛，她还有足够的精神去处理她分内的事，习惯的力量又促使她从事日常工作。悲痛是那么强烈，以致她认为无须掩饰她还有力量处理别的事，要是人家有这样的想法，她也不会理解。

虚荣心是一种同真正的悲哀格格不入的感情，然而这种感情在人的天性中却根深蒂固，就连最强烈的悲痛也很难把它驱除。在悲痛的时刻，虚荣心表现为想显得伤心、不幸或坚强。我们不承认存在这样一些卑劣的愿望，但它们从来没有离开过我们（即使在极度悲哀的时刻），并损害了悲哀的力量、美德和真诚。纳塔丽雅·萨维什娜真是悲痛万状，她心里已没有半点儿杂念，完全是按照多年的习惯生活。

她给了福卡所要的食品，提醒他别忘了给神父做馅饼，这才放他走。她拿起编织的袜子，又在我旁边坐下。

我们又谈起那件事，又哭了一阵，又擦去眼泪。

我同纳塔丽雅·萨维什娜每天都谈话,她悄悄地流着泪,平静地说着由衷的话,这使我感到轻松和安慰。

但不久我们就分离了,丧礼过后三天,我们全家搬到莫斯科去,而我注定再也见不到她了。

我们到了莫斯科后,外祖母才得知这个可怕的消息,她真是悲痛欲绝。我们不能去见她,因为她整整一星期不省人事,医生都为她的生命担忧,尤其因为她不仅不肯服药,而且不同任何人说话,不睡觉,不吃东西。有时她独自坐在房里的安乐椅上,突然哈哈大笑,然后干哭一阵,全身抽搐,声嘶力竭地喊出一些荒唐或者可怕的话。这是空前的巨大悲痛,给她的打击太沉重了,使她万念俱灰。由于遭遇这样的不幸,她需要随便骂人,她说出可怕的话来,非常严厉地威胁什么人,她从椅子上跳起来,迈着大步急急地在屋里走来走去,然后昏倒在地。

有一次我走进她的屋里,她照例坐在安乐椅上,样子很平静,但她的眼神使我吃惊。她睁大眼睛,眼神迟钝,游移不定。她直勾勾地望着我,但多半视而不见。她的嘴唇上慢慢现出一丝微笑,她用温柔动人的声音说:"过来,我的孩子,过来,我的天使。"我以为她是在对我说话,就走上前去,但她并没有看我。"唉,我的心肝,你真不知道我有多么痛苦,现在你来,我就高兴了……"我明白她是在幻想中看见妈妈,就站住了。"可是他们告诉我你没有了,"她皱着眉头继续说,"真是胡说!你怎么会死在我的前头呢?"她又发出可怕的歇斯底里的大笑。

只有能强烈地爱的人,才能产生强烈的悲伤。但这种强烈的爱的愿望使他们能抵抗悲伤,治愈精神创伤。因此,人的精神力量比身体力量更富有生气。悲伤从来压不垮人。

过了一星期,外祖母能哭出声来了,她的精神也就好了一些。

她清醒后首先想到的就是我们，她更爱我们了。我们没有离开她的安乐椅。她低声哭泣着，说到妈妈，温柔地爱抚我们。

看到外祖母的悲伤，谁也不认为她夸大了她的感情，这种悲伤的表现是强烈而动人的。但不知怎的我更同情纳塔丽雅·萨维什娜，并至今深信，再没有人像这个淳朴而富有爱心的人那样真挚赤诚地爱着妈妈，怀念着妈妈。

随着妈妈的去世，我的幸福的童年也就结束了，一个新的时期——少年时期开始了。不过由于我对纳塔丽雅·萨维什娜（我再也没有见过她，而她对我个性的发展和感情的培养却起过那么重大的有益的影响）的回忆属于第一个时期，我在这里想就她和她的去世再说几句。

后来留在乡下的人告诉我，我们走后她没有事干，感到非常无聊。虽然所有箱子仍由她掌管，她也不停地翻箱倒柜，整理，晾晒，放好，但她觉得缺少了她从小就习惯的老爷乡间住宅里那种喧闹忙碌的景象。悲伤、生活方式的改变和没有事干，不久就使她患了老年病，其实这种病的征兆早就出现了。我母亲去世整整一年后，她得了水肿病，从此卧床不起。

我想，纳塔丽雅·萨维什娜在彼得洛夫斯科耶空荡荡的大房子里无亲无故独自生活一定很难受，而她在那里孤苦伶仃死去就更难受。家里人人都敬爱纳塔丽雅·萨维什娜，但她没有一个朋友，并以此自豪。她认为，身为管家，受到东家的信任，手里又掌管着那么多装满各种财物的箱子，一旦跟谁有了交情，就会徇私枉法，姑息偏袒。因为这个缘故，或者因为她跟其他仆人截然不同，她避开大家，并说她在家里跟谁都不沾亲带故，为了保护东家的财物她对谁都不讲情面。

她在热情祷告时把自己的感情都交给了上帝，并从中寻找安慰。但有时在我们大家都会遇到的感情脆弱的时刻，动物的眼泪和同情会给人最好的安慰。于是她就把她的小哈巴狗放在床上（它用那双黄眼睛盯住她，舔她的手），跟它说话，爱抚它，自己悄悄地哭着。当小哈巴狗惨叫时，她就竭力安慰它，嘴里说："够了，你不叫，我也知道我快死了。"

临死前一个月，她从自己箱子里取出些白棉布、白纱和红绸带。在她的使女帮助下给自己做了一件白连衣裙和一顶白帽，并详详细细地安排了自己的后事。她还把东家的箱子清理好，根据清单一件件清清楚楚地交给女管家；然后她拿出外祖母以前送给她的两件绸连衣裙、一条古老的披巾，以及外祖父的一件带金饰军服，这件军服也是完全归她所有的。由于她精心保管，军服上的绣花和金饰还是崭新的，呢子也没有被蛀坏。

临终以前她宣布她的遗愿：那件粉红色连衣裙给伏洛嘉做餐袍或外衣，那件深咖啡格子连衣裙给我同样用途，那条披巾给柳波奇卡。那件军服她要遗赠给我们中间当上军官的人。她的其余财物，除了四十卢布留作她的丧葬和追荐礼拜费外，全部送给她弟弟。她的弟弟是个早就获得自由的农奴，居住在一个遥远的省份，过着放荡的生活，因此她生前从不跟他来往。

当纳塔丽雅·萨维什娜的弟弟前来领取遗产时，发现死者的全部财产只值二十五卢布。他不相信这件事，说一个老太婆在有钱人家待了六十年，掌管一切财物，一辈子省吃俭用，连破布都舍不得丢掉，居然什么也没有留下，这是不可能的。但事实的确是这样。

纳塔丽雅·萨维什娜被病魔折磨了两个月，她以真正基督徒的耐心忍受着痛苦，不哼哼，不诉苦，只是按照她的习惯不断地呼唤上帝。临终前一小时，她平静而愉快地做了忏悔，领了圣餐，行了终敷礼。

她请求家里所有的人饶恕她，如果她有什么地方得罪他们的话。她还请求接受她忏悔的华西里神父转告我们，她不知道该怎样感谢我们的恩惠，如果由于她的愚蠢使谁不快的话，她请求我们原谅她，她说："但我从来没有做过贼，从来没有拿过东家的一针一线。"这是她引以为豪的美德。

她穿戴上准备好的衣帽，臂肘支在枕头上，同神父一直谈到最后一瞬间。她想到没有给穷人留下什么，就取出十卢布，请神父替她分发给他们。最后她画了十字，躺下来，深深地吐了一口气，露出愉快的笑容，呼唤上帝的名字。

她毫无遗憾地离开人世，视死如归，并把死当作一种幸福。人们常常这样说，但事实上很少有人这样做！纳塔丽雅·萨维什娜能够不怕死，因为她至死怀着坚定的信念，遵守福音书上的戒律。她的一生充满纯洁无私的爱和奉献精神。

如果她的信仰能更高尚些，她的生命具有崇高的目的，那又会怎么样？但即使这样，难道这颗纯洁的灵魂就不那么值得钦佩和敬爱吗？

她在她的一生中创建了极其美好而伟大的事业，她死时没有遗憾，没有恐惧。

遵照她的遗愿，她被埋葬在离我母亲墓上小教堂不远的地方。她长眠在荨麻和牛蒡丛生的土墩下，四周围着黑色栏杆。我每次从小教堂出来，从不忘记走到栏杆旁低低地鞠躬。

有时我默默地停留在小教堂和黑栏杆之间，心头突然浮起痛苦的回忆。我常常想：上帝把我同这两个人结合在一起，难道就是为了要使我终生怀念她们吗？

一八五二年

少　年

第一章　长途旅行

彼得洛夫斯科耶住宅门前又停着两辆马车：一辆是轿式马车，上面坐着咪咪、卡金卡、柳波奇卡、一名使女，管家雅科夫自己坐在双座上；另一辆是轻便马车，我、伏洛嘉和不久前从代役租农奴中找来的跟班华西里则坐这辆车。

爸爸要在我们走后三五天去莫斯科，此刻他光着头站在台阶上，对着两辆马车画十字。

"好，基督保佑你们！走了！"雅科夫和车夫（我们坐的是自备马车）摘下帽子，画了十字。"驾，驾！上帝保佑！"两辆马车开始在坎坷的道路上颠簸，林荫路两边的桦树一棵接着一棵从我们旁边掠过。我一点儿也不觉得惆怅，我的思绪没有停留在我抛下的旧事上，而是展望今后的前途。我们离那些勾起哀思的事物越远，回忆也就越淡薄，它们很快就被充满生气、力量和希望的快乐情绪所取代。

我们旅行了四天，我以前很少有这样轻松自在的日子——我不说过得很快乐，因为我还不好意思说已忘情于快乐之中。眼前已没有我每次走过都要不寒而栗的母亲的紧闭着的卧室，没有不仅无人接近而且使人望而生畏的盖上的钢琴，没有丧服（我们都穿着普通的旅行服），也没有那些使我历历在目地想起无可挽回的损失、使我唯恐亵渎对她的怀念而避开的生活现象。这里的情景正好相反，一处处新出现的美丽如画的景色不断吸引和分散我的注意力，明媚的春光使我心中充满喜悦，我对现状感到满足，并对未来满怀光明的希望。

华西里也像一切新来的当差那样，过分卖力，不讲情面，大清早就掀掉我的被子，说一切都已准备停当，马上就要出发，尽管我把身子缩成一团，耍滑头，发脾气，想在床上再甜蜜地赖上一刻钟，但从华西里铁板的脸上可以看出，他是不肯罢休的，他会把你的被子再掀掉二十次。这样我就只好跳起来，跑到院子里去洗脸。

门廊里，马车夫米吉卡正在吹火，脸涨得像龙虾，茶炊已经开了。户外雾蒙蒙潮乎乎的，仿佛有一股臭气从马粪堆上腾起。太阳快乐灿烂的光辉照亮东方的天空和院子周围宽敞棚屋上露珠晶莹的草屋顶。可以看见我们家拴在棚屋下食槽旁的几匹马，可以听见它们均匀的咀嚼声。一只毛茸茸的看家狗天亮前在干粪堆上打盹，这时伸着懒腰，摇着尾巴，小步向院子另一边跑去。一个勤快的农妇打开吱咯作响的大门，把一群睡意未消的母牛赶到户外，那里已可听见牛羊的践踏声、哞哞声和咩咩声。她同一个没有睡醒的女邻居交谈了几句。菲利普卷起衬衫袖子，从深井里绞起水桶，泼溅着清澈的井水，把水倒进栎木槽里，一群刚睡醒的鸭子已在槽旁的水洼里戏水。我兴致勃勃地望着菲利普留大胡子的宽阔的脸庞，以及他那强壮的双臂一用力就突现出来的肌肉和筋脉。

咪咪和姑娘们睡在隔板后面，昨晚我们隔着板交谈过，此刻听见那里有响声。玛莎捧着各种东西越来越频繁地在我们旁边跑来跑去（她用衣服遮住东西，免得引起我们的好奇），最后叫我们去喝茶。

华西里过分卖力，不住跑进屋里来，一会儿搬这，一会儿搬那，向我们挤眉弄眼，竭力要求玛丽雅·伊凡诺夫娜早点儿上路。马已套好，偶尔弄响铃铛，表示它们等得不耐烦了。大大小小的箱子、皮包和盒子又都装上车，我们也都就座。但我们每次都发现车里东西堆积如山，连座位都没有，因此我们怎么也弄不懂这些东西昨天是怎么装进去的，现在叫我们怎么坐。特别是一个三角形盖子的胡桃木茶叶箱装在我们车上，简直就在我的身子底下，这使我大为生气。但华西里说这个箱子怕压，我只好相信。

太阳刚刚升到东方浓密的云层上面，周围景色被宁静而明朗的阳光照亮。周围的一切是那么美丽，我的心情是那么轻松平静……道路像一条宽阔的大缎带，蜿蜒在干枯的麦茬田和露珠滚滚的草木之间。路上偶尔可以看到一棵忧郁的爆竹柳或者披着黏稠嫩叶的小桦树，这些树在干硬的泥土车辙和路上的青草上投下木然不动的长长阴影……大路两旁盘旋着一群群百灵鸟，它们的鸣声并没有被车轮和铃铛的单调声所压倒。早晨的清新空气盖过了我们车上所特有的蛀坏呢绒的气味、尘土的气味和一股酸溜溜的味儿。我心里感到一种快乐的骚动，一种想行动的欲望，这是真正快乐的征兆。

我在旅店没有来得及祷告，但因为我已多次发现，要是哪天因故忘记这项仪式，我就会倒霉，我连忙弥补这个过失。我摘下帽子，身子转向马车一角，念祷词，又在上装下面画十字，免得被人看见。但是，纷至沓来的景象分散了我的注意力，我竟几次心不在焉地重复同一句祷词。

大路旁曲曲弯弯的人行小径上，有几个人影在缓缓移动，这是女香客。她们头上包着肮脏的头巾，身后背着桦树皮背囊，脚上裹着肮脏的破包脚布，穿着笨重的树皮鞋。她们从容不迫地挥动手杖，慢慢地迈着沉重的脚步鱼贯前进，难得抬眼看看我们，这时我心中产生一连串问题，她们到哪里去？去干什么？她们的旅途长吗？她们投在路上的长长影子很快就会跟那棵爆竹柳的影子连在一起吗？一辆四马驿车向我们迎面驰来。两秒钟后，几张亲切而好奇地打量着我们的脸从离我们两码的地方闪过。我觉得很奇怪，这些脸一点儿也不像我，而且以后恐怕再也见不到了。

　　大路旁边跑着两匹汗淋淋的鬃毛蓬乱的马，颈上套着马轭，曳着挽索，铃铛发出轻轻的响声。一个年轻的马车夫穿着一双大靴子，长腿垂在马的两侧，歪戴的毡帽压住一个耳朵，嘴里唱着一支拖长音的小调，他的脸上和姿态流露出一种无忧无虑、逍遥自在的神色，使我觉得，做一个马车夫，来回赶车，唱唱感伤的小调，就是人生最大的幸福。远处，在山谷那边的蔚蓝色天空下出现一座绿顶的乡村教堂。那边有一个村庄，村庄里有地主的红顶房子和绿色花园。那座房子里住着什么人？里面有没有孩子、父母和老师？我们为什么不去那座房子，跟主人认识一下？这时我们看到一队大车，每辆车都套着三匹膘肥体壮的马，我们只得从一旁超越它们。"你们运的是什么呀？"华西里问前面的一个车夫。这个车夫从车上垂下两条粗腿，手里挥动着鞭子，好半天出神地望着我们，直到远得听不见了，他才回答了一句什么话。"你们运的是什么货？"华西里问另一个车夫，他那辆车上有栏杆的前座上还躺着一个车夫，身上盖着一张新蒲席。蒲席下探出一个留红褐色大胡子、长着棕色头发的红脸脑袋，冷淡而轻蔑地瞧了一眼我们的马车，然后又把头蒙住。我想，这些车夫大概不知道我们是什么人，不知道我们从哪里来，到哪里去……

　　有那么一个半小时我一直东张西望，没有注意里程碑上歪歪扭扭的数字。现在，太阳更强烈地晒着我的头和我的背，路上更加尘土飞扬，茶叶箱上的三角盖弄得我很不舒服，我几次改变姿势，感到闷热、无聊、不痛快。我的注意力全部集中在里程碑和上面的数字上。我做着各种计算，看我们什么时候可以到达下一站："十二俄里是三十六俄里的三分之一，到利贝茨有四十一俄里，这就是说我们已走了近三分之一，还剩多少路？"等等。

"华西里，"我发现他在驭座上打瞌睡，对他说，"让我坐到驭座上来吧，伙计。"华西里同意了。我们换了位置。他立刻发出鼾声，伸开手脚，弄得别人在车上没有容身之地。我从驭座上放眼望去，面前是一片赏心悦目的景色：我们的四匹马——聂尔琴斯克马、"诵经士"、左辕马和"药剂师"——它们的细节和性格上的差别我都看得一清二楚。

"为什么今天不让'诵经士'拉左边套而拉右边套，菲利普？"我几次怯生生地问。

"'诵经士'吗？"

"还有，聂尔琴斯克马根本就不在拉。"我说。

"'诵经士'不能拉左边套，"菲利普说，没有理会我最后那句话，"它不是那种能拉左边套的马。一句话，拉左边套需要一匹像样的马，可它不是。"

菲利普说这话时把身子弯向右边，拼命拉住缰绳，姿势古怪地从下面鞭打可怜的"诵经士"的尾巴和大腿。尽管"诵经士"使尽全力拉车，菲利普却一个劲儿地鞭打，直到他觉得需要休息为止。他原来规规矩矩地戴着帽子，这时不知怎的把帽子推到一边。我抓住这个好机会，要求菲利普让我来驾一会儿车。菲利普先给我一根缰绳，后来又给了我另一根，最后他把六根缰绳和鞭子都交到我手里。我感到快乐极了。我竭力模仿菲利普，还问他驾得好不好，但他多半对我不满意，不是说这匹马拉得太吃力，就是说那匹马根本没有拉，最后从我胸部底下伸过手来，夺走了我手里的缰绳。天气越来越热，白云像肥皂泡一样不断膨胀，越升越高，聚在一起，现出灰暗的颜色。从轿车的窗口伸出一只手，递过来一个瓶子和一个小包。华西里身手异常矫健地从奔驰的车上跳下去，给我们拿来奶渣饼和克瓦斯。

我们在陡坡上下了车，争先恐后地跑到桥边，而华西里和雅科夫则轻轻刹住车轮，双手从两边抓住马车，仿佛万一翻车，他们就能拉住。后来，得到咪咪的许可，我或者伏洛嘉坐到轿式马车上，而柳波奇卡或者卡金卡则坐到轻便马车上。这样换乘使姑娘们感到很高兴，因为她们发现坐轻便马车有趣多了。有时，天气特别炎热，经过一座小树林时，我们让轿车走在前面，顺手折下一些绿树枝，在轻便马车上搭凉棚。活动的凉棚全速追赶着轿车。这时柳波奇卡就尖声叫喊。遇到特别高兴的时候，她总是这样的。

我们预定要在那里吃饭和休息的村庄眼看就要到了。已经闻到乡村的气息：炊烟、柏油和面包圈的味儿；听到说话声、脚步声和车轮声；马车的铃铛声和在旷野里已不一样。两边出现一座座草屋，都带有雕花的木台阶，装着红红绿绿的百叶窗，窗子里偶尔还有好奇的农妇探出头来。农家的男女孩子身上只穿一件衬衫，睁大眼睛，张开双臂，一动不动地站在一个地方，或者光着脚在尘土里追逐我们的车子，不管菲利普的威胁手势，拼命想爬到车后的箱子上。两个红头发的旅店老板从两旁跑近马车，嘴里说着好听的话，打着手势，竭力招徕旅客。大门吱咯作响，马车的横木在门上撞了一下，我们进入一家旅店的院子。这下子可有四小时的休息和自由啦！

第二章　雷　雨

夕阳西下，它那灼热的斜晖难堪地烧灼着我的脖子和面颊，马车两边烫得摸不上手。浓密的尘土从大路上扬起，布满空中，没有一丝风把它吹散。我们前面，轿式马车也落满尘土，同我们保持一定距离，摇摇晃晃地前进，车上高高地装满行李，隔着车身偶尔可以看见车夫挥动的鞭子、他的礼帽和雅科夫的便帽。我不知道该怎么办，因为不论在我旁边打瞌睡的伏洛嘉落满尘土的脸，不论菲利普背部的动作，还是我们的轻便马车斜拖在后面的长影，都不能给我解闷。我的注意力全集中在远处的里程碑和云彩上，这些云彩原来分散在天边，现在却拖着不祥的黑影，聚集成一大片乌云。远处偶尔传来隆隆的雷声。这雷声使我更急不可待地想赶到旅店。雷雨使我心中产生无法表达的焦虑和恐惧。

到最近的村庄还有十俄里路，天上没有一丝风，但一大片不知从哪里来的紫黑色乌云飞快地向我们飘来。太阳还没有被乌云遮住，明亮地照着阴沉沉的云团和一道道飘散到天边的灰色云带。远方偶尔打闪，传来微弱的雷声，雷声自远而近，逐渐增强，变成响彻云天的霹雳。华西里从驭座上欠起身，拉下车篷。车夫们都穿上外套，雷声一响，他们就摘下帽子画十字。马竖起耳朵，张大鼻孔，仿佛在嗅那片逐渐飘近的乌云散发的新鲜空气。轻便马车在尘土飞扬的大路上加速前进。我心惊胆战，觉得血管里的血流得更快了。现在，最前面的乌云已开始遮住太阳，太阳投下最后的一瞥，照亮了地平线上阴沉可怕的一边，接着便消失了。周围的景色顿时变了样，显得阴森森的。白杨树林颤动起来，树叶在紫色云团的衬托下显得白茫茫，沙沙作响，不断旋转。高大的白桦的树梢摇晃起来，一簇簇干草飞过大路。雨燕和白胸脯的燕子仿佛想阻拦我们，在马车周围飞翔，从马肚下飞过去。寒鸦展开蓬乱的翅膀侧着身子斜飞。扣在我们身上的皮帘子边缘开始掀动，灌进一阵阵潮湿的风，皮帘子鼓起来，拍打着马车的车厢。一道闪电仿佛直接打进马车，使人目眩，刹那间照亮灰色的呢子、穗带和蜷缩在角落里的伏洛嘉的身子。就在这一刹那，头顶上发出一声巨响，接着盘旋上升，越升越高，越传越广，越来越响，逐渐变成震耳欲聋的霹雳，使人心惊胆战，不敢呼吸。"上帝发怒了！"这个民间流传的想法多么富有诗意！

车轮越转越快，越转越快。从华西里和焦躁地抖动缰绳的菲利普的背影上可以看出，他们也很害怕。轻便马车飞快地奔驰下山，辘辘地驶上木桥。我一动也不敢动，随时准备着和大家同归于尽。

咔嚓一声，车辕横木掉下了。尽管雷声大作，震耳欲聋，我们不得不在桥上停下。

我把头靠在马车边上，屏住呼吸，无可奈何地注视着菲利普粗大黑手指的动作。菲利普慢悠悠地鞭打着马，拉正挽索，同时用手掌和鞭柄推着拉边套的马。

焦虑和恐惧交织的情绪随着雷雨的加大在我身上不断增强，但在雷雨大作之前常有的万籁俱寂的庄严时刻，这种情绪达到了极点，我相信，只要再持续一刻钟，我一定会紧张得死去。就在这时，桥底下突然出现一个衣衫褴褛的人，他面孔浮肿，茫无表情，头发剪短的脑袋不断摇晃，两条罗圈腿骨瘦如柴，一只手没有了，只剩下一截光亮发红的残肢。他把这截残肢伸到我们的马车里。

"老——爷！看在——基督——面上，救救——我这个残废的！"乞丐声音凄惨地说，每说一个字画一次十字，深深一鞠躬。

我无法表达当时自己寒彻骨髓的恐怖。我毛骨悚然，眼睛吓得茫然盯住乞丐……

沿途施舍的华西里指导菲利普怎样绑好车辕横木，他一直等到一切就绪，菲利普拿起缰绳爬上驭座，才伸手到侧面口袋里掏摸着。但我们的马车一上路，一阵耀眼的闪电就突然亮起，刹那间整个山谷充满了烈火般的火焰，连马都停住脚步，紧接着响起一声震耳欲聋的霹雳，仿佛天塌下来。风越刮越猛，马鬃和马尾、华西里的外衣、皮帘子的边缘都被吹到一个方向，在狂风中拼命飘扬。一大滴雨沉甸甸地落在马车的皮篷上……接着是第二滴、第三滴、第四滴……突然，仿佛有人在我们头上擂鼓，四下里响起一片均匀的哗哗的大雨声。我从华西里臂肘的动作上看出，他在解钱袋。乞丐继续画十字，鞠躬，紧挨着车轮跑，看来随时都可能被压死。"看在——基督——面上！"最后，一个铜板从我们身边飞过，那个可怜的人浑身湿透，破烂的衣服紧裹着枯瘦的四肢，手足无措地站在路中央，身子在风中摇晃，从我的眼前消失了。

狂风猛刮，斜雨倾盆而下。雨水从华西里粗呢外套的背上一直流到皮帘子上浑浊的积水里。尘土先被淋成泥团，经过车轮的碾轧而变成泥浆。马车颠簸得轻些了，地上的车辙里流阗浑浊的水。闪电照耀得更宽广更苍白，在哗哗的大雨中雷声已不那么惊心动魄。

现在雨小一点儿了，乌云分裂成一片片云彩，在太阳所在的地方渐渐发亮，透过淡灰色的云边可以看见一小块蓝天。一分钟后，淡淡的阳光就在路上的水洼里，在筛落下来的垂直细雨上，以及路边被雨水冲洗过的青草上闪烁。对面天空中还阴森森地悬着一大片乌云，但我已不再怕它。我体会到一种对生活无法形容的快乐的希望，这种希望顿时驱散了我心中难堪的恐怖。我的心灵像焕然一新的大自然一样充满欢笑。华西里翻下外套领子，摘下帽子抖了抖。伏洛嘉掀开皮帘子。我从马车里探出头，拼命吸着芬芳的新鲜空气。载着箱子提包的轿式马车被冲洗得干干净净，在我们前面摇摇晃晃前进。马背、皮套、缰绳和轮子全都湿漉漉的，在阳光下闪闪发亮，仿佛上了油漆。大路一边是一望无际的冬麦田，有些地方不深的沟渠纵横交错，田地上潮湿的泥土和作物闪闪发亮，像一块花纹斑驳的地毯一直铺到天边；大路另一边，有一片夹杂着胡桃树和野樱树的山杨林，生意盎然，纹丝不动，只把一滴滴雨珠从洗净的树枝上滴落到隔年的枯叶上。冠毛蓬松的云雀唱着快乐的歌到处盘旋，敏捷地飞落下来。在潮湿的灌木丛中，可以听见雏鸟在跳跃活动；丛林深处还清晰地传来杜鹃的啼声。春天雷雨后树林的美妙气息、白桦、紫罗兰、腐叶、羊肚菌和野樱的芳香是那么醉人，我在马车里再也坐不住，就从踏板上跳下来，往灌木丛里跑去，尽管树上的雨水洒了我一身，我还是折下野樱盛开的潮湿树枝，拿它轻轻地拍打着我的胸，吸着它沁人心脾的芳香。我甚至没注意我的靴子上粘上大块的泥团，袜子早已湿透，就踩着泥浆向马车窗口跑去。

"柳波奇卡！卡金卡！"我喊着，向窗里递进去几枝野樱，"瞧，多美啊！"

姑娘们尖声大叫；咪咪叫我走开，说要不然我就会被马车轧死。

"你闻闻，多么香啊！"我叫道。

第三章 新的观点

在轻便马车里，卡金卡坐在我旁边，她低下她那好看的小脑袋，若有所思地望着从车轮下掠过的尘埃飞扬的道路。我默默地望着她，初次看见她粉红的小脸蛋上现出孩子不应有的忧郁神色，不禁感到惊讶。

"瞧，我们不久就可以到莫斯科了，"我说，"你想莫斯科是什么样子的？"

"我不知道。"她不太乐意地回答。

"那你到底怎么想？它比谢尔普霍夫大吗？"

"什么？"

"没什么。"

但卡金卡凭直觉——这是一个人猜测另一个人心思并打开话题的手段——知道她的冷淡使我难受，就抬起头来对我说："爸爸有没有对你们说过，我们将住在外婆家？"

"说过。外婆要永远跟我们住在一起。"

"我们全住在那里吗？"

"当然。我们将住楼上的一边，你们住另一边；爸爸住厢房，但吃饭都到楼下跟外婆一起吃。"

"妈妈说，外婆架子很大，好发脾气，这是真的吗？"

"不——不！这只是最初的印象。她架子是大，但脾气一点儿不坏；恰好相反，她很慈祥，很快活。可惜你没看到她的命名日举行的舞会有多热闹！"

"不过我总是怕；再说，天知道我们将来会怎样……"

卡金卡突然不作声了，她又沉思起来。

"什——么？"我不安地问。

"没什么，我只是随便说说。"

"不，你说了'天知道……'"

"你刚才说，外婆家举行的舞会多热闹。"

"可惜你们没有参加。客人多极了，有上千个，还有音乐，有将军，我也跳了舞……卡金卡！"我说到一半突然停住，"你不在听吗？"

"不，我在听，你说你跳过舞了。"

"你为什么这样闷闷不乐？"

"人不能老是很快活。"

"不，自从我们从莫斯科回来后，你变多了，"我向她转过身去，神态坚决地说，"老实告诉我，你怎么变得这样古怪？"

"说我古怪吗？"卡金卡激动地回答，我的评语显然使她很感兴趣,"我一点儿也不古怪。"

"不,你跟以前不一样了,"我继续说,"以前看得出你处处都跟我们想到一块儿,你把我们看作亲人,你爱我们就像我们爱你一样,可如今你变得那么严肃,总是避开我们……"

"没有的事……"

"不,让我把话说完,"我打断她的话,觉得鼻子有点儿酸,这是我倾诉久已憋在心里的话时眼泪夺眶而出的前奏,"你避开我们,只跟咪咪说话,仿佛不愿理睬我们。"

"但人不能老是一个样子啊,有时也得改变改变。"卡金卡回答,她有一个习惯,当她不知道说什么好时,就用非如此不可的宿命论观点来解释。

我记得,有一次她跟柳波奇卡吵嘴,柳波奇卡管她叫笨姑娘,她回答说:"总不能人人都聪明,也得有笨的。"但我不同意她的"有时也得改变改变"的回答,就追问她说:"为什么要这样呢?"

"因为我们不能永远住在一起,"卡金卡回答,脸有点儿红,眼睛盯住菲利普的背,"我妈是你已故母亲的好朋友,她可以住在你们家。但跟你们的外婆伯爵夫人是不是合得来,那就只有天知道。据说她脾气很大,是吗? 再说,我们总有一天要分手的:你们有钱,你们有彼得洛夫斯科耶庄园,可是我们穷,我妈妈一无所有。"

"你们有钱,我们穷。"这句话的含义使我感到非常奇怪。我当时认为,只有乞丐和农奴才是穷人,在我的头脑里,贫穷这个词怎么也不能同娴雅美丽的卡金卡连在一起。我认为,既然咪咪和卡金卡一直跟我们住在一起,她们就将永远同我们住在一起,同我们共享一切。不可能有别的情况。但现在我的头脑里百感交集,思绪万千，朦朦胧胧地感觉到她们无依无靠，而一想到我们有钱、她们穷，我就面红耳赤，不敢对卡金卡瞧一眼。

"我们有钱，她们穷，这是怎么回事？"我想，"为什么因此就要分手呢？为什么我们不把我们的财产分一半给她们呢？"但我明白，跟卡金卡是不便说这话的，一种现实的本能违反这种合乎逻辑的思考，告诉我她是对的，向她说明我的想法是不合适的。

"难道你真的要离开我们吗？"我说，"分开了叫我们怎么过？"

"那有什么办法，我自己也很难过。但万一发生这样的事，我知道该怎么办……"

"去当个演员……真是胡闹！"我接着说，知道当演员是她的心愿。

"不，那是我小时候说的……"

"那么你要怎么办呢？"

"我要进修道院，住在那里，穿上黑道袍，戴上丝绒帽子。"

卡金卡哭起来。

读者！你们是否有过这样的体会：在一生的某一时刻，突然发现你们对事物的看法完全改变了，仿佛你们原来所看到的一切突然把你们所陌生的另一面转向你们？我心里这种精神上的变化初次在我们旅行期间发生，我以为我的少年时期从此开始了。

我心里第一次产生一种明确的想法：生活在世界上的不仅仅是我们一家人，我们并不是一切利益的中心，还存在其他人的不同生活，他们跟我们毫无共同之处，根本不关心我们，甚至根本不知道我们的存在。毫无疑问，这一切我以前也都知道，但知道得不像现在这么清楚，以前我没有真正意识到，也没有深切感受到。

一种思想转变成一种信念，往往只经过一种途径，而且出乎人的意料，它同其他人获得同一信念的途径也往往大不相同。同卡金卡的谈话使我深为感动，并使我考虑她的前途。这次谈话就是这样一种途径。我望望沿途的村庄和城市，那里每座房子里至少住着一户像我们这样的人家；我望望那些一时好奇地打量着我们的马车而随即从此消失的妇女儿童；我又望望那些不仅不向我们行礼（我在彼得洛夫斯科耶见惯那种情况），而且不屑瞧我们一眼的店员和农民，我心里第一次产生这样的问题：如果他们对我们毫不关心，那他们在关心什么呢？由此又产生另一些问题：他们怎样生活？靠什么生活？他们怎样教育自己的孩子？是不是教他们念书识字？让他们玩耍吗？怎样责罚他们？等等。

第四章 在莫斯科

回到莫斯科后，我对事物、对人以及对我同他们的关系的看法改变得更明显了。

我第一眼见到外祖母，看见她那满是皱纹的清癯的脸和暗淡无神的眼睛，我原来对她唯命是从的敬畏之心变成了对她的同情；而当她把脸伏在柳波奇卡的头上放声痛哭，仿佛她爱女的尸体就横在面前时，我对她的同情又变成了爱。我们见面时，我看见她的悲伤模样心里很别扭；我觉得我们本身在她眼里算不了什么，她宝贝我们，只因为我们能引起她的回忆；我觉得她印在我颊上的每一个吻只表现一个思想：她没有了，她死了，我再也见不到她了！

爸爸来到莫斯科后几乎完全不管我们，脸上总是心事重重，只有吃饭时才到我们这里来，身上穿着黑色礼服或者燕尾服。有时他穿着大翻领衬衫和睡袍，跟村长、管家去打谷场散步或者去打猎。他的形象在我眼里就大为逊色了。卡尔·伊凡内奇（外祖母叫他管孩子的）竟然异想天开，在我所熟悉的尊敬的秃头上戴了一套中间分开的红棕色假发。他这副模样显得那么古怪可笑，我奇怪我以前怎么没有发现。

姑娘们和我们之间也出现了一道无形的鸿沟，她们和我们都各有各的秘密；她们仿佛因穿的裙子长了些而扬扬得意，我们则因裤腿上有套带而自命不凡。第一个星期日，咪咪穿了华丽的服装、头上扎着好看的缎带下来吃饭，使人立刻感到我们不是在乡下，今后一切都要不同了。

第五章　哥　哥

我只比伏洛嘉小一岁零几个月，我们一起长大，一起学习，一起玩耍。我们之间没有长幼之分，但就在我所说的那个时候，我渐渐懂得，在年龄、兴趣和能力上我没法和伏洛嘉相比。我甚至觉得伏洛嘉自己也意识到他的优越地位，并以此自豪。这种想法也许是错的，但却使我的自尊心在每次同他冲突时受到伤害。在游戏、学习、争论和举止上，他处处都比我强。这一切使我疏远他，并使我莫名其妙地在精神上感到痛苦。例如，伏洛嘉第一次穿上有折裥的荷兰式衬衫，我就坦率地说，我没有这样的衬衫感到很伤心，要不然他每次整理衣领时我会好受些，因为我认为他这样做就是为了羞辱我。

最使我苦恼的是，有时我觉得伏洛嘉是理解我的，但他竭力不流露出来。

有谁没有注意到，经常生活在一起的人们——兄弟、朋友、夫妻、主仆之间，特别是当他们并非完全以诚相见时，在微笑、动作和眼神中默默地流露出来的神秘关系呢？当人们的目光羞怯而畏缩地相遇时，在偶然的一瞥中会流露出多少没有充分表达的愿望、思想和恐惧！

但是，也许是我过分的敏感和多疑的癖性在捉弄我；也许伏洛嘉根本就没有我这样的感觉。他这人热情，坦率，没有一定的兴趣。他对各种不同的事都有兴趣，往往全心全意迷恋它们。

一会儿他忽然迷上了图画，自己动手画画，把所有的钱都用来买画，向绘画老师、爸爸和外祖母讨画；一会儿他迷上小摆设，把家里的收藏都摆在他的桌上；一会儿他又爱好小说，悄悄地弄到手，没日没夜地阅读……我情不自禁地被他的爱好所吸引。但我的自尊心太强，不肯学他的样，我的年纪也太小，没有主见，自己不会挑选新的道路。不过我最羡慕的是伏洛嘉开朗乐观的高尚性格，这种性格在我们争吵时表现得格外清楚。我觉得他做得漂亮，但我学不来。

有一次，当他极度迷恋小摆设的时候，我走到他的桌旁，无意中打碎了一个空的彩色小瓶。

"谁叫你动我的东西？"伏洛嘉走进屋里，发现我破坏了他对称地摆着的各种小玩意儿，问道，"小瓶在哪里？一定是你……"

"是我无意中把它掉在地上打碎了。那有什么了不起?"

"对不起,永远不许动我的东西!"他说,把打破的小瓶碎片凑在一起,心疼地望着。

"请你不要发号施令,"我回答,"打碎了就打碎了,有什么可说的!"

我笑了笑,虽然我一点儿也不想笑。

"哼,你不在乎,可我在乎,"伏洛嘉接下去说,耸耸肩膀,这是他从父亲那儿继承来的习惯。"打碎了东西还笑,这么可恶的小子!"

"我是小子,可你又大又蠢。"

"我不想同你吵架,"伏洛嘉说,轻轻把我推开,"滚出去!"

"别推人!"

"滚出去!"

"我对你说,别推人!"

伏洛嘉抓住我的手,想把我从桌旁拉开,但我的愤怒已达到极点,我抓住一条桌腿把桌子掀翻。"我让你瞧瞧!"这时所有的瓷器和水晶玻璃玩意儿哗啦一声全落到了地上。

"可恶的小子!"伏洛嘉叫道,竭力想接住落下的东西。

"哼,这下子我们的关系全完了,"我一边走出屋去,一边想,"我们从此闹翻了。"

直到傍晚我们彼此都没有说过话。我觉得自己错了,不敢对他瞧一眼,整天什么事也干不了。伏洛嘉正好相反,他学习得很好,午饭后照常跟姑娘们谈笑。

教师刚教完课,我就走出屋去。单独跟哥哥在一起,我觉得害怕、尴尬和羞愧。晚上上完历史课,我拿着练习簿朝门口走去。

走过伏洛嘉身边时,虽然我很想同他言归于好,但我却噘着嘴,竭力装出一副生气的样子。这时伏洛嘉抬起头来,露出一丝和善的嘲弄微笑,大胆地对我瞧瞧。我们的目光相遇了,我明白他理解我,而且他也知道我明白他理解我。但一种无法克服的情绪使我转过身去。

"尼科连卡!"他心平气和地对我说,"别生气了!要是我得罪了你,请你原谅。"

他说着向我伸出手来。

我感到有个东西涌上我的胸口,压住我的胸膛,使我喘不过气来,但这只是一刹那的事,接着我的眼泪夺眶而出,我觉得好过些了。

"原谅……我,伏洛嘉!"我紧握住他的手说。

伏洛嘉望着我,仿佛怎么也不明白为什么我眼里含着泪水……

第六章 玛 莎

我对事物的看法在不断改变,但最使我自己吃惊的改变是,我不再把一个使女看作女仆人,而把她看成一个女人,而且我的平静和幸福在一定程度上是和她紧密相连的。

从我懂事起,我就记得玛莎在我们家里,但是直到发生那件使我完全改变对她看法的事之前(这事我下面就要讲述),我对她从来不加注意。当时我十四岁,玛莎二十五岁。她长得很漂亮,但我不敢描写她,唯恐在我的头脑里又出现使我神迷心醉的幻象,像我在迷恋女人时那样。为了避免弄错，我只说她皮肤白得出奇，发育得极美，是个成年女人，而我当时已有十四岁。

我有时手里拿着课本，在屋里来回踱步，竭力踩在地板缝上，或者嘴里哼着无聊的曲子，或者用墨水涂抹桌子边缘，或者无意识地念着格言。总之，就是没有心思学习，脑子里胡思乱想。于是我离开教室，漫无目的地走到楼梯口。

有人穿着便鞋从楼梯另一个转弯处走上来。当然，我想知道这是谁，但脚步声突然停住，接着我听见玛莎的声音："哦，您怎么这样胡闹！要是让玛丽雅·伊凡诺夫娜看见，有您的好处吗？"

"她不会来的。"伏洛嘉的声音悄悄地说，接着是一阵窸窸窣窣的声音，大概是伏洛嘉想把她拦住。

"喂，您把手往哪儿伸？真不要脸！"玛莎说着，从我身边跑过去，头巾歪在一边，露出她雪白丰满的脖子。

我无法表达，这个发现使我惊讶到什么程度，但这种惊讶很快就被我对伏洛嘉的同情所代替。我感到惊讶的已不是这种行为本身，而是他怎么知道这样做是愉快的。我不由得想学他的样。

我有时一连几小时逗留在楼梯的转弯处，什么都不想，只全神贯注地倾听着楼上的动静，但我怎么也不敢学伏洛嘉的样，尽管这是我活在世上最渴望的事。有时我躲在门外，又羡慕又嫉妒地听着下房里的喧闹声，我不由得想：要是我上楼去，也像伏洛嘉那样吻吻玛莎，那又会怎么样？要是她问我要干什么，我这个大鼻子、翘头发的人该怎么回答呢？有时我听见玛莎对伏洛嘉说："真是造孽！您究竟为什么要缠着我？走开，淘气鬼……尼科连卡少爷怎么从不到这儿来淘气……"她不知道尼科连卡少爷此刻正坐在楼梯下，并且

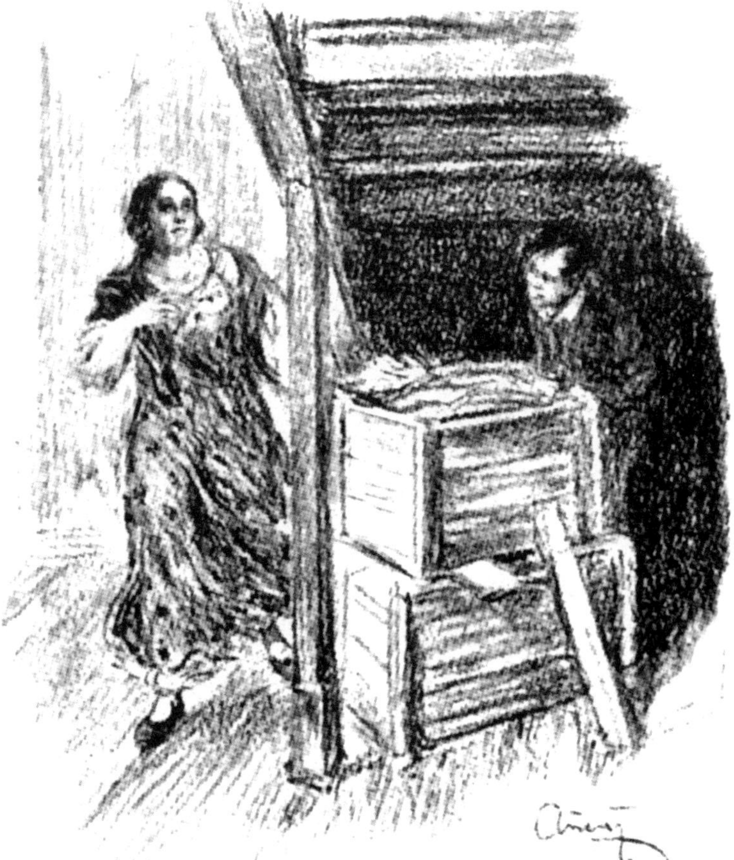

不惜任何代价，只想处在淘气鬼伏洛嘉的地位呢。

我天生怕羞，由于自觉长得丑，就更加强了这种害羞心理。而且我相信，再没有比外表（与其说外表，不如说自信外表有没有魅力）更能影响一个人的发展了。

我这个人自尊心太强，不能安于自己的处境，因此像狐狸说葡萄酸聊以自慰一样，也就蔑视凡是动人的外表能给人带来的一切欢乐。我认为伏洛嘉享有这种欢乐，我打从心底里羡慕他，同时自己也千方百计在孤芳自赏中寻求快乐。

第七章　铅　弹

"天哪，火药！"咪咪高声叫道，惊骇得喘不过气来，"你们这是在干什么？你们想烧房子，叫我们都完蛋……"

咪咪带着难以描写的坚决神态吩咐大家让开，自己断然大踏步走到撒在地上的铅弹前，不顾它有随时爆炸的巨大危险，用脚去踩。当她认为危险已经过去时，就把米海伊叫来，吩咐他把所有这些火药都扔到远处，最好丢到水里去，然后傲然晃动睡帽，向客厅走去。"把他们照顾得太好了，没话说的。"她嘀咕着。

爸爸从厢房走来，我们就跟他一起到外祖母屋里去。这时咪咪已坐在那里的窗下，带着一副神秘的正经神气威严地望着门口。她手里拿着一样用几层纸包着的东西。我猜想这是铅弹，外祖母已知道这事了。

除了咪咪,外祖母屋里还有使女加莎。加莎怒气冲冲,满脸通红,显然情绪很坏。此外还有布鲁门塔尔医生。医生个子矮小,麻脸,向加莎使着眼色,点着头,神秘地安慰着她,但是徒然。

外祖母稍稍侧着身子坐在那里摆旅行家牌阵,玩这种游戏就说明她心情恶劣。

"您今天觉得怎么样,妈妈?睡得好吗?"爸爸说,恭恭敬敬地吻着外祖母的手。

"很好,我的宝贝,您知道我一向很健康。"外祖母回答,她的语气表示爸爸的问题很不合时宜,叫人生气。接着她转身对加莎说:"您愿不愿意给我一块干净手帕?"

"我给您了。"加莎指指椅子扶手上一块雪白的麻纱手帕,回答说。

"把这块脏布拿走,给我一块干净的,好姑娘。"

加莎走到衣柜前,拉开一只抽屉,然后砰的一声用力关上,震得窗玻璃琅琅作响。外祖母威严地扫了我们一眼,仍目不转睛地注视着使女的一举一动。当她把那块我认为是原来的手帕递给外祖母时,外祖母说:"那您什么时候给我搓烟草啊,好姑娘?"

"有工夫我就搓。"

"您说什么呀?"

"我今天就搓。"

"您要是不愿伺候我,好姑娘,您直说好了,我早该让您走了。"

"那就让我走好了,我不会哭的。"使女小声嘀咕说。

这时医生向她使使眼色,但她那么气愤地断然瞪了一眼,他连忙低下头,玩弄起怀表的钥匙来。

少 年 | 141

"您瞧，我的宝贝，"等加莎嘀咕着走出去后，外祖母对爸爸说，"在我家里人家是怎样对我说话的？"

"妈妈，让我来给您搓烟吧。"爸爸说，他显然被外祖母这种意外的话弄得很尴尬。

"不，谢谢您，要知道她所以这样粗暴无礼，就因为知道，除了她，谁搓的烟叶我都不喜欢。还有，我的宝贝，"外祖母停了停继续说，"您那几个孩子今天险些儿把房子都烧掉，您知道吗？"

爸爸带着尊敬而好奇的神情望着外祖母，想知道是怎么回事。

"是啊，瞧他们在玩什么。您给他看看。"她对咪咪说。

爸爸接过铅弹，忍不住笑了。

"这是铅弹，妈妈，"他说，"这毫无危险。"

"很感谢您教导我，我的宝贝，我可是太老了……"

"神经质，神经质！"医生喃喃地说。

爸爸立刻转身问我们："你们这是从哪儿弄来的？你们怎么敢玩这种东西？"

"不用问他们，应该问他们那个管孩子的，"外祖母说，在说"管孩子的"这个词时显得特别轻蔑，"他是管什么的？"

"伏洛嘉说，这火药是卡尔·伊凡内奇亲自给他们的。"咪咪附和说。

"您瞧，他这人多好，"外祖母继续说，"那个管孩子的在哪儿，他叫什么？派人去把他找来！"

"我让他做客去了。"爸爸说。

"岂有此理！他应该一直待在这儿。孩子都是您的，不是我的，我也没有权利给您出主意，因为您比我聪明，"外祖母继续说，"不过，看来得给他们请个家庭教师了，不能老用管孩子的德国乡巴佬。是啊，一个愚蠢的乡巴佬，除了坏作风和蒂罗尔①小调什么也不会教。请问：孩子们学会唱蒂罗尔小调就那么必要吗？不过，现在谁也不考虑这种事了，您爱怎么办就怎么办吧。"

"现在"这个词表示："现在他们没有母亲了"。这事在外祖母心里引起悲哀的回忆，她垂下眼睛，望着画有肖像的鼻烟壶出神。

"这事我早就想到了，"爸爸连忙说，"我正想跟您商量呢，妈妈。我们就请圣热罗姆②好吗？他现在愿受聘给孩子们上课。"

"这样太好了，我的宝贝，"外祖母说，语气已不像原来那样不高兴了。"圣热罗姆至少是位家庭教师，知道怎样教育好人家的孩子，他可不是个普通的仆人，不是只会带着孩子散散步的管孩子的。"

"我明天就去跟他说。"爸爸说。

果然，这场谈话后两天，卡尔·伊凡内奇的位置就让给了那个年轻的法国花花公子。

第八章　卡尔·伊凡内奇的身世

在卡尔·伊凡内奇要永远离开我们的前一天夜里，他穿着棉睡袍，戴着小红帽，站在床边，弯着腰，把自己的东西仔细放进提包里。

---

① 蒂罗尔 —— 奥地利和意大利北部的一个区，以民歌著称。
② "圣热罗姆"在原著中均是法语。

近来，卡尔·伊凡内奇对我们的态度似乎特别冷淡，他避免同我们接触。这会儿，我走进屋里，他皱着眉头瞧了我一眼，继续理东西。我躺到自己床上，但卡尔·伊凡内奇对我什么也没有说，而以前他是严格禁止我这样做的。我一想到他再也不会斥责我们，再也不会管教我们，现在他同我们没有任何关系，我就清楚地想到即将到来的别离。他不再爱我们了，我感到伤心，并很想向他表达这种心情。

"让我来帮帮您，卡尔·伊凡内奇。"我走到他跟前说。

卡尔·伊凡内奇瞧了我一眼，又转过身去，但从他向我投来的一瞥中我看到的并不是冷漠，而是深沉真挚的悲哀。

"上帝无所不见，无所不知，一切都取决于他的神圣旨意。"他挺直身子，长叹一声说。"是啊，尼科连卡，"他发现我目光中流露的真诚同情，接着说，"我命里注定从小到老都是不幸的。我是以善心待人，可是人家总是以怨报德，我的奖赏不在这儿，而在那边。"他指指天空说。"您不知道我的身世，不知道我这辈子吃过多少苦！我做过鞋匠，当过兵，开过小差，在厂里做过工，当过教师，可现在我没有事干！我也是上帝的子民，可是无处安身。"他结束说，闭上眼睛，坐到安乐椅上。

卡尔·伊凡内奇十分伤感，他不理会听的人，只管倾吐自己的心事。我注意到这情况，默默地坐在床上，目不转睛地望着他那善良的脸。

"您不是孩子了，您能听懂的。让我来告诉您我的身世和这辈子吃的苦。孩子，总有一天你们会想念我这个如此疼爱你们的老朋友的！"

卡尔·伊凡内奇一只手臂支在旁边的小桌上，吸了一撮鼻烟，眼睛望着天花板，用他平时叫我们听写的不快不慢的喉音讲了起来：

"我在我母亲肚子里就到美（倒霉）了！"①他先用洋里洋腔的俄语说一遍，接着又用德语重说一遍，重说时更加动感情。

由于卡尔·伊凡内奇不止一次用同样的方式、同样的语言和一成不变的语气给我讲他的身世，我愿意逐字逐句把它转述出来。当然，他说俄语时的毛病我就不照搬了，这一点从第一句上就可以看出。至于这究竟是他的真实经历，还是他在我家感到孤单而产生的幻想，因反复讲述连他自己都信以为真，还是他用虚幻的想象来点缀自己真实的身世，这些问题我至今都无法确定。一方面，他讲述自己的身世时感情那么真实，前后又那么连贯（这是真实的重要标志），使人不能不相信；另一方面，他的经历中充满那么多诗情画意，又使人不能不产生怀疑。

"我的血管里流着冯·佐默布拉特伯爵家的高贵血液！我的血管里流着冯·佐默布拉特伯爵家的高贵血液！我是在我母亲结婚六个星期出生的。我母亲的丈夫（我管他叫爸爸）是佐默布拉特伯爵家的佃户。他不能忘记我母亲的耻辱，因此不喜欢我。我有个弟弟约翰和两个妹妹，但我在自己家里却是个外人！但我在自己家里却是个外人！约翰做了蠢事，爸爸就说：'有了卡尔这孩子，我一刻也不得安宁！'于是我就挨骂，受罚。两个妹妹吵嘴，爸爸就说：'卡尔这孩子从来不听话！'于是我又挨骂，受罚。只有我那个好妈妈爱我，疼我。她常常对我说：'卡尔，到我屋里来！'她就偷偷地吻我，对

---

① 卡尔·伊凡内奇是德国人，说的俄语常有错误。

我说:'我可怜的卡尔!谁也不爱你,但我可不愿拿你去换任何人,有一件事妈妈求你:好好念书,永远做一个诚实的人,上帝不会抛弃你的!好好念书,永远做一个诚实的人,上帝不会抛弃你的!'我就努力这样做。我满了十四岁,能领圣餐了,妈妈就对爸爸说:'卡尔是个大孩子了,古斯塔夫,我们该拿他怎么办呢?'爸爸说:'我不知道。'于是妈妈说:'我把他送到城里舒尔茨先生那里去,让他将来做个鞋匠吧!'爸爸说:'好!'爸爸说:'好!'我在城里鞋匠师傅那里待了六年零七个月,师傅很喜欢我。他说:'卡尔是个好工人,他很快就能做我的帮手。'但是……谋事在人,成事在天……一七九六年招募新兵,凡是十八岁到二十一岁能服役的都要到城里集中。

"爸爸和约翰弟弟到城里来,我们就一起去抽签,看谁当兵,谁不当兵。约翰抽到一个不吉利的签,他得去当兵;我抽到一个吉利的签,不用去当兵。爸爸说:'我只有一个儿子,但我得同他分离!我只有一个儿子,但我得同他分离!'

"我拉住他的手说:'爸爸,您为什么这样说?跟我来,我有句话要对您说。'爸爸来了。爸爸同我一起坐到酒店的小桌旁。我说:'给我们两杯啤酒!'啤酒送来了。我们一人喝了一杯,约翰弟弟也喝了。

"我说:'爸爸!您不要说您只有一个儿子,您得同他分离。我听见您这样说,我的心都快跳出来。约翰弟弟不用去服役了,我去当兵!……这儿谁也不需要卡尔,卡尔去当兵。'

"'您是个正直的人,卡尔·伊凡内奇!'爸爸对我说,还吻了吻我,'您是个正直的人!'爸爸对我说,还吻了吻我。

"于是我就当了兵!"

第九章 续　前

"那是一个可怕的年代,尼科连卡,"卡尔·伊凡内奇继续说,"那时出了个拿破仑。他想征服德国①,我们就奋起保卫祖国,直到流尽最后一滴血! 我们就奋起保卫祖国,直到流尽最后一滴血!

"我到过乌尔姆,我到过奥斯特里茨,我到过瓦格拉姆! 我到过瓦格拉姆!"

"难道您也打过仗?"我惊讶地瞧着他问,"难道您也杀过人?"

说到这事,卡尔·伊凡内奇立刻安慰我。

"一次有个法国掷弹兵掉队,倒在大路上。我端着枪跑过去,想把他刺死,但那个法国兵扔掉枪要求饶命。我就把他放了。

"在瓦格拉姆附近,拿破仑把我们赶到一个岛上,团团包围住,弄得我们没有生路。三天三夜我们没有吃东西,站在没膝深的水里。拿破仑这恶棍既不俘虏我们,也不放掉我们! 拿破仑这恶棍既不俘虏我们,也不放掉我们!

"到第四天,感谢上帝,总算把我们俘虏,带到一座堡垒里。我身上穿着一条蓝裤子、一件上等呢料军服,带着十五个泰勒②和一块爸爸送我的银表。法国兵把这一切全抢去了。幸亏我还有三个金币,是妈妈给我缝在棉袄里的,谁也没有发现。

---

① 指一八〇五年至一八〇九年拿破仑对俄奥联军的战争。
② 德国旧银币,1泰勒合3马克。

"我不愿长期留在堡垒里,决定逃走。有一次过大节,我对看守我们的中士说:'中士先生,今天是个大节,我想庆祝一番。请您拿两小瓶马德拉葡萄酒来,让我们一起干一杯。'中士说:'好!'中士拿来葡萄酒,我们先干了一杯。我拉住他的手说:'中士先生,您大概也有父母吧?'他说:'有的,毛尔先生……'我说:'我的父母已有八年没有看见我了,他们不知道我是不是还活着,还是我的骨头早就埋进黄土里了。哦,中士先生!我棉袄里有两块金币,您拿去,您把我放了吧!您行行好,我母亲今生今世一直会替您在万能的上帝面前祷告的。'

"中士干了一杯葡萄酒,说:'毛尔先生,我很喜欢您,也很可怜您,但您是俘虏,我是士兵!'我握住他的手说:'中士先生!'我握住他的手说:'中士先生!'

"那中士说:'您是个穷人,我不要您的钱,但愿意帮助您。等我去睡觉,您给士兵们买一桶白酒,他们就会睡大觉。我不来管您。'

"他是个好人。我就买了一桶白酒,等士兵们喝醉了,我就穿上靴子和旧大衣,悄悄溜了出去。我走上围墙,想跳下去,但下面有水,我不愿弄脏最后一身衣服,就走大门。

"一个哨兵端着枪来回走着,瞧着我。'什么人?'他突然问。我不作声,'什么人?'他第二次问。我不作声。'什么人?'他第三次问。我撒腿就跑。我跳进水里,爬到对岸逃命。我跳进水里,爬到对岸逃命。

"我沿大路跑了一个通宵,天一亮,我怕被人认出来,就藏到高高的黑麦地里。我在那儿跪下,双手合十,感谢天父救了我的命,接着就安心睡着了。我在那儿跪下,双手合十,感谢天父救了我的命,接着就安心睡着了。

"我在傍晚醒来,继续上路。突然一辆套着两匹黑马的德国大篷车赶上了我。车里坐着一个衣着讲究的人,抽着烟斗,望着我。我放慢脚步,想让车过去,但我走得慢,车也走得慢,那人还是望着我;我走得快些,车也走得快些,那人还是望着我。我在路上坐了下来,那人就勒住马,望着我。他问:'年轻人,这么晚您上哪儿去?'我说:'我到法兰克福去。''坐我的车吧,有地方坐,我送您去……您怎么什么也不带,胡子也不刮,衣服这么脏?'我坐到他身边,他问我说。'我是个穷人,'我说,'想到厂里去找个事做;衣服脏是因为在路上摔了一跤。'他说,'年轻人,您说的不是实话,现在路上是干的。'

"我没作声。

"您对我说实话,'那个好人对我说,'您是干什么的?从哪儿来?您的长相我很喜欢。您如果是个老实人,我就帮助您。'

"我就把一切都告诉了他。他说:'好的,年轻人,那就到我的缆绳厂来吧。我给您工作,给您衣服,给您工钱,您就住到我家里去吧。'

"我说:'好的。'

"我们乘车来到缆绳厂。那个好人对他妻子说:'这个青年为祖国打过仗,现在从俘虏营里逃出来。他无家可归,无衣无食。让他住在我们家里。您给他一身干净衣服,给他点儿东西吃。'

"我在缆绳厂待了一年半。老板很喜欢我,不愿放我走。我也很高兴。我那时是个美男子,年纪又轻,个子又高,一双蓝眼睛,一个挺拔的罗马式鼻子……L 太太[①](我不能说出她的名字),老板的

---

① 原文是法语。

少　年 149

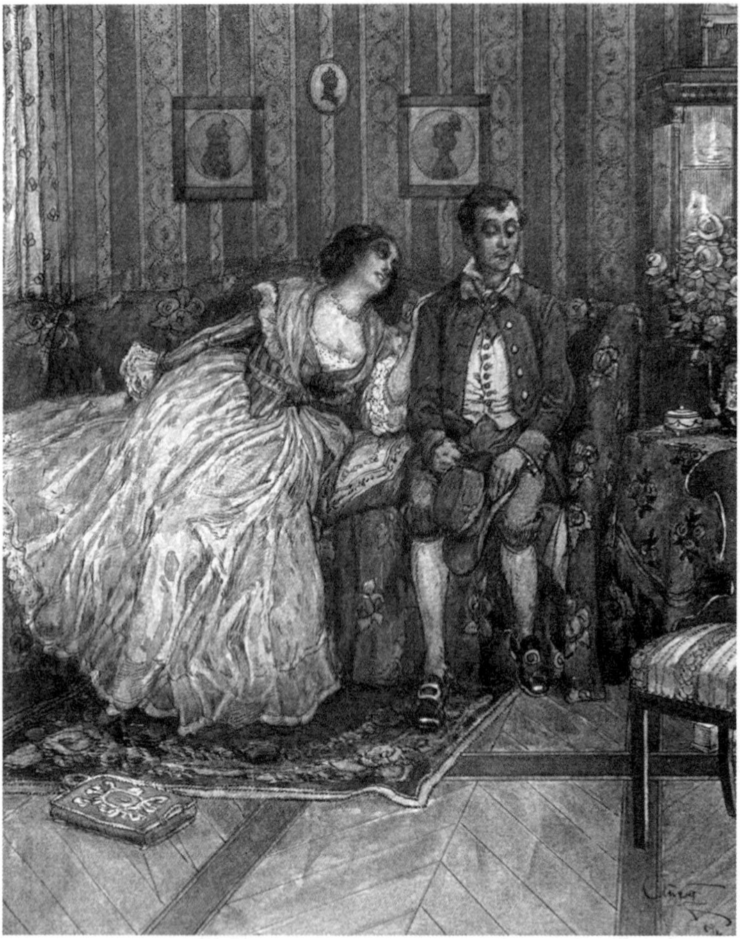

妻子，是个年轻美丽的女人。她爱上了我。

"她看见我，就说：'毛尔先生，您妈妈怎么称呼您？'我说：'小卡尔'。

"她就说：'小卡尔。坐到我旁边来！'

"我在她旁边坐下，她就说：'小卡尔吻吻我！'

"我吻了吻他[①]，他就说：'小卡尔！我实在爱您，我再也忍不住了。'他说着浑身发抖。"

说到这儿，卡尔·伊凡内奇沉默了好一阵。接着转动他那双和善的蓝眼睛，微微摇摇头，像人们在回忆甜蜜的往事时那样微笑起来。

"说实在的，"他在椅子里坐坐好，掩上睡袍，又说起来，"我这辈子经历过不少事，有甜有苦，喏，这就是我的见证，"他说着，指指挂在床头上的救世主绣像，"谁也不能说我卡尔·伊凡内奇是个不诚实的人！L先生待我好，我不能恩将仇报，决定从他家逃走。那天晚上，大家都睡了，我给老板写了封信，把它放在屋里的桌上。我拿了自己的衣服和三个泰勒，悄悄地走到屋外。没有人看见我，我就沿着大路走了。"

第十章　续　前

"我有九年没有见到妈妈，不知道她是不是还活着，或者已尸骨

---

① 原著中是指代男性的"他"。——编者注

入土。我回到祖国，进了城，向人打听佐默布拉特伯爵家的佃户古斯塔夫·毛尔住在哪里。人家告诉我：'佐默布拉特伯爵死了，古斯塔夫·毛尔现在住在大街上，开了一家甜酒店。'我穿上新背心，上等礼服（那是缆绳厂老板送给我的），用心梳好头发，就到爸爸的酒店去。我妹妹玛丽坐在店里，问我要什么。我说：'能不能给我一杯甜酒？'她就说：'爸爸！年轻人要一杯甜酒。'爸爸说：'给年轻人一杯甜酒。'我在桌旁坐下，喝着甜酒，抽着烟斗，望着爸爸、玛丽和也走进店里来的约翰。在谈话时爸爸对我说：'年轻人，您大概知道我们的军队现在驻扎在哪儿吧？'我说：'我就是从军队里来的，我们的军队驻扎在维也纳附近。'爸爸说：'我的儿子原是当兵的，他有九年没有给我们来信了，我们不知道他还活着还是死了。我妻子一直为他流泪……'我抽着烟斗说：'你们的儿子叫什么名字？他在哪儿服役？也许我认识他……'我爸爸说：'他叫卡尔·毛尔，他在奥地利猎骑兵团服役。'玛丽妹妹说：'他长得高大漂亮，像您一样。'我说：'我认识你们的卡尔。'我爸爸突然说：'艾玛丽雅！到这儿来，这儿有个年轻人认识我们的卡尔。'我亲爱的妈妈就从后门进来。我立刻认出她。'您认识我们的卡尔？'她说，对我望望，脸色发白，浑身哆嗦！'是的，我见过他，'我说，不敢抬起眼睛看她，我的心激动得要跳出来。'我的卡尔活着！'妈妈说。'感谢上帝！我亲爱的卡尔，他在哪儿？要是我再能见到他，再能见到我亲爱的儿子一眼，死也瞑目。但是上帝不愿意。'我妈妈说着哭起来……我再也忍不住了……我说：'妈妈！我就是你的卡尔！'我妈妈听了立刻倒在我的怀里……"

卡尔·伊凡内奇闭上眼睛，他的嘴唇哆嗦起来。

"'妈妈！'我说，'我是您的儿子，您的卡尔！她就倒在我的怀里。'"他一再说，稍微定定神，擦去脸上滚下来的大滴眼泪。

"但上帝不愿意让我在祖国的土地上了此一生。我命中注定要吃苦！我不论到哪里总是倒霉！我在老家只待了三个月。有一个星期天，我在咖啡店买了一杯啤酒，抽着烟斗，同朋友们谈论政治，谈论弗朗茨皇帝，谈论拿破仑，谈论战争，各人讲各人的看法。我们旁边坐着一个穿灰礼服的陌生先生，他喝着咖啡，抽着烟斗，没跟我们说话。抽着烟斗，没跟我们说话。当巡夜人报十点钟的时候，我拿起帽子，付了钱，就回家去了。半夜有人来敲门。我醒来问：'是谁？'门外人说：'开门！'我说：'请问您是谁，我就开门。'门外人说：'我以法律的名义要你开门！'我开了门。门外站着两个端枪的兵，咖啡店里那个穿灰礼服坐在我们旁边的陌生人走进屋来。他是个密探！他是个密探！那密探说：'跟我走！'我说：'好吧。'我穿上靴子和裤子，系上背带，在屋里走来走去。我气愤极了，说：'他是个坏蛋！'我走到挂着我那把长剑的墙边，一下子抓住剑说：'你是密探，看剑！你是密探，看剑！我给了他右边一下，左边一下，脑袋一下。密探倒下了！我抓起提包和钱从窗口跳出去。我抓起提包和钱从窗口跳出去。我来到埃姆斯河边。我在那儿认识了萨津将军。他很喜欢我，替我从公使馆弄到护照，把我带到俄国来教他的孩子们。萨津将军死后，您妈妈就把我请来了。她说：'卡尔·伊凡内奇！我把我的孩子们交给您，您要爱他们，我永远不会把您辞掉，我会给您养老的。'现在她不在了，一切都被忘记了。我干了二十年，现在上了年纪，还得上街要饭……这事上帝看见，上帝知道，这是他的神圣旨意，我只是舍不得你们，孩子们！"卡尔·伊凡内奇结束他的话，把我拉到他的怀里，吻着我的头。

少年 | 153

第十一章 一 分

一年服丧期满后，外祖母的悲伤稍微减轻了些，她开始偶尔接待客人，特别是接待我们这种年纪的孩子。

十二月十三日是柳波奇卡的生日。那天午饭前，柯尔纳科娃公爵夫人带着她的女儿们，华拉希娜夫人带着女儿宋尼奇卡，伊连卡·格拉普和伊文家两个小男孩都来了。

谈笑声和奔走声已从楼下他们聚集的地方传到我们这儿，但我们不上完早课不能到他们那里去。教室墙上挂着课程表，表上写明：星期一，二至三时，史地教师。现在我们就得等这位历史教师，听完他的课，送他走，才能自由。已经两点二十分了，还听不到历史教师的脚步声，街上也看不见他的影子。我望着他必经的街道，心里真巴不得永远看不见他。

"看样子列别捷夫今天不来了。"伏洛嘉说，目光暂时离开他正在准备的斯马拉格多夫历史教科书。

"但愿如此，但愿如此……说实在的，我还什么都不知道呢……哦，他好像来了。"我沮丧地说。

伏洛嘉站起来，走到窗口。

"不，不是他，这是一位老爷，"他说。"我们要等到两点半，"他添加说，一边伸懒腰，一边搔头皮，他在做功课休息时常常这样。"等到两点半不来，就可以对圣热罗姆说，把练习簿收掉。"

"他何必来——呢。"我说,也伸了伸懒腰,晃了晃我用双手举到头上的凯达诺夫的教科书。

闲着没事,我就打开书本,翻到指定功课的地方,读了起来。那一课又长又难,我一点儿也不明白,而且怎么也记不住课文内容,再说我心烦意乱,思想怎么也不能集中在功课上。

我一向认为历史课最枯燥难学,上次历史课后,列别捷夫告诉圣热罗姆我功课不好,在分数本上给我打了个两分,这是很坏的分数。当时圣热罗姆还对我说,如果我下一次的分数不到三分,就将受到惩罚。现在就面临着下一次功课,说实在的,我感到非常害怕。

我正在全神贯注地温习我还没有读熟的功课,突然听见前厅里有脱套鞋的声音,不觉大吃一惊。我刚回过头去,门口就出现了那张我所讨厌的麻脸和身穿钉有铜纽扣藏青燕尾服的十分熟识的老师难看的身影。

老师不慌不忙地把帽子放在窗台上,把练习簿放到桌上,双手分开燕尾服的后襟(仿佛非这样不可),气喘吁吁地在他的位子上坐下。

"喂,诸位,"他搓搓汗津津的手说,"让我们先温习一下上回讲的课,然后再给你们讲中世纪以后的事件。"

这就是说要我们回答上一课的问题了。

伏洛嘉带着沉着而自信的神气(凡是功课准备得很好的人都有这种表情)回答问题的时候,我漫无目的地向楼梯口走去。因为我不能下楼,自然就不知不觉来到楼梯口。但是,我刚想躲到门外经常观察的地方,咪咪突然看见了我,而她总是我倒霉的原因。"您在这

少 年 | 155

儿？"她严厉地望望我，望望女仆室的门，然后又望望我，这才开口。

我觉得自己大错特错，因为我离开教室，来到这不该来的地方，因此一言不发，低下头，露出一副令人感动的悔恨表情。

"哼，简直太不像话了！"咪咪说，"您在这儿干什么？"我不作声。"不，这样不成，"她重复说，用指关节敲敲楼梯栏杆，"我去告诉伯爵夫人。"

我回到教室已三点差五分。老师仿佛根本没注意我在不在，一心给伏洛嘉讲着下一课。当他讲完课，把练习簿叠在一起，伏洛嘉走到隔壁屋里去取上课票时，我感到一阵轻松，以为一切都已过去，他们把我忘记了。

但是，老师突然似笑非笑不怀好意地向我转过身来。

"我想您一定学好功课了。"他搓搓手说。

"学好了。"我回答。

"请您给我讲讲圣路易①的十字军东征，"他说，在椅子上摇晃身子，若有所思地望着自己脚下，"您先给我讲讲促使法国国王加入十字军的原因，"他说，扬起眉毛，指指墨水瓶，"然后再给我讲讲这次东征的一般特点，"他添加说，做了个手势，仿佛要抓住什么东西，"最后讲讲这次东征对欧洲各国的总的影响，"他说，用练习簿拍拍桌子左边，"特别是对法兰西王国的影响。"他结束说，拍拍桌子右边，头也向右倾斜。

我咽了好几口口水，咳嗽几声，歪着头一声不响。然后我拿起桌上的鹅毛笔，动手撕毛，但还是一声不响。

---

① 圣路易——法国国王路易九世（1214—1270），曾领导第七次（1248年）和第八次（1270年）十字军东征。

"把笔给我,"老师说着向我伸出手来,"它还能用呢。拿来。"

"路易……圣……圣路易是……是……是个聪明仁慈的皇帝……"

"什么人?"

"皇帝。他想去耶路撒冷,就把政权交给他的母亲。"

"他母亲叫什么?"

"叫布……布兰卡。"

"什么?浅黄马①?"

我尴尬地笑了笑。

"那么,您还知道什么?"他冷笑着说。

我豁出去了,就清清喉咙,信口开河地胡诌了一通。老师没作声,拿着从我手里夺去的鹅毛笔拂着桌上的灰尘,眼睛不看我,一再说:"好哇,太好啦!"我觉得我什么也不知道,完全是胡编瞎说,但看到老师并不拦阻我,也不来纠正我,感到很难受。

"他怎么会想到耶路撒冷去?"他重复我的话,问。

"因为……由于……为了……因为……"

我张口结舌,一句话也说不出来,并且感到这个凶恶的教师即使一言不发,用询问的目光望上我一年,我也发不出一个声音来。老师盯着我有三分钟的样子,然后他的脸上现出非常悲痛的神色,语气感伤地对这时走进屋里来的伏洛嘉说:"把本子给我,让我打分。"

伏洛嘉把练习簿交给他,同时小心地把上课票放在旁边。

---

① 路易九世的母亲叫"勃兰卡",在俄语里同"浅黄马"一词发音相似。

少年 | 157

老师打开练习簿，谨慎地拿笔蘸了蘸墨水，用他漂亮的字迹在学习成绩和操行栏里写上"五"。然后，把笔停在我的分数栏里，对我望了望，甩掉一点儿墨水，沉思起来。

突然他的手轻轻一动，就在栏里漂亮地写了个"一"字，后面加了个句号；他的手又一动，就在操行栏里又写了个"一"字，后面又加了个句号。

老师小心地合上记分簿，站起来，走到门口，仿佛没有注意我那流露出绝望、恳求和责备的目光。

"米哈伊尔·拉里昂内奇！"我叫道。

"不，"他回答，已经懂得我想对他说什么，"这样学习不行。我不愿白拿钱。"

老师穿上套鞋和条纹厚呢大衣，小心翼翼地围上围巾。在我遭到这事之后，还有什么事值得关心的呢？在他是大笔一挥，在我可是倒了大霉。

"课上完了？"圣热罗姆走进来问。

"上完了。"

"老师对你们满意吗？"

"满意。"伏洛嘉说。

"您得了几分？"

"五分。"

"尼科连卡呢？"

我没作声。

"好像是四分。"伏洛嘉说。

他明白，至少今天他得解救我。今天我们家有客人，要处罚，也不能在今天。

"好啦，诸位（'好啦'是圣热罗姆的口头禅）！你们打扮一下，下楼去。"

第十二章 小 钥 匙

我们刚下楼向所有的客人问过好，就被叫去吃饭。爸爸情绪特别好（最近他赢了钱），送给柳波奇卡一套银茶具，吃饭时他又想起他为她的命名日还准备好一盒精美的糖果，放在他的厢房里。

"何必叫仆人去呢？尼科连卡，还是你去一趟吧，"他对我说，"钥匙放在大桌子上的贝壳里，你知道吗？你把钥匙取出来，用那把最大的钥匙打开右边第二个抽屉。抽屉里有一个盒子，糖果用纸包着，你都拿到这儿来。"

"雪茄要给你拿来吗？"我问，知道他饭后总要派人去拿雪茄。

"拿来，但注意，别动我的东西！"我走开时，他在后面说。

我在指定的地方找到钥匙，正要去开抽屉，这时我忽然很想弄清这串钥匙中最小的一把是开什么的。

桌上放着各种各样的东西，其中有一只绣花公事包挂着锁，立在桌栏杆旁边。我很想试试，这把小钥匙能不能开那把挂锁。一试果然成功，公事包被打开了，我发现里面有一大堆文件。好奇心促使我去了解这些文件的内容，我根本没考虑该不该这样做，就查看公事包里的东西……

孩子对长辈特别是对爸爸的绝对敬意在我身上是那么强烈，以致我的理智自然不愿对我目睹的一切作出任何结论。我觉得爸爸一定生活在一个我所无法理解的与众不同的美妙天地里，要揭穿他的生活秘密，在我是一种大不敬的行为。

因此，我几乎是无意中在爸爸公事包里所发现的东西，并没有给我留下任何清楚的印象，我只模糊地意识到我做得不对。我感到羞愧难当。

在这种心情支配下，我想赶快锁上公事包，但在这个难忘的日子里，我显然注定要遭到各种各样的倒霉事。我把钥匙插进锁孔，转动钥匙，但把方向转错了。我以为已经锁上，就把钥匙往外拔，可是糟糕，我手里只剩下钥匙柄了。我拼命想把留在锁里的那一半接起来，用什么魔法把它拔出，可是毫无结果。最后我不得不恐怖地想到，我又犯了一次罪，爸爸当天回到书房就会发现这件事。

咪咪的告状、一分和小钥匙！我可真是倒霉透了。因为咪咪告状，外祖母会处罚我；因为得了一分，圣热罗姆会处罚我；因为弄断小钥匙，爸爸会处罚我……这一切灾难最晚今天晚上都将落到我的头上。

"我会落个什么下场？！唉，我这是干了什么啦？！"我在书房柔软的地毯上走来走去，大声说。"唉！"我一边取出糖果和雪茄，一边自言自语。"在劫难逃……"我往屋里跑去。

我小时候从尼古拉那里听来的这句宿命论格言，每逢我生活中遇到困难时，总能对我起一种暂时宽慰的有益作用。我走进大厅，有些激动和不自然，但心情却非常愉快。

第十三章　变 心 姑 娘

午饭后开始做游戏，我起劲地参加。玩"猫捉老鼠"时，我笨拙地撞在跟我们一起玩的柯尔纳科娃家的女教师身上，无意中踩住她的衣服，把衣服撕破了。我发现，所有的姑娘，特别是宋尼奇卡，看到教师哭丧着脸到下房去缝衣服，都很快乐，我就决定再让她们乐一次。出于这种善意的企图，等女教师一回到屋里，我就围着她奔跑，直到找到一个合适的机会再次踩着她的裙子，把它撕破。宋尼奇卡和公爵小姐们忍不住大笑，这使我的虚荣心得到很大的满足。但是圣热罗姆大概发现我的捣鬼，就走到我跟前，皱起眉头（我最受不了他这副模样），说我这样寻开心不会有好结果，我要是不收敛些，即使在这喜庆的日子，他也会叫我后悔的。

但我当时已失去理性，好像一个人输的钱超过他口袋里所有的钱，他害怕算账，尽管没有翻本的希望，但为了不让自己有时间清醒过来，继续孤注一掷。我放肆地笑了笑，从他身边走开。

玩完"猫捉老鼠"，有人提出玩我们叫长鼻子的游戏。这个游戏的玩法是：面对面摆上两排椅子，男女分成两组，由一组人轮流挑选另一组人。

小公爵小姐每次都选伊文家最小的孩子，卡金卡选伏洛嘉或者伊连卡，而宋尼奇卡每次都选谢辽查，最使我惊奇的是，当谢辽查径直走过去坐在她对面时，她竟一点儿也不害臊。她发出清脆的笑声，向他点点头，表示他猜对了。可是没有人来选我。最伤我自尊心的是，我明白我是个多余的人，是个被遗忘的人，每次都得有人提到我说："还剩下谁呀？""还有尼科连卡，你就要他吧。"因此，当我非得出去不可时，我就一直走到姐姐跟前，或者哪个不好看的公爵小姐跟前，而不幸的是，我每次都猜对了。宋尼奇卡呢，仿佛一心只想着谢辽查，心目中根本就没有我这个人。我不知道我凭什么心里总叫她变心姑娘，因为她从来没有答应过选我而不选谢辽查，而且我深信她是用最卑劣的手段来对付我。

　　游戏结束后，我发现变心姑娘（我瞧不起她，但眼睛又盯住她）同谢辽查和卡金卡一起走到角落里，秘密地谈着话。我悄悄从钢琴后面走去，想揭穿他们的秘密，看到了以下的情景：卡金卡提着麻纱手帕的两端作屏风，遮住谢辽查和宋尼奇卡的头。"哈，您输了，现在得还账！"谢辽查说。宋尼奇卡垂下双手，像罪犯似的站在他面前，涨红了脸说："不，我没有输，卡金卡小姐，是不是？"卡金卡回答说："我爱说实话，你打赌输了，好朋友。"

　　卡金卡刚说了这句话，谢辽查就弯下腰去吻了吻宋尼奇卡。宋尼奇卡笑了，若无其事，仿佛很快乐似的。太可怕了！！！哼，狡猾的变心姑娘！

第十四章　一时糊涂

　　我突然觉得所有的女性都很卑劣，尤其是宋尼奇卡。我竭力想使自己相信这些游戏毫无乐趣，它们只配小丫头们玩玩。我非常想捣蛋，弄出点儿异乎寻常的名堂来，使大家吃惊。这样的机会很快就出现了。

圣热罗姆同咪咪谈了一通话，走出屋去。他的脚步声先从楼梯上传来，后来听到他走到我们头顶上，又往教室那边走去。我想，准是咪咪告诉他上课时她在什么地方看见我，此刻他准是去看分数簿。我当时认为，圣热罗姆活着除了想惩罚我没有别的目的。我在什么书上读到过，十二岁到十四岁年龄的孩子，也就是正在过渡到少年时期的孩子，特别喜欢杀人放火。回忆我的少年时代，特别是我在那个倒霉日子里的心情，我十分明白，我很可能无缘无故犯下可怕的罪行，并没有害人的念头，而只是……出于好奇，是一种无意识的冲动。有时一个人觉得前途渺茫，害怕思考未来，就停止脑力活动，竭力使自己相信既不会有未来，也不曾有过去。当思维不能控制意志而本能成为生活的唯一动力时，我明白，一个不懂世事的孩子特别容易耽于这种心情，他会带着好奇的微笑，毫无顾忌地在他热爱的父母兄弟睡觉的房子里放一把火。在神不守舍而丧失理性的情况下，一个十七八岁的农家小伙子看见老父睡在长凳上，旁边放着一把磨快的利斧，他会望望斧刃，突然挥动斧头，怀着愚蠢的好奇心瞧瞧血是怎样从砍断的脖子里滴到长凳下的。同样，在丧失理性和本能的好奇心作怪的情况下，一个人会站在悬崖边上想："要是跳下去会怎么样？"或者拿一支实弹手枪对准脑门想："要是扣动扳机会怎么样？"或者望着一个受到普遍奉承的要人想："要是我走到他面前，揪住他的鼻子说：'喂，来吧，老兄！'那又会怎么样？"在这样的时刻，他都会感到一种乐趣。

少 年

就是在这种内心骚动和丧失理性的情况下,当圣热罗姆走到楼下对我说,今天我没有权利待在这里,因为我行为不好,学习不好,我必须立刻上楼时,我向他吐了吐舌头说,我不离开这里。

最初,圣热罗姆又惊讶又气愤,连话都说不出来。

"好!"他一边追我,一边说,"我已经说过几次要处罚您,都是您外婆替您说了情。但我现在明白,除了树条,什么也不能使您听话,今天您完全应该挨打。"

他说得那么响,大家都听见了他的话。血猛地涌到我的心上,我感到心跳得很厉害,脸色煞白,嘴唇不由自主地抖动起来。我当时的模样一定很可怕,因为圣热罗姆避开我的目光,快步走到我跟前,抓住我的手臂。但我一感觉到他的手,头就发昏,我愤怒得忘乎所以,便把手挣脱出来,使尽我全部孩子的力气打他。

"你这是怎么啦?"伏洛嘉走过来,看到我的举动又惊讶又害怕。

"别管我!"我含着眼泪对他嚷道,"你们谁也不爱我,谁也不明白我是多么不幸!你们都很卑鄙,都很讨厌。"我怒气冲天,对全屋子的人添了一句。

但这时圣热罗姆脸色煞白,神情果断,又走到我跟前,我还没准备好自卫,他就猛地像钳子一般抓住我的双臂,把我拖走。我激动得头晕目眩;我只记得,我用头和膝盖乱撞乱碰,直到精疲力竭;我记得我的鼻子几次撞在什么人的大腿上,谁的礼服落到我的嘴里,我听见四面八方都有脚步声,闻到灰尘和圣热罗姆身上紫罗兰香水的味儿。五分钟后,储藏室的门砰的一声把我关在里面了。

"华西里!"他用可恶的得意扬扬的声音说,"拿树条来……"

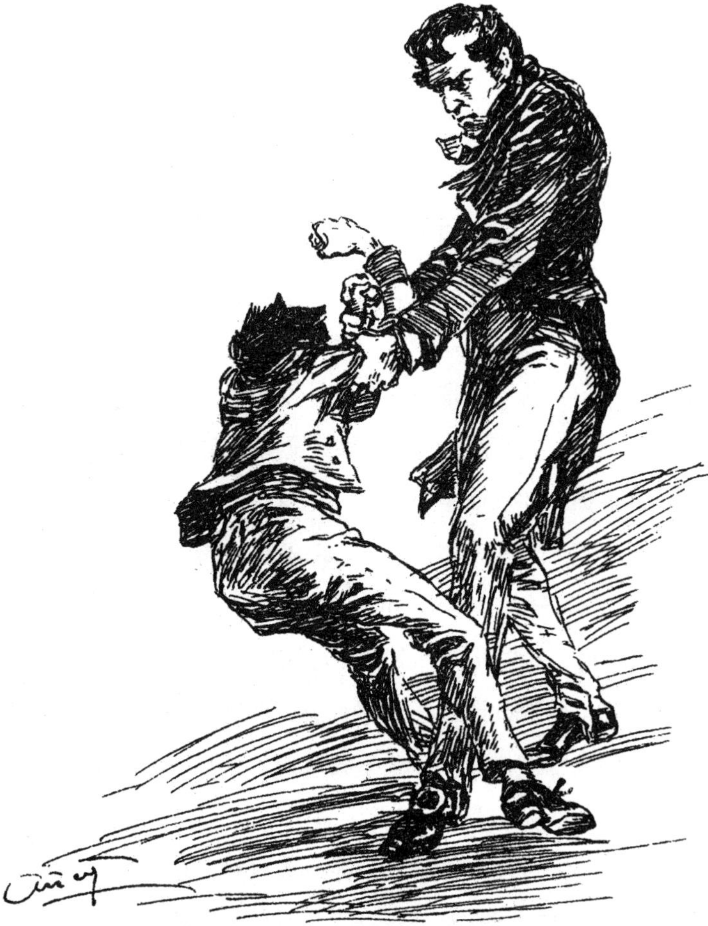

第十五章 幻　想

难道当时我能够想象，在遭遇这种种不幸之后，我还能活下去，而且有朝一日能心平气和地回忆这些事？

回顾我的所作所为，我无法想象将会有什么结局，但隐隐约约预感到，我这人从此完了。

起初楼下和我的周围是一片寂静，至少由于内心过分激动，我有这样的感觉，但我渐渐能分辨各种不同的声音了。华西里走上楼来，往窗台上扔一件东西，好像是一把笤帚。他打着哈欠，在大木柜上躺下来。楼下传来奥古斯特·安东内奇的洪亮声音（也准是在谈论我），然后是孩子们的谈笑声和奔跑声，几分钟后家里又一切如常，仿佛谁也不知道，谁也没想到我正被关在黑暗的储藏室里。

我没有哭，但胸口像压着一块石头。种种思虑和幻想越来越快地从我混乱的头脑中掠过，但关于我所遭受的不幸的回忆，却像一条古怪的链子，时断时续。我又落入恐惧绝望、前途茫茫的迷宫。

我有时想，大家都不喜欢我，甚至憎恨我，总有什么我所不了解的原因。（我当时断定，从外祖母起，到车夫菲利普，大家都恨我，对我抱着幸灾乐祸的态度。）"我一定不是我父母的亲生儿子，不是伏洛嘉的亲兄弟，而是一个不幸的孤儿，出于善心被收养的弃婴。"我自言自语，这种荒唐的想法不仅给了我一种苦涩的安慰，而且使我觉得仿佛真有其事。我高兴地想到，我倒霉不是因为犯了错误，而是因为我生来就是这样苦命,我的命有点儿像不幸的卡尔·伊凡内奇。

"既然我自己已识破了这个秘密,那么何必再遮遮盖盖呢?"我自言自语。"我明天就去对爸爸说:'爸爸!你何必对我隐瞒我的身世呢,我已经知道了。'他会说:'有什么办法呢,我的朋友,这事你早晚总会知道的。你不是我的亲生儿子,但我收养了你。只要你不辜负我的爱,我永远不会遗弃你。'我对他说:'爸爸,虽然我无权这样称呼你,但现在我最后再叫你一次。我一向爱你,将来也会爱你,永远不会忘记你是我的恩人,但我再也不能在你家待下去了。这里谁也不爱我,圣热罗姆发誓要毁掉我。不是他走,就是我走,因为我无法自制,我对他恨之入骨,什么事都干得出来。我会宰了他,'是的,我就是这么说的:'爸爸,我会宰了他。'爸爸听了就求我,但我摆摆手对他说:'不,我的朋友,我的恩人,我们不能在一起生活,你放了我吧。'我拥抱他,对他说(不知怎的用法语):'哦,我的父亲,哦,我的恩人,为我最后祝福一次吧,让上帝的旨意实现吧!'"我坐在黑暗的储藏室的大箱子上,想到这里放声大哭起来。但我忽然想到面临的可耻惩罚,现实就清清楚楚地摆在我面前,幻想顿时消失了。

一会儿,我想象我已离家,获得了自由。我当了骠骑兵,上了前线。敌人从四面八方向我冲来。我挥舞马刀,一挥杀死一个,再挥又杀死一个,又杀死一个。最后我负伤累累,筋疲力尽,倒在地上,叫道:"胜利了!"将军骑马跑到我附近,问道:"我们的救星在哪里?"大家指指我,他就扑过来抱住我,含着快乐的眼泪叫道:"胜利了!"我身体渐渐复元。一只手臂用黑绷带吊着,在特维尔林荫道上溜达。我当上了将军!这时皇帝正巧遇见我,就问:"这个负伤的年轻人是谁?"大家对他说,就是那位赫赫有名的英雄尼科连卡。皇帝走到我跟前说:"谢谢你,不论你要求我什么,我都能满足你。"我恭恭敬敬地鞠了个躬,倚着马刀说:"伟大的君王,能为祖国流血,我感到很幸福,我愿意为祖国牺牲;但承蒙皇上恩典,那么,请允许我求您一件事,允许我消灭我的仇人,外国佬圣热罗姆。我要消灭我的仇人圣热罗姆。"接着我威风凛凛地站在圣热罗姆面前对他说:"你使我受罪,跪下!"但我突然想到,真的圣热罗姆随时都可能拿着树条进来,我又醒悟过来,发现我不是拯救祖国的将军,而是一个最可怜、最伤心的人。

一会儿,我想到上帝。我大胆地问他,为什么要这样惩罚我?"我早晚都没有忘记祷告,那么,我为什么得吃苦受罪呢?"我可以肯定地说,使我少年时期忐忑不安的我对宗教产生的怀疑,现在已跨出了第一步,这并非因为不幸使我牢骚满腹,不信神灵,而是因为在这神经错乱和整天孤独的情况下,我心里萌生了天道不公的思想,它好像一颗罪恶的种子雨后落到松软的土地里迅速生根发芽一样。一会儿,我想象我准会死去,而且生动地看到,圣热罗姆在储藏室里发现的不是我而是一具尸体时,他怎样大惊失色。我想起纳塔丽雅·萨维什娜讲过,死人的阴魂四十天不会离开家里,我就想象自己死后变成隐身人,在外祖母家的各个房间里游荡,偷听柳波奇卡真心的哭泣、外祖母的悲叹、爸爸跟奥古斯特·安东内奇的谈话。"他是个好孩子。"爸爸含着眼泪说。"是的,不过太淘气了。"圣热罗姆说。"您应该尊敬死者,"爸爸说,"是您把他害死的,您把他吓坏了,他受不了您对他的侮辱……滚出去,坏蛋!"

于是圣热罗姆跪下来,痛哭流涕,请求饶恕。四十天后我的灵魂升到天上，我在那里看到一个洁白透明、十分美妙的长长的影子，我发觉这就是我的母亲。这个洁白的影子围绕着我，抚爱着我，但我感到心神不宁，仿佛不认识她。"如果真的是您，"我说，"那就显示得更清楚些，好让我拥抱你。"她的声音回答我说："我们在这儿都是这样的，我无法更进一步拥抱你。难道你觉得这样不好吗？""不，我觉得很好，但你不能给我挠痒，我也不能亲亲你的手……""这没有必要，在这儿这样就很好了。"她说。我觉得这样确实很好，我跟她一起越飞越高。这时我仿佛醒过来了，发现自己仍在黑暗的储藏室的箱子上，泪流满面，无意识地反复说："我们越飞越高，越飞越高。"我好一阵竭力想弄清自己的处境，但此刻我的心目中只有一个阴森可怖、难以捉摸的远景。我竭力想继续被现实意识打断的幸福美妙的幻想，但使我惊讶的是，我刚进入原先那种幻想的境地，就发觉无法继续幻想下去，而尤其使我惊讶的是，幻想再也不能使我得到任何乐趣了。

第十六章　总有出头的日子

我在储藏室里过了一夜，谁也没来看我。直到第二天，星期日，我被转移到教室旁边的小屋，又被锁在里面。我开始希望对我的惩罚限于监禁。在甜甜地睡了一觉之后，在结着霜花的窗上闪耀着灿烂的阳光，街上又照例充满喧闹时，我的心情开始平静下来。但孤独毕竟是很难受的，我想活动，向人倾诉郁结在心里的苦恼，但我周围没有一个活人。这里的环境更加使人不痛快,因为尽管我心里非常反感,还是不能不听见圣热罗姆在自己屋里来回踱步,若无其事地吹着快乐的口哨。我完全相信他根本不想吹口哨,现在这样吹只是为了折磨我罢了。

下午二时,圣热罗姆和伏洛嘉下楼去了,尼古拉给我送来午饭。我同他谈到我的所作所为和可能的结局,他说:"唉,少爷!别发愁,总有出头的日子。"

虽然这句格言后来不止一次鼓舞过我的意志,当时也给了我一点儿安慰,但使我苦苦思索的却是这个情况:给我送来的不只是面包和水,而是一份完整的午餐,甚至还有甜点心。如果他们没有给我送来甜点心,那就表示我受到关禁闭的处分,但现在的情况说明,我还没有受到惩罚,我只是作为一个危险分子同人隔离开来,惩罚还在后头呢。当我正在苦心思索这个问题时,有把钥匙在我牢房的锁眼里转动,圣热罗姆铁板着脸走进屋来。

"跟我到外祖母那儿去。"他眼睛不看我,说。

我想把上衣袖子上的白粉掸掉再出去,但圣热罗姆对我说这根本没有必要,仿佛我的精神状态那么可怜,完全不用关心自己的外表。

当圣热罗姆拉着我的手穿过大厅时,卡金卡、柳波奇卡和伏洛嘉都对我望望,神情就像观看每星期一从我们窗外押过的罪犯那样。我走到外祖母的安乐椅跟前,想吻吻她的手,她却扭过身去,把手藏到斗篷里。

"唉,我的宝贝!"她沉默了好一阵后说。沉默的时候她从脚到头打量了我一遍,目光是那么严厉,使我不知道眼睛该往哪儿瞧,手该往哪儿放。"我可以说，你很珍视我对你的爱，你是我真正的安慰。圣热罗姆先生是应我的要求，"每一个字她都拉长声音说，"负责你的教育的，可现在他不愿留在我家里了。为了什么？ 就是为了你，我的宝贝。我希望你会感激他，"她停顿了片刻继续说，她的语气表示她事先已打好腹稿。"为了他的关心和操劳，你应该珍重他的功劳，可是你这个毛头小孩子，这个淘气鬼，竟敢动手打他。很好！ 太好了！！ 我也开始认为，你太不识抬举，对你只能用别的不体面的手段……立刻去求他饶恕。"她指指圣热罗姆，用严厉的命令口吻说，"听见了吗？"

我向外祖母指着的方向望去，看见圣热罗姆的礼服，就扭过脸去，站在原地不动，又感到一阵揪心的痛苦。

"怎么？ 难道你没听见我对你说的话吗？"

我浑身哆嗦，但站在原地不动。

"尼科连卡！"外祖母想必看出我内心的痛苦，说。"尼科连卡，"她说，语气已不是命令式而是婉转些了，"你就这样吗？"

"外婆！ 我说什么也不求他饶恕……"我说到一半突然停住，觉得要是再说一个字，就会控制不住使我窒息的眼泪。

"我命令你，我请求你。你究竟为什么这样？"

"我……我……不……要……我不能。"我说，郁结在我胸口的呜咽突然像洪水一样冲破障碍，爆发出来。

"您就是这样服从您的第二位母亲，这样报答她的恩德的吗？"圣热罗姆悲痛地说。"跪下！"

"天哪，幸亏她没有看到这种事！"外祖母说，转过身去擦夺眶而出的泪水。"幸亏她没有看到……这样倒好些。说实在的，她会受不了这样伤心的事，她会受不了。"

少年 | 171

外祖母越哭越伤心。我也哭了，但我并不想讨饶。

"伯爵夫人，看在上帝分上，您放宽点儿心吧。"圣热罗姆说。

但外祖母已不在听他，她双手掩住脸，她的痛哭很快就变成打嗝和歇斯底里。咪咪和加莎惊慌失色跑进来，屋里散发着酒精的味儿，整座房子里顿时掀起一片奔跑声和低语声。

"看看您干的好事。"圣热罗姆说，把我带到楼上。

"天哪，我闯了大祸啦！我犯了多大的罪呀！"

圣热罗姆吩咐我到自己屋里去，就下楼了。我忘乎所以，沿着大楼梯一直跑到街上。

我是想离家出走呢，还是跳河自杀，我可不记得了。我只记得双手捂住脸，免得看见什么人，沿着楼梯一个劲儿跑下去。

"你到哪儿去？"一个熟悉的声音突然问我，"我正要找你，宝贝。"我想继续往前跑，但爸爸抓住我的手臂，严厉地说："跟我来，亲爱的！你怎么敢动我书房里的公事包！"他说着把我拉到小起居室。"喂，你怎么不作声？你说！"他揪住我的耳朵，添加说。

"是我错了，"我说，"我自己也不知道是怎么回事。"

"哼，你不知道是怎么回事，不知道，不知道，不知道，不知道，"他反复说，每说一个字就揪一下我的耳朵，"你还要管你不该管的事吗？还要管吗？"

尽管我感到耳朵痛得厉害，但我没有哭，精神上反而感到轻松。爸爸一放掉我的耳朵，我就抓住他的手，流着眼泪，拼命吻他的手。

"你再打我吧，"我边哭边说，"打得更重些，更使劲些，我是个混蛋，我是个坏人，我是个倒霉蛋！"

"你怎么啦？"他轻轻地推开我说。

"不,我说什么也不去,"我抓住他的礼服说,"大家都恨我,这我知道,但看在上帝分上你听我说:要么保护我,要么把我从家里赶出去。我不能跟他一起过下去,他千方百计想侮辱我,要我跪在他面前,还要用树条抽我。我不能忍受这样的折磨,我不是个小孩,我受不了,我会死,我会自杀。他对外婆说,我是个坏蛋。外婆现在病倒了,她会为我死去的,我……跟……他……看在上帝分上,你打我吧……为什么……要折磨……我。"

眼泪堵得我透不过气来,我坐到沙发上,再也说不下去。我一头倒在他的膝盖上,号啕大哭,我觉得我马上就要死了。

"你这是在说什么呀,胖小子?"爸爸俯在我身上,同情地问。

"他是我的暴君……我的虐待狂……我要死了……谁也不爱我!"我勉强说出这句话,就全身抽搐起来。

爸爸把我抱起来,一直抱到卧室。我睡着了。

我醒来时,天已经很晚了,我的床边只点着一支蜡烛,屋里坐着我们的家庭医生、咪咪和柳波奇卡。从他们的神色上可以看出,他们在为我的健康担忧。不过,在酣睡了十二小时后,我觉得神清气爽,要不是不愿打破他们认为我病得很重的想法,我准会立刻从床上跳起来。

第十七章　仇　恨

是的,这是真正的仇恨,不是小说里所描写而我并不相信的那种仇恨,也不是那种以害人为乐的仇恨,这是那种对本来值得尊敬而你却对他怀着无法克制反感的人的仇恨,你讨厌他的头发、脖子、步态、声音、四肢和一举一动,但又被一种莫名其妙的力量吸引到他身上,并且惴惴不安地注视他的每一微小举动。我对圣热罗姆就是怀着这样的感情。

圣热罗姆在我家已待了一年半。现在当我心平气和地评价这个人时,我发现他是个很好的法国人,是个地道的法国人。他人并不笨,相当有学问,并且忠诚地为我们履行他的职责,但他具有他的同胞所共有而同俄国人性格格格不入的特点:浅薄的利己主义、爱好虚荣、蛮横无礼、刚愎自用。这一切我很不喜欢。外祖母显然对他讲了她对体罚的看法,因此他不敢打我们,但尽管如此,他还是常用树条恐吓我们,特别是恐吓我,他还把揍这个字说得那么难听,仿佛揍我就是他最大的乐趣。

我一点儿也不怕体罚的痛楚,也从来没尝过那种滋味,但是想到圣热罗姆可能打我,我就感到极度悲伤和愤恨。

在卡尔·伊凡内奇发火的时候,他偶尔也会用戒尺和背带惩罚我们,但我想起这事,一点儿也不感到气愤。即使在我所讲到的那个时候(当时我十四岁),要是卡尔·伊凡内奇真的揍我,我也会冷静地加以忍受。我爱卡尔·伊凡内奇,自从我懂事那天起就记得他,一向把他看作家里人。但圣热罗姆是个高傲自大的人,我对他除了大人硬要我表示的尊敬外,毫无好感。卡尔·伊凡内奇是个可笑的管孩子的老头儿,我衷心爱他,但根据我对社会地位的幼稚理解,他还是比我低。

圣热罗姆正好相反,是个年轻漂亮的花花公子,有教养,总想同别人平起平坐。卡尔·伊凡内奇总是平心静气地责骂我们，处罚我们。显然他认为这是一种必要而不愉快的职责。圣热罗姆正好相反，喜欢摆出一副老师的架子。显然他惩罚我们，与其说是为了我们好，不如说是为了满足他自己的自尊心。他陶醉于自己的尊严。他说一口辞藻华丽的法语，最后一个音节说得特别响，而且拖长音，使我感到说不出的讨厌。卡尔·伊凡内奇一生气就说："骗人的把戏""淘气的孩子""发酒疯的苍蝇"。圣热罗姆则用坏蛋、流氓、无赖等伤害我们自尊心的字眼骂我们。

卡尔·伊凡内奇叫我们跪壁角，这是一种体罚；圣热罗姆则挺起胸膛，神气活现地挥着手，语调凄惨地叫道："跪下，坏蛋！"他命令我脸朝他跪下，并向他讨饶。这是一种侮辱人的惩罚。

我没有受到惩罚，也没有人向我提到所发生的事，但我不能忘记这两天里产生的心情：绝望、羞耻、恐惧和仇恨。尽管从此以后圣热罗姆似乎对我置之不理，几乎不来管我，我看见他，却不能保持内心的平静。每当我们的视线相遇时，我总觉得我的目光流露出过分露骨的敌意，连忙装出一副平静的神气，但我觉得他看出我在装假，就红着脸转过身去。

总之，不论同他发生什么关系，我都感到说不出的痛苦。

第十八章　女　仆　室

我觉得自己越来越孤独，而独自沉思和观察就是我主要的乐趣。

关于沉思的内容，我将在下一章里叙述。我观察的场所主要是女仆室，那里发生了一件使我很感兴趣和深受感动的恋爱事件。这件事的女主角当然是玛莎。她爱上了华西里。华西里早在她进外祖母家之前就认识她，那时就答应娶她。命运使他们分离了五年，又使他们在我外祖母家重逢，但玛莎的亲叔叔尼古拉阻挠他们的爱情，不愿让侄女嫁给华西里，他说华西里生性乖僻，放荡不羁。

叔叔的阻挠反而使一向不动感情而又大大咧咧的华西里突然热恋起玛莎来。这个身穿粉红色衬衫、头发涂油的当裁缝的家奴的热恋达到了无以复加的程度。

虽然华西里表达爱情的方式非常古怪离奇（例如他遇见玛莎，总是千方百计捉弄她，或者捏她一把，或者打她一巴掌，或者使劲搂住她，搂得她喘不过气来），但他的爱情是真挚的。这一点可以拿下面的事实证明：自从尼古拉断然拒绝把侄女嫁给他以后，华西里就借酒浇愁，出入酒店，闹事生非，多次被送进拘留所，丢尽脸面。但在玛莎看来，这些行为和后果都是为了她，因此更加爱他。一旦华西里被关押起来，玛莎就成天以泪洗面，向加莎（她很同情这对不幸的情人）诉说自己的苦命，也不顾她叔父的打骂，偷偷到警察局去探望和安慰她的好友。

各位读者，请不要鄙弃我给你们介绍的这一个阶层的人。如果爱和同情的弦在你们心里没有松弛，那么，在女仆室里就可以找到共鸣。不论你们愿不愿意跟着我，我都要到楼梯口去，因为从那里可以清楚地看到女仆室里发生的一切。那儿有一张暖炕，炕上放着熨斗和一个破鼻子纸娃娃、一个水罐和一个脸盆；那儿是窗，窗台上凌乱地放着一小块黑蜡、一卷绸子、一根吃剩的生黄瓜和一个糖果盒；那儿是一张很大的红桌子,桌上放着没有完工的活计,上面压着花布包着的砖头。她就坐在桌旁,身上穿着我喜欢的那件粉红色麻布连衣裙,头上包着一条特别惹我注目的蓝头巾。她在做手工,偶尔停下来用针搔搔头,或者剪剪烛花。我望着她想:"她有一双这么明亮的蓝眼睛、一条粗大的褐色辫子和高高的胸脯,为什么生下来不是个小姐呢? 她要是戴一顶有粉红缎带的小帽,穿一件大红绸短袄(不是咪咪穿的那一种,而是像我在特维尔林荫路上看见人家穿的那一种),坐在客厅里,那该有多合适啊! 她在刺绣架上绣花,我将从镜子里看她,凡是她心里想要的,我都给她办到:替她披斗篷,端饭送菜……"

这个华西里身穿肮脏的粉红色衬衫,衬衫下摆露在裤子外面,衬衫外套一件窄小的礼服,再加上醉醺醺的面孔,他那副模样实在叫人恶心! 他的一举一动,每一次弯腰,我都看出,他无疑受过十分难堪的惩罚……

"怎么样,华西里,又来了。"玛莎说,把针插在枕套上,但没有抬起头来迎接华西里。

"你以为怎么样? 难道他会做什么好事!"华西里回答。"他要是做个决定也好,要不然我就完了,都是因为他。"

"您喝茶吗?"另一个使女娜杰莎问。

"太谢谢您啦! 那个骗子,你的叔叔,为什么恨我,为什么呀? 因为我穿着像样的衣服,因为我有派头,因为我走路的姿势。一句话……真是天知道!"华西里摆摆手结束说。

"应该听话,"玛莎咬着线头说。"可您总是……"

"我再也受不了啦,真的!"

这时外祖母的房间里响起敲门声和加莎的抱怨声,加莎正从楼下上来。

"连她自己都不知道要什么,你怎么去巴结她呢……这种要命的日子,简直像囚犯一样!但愿上帝饶恕我的罪孽。"她摆动双手,嘟囔说。

"加莎大姐,我这里有礼了!"华西里迎着她站起来,说。

"你们都在这儿!谁有工夫受你的礼,"她望着他,板着脸回答。"你老到这儿来做什么?难道这是男人找姑娘的地方……"

"想问问您贵体可好。"华西里怯生生地说。

"我快死了,我的身体就是这样。"加莎越发生气,放开嗓门嚷道。

华西里笑了。

"有什么可笑的,叫你滚,你就滚!哼,这个坏蛋也想讨老婆,下流坯!滚开,快给我滚开!"

加莎跺跺脚,走进自己的房间,砰的一声关上门,震得窗玻璃琅琅作响。

她的咒骂声好一阵从隔板后面传来。她什么东西都骂,什么人都骂,还诅咒自己的生活。她把东西乱扔一气,又揪她的爱猫的耳朵,最后把门打开一点儿,提着喵呜喵呜惨叫的猫的尾巴把它扔到门外。

"看样子,茶还是下次来喝吧,"华西里低声说,"下次再见。"

"没有关系,"娜杰莎挤挤眼说,"我去看看茶炊开了没有。"

"我要想办法结束这种局面,"华西里接下去说,等娜杰莎一走,他就挪近玛莎一点儿,"要不我就直接找伯爵夫人,对她如此这般说,要不我把什么都扔下,远走高飞,真的。"

"你扔下我,叫我怎么办……"

"就是舍不得你一个人,要不我……早就自由自在了,真的,

178 | 回 忆

真的。"

"华西里,你怎么不把衬衫拿来给我洗?"玛莎停了停说。"瞧你多脏。"她拉起他的衬衫领子添加说。

这时楼下响起外祖母的打铃声,加莎立即从屋里走出来。

"哼,你这个坏蛋,想从她那儿搞到什么?"她说,把一见到她就慌忙站起来的华西里往门外推。"你把人家姑娘弄成什么样子,还要纠缠不清,你看到她的眼泪,心里就高兴,不要脸的东西。滚出去!别让我再看到你……哼,你看中了他什么啦?"她转身对玛莎说,"为了他,今天你叔叔把你打得还不够吗?嘿,真是死心眼儿,说什么'除了华西里我谁也不嫁',傻丫头!"

"是的,我谁也不嫁,谁也不爱,打死我,我也要跟他。"玛莎说,突然放声痛哭。

玛莎躺在箱子上,用头巾擦着眼泪。我望了玛莎好一阵,竭力想改变自己对华西里的看法,想找到他竟能如此使她痴心的原因。但是,尽管我真心同情玛莎的悲伤,我却怎么也无法理解,像玛莎这样迷人的姑娘(在我的心目中)竟会爱上华西里。

"等我长大了,"我回到楼上自己屋里,暗自想,"彼得洛夫斯科耶庄园就归我所有,华西里和玛莎就是我的农奴。我将抽着烟斗坐在书房里,玛莎将拿着熨斗到厨房里去。我就说:'把玛莎给我叫来!'玛莎来了,书房里一个人也没有……突然华西里走进来,他一看见玛莎就说:'我完了!'玛莎也哭起来,我就说:'华西里!我知道你爱她,她也爱你,我给你一千卢布,你娶她吧,愿上帝赐福给你。'说着我自己就到起居室去了。"在掠过头脑没有留下任何痕迹的无数思绪和幻想中,有一些在感情上留下了深刻的沟痕。因此,

少年 | 179

有些思绪的实质往往已记忆不清，但头脑里感到有些美好的东西，还感到有些思绪的痕迹，很希望它重现。例如，为了玛莎的幸福（她认为只有同华西里结婚才有幸福），我情愿牺牲自己的感情，这样的念头就曾在我心里留下深深的痕迹。

第十九章　少年时代

在少年时代，什么是我最喜爱思索和经常思索的问题，说出来简直令人难以相信，因为它们同我的年龄和身份太不相称。但我认为，一个人的身份同他的精神活动不相称，正好是真实的最可靠标志。

在过着孤独、内向的精神生活的一年间，有关人的天职、未来生活和灵魂不灭等各种抽象问题已出现在我的面前。我那幼稚贫乏的头脑，带着天真的热情，竭力想解决这些问题。这些问题的提出表明人的智慧已达到最高水平，但他却无法解答。

我觉得，人类的智慧在各人身上都是按照几代人发展的途径发展的，而作为各种哲学理论基础的思想则是智慧不可分割的组成部分。但每个人在知道哲学理论存在之前，就或多或少都意识到了。

这些思想那么清晰、那么惊人地在我头脑中出现，我甚至把它们应用到生活中去，自以为我是发现这种伟大而有益的真理的第一人。

有一次我忽然想，幸福并不取决于外在原因，而取决于我们对外界原因的态度，一个吃惯苦的人不会感到不幸福。因此，为了养成吃苦的习惯，我不顾剧烈的疼痛，伸直手臂把《塔季谢夫词典》高举头上达五分钟之久,或者自己关在储藏室里用绳子使劲抽打自己的光脊背,疼得我直流眼泪。

又有一次,我忽然想到,死神时刻都在守候着我,为什么人们至今不懂,一个人只有及时行乐,不考虑将来,才能得到幸福。在这种思想支配下,我一连三天抛下功课,躺在床上看小说,同时吃着用仅有的一点儿钱买来的蜜糖姜饼。

又有一次,我站在黑板前用粉笔画着各种花样,突然惊奇地想到,为什么对称是悦目的?什么是对称?我自己回答说,这是天赋的感觉。这种感觉的基础是什么?难道生活中处处都是对称的吗?正好相反,你看生活:我在黑板上画了一个椭圆形。死后灵魂进入永恒。你看永恒:我从椭圆形的一边把线一直拉到黑板边上。为什么另一边没有这样的线呢?事实上,永恒怎么只能有一边呢?我们在出生前一定已经存在了,只是我们记不起来罢了。

这种推理,当时我觉得非常新颖明确,但现在已很难追溯它的来龙去脉。我对这种推理极感兴趣,于是,拿起一张纸,想把它写出来,但这时无数思绪一起涌上心头,我不得不站起来在房间里踱步。我走到窗口,看到一匹运水的马,那车夫正在套马,我的思想就集中在一个问题上:这匹马死后将转世为什么牲口,或者转世成人?这时,伏洛嘉从屋里穿过,他看见我在想心事,就笑了笑。他的笑容使我明白,我所想的一切都是极其荒唐的。

我叙述这件由于某种原因难以忘怀的事,只是想让读者了解我当时的思想。

但在所有哲学流派中没有什么比怀疑主义更使我神往的了,怀疑主义一度使我陷入近于疯狂的境地。我当时想象,整个世界,除了我,什么人也不存在，什么东西也不存在，物体并不是物体，而只是我注意时才出现的形象，一旦我不想到这些形象，它们就消失了。总之，我的思想和谢林①不谋而合，即物体并不存在，存在的只是我同物体的关系。在这种固定观念的影响下，我曾达到非常疯狂的程度，有时回头张望相反的方向，希望在我不存在的地方找到空虚。

人类的智慧只是精神活动可怜的微不足道的动力！

我的贫弱的智力无法深入难以洞察的东西，而在力所不及的精神活动中，我接二连三地丧失了许多信念，为了我生活的幸福，我绝不敢去触动它们。

在这种艰苦的精神活动中，除了损害我的意志的应变能力以及破坏新鲜感和明确理性的经常进行的精神分析习惯外，我一无所获。

抽象思维的形成，是由于人能在一定时间感觉到自己的心情并把它转变为记忆。我对抽象思维极其爱好，简直达到畸形的程度。当我想到一件极普通的事物时，往往钻进分析自己思想的牛角尖，我不再考虑盘踞在我头脑里的问题，而在思索我究竟在想什么。我问自己：我在想什么？我回答说：我在想我所想的事情。那么现在我在想什么？我在想我在想的事情……这样追究下去，头脑就糊涂起来……

不过，我在哲学上的发现却使我的虚荣心得到很大的满足，我常常把自己想象成为全人类幸福而发现新的真理的伟人，我自命不凡地看待周围的凡人，但说来奇怪，当我同这些凡人发生冲突时，我在每个人面前都感到胆怯，我自视越高，就越不能在人们面前表

---

① 谢林（1775—1854）——德国哲学家，其哲学发展过程主要有自然哲学、同一哲学、天启哲学三个阶段。著有《自然哲学体系哲学初探》《先验唯心主义体系》等。

现出自尊，甚至对自己的一言一行都不能不感到羞愧。

第二十章 伏洛嘉

是的，我越往下写这个时期的生活，就越感到痛苦。在回忆这个时期的生活时，我非常难得找到那光辉而经常照亮我人生开端的真正温暖的感情。我不禁希望快点儿度过寂寞空虚的少年时期，到达幸福的时刻，那时真正温柔而高尚的友谊之光将照耀少年时期的末尾，并且为我打开一个充满美和诗意的新时期——青年时期。

我不想逐一追忆往事，只想从我以上叙述的时期起，直到同一个对我的性格和发展起决定性良好影响的非凡人物接近为止，浏览一下其中最主要的事件。

伏洛嘉不久即将进入大学，教师们都在单独给他上课。我怀着羡慕和情不自禁的敬意听他利落地在黑板上写着，同时解释着函数、正弦、坐标等名词。我当时认为这是高不可攀的大智大慧的表现。有一个星期日，午饭后，所有的教师和两位教授都聚集在外祖母屋里，当着爸爸和几位客人的面举行大学入学考试演习，在演习中伏洛嘉显得异常博学，使外祖母感到十分高兴。他们也向我问了一些功课，但我回答得很差，教授们显然竭力在外祖母面前替我掩饰，却使我感到更加狼狈。不过，大家对我不太注意，因为我才十五岁，离考大学还有一年。伏洛嘉只有吃午饭时才下楼，白天整天，甚至晚上都在楼上温习功课，而且并非被迫，而是出于自愿。他非常爱面子，不愿考个及格，而要取得优异成绩。

第一场考试的日子到了。伏洛嘉穿上钉铜纽扣的藏青礼服，挂上金表，穿上漆皮靴。爸爸的有篷马车开到门口，尼古拉掀开车帘，伏洛嘉同圣热罗姆乘车去大学。姑娘们，特别是卡金卡，喜盈盈地望着窗外身材匀称的伏洛嘉登上马车。爸爸说："上帝保佑！上帝保佑！"外祖母也蹒跚地走到窗前，满眶热泪替伏洛嘉画十字，嘴里念念有词，直到马车在小巷里转弯为止。

伏洛嘉回来了。大家都迫不及待地问他："怎么样？好吗？考了几分？"从他喜笑颜开的神色可以看出，他考得很好。伏洛嘉得了五分。第二天，大家又祝他成功，又不无担心地送走他；又同样迫不及待和高兴地迎接他。这样过了九天。第十天举行最后一门也是最难一门的考试：神学。大家更加迫不及待地站在窗口等待他。已经两点钟了，可是还不见伏洛嘉回来。

"天哪！少爷他们！！！他们来了！！他们来了！！"柳波奇卡脸贴在窗玻璃上，叫道。

果然，伏洛嘉跟圣热罗姆并排坐在马车上，但他身上穿的已不是那件藏青礼服，头上戴的也不是那顶灰帽子，而是穿着一套浅蓝色绣花衣领的大学生制服，戴着一顶三角帽，腰里佩着一把镀金短剑。

"唉，你①要是活着就好了！"外祖母看见伏洛嘉穿着一身制服，叫了一声就晕过去了。

伏洛嘉容光焕发跑进前厅，吻了我，拥抱我，又吻了柳波奇卡、

---

① 指伏洛嘉的母亲。

咪咪和卡金卡，又一一拥抱她们。卡金卡脸红到耳根。伏洛嘉得意忘形。他穿着这身制服多么漂亮！他那浅蓝色衣领和刚长出来的黑色小胡子多么协调！他的细长腰身多么好看，他的举止多么高雅！在这值得纪念的日子，大家都在外祖母屋里吃饭，个个喜气洋洋。上点心的时候，管家神态庄重而愉快，手里拿来一瓶裹着餐巾的香槟。外祖母自从妈妈去世后第一次喝香槟，她为祝贺伏洛嘉干了一大杯。接着望着伏洛嘉，又高兴得哭起来。从此以后，伏洛嘉就独自坐自己的马车出门，在自己的屋里招待自己的朋友，抽烟，参加舞会，我甚至亲眼看见，他有一次在自己屋里同朋友们喝了两瓶香槟，听见他们每次都为什么神秘的女人干杯，争论谁喝最后一口。不过，平时他还是在家里吃午饭，饭后照例坐在起居室里，老是神秘地跟卡金卡谈话。我虽没有参加他们的谈话，但就我所能听到的，他们只谈读过的小说里的男女主人公，谈嫉妒和爱情。我怎么也不明白，他们对这种事怎么这样津津乐道，为什么他们笑得那么神秘，争得那么起劲。

总之我发现，在卡金卡和伏洛嘉之间除了童年的友谊之外还存在着一种古怪的关系，使他们同我们疏远，而把他们两人神秘地联系在一起。

第二十一章 卡金卡和柳波奇卡

卡金卡十六岁，她长大了。一个小姑娘在年龄转变期瘦削、羞怯和动作笨拙的特征已经消失,她出落得像含苞待放的花朵一般娇艳美丽,楚楚动人。不过她的相貌并没有变。还是那双笑盈盈的浅蓝色眼睛,还是那个几乎与前额成直线的挺直小鼻子和坚实的鼻孔,还是那张含有愉快笑意的小嘴,在粉红色的凝脂般的脸颊上还是那两个小酒窝,还是那双白嫩的小手……而纯洁的小姑娘这个名词不知怎的用在她身上还是非常合适。她身上的新特点只有一条浓密的褐色大辫子和显然使她又喜又羞的丰满的青春的胸脯。

尽管柳波奇卡总是和她一起成长和受教育,但她在各方面都显得截然不同。

柳波奇卡身材不高,佝偻病的后遗症使她至今还是罗圈腿,腰身也很难看。她身上只有一双眼睛好,这双眼睛确实很美,又大又黑,富有又矜持又天真的愉快表情,使人无法不被它们所吸引。柳波奇卡处处显得单纯自然,卡金卡仿佛想模仿什么人。柳波奇卡总是笔直地看人,有时她那双乌黑的大眼睛长久地盯着什么人,直到人家骂她不懂规矩为止。卡金卡正好相反,她垂下睫毛,眯缝着眼睛,硬说她是近视眼,虽然我很清楚她的视力极好。柳波奇卡不愿在外人面前装腔作势,要是有人当着客人的面吻她,她就绷着脸说,她受不了这样的亲昵。卡金卡正好相反,她在客人面前对咪咪总是显得特别温柔,喜欢搂着女孩子在大厅里走来走去。柳波奇卡非常爱笑,有时一面大笑,一面挥动双臂满屋子乱跑。卡金卡正好相反,笑的时候立刻用手帕或双手捂住嘴。柳波奇卡坐起来总是挺直腰骨,走路垂下双臂。卡金卡总是微微侧着头,走路时抱着双臂。柳波奇卡非常喜欢同成年男人谈话,说她将来一定要嫁个骠骑兵。卡金卡说,她讨厌一切男人,她永远不嫁人,当男人同她说话时,她总是完全变了样，仿佛害怕什么似的。柳波奇卡总是生咪咪的气，因为咪咪把她的紧身衣束得那么紧，使她"喘不过气来"，她还非常贪吃。卡金卡正好相反，总是把一个手指伸进连衣裙胸口底下，给我们看她的衣服是多么宽大，她吃得也很少。柳波奇卡爱画人物头像，卡金卡只喜欢画花卉和蝴蝶。柳波奇卡爱弹菲尔德的协奏曲和贝多芬的奏鸣曲，弹得很认真。卡金卡爱弹变奏曲和华尔兹，拍子拉得很长，踏着节拍，不断地踩踏板，在开始弹曲子之前，先感情丰富地用琶音弹三组和弦……

但我当时认为卡金卡更像个大人，因此更喜欢她。

第二十二章 爸 爸

自从伏洛嘉进大学后，爸爸情绪特别好，到外祖母屋里吃饭的次数也比以前多。不过，他高兴的原因，我听尼古拉说，是他最近赌博赢了很多钱。甚至还有这样的情况，他晚上去俱乐部前还到我们这里来，坐到钢琴旁边，让我们围着他，用他的软靴（他不喜欢有后跟的靴子，从来不穿）打拍子，唱吉卜赛歌曲。那时他的崇拜者，爱女柳波奇卡那副可笑的狂喜神情可有意思啦。有时他到教室里来，一本正经地听我回答功课，他有几个地方想纠正我，但我发现他并不了解我们的功课。有时，外祖母无缘无故数落我们，生大家的气，他就偷偷地向我们挤挤眼，做做手势。事后他说："哦，孩子们，咱们挨骂了。"总的来说，在我的心目中，他从我童年想象中难以攀登的高处稍稍有所下降。我依旧怀着真挚的敬爱之情吻他那巨大白净的手,但我已敢于估量他的价值,评判他的行为,我对他甚至产生连我自己都感到吃惊的想法。我永远不会忘记一件事,它使我产生许多这类思想,并使我精神上感到痛苦。

有一天晚上,他身穿黑燕尾服和白背心走进客厅,打算带伏洛嘉去参加舞会,伏洛嘉这时正在房里换衣服。外祖母在卧室里等着要看看伏洛嘉(她有个习惯,伏洛嘉每次去参加舞会,她总要把他叫到跟前,为他祝福,打量他,嘱咐他一番)。大厅里只点着一盏灯,咪咪和卡金卡在来回踱步,柳波奇卡坐在钢琴前,练习妈妈喜爱的菲尔德第二协奏曲。

我从未见过有谁像我姐姐和妈妈那样酷似。这种相似不在于相貌,不在于体态,而在于一些难以捉摸的地方:手势、步态,特别是声音和某些表情。当柳波奇卡生气地说"一辈子都缠着我"时,这"一辈子"三个字就像妈妈拖长声说的一样,而妈妈也有说"一辈子"这个词的习惯。不过,最相似的却是她弹钢琴的姿势和与此有关的动作:整理衣服,用左手翻乐谱,当久久弹不好难弹的段落时,懊恼地用拳头敲打琴键说:"唉,老天爷!"她弹奏优美动人的菲尔德协奏曲时,那种难以捉摸的细腻而清晰的技巧,真称得上是精彩纷呈,任何现代钢琴家都无法与之匹敌。

爸爸步履急促地走进大厅,走到柳波奇卡跟前。柳波奇卡一看见他,就停了下来。

"不,弹吧,我的柳波奇卡,弹下去!"他让她坐下,说。"要知道,我是多么喜欢听你弹琴啊……"

柳波奇卡继续弹琴,爸爸一只手托着面颊坐在她对面,坐了好一阵，然后迅速地耸耸肩膀，站起来，在屋里来回踱步。他每次走到钢琴旁都停下来，久久凝视着柳波奇卡。我从他的动作和步态上看出他很激动。他在大厅里来回踱了几次，在柳波奇卡椅子后面站住，吻着她那乌黑的头发，然后急急地转过身继续踱步。柳波奇卡弹完那支乐曲，走到父亲面前问："好吗？"他默默地抱住她的头，吻她的前额和眼睛，那种慈爱的样子我在他身上还从未见过。

"哦，天哪！你哭了！"柳波奇卡突然说，放掉他的表链，用她那双惊讶的大眼睛盯住他的脸。"原谅我。亲爱的爸爸，我完全忘了这是妈妈喜爱的曲子。"

"不，乖孩子，你多弹弹吧！"爸爸激动得声音哆嗦地说，"你要知道，我同你一起哭会觉得好过些……"

爸爸又吻了吻她，竭力克制内心的激动，耸耸肩膀，走出通走廊的门，到伏洛嘉房间去。

"伏洛嘉！你快好了吗？"爸爸在走廊里站住，大声问。就在这时，使女加莎从他身边走过。玛莎一看见主人，就低下头，从他身边绕过去。他把她拦住。

"你越来越漂亮了。"爸爸说，向她俯下身去。

玛莎红了脸，把头垂得更低。

"请让我……"玛莎低声说。

"伏洛嘉，你快好了吗？"爸爸又说了一遍，当玛莎走过去时，他看见了我，就耸耸肩膀，咳嗽了一声……

我爱父亲，但人的理性不受感情的支配，人的理性往往包含着伤害感情、不为感情所理解、对感情十分残酷的思想。我虽然竭力想摆脱这种思想，但它还是常常闯进我的脑子里……

第二十三章　外　祖　母

外祖母的身体一天比一天虚弱。她叫人的铃声、加莎的抱怨声和房门的砰砰响声，越发频繁地从她的房里传出来。她接见我们已不是坐在起居室的高背安乐椅上，而是躺在放着花边枕头的高床上。我向她请安时，发现她手上有一颗淡黄色的光泽肿瘤，屋里充满五年前妈妈屋里闻到的难闻气味。医生一天三次来看她，已进行过几次会诊。但她的脾气，她对待家里人特别是对待爸爸那种高傲拘礼的态度，却一点儿没有变。她讲起话来依旧扬起眉毛，拖长声音说："我的好人。"

已经有几天不让我们到她屋里去了。有一天早晨上课的时候，圣热罗姆建议我跟柳波奇卡和卡金卡乘雪橇去兜风。尽管上雪橇时，我发现外祖母窗外的街上铺了干草，我家大门口站着几个穿蓝外套的人，但我却怎么也弄不懂为什么在这种不适当的时刻打发我们出去兜风。这天兜风的时候，我和柳波奇卡不知怎的情绪特别好，一件普通的事，一句话，一个举动，都使我们放声大笑。

一个小贩拿着托盘急急地穿过马路，我们见了就笑起来。一个衣衫褴褛的车夫挥动缰绳，纵马追赶我们的雪橇，我们见了就哈哈大笑。菲利普的鞭子挂住了雪橇滑木，他回过头来叫了一声："哎呀！"我们笑得要死。咪咪露出不以为然的样子说，只有傻子才无缘无故发笑。柳波奇卡皱着眉头瞧着我，她由于硬忍住笑而满面通红。

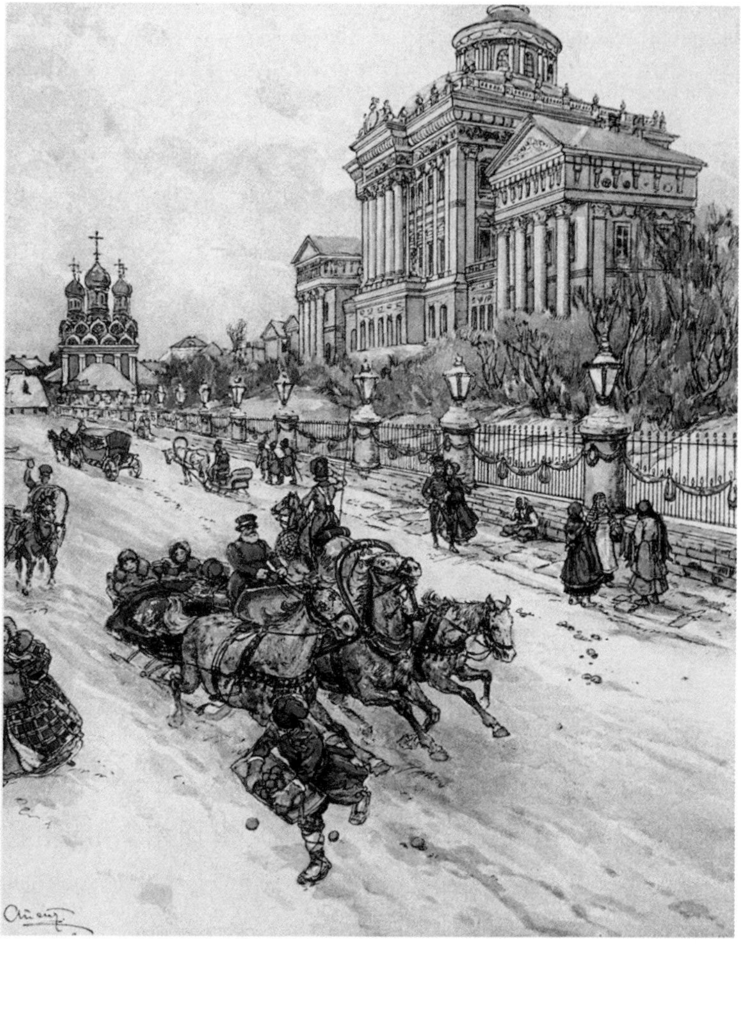

我们的目光相遇，两人哈哈大笑，笑得眼泪都流出来，但我们还是忍不住使我们喘不过气来的狂笑。我们刚刚平静一点儿，我望望柳波奇卡，说了一句当时在我们之间很流行的俏皮话，我们又哈哈大笑起来。

快到家的时候，我刚张开嘴要对柳波奇卡做一个漂亮的鬼脸，就看到一个黑色棺材盖靠在我家大门上，我惊讶得嘴都合不拢了。

"你们的外祖母去世了！"圣热罗姆脸色苍白迎着我们走出来，说。

外祖母的尸体停在家里时，我一直有一种难受的死的恐惧感，就是说，尸体清楚而不愉快地提醒我，有朝一日我也会死。这种心情不知怎的同悲伤混杂在一起。我并不是舍不得外祖母，家里也未必有人真心舍不得她。尽管吊客盈门，但谁也没对她的死感到伤心，只有一个人例外，她的悲痛欲绝的心情使我大为惊讶。这个人就是使女加莎。她躲到阁楼里，把自己锁在里面，哭个不停，咒骂自己，揪自己的头发，不愿听人家的劝慰。她说她敬爱的老太太死后，她自己也只有一死才能解脱悲伤。

我再说一遍，感情上的反常是真实感情最可靠的标志。

外祖母已经不在了，但我们家里仍在回忆她，谈论她。谈论主要是有关她生前所立的遗嘱，而遗嘱的内容，除了遗嘱执行人伊凡·伊凡内奇公爵，谁也不知道。我发现外祖母的仆人中间有些骚动，常常听见谁将得到什么的猜测。坦白说，我不由得高兴地想，我们将要得到遗产了。

六个星期后，我们家的消息灵通人士尼古拉对我说，外祖母把她的全部田产都遗赠给柳波奇卡，并把她出嫁前的监护权委托给伊凡·伊凡内奇公爵，而不委托给爸爸。

第二十四章　我

离进大学只剩下几个月了。我学习得很好。上课时,我不仅不怕教师来,而且还感到有点儿高兴。

我感到高兴,因为能清楚明确地回答刚学过的功课。我准备考数学系,做这种选择的唯一原因,说实话,是我特别喜欢正弦、正切、微分、积分等名词。

我个儿比伏洛嘉矮得多,但肩膀宽阔,身体肥胖,还是那么难看,还是那么为此感到苦恼。我竭力想显得与众不同。有一件事使我感到安慰,就是爸爸有一次说我长相聪明,这一点我也完全相信。

圣热罗姆对我感到满意,称赞我。我不仅不恨他,而且在他说以我的才能和智慧不做出一番事业来是可耻的这番话时,我甚至觉得我很喜爱他。

我早就不去观察女仆室了,因为我觉得躲在门后偷看很可耻,再说我确信玛莎已爱上华西里,这使我心凉。华西里同玛莎结婚,这事彻底医好了我那倒霉的单相思,而且我还应他的要求亲自向爸爸说情,同意让他们结婚。

当新婚夫妇端着一盘糖果来向爸爸道谢,玛莎戴着系浅蓝色缎带的帽子也来向我们道谢,吻我们每人的肩膀时,我只闻到她头发上玫瑰油的香味,却一点儿也不激动。

总之,我开始渐渐纠正我少年时期的缺点,但使我终生受害不

少　年　｜　193

浅的主要缺点——爱好空想，却没有得到纠正。

第二十五章　伏洛嘉的朋友们

尽管在伏洛嘉一批人中间我常常扮演伤害我自尊心的角色，但当有客人来的时候，我还是喜欢坐在他的房间里，默默地瞧着那里发生的一切。最常来找伏洛嘉的是副官杜勃科夫和大学生聂赫留朵夫公爵。杜勃科夫是个矮小的黑发男子，肌肉发达，虽然已不是血气方刚的年龄，腿又短，但他长得不难看，而且总是高高兴兴的。他是一个智商不高的人，这种人正因为智商不高而特别可爱，他们不能全面观察事物，总是迷恋于表面现象。这种人的判断总是片面的、错误的，但总是坦率而吸引人的。就连他们狭隘的利己主义不知怎的也情有可原，甚至是可爱的。此外，杜勃科夫对伏洛嘉和对我具有双重魅力：军人的仪表和成熟的年龄，而当时的年轻人不知怎的往往把年龄和体面混为一谈。不过，杜勃科夫确实是一个体面的人物。但有一点使我感到不愉快，那就是伏洛嘉仿佛为了我的天真，尤其是我的幼稚，在他面前感到害臊。

聂赫留朵夫长得不好看：一双灰色的小眼睛、低平的前额、四肢不匀称。他身上美的地方只有异常魁伟的身材、鲜嫩的脸庞和漂亮的牙齿。但由于炯炯有神的小眼睛和时而严肃时而天真的善于变化的笑容，他的脸具有精力充沛而与众不同的神情，不能不引起大家的注意。

他似乎很怕羞，一点儿小事就使他脸红耳赤，但他的羞涩跟我的不一样。他的脸羞得越红，他的神色就显得越果断。他仿佛为自己的怯懦生气。

尽管他同杜勃科夫和伏洛嘉很友好，但他们的结交显然是出于偶然。他们的气质截然不同：伏洛嘉和杜勃科夫仿佛最怕谈论严肃的问题和感伤的事；聂赫留朵夫正好相反，是个极其热情的人，尽管遭到嘲笑，还是要谈论哲理和感情。伏洛嘉和杜勃科夫喜欢谈论自己的恋爱对象（他们往往同时爱上几个女人，有时两人爱上同一个女人）；聂赫留朵夫正好相反，只要有人暗示他爱上一个红头发姑娘，他就会大发脾气。

伏洛嘉和杜勃科夫常常对自己的亲戚开善意的玩笑；聂赫留朵夫正好相反，要是有人说一句他极其崇拜的姨妈的闲话，他就会勃然大怒。伏洛嘉和杜勃科夫晚饭后常乘车到什么地方去玩，不带聂赫留朵夫，还叫他大姑娘……

聂赫留朵夫公爵的谈吐和仪表，从第一次见面起就使我感到惊讶。尽管我发现他的气质跟我有许多相似之处（也许因为这个缘故，或者正因为这个缘故），我初次见到他时所产生的感情远不是友好的。

我不喜欢他那灵活的眼神、坚决的语气和傲慢的样子，尤其不喜欢他对我的冷漠态度。在谈话时，我非常喜欢同他唱反调，非常喜欢驳倒他来杀杀他的傲气，并向他表明，尽管他对我不屑一顾，我却是聪明的。

但羞怯心阻止我这样做。

第二十六章　议　论

我下了晚课，照例走进伏洛嘉的房间。他正一只手支着头横躺在长沙发上，读着一本法国小说。他抬头看了我一眼，又读下去。他的动作非常随便自然，却使我脸红。我觉得，他的眼神在问我来干什么，但他立刻低下头去，不让我看出那眼神的含义。我对最平常的一举一动都怀疑是不是别有用意，这是我这个年龄的特征。我走到桌旁，也拿起一本书，但还没有开始读就想，我们整整一天没有见面，彼此不说一句话，未免有点儿可笑。

"今晚你待在家里吗？"

"不知道，有什么事？"

"没有什么。"我说，发现话不投机，就拿起书来看。

说来奇怪，我跟伏洛嘉要是单独相处，就会一连几小时相对无言，但只要有第三者在场，哪怕是个沉默寡言的人，我们之间也会津津有味地展开各种话题，我们感到彼此太了解了。而过分了解或过分不了解，同样都有碍于彼此的接近。

"伏洛嘉在家吗？"前厅传来杜勃科夫的声音。

"在。"伏洛嘉说，把脚放下来，把书搁在桌上。

杜勃科夫和聂赫留朵夫都穿着外套，戴着帽子，走了进来。

"怎么样，伏洛嘉，我们去看戏好吗？"

"不，我没有工夫。"伏洛嘉红着脸回答。

"那可不行！我们去吧。"

"再说我没有票子。"

"票子戏院门口要多少有多少。"

"等一下，我就来。"伏洛嘉含糊地回答了一句，耸耸肩膀走了出去。

我知道，伏洛嘉很想去杜勃科夫邀请他去的戏院，他拒绝，只是因为他没有钱，他出去是向管家借五卢布，等下次发钱时归还。

"您好，外交官！"杜勃科夫跟我握握手，说。

伏洛嘉的朋友都叫我外交官，因为外祖母在世时，有一次午饭后在她屋里，她不知怎的谈论起我们的前途，说伏洛嘉将当军人，但她希望我做个外交官，身穿黑色燕尾服，头上梳公鸡式发型，她认为做外交官就得这样打扮。

"伏洛嘉到哪儿去啦？"聂赫留朵夫问我。

"我不知道。"我回答，一想到他们一定猜到伏洛嘉出去干什么，不禁脸红了。

"他准是没有钱了！是吗？喂，外交官！"聂赫留朵夫对我的微笑做了这样肯定的解释。"我也没有钱了，你有吗，杜勃科夫？"

"让我看看！"杜勃科夫说，拿出钱包，用他的短手指仔细摸摸里面的小钱。"这是五戈比，这是二十戈比，哎呀呀！"他说着做了个滑稽的手势。

这时伏洛嘉走进屋来。

"怎么样，我们去吗？"

"不去。"

"你这人真可笑！"聂赫留朵夫说，"你没有钱，你为什么不说？假使你愿意，就拿我的票子去得了。"

"那你怎么办？"

"他到他表姐包厢里去。"杜勃科夫说。

"不，我根本不想去。"

"为什么？"

"因为你知道我不喜欢坐包厢。"

"为什么？"

"我不喜欢，我觉得不自在。"

"又来这一套！我真不懂，到人家高兴见到你的地方去，你怎么会不自在。这太可笑了，老弟！"

"我会害臊，那有什么办法呢！我相信你这辈子从来没有脸红过，可是我为了一点儿小事随时都会脸红！"他说着脸又红了。

"您知道您为什么害臊吗？因为您自尊心太强，老弟。"杜勃科夫用长辈的口气说。

"什么自尊心太强！"聂赫留朵夫被触到痛处，回答说，"正好相反，我害臊，是因为我太缺乏自尊心，我总觉得人家同我在一起不愉快，无聊……因此……"

"伏洛嘉，快换衣服，"杜勃科夫说，抓住伏洛嘉的肩膀，替他脱下礼服。"伊格纳特，给老爷换衣服！"

"因此我常常……"聂赫留朵夫继续说。

但杜勃科夫不再听他说话。"特啦——啦，塔——啦——啦——啦。"他哼着曲子。

"你逃也逃不掉，"聂赫留朵夫说，"我要向你证明，害臊根本不是由自尊心引起的。"

198 | 回忆

"要是你跟我们一起去,你就可以证明。"

"我说过我不去。"

"好,那你就留在这儿,向外交官证明吧。等我们回来,他会讲给我们听的。"

"我会证明的,"聂赫留朵夫带着孩子气的固执表示不服气,"但你们要早点儿回来。"

"您以为我这人自尊心很强吗?"他坐到我身边说。

尽管我对这件事有一定的看法,但听到这种出其不意的质问,不免有点儿胆怯,一下子答不上来。

"我想是的,"我说,一想到这是向他证明我聪明的好机会,不禁声音发抖,满面通红,"我认为,每个人都有自尊心,一个人不论做什么事,都是出于自尊心。"

"那么,照您看来,什么叫自尊心呢?"聂赫留朵夫含笑说,我觉得他的微笑带有几分轻蔑的意味。

"自尊心?"我说,"这就是相信我比谁都好,比谁都聪明。"

"但怎样叫大家都相信这一点呢?"

"我不知道这是不是正确,但除了我自己,谁也不承认这一点。我相信我比世界上所有的人都聪明,我相信您也有这样的想法。"

"不,我首先要说,我遇见过一些比我聪明的人。"聂赫留朵夫说。

"那不可能。"我充满信心地回答。

"难道您真的这样想吗?"聂赫留朵夫聚精会神地盯着我,说。

"真的。"我回答。

这时我突然产生一个念头,我立刻把它说出来。

"我来向您证明,为什么我们爱自己胜过爱别人?因为我们自认为比别人高明，比别人更值得爱。要是我们认为别人比自己好，我们爱他们就会超过爱自己，但这种情况是从来没有的。即使有，我还是认为我是正确的。"我带着不由自主的得意微笑添加说。

聂赫留朵夫沉默了一会儿。

"哦，我可怎么也没想到您这么聪明！"他露出和蔼可亲的微笑对我说，我顿时感到非常幸福。

称赞不仅对人的感情而且对人的理性也会产生巨大影响，在这种愉快的影响下，我觉得我变得聪明多了，种种思绪飞快地涌入我的头脑。我们不知不觉从自尊心谈到爱情，而这个题目总是谈不完的。我们的议论在局外人听来可能毫无意义，因为它们是那么含糊和片面，但对我们来说却具有崇高的意义。我们的心灵是那么和谐，一个人只要在心弦上轻轻一弹，就会在另一个人的心中发生共鸣。正是我们在谈话时触及各种心弦的共鸣，我们才感到其乐无穷。我们觉得要交流内心的思想，语言和时间都太少了。

第二十七章　友谊的开端

从此以后我同聂赫留朵夫就建立起相当奇怪而又极其愉快的关系。当着旁人的面，他几乎不理我，但只要有机会两人单独在一起，我们就坐到舒适的角落议论起来，忘记了一切，也不注意时间的飞逝。

我们谈论未来的生活，谈论艺术、公务、婚姻、儿童教育等问题，从未想到我们所谈的都是一派胡言。我们没有想到这是一派胡言，因为我们所谈的一派胡言是聪明有趣的,而在青年时代我们还重视智慧,相信智慧。在青年时代,全部心力都向往着未来,而未来在希望(这希望不是建立在过去经验的基础上,而是建立在幻想幸福的基础上)的影响下具有种种生动迷人的形式,因此单是幻想未来的幸福,在这种年龄就已是真正的幸福。在海阔天空的谈论中(这是我们主要话题之一),我喜爱这样的时刻,那时各种思想接踵而来,越来越快,越来越抽象,最后变得一片混沌,使人无法表达,心里想讲的话,到了嘴里就变成另一回事。我喜爱这样的时刻,那时思想升腾得越来越高,你突然明白它是无边无际的,并且无法再想下去。

有一次,在谢肉节期间,聂赫留朵夫忙于各种乐事,虽然一天几次来到我们家,却一次也不同我交谈,这使我感到极其委屈,我又觉得他这人高傲而讨厌。我一直在等待机会,让他知道我一点儿也不珍惜他的友谊,对他也没有什么特殊的依恋。

谢肉节后,他又想同我交谈,我第一次对他说,我要准备功课,就上楼去了。过了一刻钟,有人打开教室门,聂赫留朵夫走到我跟前。

"我不打扰您吧?"他说。

"不。"我回答,尽管我想说我真的有事。

"那您为什么要从伏洛嘉那里走开?我们可是好久没有在一起谈谈了。我跟您谈惯了,不谈就像少了点儿什么。"

我的怒气顿时消失了。聂赫留朵夫在我眼里又是一个善良可爱的人了。

"您大概知道我为什么走开吧?"我说。

"也许知道,"他回答,坐到我身边,"但我即使猜到,我也不能说,您倒是可以说的。"他说。

"那我就说，我走是因为我生您的气……不是生气，而是感到烦恼。简单地说，我总是怕您因为我年纪还小而瞧不起我。"

"要知道，我们俩为什么这样投机？"他说，用善良而聪明的目光回报我的坦率，"为什么我喜欢您超过那些我更熟识、和我有更多共同点的人呢？这一点我刚刚得到解答。您有一种惊人的少有的品德，就是坦率。"

"是的，我总是说我羞于承认的事，"我肯定说，"但只对那些我信任的人。"

"是的，但要信任一个人，必须有跟他推心置腹的友谊，而我们还不是这样，尼科连卡。您总记得，我们谈到过友谊，要成为知己，必须相互信任。"

"我相信，我告诉您的事，您对谁也不会说，"我说，"不过，最重要最有趣的思想往往就是我们彼此无论如何都不肯说出口的。"

"多么卑劣的思想！要是我们知道，我们得承认这么丑恶的思想，那么，这种思想就不会进入我们的脑子。尼科连卡，您知道我想到什么了？"他添加说，从椅子上站起来，笑着搓搓手，"让我们这么办，您会明白这对我们俩有多么大的好处：让我们讲定，彼此之间什么事都开诚布公。我们彼此就会更了解，就将问心无愧。为了避免旁人多嘴，让我们讲定，永远不把彼此的事告诉任何人。我们就这么办吧。"

"好的。"我说。

我们真的这么办了。至于结果如何，我以后再说。

卡尔①说，任何眷恋都是由两个方面组成的：一方爱，另一方就

---

① 卡尔·阿尔方斯（1808—1890）——法国作家，著有长篇小说《菩提树下》，他的作品一度在俄国很流行。

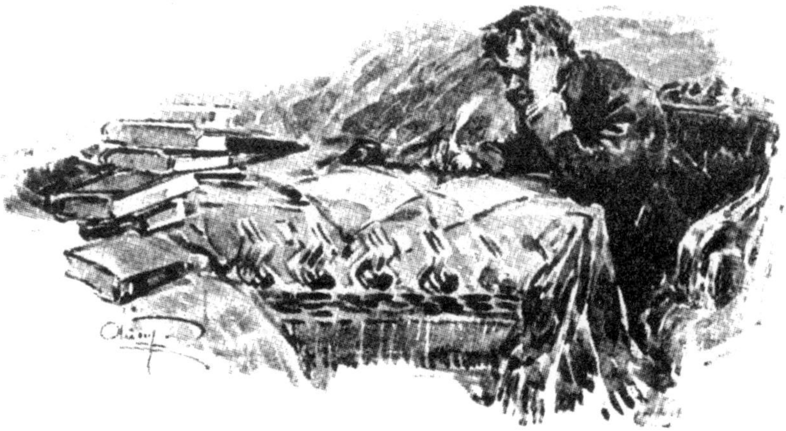

让自己被爱；一方吻，另一方就把面颊凑过去。这是完全正确的。在我们的友谊中，我吻，聂赫留朵夫就把面颊凑过来，而且他也准备吻我。我们平等地相爱，因为我们互相了解，互相尊重，但这并不妨碍他影响我，而我服从他。

不言而喻，在聂赫留朵夫的影响下，我不由也接受了他的倾向，这种倾向的实质就是热烈崇拜美德的典范，相信人生的使命是不断地自我完善。当时我们认为，人类改邪归正，消灭自身的一切罪恶，是轻而易举的事，而自我完善，接受一切美德，做个幸福的人，更是易如反掌……

不过，只有上帝知道，少年时代这些崇高的梦想是不是可笑，这些梦想不能实现是谁的过错？

一八五四年

青　年

第一章　青年时代从此开始

我说过，我同聂赫留朵夫的友谊使我对人生、对人生的目的和态度有了新的看法。这种看法的实质就是，我确信人的使命在于追求道德的完善，而这种完善是容易做到、可以做到和永远能够进行下去的。但至今我只乐于发现由这个信念所产生的新思想，以及拟订未来道德和事业的辉煌计划。至于我的生活方式，依旧是平庸、杂乱和闲散的。

我跟我所崇拜的朋友聂赫留朵夫（我有时暗自称他为妙人儿米嘉①）经常谈到的那些美好思想，还只能为我的理智，而不能为我的感情所接受。但是有一天，当这些思想以崭新的精神启示力突入我的头脑时，我想到我浪费了多少大好时光，不觉大吃一惊。当时我立刻想实行这些思想，并决心永远不再改变。

我以为青年时代从此开始了。

我那时快满十六岁。几位教师继续来给我上课，圣热罗姆监督我学习，我无可奈何，勉强准备着考大学。除了学习，我的活动是：独自胡思乱想；进行体育锻炼，想成为世界上第一号大力士；有时漫

---

① 米嘉——德米特里的爱称。

无目的地在各个房间里,特别是在女仆室走廊里荡来荡去,或者照照镜子,但每次照后总是垂头丧气,心情恶劣。我不仅深信我长得丑,而且无法用一般方式来自我安慰。我不能说我的相貌富有表情,聪明机智或者落落大方。我的脸毫无表情,五官粗俗,非常难看;我这双灰色的小眼睛,从镜子里看,与其说聪明,不如说愚蠢。至于大丈夫的气概就更缺少了,尽管我个儿不小,就年龄来说也相当强壮,但脸庞绵软松弛,缺乏线条,没有一点儿高贵的气派;相反,我的脸像个普通农民,手脚又大,而这些当时我认为是很丢脸的。

第二章 春 天

我进大学那年,复活节①不知怎的迟在四月间,因此考试就定在复活节后的一周举行,而在复活节前一周我需要斋戒,并做好应试的最后准备。

在下了场雨夹雪(卡尔·伊凡内奇叫它"子随父来")后,风和日丽,已有三天了。街上看不见残雪,污浊的泥浆已被潮湿发亮的路面和湍急的水流所代替,屋檐在阳光下滴着仅有的一些水滴,花园里的树枝已鼓起一个个叶芽,院子里一条干燥的小径从冻硬的畜粪堆旁通到马厩,台阶旁的石头缝里出现了青苔。这是春天里一个特殊的时节,最能触动人的心灵:阳光明媚,普照万物,但并不炎热;残雪融化,流水汨汨,地面露了出来;空气中充满清香;蓝天上飘翔

---

① 复活节——基督教重要节日,规定每年春分月圆后第一个星期日(3月21日至4月25日)为复活节,但东正教复活节常在四月后半月至五月初。

着缕缕薄云。不知怎的我觉得,在大城市里,早春更加激动人心,使人陶醉,尽管看到的春色并不多,但感觉到的春意却很浓。朝阳透过双层玻璃窗,把灰尘弥漫的光线投射到我十分讨厌的教室的地板上。我站在窗口,正在黑板上解一道很长的代数方程式。我一手拿着一本破旧的软面弗兰克《代数》,一手拿着一段粉笔,我的双手、脸和上装肘部都沾满了粉笔灰。尼古拉系着围裙,卷起衣袖,用钳子敲油灰,接着又撬面对花园的窗户上的钉子。他的活计和弄出来的响声吸引了我的注意。再说,我当时心情恶劣,一肚子的不高兴。不知怎的我什么都不顺手:方程式一开始就算错,不得不从头算起,粉笔两次落掉,脸和手都弄脏了,海绵擦子找不到,尼古拉敲打的声音使我心烦。我想发脾气,发牢骚。我扔下粉笔和《代数》,在房间里来回踱步。但我想到今天是受难的星期三[①],我们得去忏悔,不能做任何坏事。我忽然产生一种特别的柔情,就走到尼古拉跟前。

"让我来帮助你,尼古拉。"我竭力用最温柔的语气说。我想到我能克制内心的烦恼帮助他,这样做是对的,我的心情也就格外平静了。

油灰敲掉了,钉子起出来了,尼古拉拼命拉窗上的横条,但窗框却纹丝不动。

"要是我跟他一起拉,窗框立刻就能拉下来,这样,"我心里想,"今天就不学习了。"窗框终于歪到一边,被拉了下来。

"把它搬到哪儿去?"我问。

"不麻烦您了,我自己来,"尼古拉回答,对我的热心显然感到惊

[①] 受难的星期三 —— 复活节前一周的星期三。

讶，并且不以为然。"不能弄乱，放在储藏室里要编号。"

"让我来编。"我拿起一扇窗说。

我想，储藏室要是有两俄里远，窗子再重一倍，那就好了。我愿意消耗一点儿力气来帮助尼古拉。当我回到房间里时，碎砖和盐块①已被搬到窗台上，尼古拉正用鹅毛把砂和过冬苍蝇扫到窗外。芬芳的新鲜空气已灌进来，充满整个房间。窗外传来城市的喧闹声和花园里麻雀的叽喳声。

世间万物被照得光辉灿烂，屋子里春意盎然，微微的春风吹动我的《代数》书页和尼古拉的头发。我走到窗前坐下来，身子探向花园，陷入沉思。

一种新鲜的、异常强烈的愉快感觉突然涌上我的心头。潮湿的土地上已稀稀落落地长出黄茎绿叶的小草；水流在阳光下闪闪发亮，泥块和木片在水里打转；丁香树枝已发红，枝上的蓓蕾在窗下摇曳；小鸟在树丛里吱吱地叫个不停；篱笆因积雪融化而发黑；主要是这湿润芬芳的空气和欢乐的阳光似乎在向我说明一种新鲜美好的事物，虽然我无法充分加以表达，但我要竭力把我的感受表达出来：一切都在向我展示美、幸福和美德，而我也能轻易地获得它们，它们相互依存，缺一不可，美、幸福和美德简直就是一回事。"以前我怎么不懂这个道理？我真笨，但将来我会快乐和幸福的！"我自言自语。"我要立刻脱胎换骨，我要过一种新的生活。"虽然如此，我还是坐在窗台上胡思乱想，什么事也不干。你有没有这样的经历：在夏季的雨天里，大白天躺下睡觉，醒来时太阳已经落山，你睁开眼睛，看见

---

① 盐和砖都用来吸收潮气。

窗户的方格渐渐扩大,风吹起窗帘,树枝打着窗台,你从窗帘下看见被雨水打湿的茂密的菩提树夹峙的淡紫色林荫路和被夕阳照耀着的湿漉漉的花园小径,同时突然听见花园里鸟雀愉快的叫声,看见在窗缝里蠕动、被阳光照得通体透明的虫子,嗅到雨后空气的清香,心里想:"真惭愧,把这样美好的黄昏都睡过了。"于是连忙一骨碌爬起来,到花园里去领略生的欢乐。如果你有过这样的经历,你就能领会我当时那种强烈的欢乐了。

第三章 幻 想

"今天我要忏悔,要洗净一切罪孽,"我想,"我再也不……"这时我想起那些最使我痛苦的罪孽。"我每个星期日一定要上教堂,然后再读一小时《福音书》。再有,我进大学后,每月可以领到一张白票①,我一定要拿出两个半卢布(十分之一)施舍给穷人,而且要悄悄地不让任何人知道。我不给要饭的,而只给那些举目无亲的孤儿和老婆子。

"我将有一个独用的房间(大概是圣热罗姆住的那一间),我将亲自把它收拾得干干净净,我不要仆人帮我做任何事,因为仆人是跟我一样的人。再有,我将每天步行到大学(要是家里给我一辆马车,我就把它卖掉,把卖得的钱也施舍给穷人),我将严格奉行'一

---

① 白票——面值二十五卢布的钞票。

切'（这'一切'究竟是什么，我当时可说不上来，但我清楚地明白和感觉到，这'一切'是过理性、道德和无可非议的生活所必不可少的）。我要写演讲稿，甚至提前学完几门功课，第一年就争取第一名，并写好论文，第二年的功课也将事先学好，这样我可以直接跳到三年级，到十八岁就能毕业，以第一名获得学士学位和两枚金质奖章，以后得硕士学位、博士学位，成为俄国最杰出的学者……甚至成为欧洲最杰出的学者……那么以后呢？"我问自己，但立刻想到这些幻想是骄傲，是罪孽，今天晚上我就向神父忏悔，接着又回到原来的思绪上："为了准备演讲稿，我将步行到麻雀山；我将在那里树下挑个地方朗读演讲稿；有时我将带点儿吃的东西去：干酪啦，彼多蒂油炸包子啦，或者别的东西。我要休息一会儿，然后拿起一本有趣的书来读，或者画画风景，或者弄弄乐器（我一定要学会吹笛子）。然后她也到麻雀山来散步，有一天她会走到我跟前，问我是什么人。我就十分伤心地对她瞧瞧，我说我是神父的儿子，只有独自待在这里才觉得幸福。她把手伸给我，说了几句话，在我身边坐下。这样我们就天天来到这里，我们成了朋友，我将吻她……不，这样不好。相反，从今天起我不再看女人一眼，我再也不去女仆室，甚至尽量不从女仆室门前走过；三年后我长大成人，一定要结婚。我要尽可能多运动，每天做体操，这样到了二十五岁我就会比拉波①的力气还大。第一天我能挺举半普特五分钟，第二天能挺举二十一俄磅，第三天能挺举二十二俄磅，这样锻炼下去，总有一天每只手能举起四普特，力气比哪一个仆人都大。一旦有人想侮辱我或者说她的坏话，我就

———

① 拉波——俄国著名大力士。

一把抓住他的前胸,一只手把他举得离地两俄尺①高,一直举到他知道我的厉害才把他放下。不过这样也不好,但也没有关系,我又不伤害他,只是让他明白……"

但愿大家不会责备我,说我青年时代的幻想还是很幼稚,就像童年和少年时一样。我深信,如果我命里注定能活到高龄,我的故事将随着年龄持续下去,当我成为七十老翁时,我仍会像现在这样不切实际地胡思乱想。我会幻想有一位美丽可爱的玛丽雅,她居然爱上我这个掉了牙的老头儿,就像她爱上马泽巴②那样;我还幻想我那个弱智儿子也会时来运转,居然当上大臣,或者幻想我成了百万富翁。我深信,任何人,不论年龄大小,都具有这种有益身心的幻想能力。但幻想除了具有不可能实现和富有魔力的共同特点外,不同年龄的人的幻想各有各的特点。在我认为少年时代结束和青年时代开始的那个时期,我的幻想出自四种不同的感情。第一种感情是对她,对一个想象中的女人的爱,我总是以同一方式幻想她,并且时刻准备在什么地方遇见她。这个她有点儿像宋尼奇卡,有点儿像正在洗衣服的华西里的妻子玛莎,又有点儿像好久前我在戏院隔壁包厢里见过的那个白脖子上戴珍珠项链的女人。第二种感情是被爱。我希望人人都知道我,爱我。我很想公开说出我的名字尼古拉·伊尔捷尼耶夫,让大家一听到这名字都感到震惊,围住我,为某件事向我道谢。第三种感情是渴望得到一种幸福,就是满足我那异乎寻常的虚荣心。这种愿望是那么强烈,那么坚决,简直使我疯疯癫癫。我深信,由于意外的机会,不久我将突然变成世上最富有、最显赫的人,并且始终心情激动地期待着这种神奇的幸福。我一直期待着

---

① 1俄尺合0.71米。
② 马泽巴(1644—1709)——乌克兰军事首领,在俄国与瑞典战争中和瑞典结盟。

这种事的发生,那时我就能获得一个人所能获得的一切,因此总是到处找寻,以为它已在我不在的地方发生了。第四种感情,也是最主要的,就是憎恶自己和悔恨的感情,但悔恨和向往幸福的心情紧密汇合在一起,因此没有丝毫悲伤的成分。我觉得,摆脱往事,改变一切,忘记一切,重新开始生活,不让往事折磨我,束缚我,这是轻而易举的,也是十分自然的。我甚至以憎恶往事为乐,竭力把它看得比实际更阴暗。往事的回忆越阴暗,现实的景象就越辉煌,而未来的前景就将像彩虹一样美丽。这种悔恨和热烈追求完美的声音,在我成长的时期是我心灵中主要的新感受。这种新感受为我对自己、对人类和对上帝世界的观点奠定了新的基础。后来,当我的心灵默默地屈服于尘世的谎言和淫乱的可悲时刻,这种幸福愉快的声音有多少次突然勇敢地起来反抗一切谎言和欺诈,毫不留情地揭露过去,给我指出方向,促使我热爱光明的现在,憧憬幸福愉快的明天。这是一种幸福愉快的声音!难道这种声音有一天会沉默吗?

第四章 我的家庭圈子

今年春天爸爸难得在家。不过在家的时候,他总是兴高采烈,在钢琴上乱弹他心爱的曲子,做着媚眼,凭空想出些事拿我们和咪咪开玩笑,例如说咪咪出去兜风,遇见一位格鲁吉亚王子,他对她一见钟情,就请求主教公会批准他离婚;又说我已被任命为驻维也纳公使代办;而且一本正经地宣布这些新闻。他拿蜘蛛吓唬卡金卡,因为卡金卡最怕蜘蛛；他待我们的朋友杜勃科夫和聂赫留朵夫特别和蔼可亲；他一再向我们和客人们讲他的未来计划。这些计划尽管几乎天天在改变，而且自相矛盾，但都非常吸引人，使我们听得出神，柳波奇卡眼睛都不眨地盯着爸爸的脸，唯恐漏掉片言只语。爸爸一会儿计划把我们留在莫斯科进大学，他自己则带着柳波奇卡到意大利去两年；一会儿计划在克里米亚南岸买一座庄园，每年夏天到那里消夏；一会儿计划带全家到彼得堡去，等等。但除了这种异乎寻常的快乐心情外，爸爸身上最近还发生了一种使我惊讶的变化。他定做了时髦的服装：一件橄榄绿的礼服、一条有套带的时髦长裤和一件很合身的长大衣；他出去做客，身上总是散发出好闻的香水味，特别是当他去拜访一位太太的时候，而一提到这位太太咪咪就叹气，脸上的表情仿佛在说："可怜的孤儿们！该死的情欲！幸亏她不在了。"诸如此类的话。我听尼古拉说（爸爸自己从未对我们讲赌钱的事），他今冬赌钱特别走运，赢了许许多多钱，他把钱存在当铺里，到春天就不再赌了。大概是他害怕不能自制，所以想尽快回乡。他甚至决定，不等我进大学，一过复活节就带着姑娘们到彼得洛夫斯科耶去，而我和伏洛嘉随后再去。

整个冬天，直到开春，伏洛嘉跟杜勃科夫始终形影不离（他跟聂赫留朵夫的关系开始冷淡）。从他们的谈话中听出，他们的主要乐趣就是经常喝香槟，乘雪橇从他们两人似乎都爱上的一位小姐的窗下经过，不再在儿童舞会上而是在正式舞会上面对面地跳舞。尽管我跟伏洛嘉很要好，后面这个情况却使我们的关系大大疏远。我们觉得，在还在读书的男孩和参加成人舞会的男子之间存在着极大的差别，彼此很难互通心曲。卡金卡已是个大姑娘，看了许多小说，我以为她不久就会出嫁,这种想法在我已不是玩笑。不过,伏洛嘉虽然也已长大成人,他们却并不要好,甚至彼此蔑视。总的来说,卡金卡独自待在家里,除了看小说,对什么都不感兴趣,大部分时间她都感到寂寞。家里来了男客,她就变得十分活泼可爱,挤眉弄眼,可我一点儿也不明白她这样做是什么意思。后来我从她的谈话中方才明白,少女唯一可以卖弄风情的方式是挤眉弄眼,这样我也就明白了别人已不觉得奇怪的她那种眉来眼去的怪模样。柳波奇卡也开始穿长的连衣裙,她的罗圈腿遮得几乎看不见,但她仍像原来那样好哭。现在她已不想嫁骠骑兵,而想嫁一名歌唱家或音乐家,因此在努力学音乐。圣热罗姆知道他在我家只能待到我考试完毕,就在一位伯爵家找到一份差事,从此也就有点儿瞧不起我们家的人。他难得在家,开始吸纸烟,这在当时是很时髦的。他还常用纸片吹出快乐的曲子。咪咪一天比一天伤感,自从我们长大以来,她对谁、对什么事都不存希望。

我去吃午饭时,发现饭厅里只有咪咪、卡金卡、柳波奇卡和圣热罗姆。爸爸不在家,伏洛嘉和同学在房间里准备考试,他叫人把饭给他送去。近来,吃饭时多半是咪咪坐首席,但大家都不尊重她,午餐也就没有多大乐趣。午餐已不像妈妈或外祖母在世时那样成为一种仪式,全家人在规定时间团聚一起,并以此把一天时间分成两半。现在我们常常迟到,在上第二道菜时才来,用玻璃杯喝酒(是圣热罗姆开了先例),懒洋洋地靠在椅子上,没吃完就站起来,做出许多诸如此类的自由行动。从此以后午餐就不再是家庭每天的快乐聚会了。想当年在彼得洛夫斯科耶,每天两点钟不到我们都梳洗完毕,穿好衣服去吃午饭,我们坐在客厅里愉快地谈天,等待规定的时刻到来。当侍仆室的钟敲两下，福卡就臂上搭着餐巾，脸上现出严肃庄重的神色，脚步轻快地走进来。他用洪亮而拖长的声音宣布："开饭啦！"大家脸上现出快乐的神色，年长的在前，年幼的在后，按顺序走进饭厅，浆过的裙子窸窣作响，靴子和皮鞋发出咯咯的响声，大家低声交谈，在各自的位子上坐下。或者当年在莫斯科，我们站在大厅里摆好餐具的桌旁悄悄谈着话，等着外祖母。加夫里洛已去向她通报要开饭了。突然，门开了，传出衣服的窸窣声和缓慢的脚步声，外祖母头戴一顶系有紫色缎带的帽子，面带笑容，有时露出忧郁的目光（视健康情况而定），侧着身子缓缓从自己房间里走出来。加夫里洛急步走到她的扶手椅旁，接着发出一阵挪动椅子的声音，我们背上都感到一阵寒战（这是胃口大开的预兆），拿起潮滋滋的浆过的餐巾，吃着面包，在桌子底下搓搓手，怀着迫不及待的喜悦心情，望着管家按身份、年龄和外祖母的眼色给大家舀热气腾腾的汤。

可是现在，我去吃饭，既不觉得快乐，也不感到激动。

咪咪、圣热罗姆和姑娘们议论着俄国教师脚上的靴子多么糟糕，柯尔纳科娃公爵小姐们穿的连衣裙都镶着绉边，以及诸如此类的话。以前我对于他们喜欢说长道短从心底里加以蔑视，尤其是对柳波奇卡和卡金卡，并且不加掩饰，但现在他们的闲谈再也扰乱不了我那宽厚的心胸了。我和颜悦色，特别亲切地含笑听他们说话，彬彬有礼地请他们把克瓦斯递给我。当圣热罗姆在饭桌上纠正我的法语时，我虚心接受。但我要坦白说，我有点儿不快，因为谁也没有特别注意我的温柔与厚道。饭后柳波奇卡给我看一张纸，上面记着她所有的罪孽。我觉得这样很好，但要是把自己所有的罪孽都记在心里，那就更好。而且我觉得"一切都不是那么回事"。

"为什么一切都不是那么回事？"柳波奇卡问。

"嗯，这样也很好，你不了解我。"我说着就到楼上自己房间里去。我对圣热罗姆说，我要去做功课，其实离忏悔还有一个半小时，我要利用这段时间给自己定下终生的义务和活动，把我的人生目的和行动准则写在纸上，并且至死信守不渝。

第五章　准　则

我拿了一张纸，首先想把明年的义务和活动列一张表。需要在纸上画线。但我没有尺，只得拿拉丁文字典代替。我用钢笔沿着字典画线，然后拿开字典，结果线没有画成，反而在纸上留下一摊长长的墨迹，字典又不够长，画到字典软角处线就弯了。我又拿了一张纸，挪动字典，勉强画了格子。我把义务分成三类：对自己的义务，对别人的义务和对上帝的义务。我开始写第一类，但没想到项目有那么多，得先写出"生活准则"，然后再列表。我拿了六张纸，钉成小本子，封面写上"生活准则"几个字。这几个字写得歪歪斜斜，我考虑了好久，要不要重写？面对这份撕破的表格和难看的标题，我苦恼了好一阵。为什么我心里想的是那么明确、美好，而一旦写到纸上和付诸实施却那么不像样呢？

"神父来了，请您下来听训诫。"尼古拉进来通报。

我把本子放到桌子抽屉里，照了照镜子，把头发梳得高高的，我认为这样可以使自己显得更沉着老练。我走进起居室，那里已摆着一张铺台布的桌子，桌上放着圣像，点着几支蜡烛。这时，爸爸从另一扇门里走进来。神父白发苍苍，板着老气横秋的脸，向爸爸祝福。爸爸吻了吻他那又短又宽的瘦手，我也照样做了。

"叫伏洛嘉来，"爸爸说，"他在哪里？算了，他准是在大学里斋戒。"

"他在招待公爵。"卡金卡说，望了望柳波奇卡。柳波奇卡不知怎的突然红了脸，皱起眉头，假装不舒服，走出屋去。我跟着她出去。她停留在客厅里，又用铅笔在纸上写着什么。

"怎么，你又犯了什么罪？"我问。

"不，没有，随便写写。"她涨红脸回答。

这时，前厅里传出聂赫留朵夫向伏洛嘉告辞的声音。

"哼，你总是受诱惑。"卡金卡走进屋来对柳波奇卡说。

我不明白姐姐出了什么事：她羞愧得眼泪汪汪，窘态毕露，她生自己的气，也生卡金卡的气，因为卡金卡显然在嘲弄她。

"哼，瞧你真是个外国女人（对卡金卡来说，没有比叫她外国女人更使她生气的了，因此柳波奇卡故意这样称呼她），在这样重大的圣礼前，"她语气庄重地继续说，"你这是存心叫我生气……你应该明白……这可不是儿戏……"

"尼科连卡，你知道她写了些什么吗？"卡金卡说，因为被称为外国女人而大为生气。"她写了……"

"真没想到你会这么坏，"柳波奇卡说，放声哭着离开我们，"在这种时候总是故意引人犯罪。我可没有老提你的感情和痛苦呀。"

第六章　忏　悔

我带着这种漫不经心的思绪回到起居室，所有的人都已聚集在那里了。神父站起来准备念忏悔前的祷文。在一片沉默中，神父用动人而庄严的声音诵读祷文，特别是当他对我们说："不怕羞愧，毫不隐瞒，毫不辩解，交代您的一切罪孽，您的灵魂在上帝面前就能涤净；要是隐瞒，您就是犯了大罪。"这时，我又产生了早晨面临圣礼时那种敬畏的心情。这种心情甚至使我有点儿飘飘然，我竭力想沉湎其中，并摒除种种涌上心头的杂念，以增强敬畏之情。

第一个去忏悔的是爸爸。他在外祖母的房间里逗留了很久。这段时间，我们在起居室里一直不作声，或者悄悄商量谁先去忏悔。最后门里又响起神父念祷文的声音，接着是爸爸的脚步声。门吱的响了一声，爸爸走出来，照例干咳一声，耸耸肩膀，对谁也不看一眼。

"喂，柳波奇卡，现在你进去吧，听好，把一切都说出来。你可是我的大罪人哪。"爸爸拧了一下她的脸蛋，快乐地说。

柳波奇卡脸上一阵红一阵白，从围裙里掏出字条，又放回去，低下头，不知怎的缩着脖子，仿佛怕有人打她的头，走进门去。她在里面逗留了没多久，但出来时她却因抽噎而不断耸动肩膀。

最后，在漂亮的卡金卡笑眯眯地出来后，就轮到我了。我有意加重自己不太强烈的恐惧心理，走进阴暗的房间。神父站在读经台前，慢慢向我抬起头来。

我在外祖母房间里逗留了不到五分钟，出来时欢天喜地，觉得我已是一个十分纯洁、道德上获得新生的人了。虽然旧的环境，包括原来的房间、原来的家具和自己原来的模样（我很希望我的外表也能改变，因为我觉得我的内心已发生了变化）使我讨厌，虽然如此，那天直到上床我的心情一直很愉快。

我迷迷糊糊地想着已涤净的种种罪孽，突然想到我在忏悔时隐瞒了一桩可耻的罪孽。我想起忏悔前的祷文，这祷文不住在我耳际鸣响。我内心的平静顿时丧失了。"如果你隐瞒，就是犯了大罪……"我不断听到这声音，我意识到我是个罪孽深重的人，不论给我什么惩罚都是不够的。我在床上翻来覆去好半天，再三考虑自己的处境，时刻等待上帝的惩罚，甚至自己的暴死。这个念头吓得我魂不附体。突然我有了个好主意：天一亮我就步行或乘车去修道院见神父，重新忏悔一次。这下我才安了心。

第七章　去修道院

夜里我醒了好几次，唯恐睡过头，不到六点钟就起了床。窗外晨光熹微。我穿上衣服和靴子（衣服压皱，靴子没擦，放在床边，因为尼古拉还没有收拾），没有祷告上帝，也没有梳洗，就独自出门。这还是我有生以来第一次。

从对面一座大房子的绿屋顶后面，晨光透过寒雾泛出一片红光。清晨料峭的春寒冻硬了泥土，冻结了溪水，刺痛我的手脚和面颊。

我原想立刻雇一辆车，快去快回，可是我们的巷子里一辆车也没有。在阿尔巴特街上只有几辆货车，还有两个泥瓦匠在人行道上边走边谈。我走了一千步光景，才遇见几个男人和提着篮子上市场的女人，看见几辆水车，在十字路口还看见一个卖包子的小贩，有一家面包房正在开门。在阿尔巴特门附近，我遇到一个年老的马车夫，他坐在一辆油漆剥落、补丁累累的浅蓝色破马车上，摇摇晃晃，打着瞌睡。他一定没有睡醒，到修道院来回，只要我二十戈比。我刚要上车，他突然清醒过来，用缰绳梢抽了抽马，干脆从我身边走开。"得喂马啦！不行，老爷！"他喃喃地说。

我答应给他四十戈比，好容易才使他停下车。他勒住马，仔细对我瞧瞧说："坐吧，老爷！"老实说，我有点儿害怕，怕他把我带到僻静的小巷里抢劫。我揪住他的破外套领子（这样他那大驼背上皱纹累累的脖子就可怜地露了出来），爬上高低不平、摇摇晃晃的浅蓝色车座，马车就颠簸着沿伏兹德维任卡街驶去。路上，我发现车座上淡绿的补丁同车夫身上外套的料子一样。这个情况不知怎的使我放心，我不再怕他把我带到僻静的小巷里抢劫了。

我们到修道院时，太阳已升得很高，把教堂圆顶照得金光灿烂。在背阴的地方还有薄冰残雪，但整个路面上已湍急地流着黄浊的水，马也已在泥浆里啪嗒啪嗒地走着。我进了修道院的外墙，遇见一个人，就问他怎么能找到神父。

"瞧，那就是他的修道室。"那个过路的修士站住，指着一座有台阶的小屋说。

"非常感谢。"我说。

修士从教堂里鱼贯走出来，他们打量着我，他们对我会怎么想呢？我既不是大人，也不是孩子，我的脸没有洗，头发没有梳，衣服上沾着羽绒，靴子没有擦，沾满了泥。打量我的修士们心里会把我看作哪一类人呢？他们都留神地瞧着我，不过我还是顺着年轻修士给我指出的方向走去。

一个穿黑衣的老头儿长着两道浓密的白眉毛，在通往修道室的小径上同我相遇，问我有什么事？

有那么一会儿，我想说"没有什么"，转身向马车跑去，坐上车回家，但尽管老人双眉紧锁，他的相貌却赢得了我的信任。我说我要见神父，并说出他的名字。

"来吧，少爷，我带您去，"他说着转过身往前走去，显然猜到我的来意。"神父在做晨祷，一会儿就会过来的。"

他打开门，领我穿过干净的前厅，踏着清洁的地毯，走进修道室。

"好，您就在这儿等着吧。"他露出温和善良、令人宽慰的表情说着走出去。

我来到的房间很小，但收拾得非常整洁。家具有：一张放在两扇小窗中间铺漆布的小桌，桌上摆着两盆天竺葵；一座圣像架，圣像前点着一盏神灯；一把安乐椅和两把椅子。屋角挂着一只钟，钟面上画有花卉，链子上悬着两个铜锤。许多刷成白色的木棒组成了一块隔板，高达天花板，上面挂着两件法衣，隔板后面准是摆着一张床。

窗外两俄尺的地方有一堵白墙。窗户和墙之间种着一丛矮小的丁香。外面的声音传不到屋里，因此在一片寂静中钟摆有节奏的愉快声音听来特别响。我独自待在这静悄悄的角落里，原来的思绪和回忆顿时从头脑里消失得无影无踪，整个身心落入难以形容的愉快沉思中。那件衬里破了的发黄土布法衣，那些黑皮面破损的带铜扣书籍,那些叶子冲洗过、土里浇过水的苍翠盆花,特别是钟摆不断发出的单调响声,这一切都清楚地向我表明一种我至今没有经历过的新生活,一种幽居、宁静、不断祈祷、平安幸福的生活……

"时间一个月又一个月,一年又一年地过去,"我想,"他始终独自一人,一直平心静气,在上帝面前感到问心无愧,而上帝则听到他的祈祷。"我在椅子上坐了半小时光景,竭力不挪动身子,不大声喘气,唯恐破坏对我很有启示的这一片和谐。而钟摆依旧有节奏地响着:往右响些,往左轻些。

第八章　第二次忏悔

神父的脚步声把我从沉思中惊醒。

"您好!"他一面说,一面抚平白发,"有何贵干?"

我请他为我祝福,特别快乐地吻了吻他那发黄的不大的手。

我向他说明我的要求,他什么也没说,就走到圣像前主持忏悔仪式。

忏悔仪式结束,我克服羞愧,向他说出内心的一切。他把双手放在我头上,用他洪亮而平静的声音说:"我的孩子,愿圣父的恩典加在你的身上,让他使你永远保持信心、温顺和谦逊。阿门!"

我感到无比幸福,眼睛里涌出幸福的泪水,喉咙塞住。我吻了吻他的细呢法衣的皱褶,抬起头来。神父的脸色十分安详。

我感到心醉神迷,唯恐这种情绪被破坏,连忙跟神父告别,目

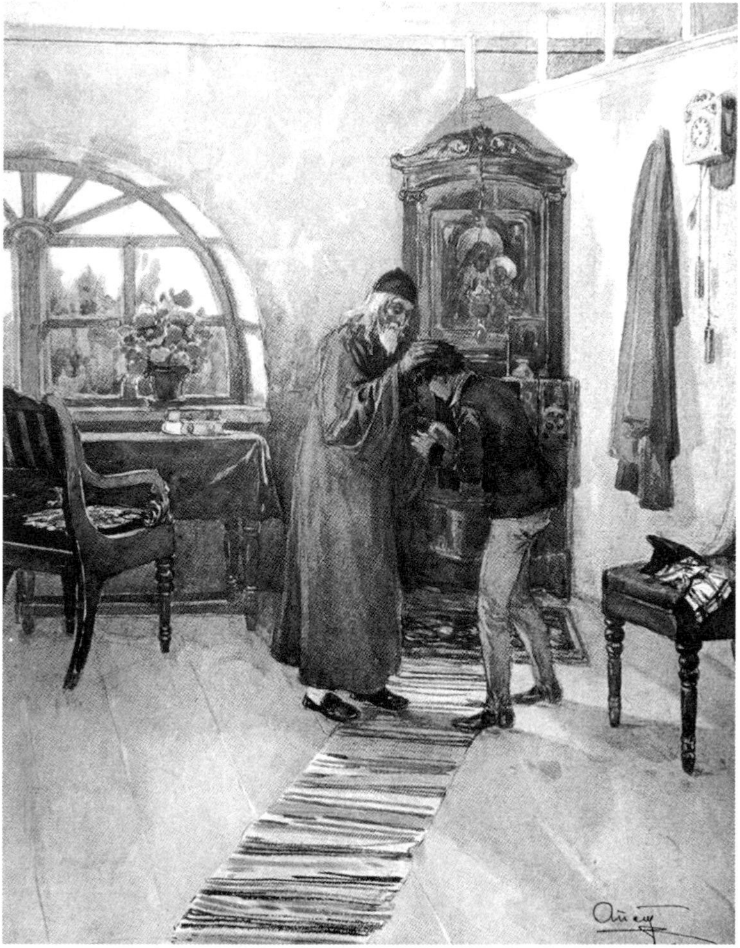

不旁视（免得分心），走到外面，又坐上那辆摇摇晃晃、颜色斑驳的马车。但马车的晃动、眼前掠过的形形色色景象，很快驱散了这种心情。我已经在想，神父一定认为像我这样心灵美好的青年他从未遇到过，今后也不会遇到，甚至根本不可能有我这样的人。这一点我深信不疑，这种信念使我感到非常快乐，我很想对谁说说。

我很想对谁说说，可是此刻除了车夫，身边没有一个人，我就跟他攀谈起来。

"我去了很久了吗？"我问。

"没什么，有好一会儿，马可是得喂了。要知道我是做夜生意的。"老车夫回答，此刻太阳已经出来，他的心情比原来好些了。

"可我觉得只有一会儿工夫。"我说。"你知道我为什么去修道院吗？"我添加说，挪了挪身子，坐得更靠近老车夫。

"我们是干什么的？客人吩咐去哪儿，我们就去哪儿。"他回答说。

"不，你到底是怎么想的？"我继续问。

"噢，他们大概是去买坟地，要埋葬什么人。"他说。

"不，老头儿，可你知不知道我是去干什么的？"

"不知道，老爷。"他重复说。

我觉得车夫的语气十分和善，我决定开导开导他，把我出门的目的，甚至此刻的心情告诉他。

"你要我讲给你听吗？听我说……"

我就向他和盘托出，并把我美好的感情描述了一番。想起这件事，我现在还脸红呐。

"是吗？"车夫不相信似的说。

这以后，他一动不动，默默地坐了好一阵，只偶尔理理他那在条纹裤腿上晃动的上衣下摆,他那穿大皮靴的脚不断敲打着踏板。我认为,他对我的想法一定同神父一样,世界上再没有像我这样好的青年了。他突然转过身来对我说:"啊,老爷,您的事是你们做老爷的事。"

"什么?"我问。

"老爷的事,老爷的事。"他翕动没有牙齿的嘴重复说。

"不,他不了解我。"我暗自想,直到家门口再没有同他说过话。

尽管街上阳光灿烂,人群熙来攘往,一路上我都怀着感动和虔诚的心情,并因此扬扬自得,但一回到家里这种心情就消失了。我没有四十戈比可以付给车夫。我已欠了管家加夫里洛的钱,他不肯再借给我。车夫看见我两次跑到院子里去取钱,一定猜到我为什么跑来跑去,就跳下车。尽管我觉得他很和善,这时他显然要挖苦我,竟大声说,常常有一些骗子坐车不付钱。

家里人都还在睡觉,因此我无法向谁借到四十戈比。最后,我向华西里起誓一定归还,他还是不相信我(从他的脸上可以看出),但因为他喜欢我,也记得我帮过他的忙,他才替我付了车钱。我这种心情也就烟消云散了。当我想换衣服去教堂,好同大家一起领圣餐时,我才知道我的衣服没有改好,不能穿,我真是罪孽深重。我穿上另一件衣服,心慌意乱地去领圣餐,完全不相信自己怀有美好的愿望。

第九章　我怎样准备考试

在复活节后的星期四,爸爸、姐姐、咪咪和卡金卡到乡下去了。

这样，在外祖母的大住宅里就只剩下伏洛嘉、我和圣热罗姆。我在忏悔那天和去修道院那天的心情已完全消失，只留下模模糊糊的愉快回忆，而这种回忆又被自由生活的种种新印象所冲淡。

题着《生活准则》的记事簿也同我的草稿簿一起被束之高阁。想到能为自己制订各项生活准则并始终身体力行，我感到高兴。我认为这件事简单而伟大，打算在生活中加以实行，但我仿佛忘记应该立刻实行，而一拖再拖。可以聊以自慰的是，我此刻头脑里产生的思想正好同我的某项准则和义务相吻合：或是对待人的准则，或是对待自己的准则，再不然就是对待上帝的准则。"以后我把这种思想归到这类准则，将来我还会产生许许多多同这类准则有关的思想。"我自言自语。现在我常常自问：过去我相信人类智慧万能，如今我丧失了前进的力量，怀疑人类智慧的力量和意义，这两种情况，究竟哪一种正确，哪一种好呢？我无法给自己一个明确的回答。

自由的意识，有所憧憬的春意（这种心情我已提到过）使我那么兴奋，我简直无法控制自己，也没有心思准备考试。有时，我一早晨都在教室里复习功课，而且明确必须用功，因为明天有一门功课要考，我还有两道题没有复习过，但突然闻到窗外飘来一股春天的气息，仿佛有什么往事必须立刻追忆，于是我放下手里的书站起来，在屋里来回踱步，头脑里仿佛有根发条被人拧紧，机器就转动起来，形形色色快乐荒诞的幻想从头脑里飞快掠过，我只来得及看到它们的闪光。于是，时间就不知不觉一小时一小时地飞逝了。有时，我手拿书本坐在那里，勉强把注意力集中到书上，突然走廊里传来女人的脚步声和衣服的窸窣声，于是头脑里的一切又飞到九霄云外，我再也坐不住了，虽然明明知道，除了外祖母的老女仆加莎之外，谁也不会从走廊里走过。"哦，万一是她呢？"我想。"万一天赐良机，而我错过机会，那可怎么是好？"我拔脚跑到走廊里，看见果然是加莎；但事后好久我都安不下心来。发条拧紧了，头脑里又是一团乱麻。有时，晚上独自坐在屋里，秉烛读书，有时为了剪烛花或者改变坐的姿势放下书本，看见屋角到处都是黑漆漆的，屋子里鸦雀无声。这时我又无法静下心来，不能不倾听这片寂静，无法不从打开的门里张望黑暗的屋子，不能不一动不动地待上半天，或者下楼穿过一个个空房间。黄昏，我常悄悄坐在大厅里，倾听《夜莺曲》。这是加莎独自坐在大厅里，在烛光下用两个手指在钢琴上弹出来的。在月光融融的晚上，我更不能不从床上起来，躺到通向花园的窗台上，凝望月光下沙波什尼科夫家的屋顶，凝望我们教区严肃的钟楼，以及栅栏和树丛落在花园小径上的阴影。我不能不逗留好久好久，以致第二天早晨十点钟都醒不过来。

因此，要是没有继续给我上课的教师们，要是没有那不时激起我的自尊心的圣热罗姆，主要是，要不是我想在我的朋友聂赫留朵夫的眼里显得很有出息，也就是说，考试取得优异成绩（他认为这是极其重要的事），要不是为了这一切，春天和自由就会使我忘记学过的一切，考试也一定不会及格了。

第十章　历　史　考　试

四月十六日，我在圣热罗姆的护送下第一次走进大学大厅。我跟他一起乘坐我家豪华的四轮马车来到学校。我生平第一次穿燕尾服,身上的服装连衬衫和袜子都是新的,非常讲究。当门房在楼下帮我脱下外套,我衣着华丽地站在他面前时,我甚至感到有点儿不好意思。不过,我一走进明亮的镶木地板的大厅,就看见几百个穿中学生制服和燕尾服的青年(其中有些冷冷地瞧我一眼),还有些神气活现的教授在远处桌子中间随便走来走去,或者坐在大安乐椅上。一看见他们,我原想引起大家注意的愿望顿时消失。在家里,甚至在大学门廊里,我仿佛还因天生的高贵和显要而感到歉疚,此刻却变得胆怯和沮丧。我甚至走到另一个极端,当我看见近旁凳子上坐着一个衣冠不整、年纪不老而满头白发的人时,竟觉得很高兴。这个人远离人群,坐在最后一排凳子上。我立刻在他身边坐下,打量那些考生,并对他们进行评判。这里有形形色色的人物,他们相貌各异,但当时在我看来,他们可以简单地分为三类。

有些人像我一样,由家庭教师或父母陪来应考,其中有我所认识的由弗罗斯特陪同的伊文家的小儿子,有由老父陪同的伊连卡·格拉普。这一类人下巴上还只有茸毛,身上露出干净的衬衫,斯斯文文地坐在那里,并不翻阅随身带来的书本和笔记,他们望着教授和课桌,露出怯生生的神气。第二类考生是穿中学生制服的青年,其中许多人已刮过胡子。他们多数彼此认识,相互大声交谈,用教名和父名称呼教授,还在那里准备考题,传递笔记本,跨过凳子走来走去,从门廊里拿来油炸包子和夹肉面包就吃,只是弯着腰,把头低到凳子那么高。最后,第三类考生人数不多,年龄很大,有的穿燕尾服,多数穿常礼服,没有露出衬衫。这类人举止庄重,独自坐着,神色忧郁。那个因衣着寒酸而使我感到聊以自慰的学生就属于这一类。他双手托着头,指缝间露出蓬乱的花白头发,他正在看书,那双闪闪发亮的眼睛偶尔投来很不友好的一瞥。他闷闷不乐地皱着眉头,把光泽的臂肘向我这边再伸过来一点儿,使我不能更靠近他。那些中学生正好相反,都是一见如故,我有点儿怕他们。例如,有个中学生把一本书塞到我手里说:"请您递给他!"另一个从我身边走过,说:"您让一让,朋友!"再有一个跨过凳子时,按着我的肩膀,就像按着椅背一样。这一切都使我觉得古怪和不快,我自认为比这些中学生尊贵得多,他们不应该对我这样没有礼貌。终于开始叫名字了。中学生们都大胆地走上去,大部分人回答得很好,年纪大的人中,有些人回答得很好,有些人回答得很差,但回来时都得意扬扬。我们这批人就胆怯得多,回答得也差。叫到谢苗诺夫的名字时,我身旁那位头发花白、目光炯炯的人粗鲁地把我一推,从我腿上跨过去,走到桌子前。从教授们的脸色上可以看出,他回答得很好,很大胆。他回到原来的座位,不等知道分数,就镇定地拿起笔记本走了。听到叫名字的声音,我几次浑身哆嗦,但按照字母次序还没有轮到我,虽然已叫到K字为首的姓名了。"伊科宁,捷尼耶夫"——教授中间有人突然叫道。我的背上和发根掠过一阵寒战。

"叫谁啊?谁是巴尔捷尼耶夫?"我周围的人问。

"伊科宁,快去,叫你呢;但谁是巴尔捷尼耶夫,或者莫尔捷尼耶夫?我不知道,是谁,谁就该答应。"站在我后面的那个高个子、红脸膛中学生说。

"叫您呐!"圣热罗姆说。

"我姓伊尔捷尼耶夫,"我对那个红脸膛的中学生说,"难道在叫伊尔捷尼耶夫吗?"

"是啊,您怎么不去? 瞧吧,真是个公子哥儿!"他添加说,声音虽然不大,但我从椅子后面走出来时可以听到他的话。走在我前面的是伊科宁,他身材很高,年纪二十五六岁,属于第三类,也就是大龄青年。他身穿橄榄色紧身燕尾服,系一条蓝缎领带,长长的淡黄头发精心地梳着农民的式样。我坐在凳子上就已注意到他的外表。他长得不难看,喜欢说话,但最使我惊讶的是他那异样的栗色头发一直拖到喉咙上,他还有个更怪的习惯,就是不时解开背心扣子,伸手到衬衫里面搔胸脯。

桌子后面坐着三位教授,我和伊科宁向他们走去,他们中没有一个人向我们还礼。那位年轻的教授像洗纸牌那样洗那束考签。另一位教授,燕尾服上别着一枚星章,眼睛盯着一个中学生,那个中学生正滔滔不绝地讲着查理大帝[①]的事迹,每说一句就加上一个"最后"。第三位教授是个戴眼镜的小老头儿,他低着头,从眼镜上方瞧着我们,指着考签。我觉得他的目光是同时对着我和对着伊科宁的,他不喜欢我们的什么东西(可能是伊科宁的头发),因此他对我们两人又瞧了瞧,不耐烦地把头一昂,要我们赶快抽签。我很生气,因为第一,没有人向我们还礼;第二,他显然把我和伊科宁同等看待,归到同一类考生里,并因伊科宁的头发对我也抱有成见。我毫不畏惧地抽了签,准备回答,但那位教授却和伊科宁使了个眼色。我看了看签上的问题,那是我熟悉的,我就镇定地观察着眼前发生的事,等候轮到自己。伊科宁毫不胆怯,简直是过分大胆地侧着身子上去抽签。他把头发往后一甩,勇敢地读了读签上的问题。他张开嘴,

---

[①] 查理大帝(742—814)——法兰克王国加洛林王朝国王(768—800),查理帝国皇帝(800—814)。

刚要回答（我有这样的感觉），那个佩星章的教授说了句称赞的话，放走那个中学生，又突然对他望望。伊科宁仿佛想起了什么，站住了。全场的人沉默了有两三分钟。

"说呀！"戴眼镜的教授开口了。

伊科宁张开嘴，又不作声了。

"又不是您一个人参加考试，您愿不愿意回答？"那个年轻的教授说，但伊科宁连瞧都没瞧他一眼。他凝视着考签，一言不发。戴眼镜的教授望着他，从眼镜上方望望，又摘下眼镜望望，小心地擦擦镜片，然后再戴上。伊科宁还是一言不发。他脸上突然浮起一丝笑意，把头发往后一甩，又侧身走到桌边，放下考签，逐个望望三位教授，然后又望望我，转过身去，摆动双臂，大踏步回到凳子那边。教授们相互交换了一下眼色。

"好样的！"年轻的教授说，"自费生①嘛！"

我走到桌子跟前，但教授们继续低声交谈，谁也没注意我在场。我当时深信，三位教授都非常关心我能不能考取，成绩好不好，不过他们要摆摆架子，所以装得若无其事，根本没注意我在场。

戴眼镜的教授冷冷地转过身来要我回答问题时，我瞧了瞧他的眼神，替他感到害臊，因为他在我面前显得那么虚伪，因此我开始回答时有点儿结结巴巴。但是后来我就回答得越来越流利，因为我对俄国历史上那个问题是很熟悉的。我回答得很出色，简直讲得有声有色，存心要教授们明白，我可不是伊科宁，不能拿我同他混为一谈。我提出再抽一道题，但那位教授向我点点头说"好了"，并且

---

① 旧俄大学生多数是公费生，自费生是极少数。

在分数簿上记上分数。我回到凳子那边，中学生们就告诉我，我得了五分（天知道他们是怎么知道的）。

第十一章　数　学　考　试

下一场考试，除了我认为不配和我结交的格拉普和不知怎的见了我就害臊的伊文之外，我又结识了许多新朋友。有些人已同我打过招呼。伊科宁看见我甚至很高兴，还告诉我，他要复试历史，那位历史教授从去年起就跟他过不去，那时就出难题把他难倒。谢苗诺夫同我一样也要进数学系，直到考试结束，他一直避开所有的人，独自默默地坐着，双手托着头，手指插到花白的头发里，但他的考试成绩很出色。他得第二名。得第一名的是第一中学的学生。这个中学生又高又瘦，黑头发，脸色苍白，系黑领带，额头上满是粉刺。他的手很瘦很红，手指特别长，指甲咬掉很多，指尖仿佛用线捆着。我觉得这一切都很对头，考第一名的中学生应该是这样的。他跟人交谈，也同别的人一样，连我也认识他了，但我还是觉得，他的步伐、他嘴唇的动作和他的黑眼睛都有一种非凡的魅力。

数学考试时，我到得比平时早。这门课我很熟悉，但有两道代数题我以前没有问过教师，因此一点儿也不会解。现在我还记得那是组合定理和牛顿二项式。我坐在后排凳子上反复看着两道不熟悉的题目，但由于不习惯在嘈杂的屋子里做题目，又感到时间不够，我不能好好思考。

"他在这儿,过来,聂赫留朵夫。"我听见伏洛嘉熟悉的声音在我背后说。

我回过头去,看见哥哥和聂赫留朵夫,他们敞开礼服,摆动双臂,穿过一排凳子,向我走来。此刻一眼就能看出,他们是大学二年级学生,在学校里像在家里一样随便。单是他们敞开礼服的那种派头,就表示他们瞧不起我们这些考生,并引起我们对他们的羡慕和敬意。想到周围的人看见我认识两个二年级学生,这是挺有面子的事,我连忙迎着他们站起来。

伏洛嘉甚至无法掩饰自己的优越感。

"嗨,你这个苦恼人!"他说,"怎么,还没有考完吗?"

"没有。"

"你在看什么? 难道没有准备好吗?"

"是的,有两道题目还没有完全准备好,我不知道怎么解这两道题。"

"什么? 就是这个题吗?"伏洛嘉说,开始给我讲解牛顿二项式,但讲得很快很不清楚。他从我的眼神里看出我对他的知识不信任,便瞧了瞧聂赫留朵夫,在他的眼神里一定也看到了同样的表情,他脸红了,但还是继续讲些我听不懂的话。

"不,等一下,伏洛嘉,如果来得及,让我来同他研究一下。"聂赫留朵夫说,向教授坐的地方望了一眼,在我旁边坐下。我立刻发现,我的朋友扬扬自得,态度和蔼。当他心满意足的时候总是这样的,我也特别喜欢他。他精通数学,讲解清楚,同我一起探讨问题,我至今还记得。当他刚讲完,圣热罗姆就用响亮的耳语说:"轮到您了,尼古拉!"我没有来得及研究另一道我不熟悉的题目,就跟着伊科宁从凳子中间走出去。我走到坐着两位教授的桌前，看见黑板前面站着一个中学生。那个中学生熟练地默写着一个公式，把粉笔也折断了，虽然教授已对他说"够了"，并且叫我们抽签。他还是一个劲儿地写着。"万一抽到组合定理怎么办？"我暗自想，手指哆嗦地从纸堆中抽出一个签来。伊科宁像上次考试时一样，若无其事地侧着身子，摇摇晃晃，不加选择就抽出最上面那个签，看了看，怒气冲冲地皱紧眉头。

"怎么老是这样倒霉！"他嘀咕说。

我瞧了瞧自己的签。

该死！正是组合定理！

"您抽了个什么？"伊科宁问。

我给他看了看。

"这个题目我会做。"他说。

"您要换吗？"

"不，都一样，我烦死了。"伊科宁还没有说完，教授就把我们两人叫到黑板前。

"唉，这下子全完了！"我想。"我不但得不到我所想望的出色成绩，而且将永远蒙受耻辱，比伊科宁更糟。"但伊科宁突然当着教授的面向我转过身来，抢去我手中的考签，把他的考签给了我。我看了看考签，原来是牛顿二项式。

那位教授年纪不老，模样聪明而愉快，凸出的脑门更增添了他的特征。

"怎么，先生们，你们在交换考签吗？"他说。

"没有，他只是把他的签给我看了看，教授先生。"伊科宁从容不迫地回答,说到教授先生几个字时又停住了。接着他又回过来从我身边走过去,望了望教授,望了望我,微微一笑,耸耸肩膀,那神气仿佛在说:"没关系,老弟!"(后来我才知道,伊科宁已是第三年参加入学考试了。)

我把刚准备过的那道题回答得非常出色,教授甚至说,我回答得比要求的还好,就给了我五分。

第十二章　拉丁语考试

在考拉丁语前,我一直一帆风顺。那个缠着绷带的中学生考了第一,谢苗诺夫考了第二,我考了第三。我甚至骄傲起来,当真以为我年纪虽小,很有一手。

从第一场考试起,大家都战战兢兢地谈到拉丁语教授,说他是一头野兽,以作践青年特别是自费生为乐,说他只讲拉丁语或希腊语。圣热罗姆是我的拉丁语教师,他鼓励我,我自己也认为翻译西塞罗[①]的演说和贺拉斯[②]的颂歌可以不用词典,而且熟悉祖姆普特[③]的语法,我准备的功课不比别人差,可是结果并不妙。一早晨只听见我前面几个人落第的消息,有人得了零分,有人得了一分,有人挨了骂,差点儿被赶出考场,等等。只有谢苗诺夫和考第一的中学生依旧镇

---

① 西塞罗(前106—前43)——古罗马政治家、演说家和哲学家,他的演说是拉丁文的典范。
② 贺拉斯(前65—前8)——古罗马著名诗人。
③ 祖姆普特——德国语言学家,编有《简明拉丁语语法》。

定地上去又回来，两人都得了五分。当我和伊科宁一起被叫到那个可怕的教授坐着的小桌前时，我就预感到情况不妙。那个教授身材瘦小，脸色发黄，留着油光光的长发，一脸沉思默想的神情。

他给了伊科宁一本西塞罗的演讲集，叫他翻译出来。

使我大为惊讶的是，伊科宁不但读出来，而且靠教授的提示还翻译了几行。当分析句法时，伊科宁又走投无路，一声不吭，面对这样一个软弱的竞争对手，我感到自己要强得多，忍不住微微一笑，甚至露出几分蔑视的神情。我希望我那聪明而嘲讽的微笑会博得教授的好感，结果却适得其反。

"您一定学得很好，所以笑了，"教授用很糟的俄语对我说，"让我们瞧瞧。喂，您讲吧。"

后来我才知道，拉丁语教授庇护伊科宁，伊科宁就住在他家里。他问伊科宁的那个句法问题，我很快就做了回答，但教授神态不快地扭过脸去。

"好的，会轮到您的，让我们瞧瞧您知道多少。"他眼睛不看我，说，接着向伊科宁解释问他的那个问题。

"走吧！"他又说。我看见他在分数簿上给伊科宁打了四分。"噢，他一点儿不像人家说的那样严厉。"我想。伊科宁走后，他整理书本和考签，擤鼻涕，挪椅子，懒洋洋地靠在椅背上望着大厅，从这边望到那边，各处都望到了，就是不望我。这样过了五分钟，但我觉得足有五个钟头。然而，他这么装模作样觉得还不够，又打开一本书，装出阅读的样子，好像根本没有我这个人在场。我往前走了一步，咳嗽了一声。

"噢，对了！还有您，是吗？好，您就翻译点儿什么吧！"他说着给我一本书。"不，还是这一本。"他翻开贺拉斯的作品，给我翻到一个地方，我觉得这一段极难，谁也没有本事翻译出来。

"这一段我没有准备过。"我说。

"那您只想回答您背熟的东西啰？好！那么，您就翻译这一段吧。"

我竭力琢磨这段文字的意思，但教授一看到我疑问的目光就摇头，叹气，直说："不！"最后，他神经质地急急合拢书本，把一个手指都夹在书里。他怒气冲冲地抽出手指，递给我一张语法考签，往安乐椅上一靠，凶神恶煞似的一言不发。我本想回答，但他脸上的那副凶相使我说不出话来，我觉得不论怎样回答都不会对头。

"不对，不对，完全不对。"他突然声音难听地说，迅速地变换着姿势，把臂肘搁在桌上，玩弄着松松地戴在瘦削的左手指上的金戒指。"先生们，准备得这样就想进大学可不行；你们都只想穿上蓝领制服，你们以为只懂得点儿皮毛就可以做大学生吗？不行，先生们，得扎扎实实学功课……"以及诸如此类的话。

在他说这一大套糟糕透顶的俄语时，我一直呆呆地凝视着他那双低垂的眼睛。最初，我因为不能名列第三而感到失望，后来又担心根本考不取，最后又感到处理不公平，自尊心受到伤害，无缘无故受到屈辱，心里十分难受。此外，我瞧不起那位教授，因为照我看来，他不是个体面人（我是从他那又短又硬又圆的指甲上看出来的）。这种蔑视仿佛火上浇油，使上述感情燃烧得更加厉害。他瞧了我一眼，发现我嘴唇发抖，眼睛里含着泪水，他一定把我的激动看作是要求加分数，因此仿佛可怜我似的，当着另一位刚进来的教授的面说:"好吧,我给您及格(就是说给我两分),虽然您没有资格拿到这样的分数,但这是看您年纪小,希望您进大学后不要那么轻浮。"

他当着另外两位教授的面说的最后一句话使我十分狼狈,而那位教授望着我,仿佛也在说:"嗨,年轻人,您懂了吧!"刹那间,我的眼睛模糊了,那位可怕的教授和他的桌子仿佛退到了远处,我的头脑里异常清晰地浮起一个可怕的念头:"要是我……那会怎么样?"但不知怎的我没有那么做,却情不自禁地向两位教授格外恭敬地行了礼,像伊科宁那样微微一笑,就从桌边走开了。

这种不公正的事当时在我身上起了非常强烈的作用,我要是可以随心所欲的话,一定不再参加考试。我丧失了一切功名心(连得第三名都不敢指望了),其余几门考试我毫无兴趣。我心里断定并且明确地认为,争取考第一名是极其愚蠢的,甚至是恶劣作风,我只要像伏洛嘉那样不太坏也不太好就行了。我打算进大学后仍保持这个方针,尽管在这个问题上,我同我的朋友第一次发生了分歧。

我现在脑子里想的只是制服、三角帽、自备马车和独用房间,尤其是自身的自由。

第十三章 我是大人了

再说,这些想法本身就具有魅力。

五月八日,考完神学这最后一门课后,我回到家里,发现我认识的罗扎诺夫裁缝店的学徒来了。他以前送来过用线钉着、翻领上用白粉画了记号的光泽的黑呢制服和礼服来试样,现在又送来完全做好、金纽扣发亮、用纸包着的新衣。

我穿上这套衣服,觉得很漂亮,尽管圣热罗姆硬说衣服背部有点儿皱。我情不自禁地露出笑容,得意扬扬地下楼去找伏洛嘉。我发现家里人都从前厅和走廊里打量我,就装作没注意他们。管家加夫里洛在大厅里追上我,祝贺我进了大学,并遵照爸爸的吩咐交给我四张白票,同时告诉我,从今天起车夫库兹玛、一辆四轮轻便马车和枣红马"美男子"完全归我使用。我喜出望外,怎么也不能在加夫里洛面前装得若无其事。我手足无措,喘不过气,就把首先涌到头脑的话说出来:"'美男子'真是一匹好马。"我瞟了一下从前厅门里和走廊里探出来的一个个脑袋,再也无法自制,就穿着那件金纽扣发亮的新礼服飞快地穿过大厅。我刚走进伏洛嘉的房间,就听见后面有杜勃科夫和聂赫留朵夫的声音。他们是来向我祝贺的,并建议一起到哪里去吃顿饭,喝杯香槟,以庆祝我进大学。聂赫留朵夫对我说,他虽然不喜欢香槟,但为了庆祝我们成为好朋友,也要去干一杯。杜勃科夫说我不知怎的很像个上校。伏洛嘉没有向我祝贺,只冷冷地说,后天我们可以到乡下去。他对我进大学仿佛也表示高兴,但看到我也像他一样长大成人,似乎又有点儿不愉快。圣热罗姆也来了,大言不惭地说,他已尽了责任,虽然不知道尽得好不好,但他已竭尽全力,明天他就要搬到那位伯爵家去了。不论人家问我什么,我总感到脸上情不自禁地露出一种甜蜜、幸福、扬扬自得的傻笑,而且这种情绪也感染了所有同我交谈的人。

现在我没有家庭教师,却有了自备马车,我的名字印在大学生名册中,我腰里佩着一把剑,警察有时也会向我敬礼……我是大人了,我似乎很幸福。

我们决定四点钟以后在雅尔饭店吃饭,但伏洛嘉去了杜勃科夫家,聂赫留朵夫说他饭前有事,也照他的习惯溜了,因此我有两小时可以自由支配。有好大一阵子我在所有的房间里走来走去,照了照所有的镜子,一会儿把礼服纽扣扣上,一会儿又完全解开,一会儿只扣住上面一个,不论怎样我都觉得自己很漂亮。后来,尽管我觉得过分得意忘形有点儿不好意思,我还是忍不住到马厩和车棚去看看"美男子"、库兹玛和马车,然后又回来,在房子里到处乱转,照镜子,数口袋里的钱,一直得意扬扬地笑着。但不到一小时,也许感到无聊,也许是因为惋惜没有人看到我这样风头十足,我想出去活动活动,因此就吩咐备车,决定还是到库兹涅茨桥去买点儿东西。

我记得伏洛嘉进大学时,买过石印的维克多·亚当[①]画的马,买过烟草和烟斗。我觉得我也必须这样做。

人们从四面八方向我投来关注的目光,我的纽扣、帽徽和佩剑在阳光下闪闪发亮。我来到库兹涅茨桥,在达恰罗画店门口停下。我向周围环顾了一下,走进店堂。我不愿买亚当画的马,免得被人说我盲目模仿伏洛嘉,但麻烦了那位殷勤的店员我觉得过意不去,就胡乱买了一张女人头像的水粉画,付了二十卢布。不过,在店里付了二十卢布后,为了这样一件小事麻烦两位衣冠楚楚的店员有些不好意思,而且我又觉得他们根本不把我放在眼里。我想让他们知道我是个什么人,就留意察看玻璃柜里摆着的一个银器,知道这是

---

① 维克多·亚当(1801—1866)——法国通俗画家。

个铅笔套、价值十八卢布,我就叫店员用纸把它包起来,又付了钱。我又打听到隔壁烟草店里可以买到好烟斗和好烟草,就客客气气向那两个店员行礼告别,夹着那幅画走到街上。隔壁商店的招牌上画着一个吸雪茄的黑人,我在那里也不愿模仿别人,不买茹科夫厂出的烟草,而买了苏丹烟草、一只伊斯坦布尔烟斗、一只菩提木烟斗和一只蔷薇木烟斗。走出商店上马车时,我看见谢苗诺夫身穿便服,低着头在人行道上快步走着。他没有认出我,我很生气。我相当大声地喊:"来车!"然后坐上马车,追上谢苗诺夫。

"您好哇!"我招呼他说。

"您好!"他回答,继续赶路。

"您怎么不穿制服?"我问。

谢苗诺夫停下来,眯缝起眼睛,露出雪白的牙齿,仿佛阳光刺痛了他的眼睛,其实他是表示对我的马车和制服毫无兴趣。他默默地对我望了望,继续走他的路。

我从库兹涅茨桥乘车来到特维尔大街一家糖果店,装作我感兴趣的只是店里的报纸,但还是忍不住接连吃了几个甜馅饼。店里有位先生从报纸后面好奇地打量我,弄得我有点儿窘,但我还是狼吞虎咽地把店里八种馅饼每种尝了一个。

回家后我觉得有点儿胃痛,但我不加理会,忙着查看我买来的东西。我很不喜欢那幅画,不仅没有像伏洛嘉那样给它装上镜框,挂在房间里,而且仔细把它藏到抽屉柜后谁也看不见的地方。回到家里,我也不喜欢那个铅笔套。我把它放在桌上,但我想这东西是银的,很值钱,对大学生很有用,以此自慰。烟具我决定立刻拿出来试一试。

我拆开那一小包烟,小心翼翼地把切得很细的黄澄澄苏丹烟丝装满伊斯坦布尔烟斗,放上火绒,用中指和无名指夹住烟嘴(我特别喜欢这种姿势),抽起烟来。

烟味很好闻,但吸到嘴里发苦,喉咙发痒。我硬着头皮抽了好半天,试着吐烟圈,再吸进去。不久房间里就弥漫着淡蓝色的烟雾,烟斗吱吱作响,燃烧的烟叶冒出火星,但我觉得嘴里很苦,头有点儿发晕。我不想再抽,但想叼着烟斗去照照镜子,没想到两腿发软,这使我大吃一惊。房间在旋转,我好不容易走到镜子前,往里一照,发现我的脸色白得像纸。我刚倒在沙发上,就想呕吐,周身没有力气。我想到烟斗会要了我的命,我觉得我快要死了。这下子可把我吓坏了,我想叫仆人来,赶快去请医生。

不过这种恐惧并没有持续多久。我很快明白是怎么回事。我头疼欲裂,浑身乏力,在沙发上躺了好一阵,呆呆地望着纸包上博斯通若格洛[①]的商标,望着落在地板上的烟斗、烟蒂和馅饼屑,绝望地想:"既然我不能像别人那样吸烟,说明我还没有完全成人,显然命里注定我不能像别人那样把烟嘴夹在中指和无名指中间吸进烟去,再从浅黄的胡子中吐出烟来。"

聂赫留朵夫四点多钟来找我,正赶上我处在这种苦恼的状态。不过,我喝了一杯水,觉得身体差不多复元了,就准备同他一起出去。

"您怎么想起要抽烟啦?"他望着我吸过烟的痕迹说,"这太愚蠢了,白白浪费钱。我立誓不吸烟……现在我们快走吧,还要去接杜勃科夫呢。"

[①] 博斯通若格洛——莫斯科生产的苏丹烟草工厂的厂主。

第十四章　伏洛嘉和杜勃科夫的行动

聂赫留朵夫一走进我的房间,我就从他的面部表情、走路姿势,以及他心情不佳时眨着眼睛、怪模怪样地歪着脑袋仿佛在整理领带的那种特殊样子上看出,他态度生硬冷淡,显然心里不高兴。他这种态度总是使我对他的感情也变得冷淡。近来,我开始观察和分析我这位朋友的性格,但我们的友谊并未因此有丝毫改变,它还是那么新鲜和强烈,我不论从哪方面观察聂赫留朵夫,都不能不认为他是个完人。他具有两种不同的性格,这两种性格我觉得都很好。一种性格是我所热爱的,那就是善良、亲切、温和、快乐,而他自己也意识到这些可爱的品质。当他处于这种心情时,他的整个模样、声音和一举一动仿佛都在说:"我既温和又善良,并以此为乐,这一层你们都能看出来。"另一种性格是我最近才发现的,我对它的崇高佩服得五体投地。那就是冷若冰霜,对人对己要求严格,高傲自大,迷信宗教达到狂热的程度,道德上迂腐之至。此刻他表现出来的是第二种性格。

我们坐上马车,我十分坦率地(这是形成我们关系的必要条件)对他说,在我这个幸福的日子,看见他这样闷闷不乐,我感到难过和痛心。

"准是有什么事使您不高兴。您为什么不告诉我?"我问他。

"尼科连卡!"他从容不迫地回答,神经质地把头歪向一边,眨眨眼睛。"既然我保证对您不隐瞒任何事情,您就没有理由怀疑我。一个人的情绪不可能永远一样,要是我有什么事不高兴,那就连我自己也说不清。"

"他的性格真是坦率诚恳！"我暗自想，就不再同他谈下去。

我们默默地乘车来到杜勃科夫家。杜勃科夫的寓所富丽堂皇，也许这只是我的感觉。到处都是地毯、图画、窗帘、花花绿绿的墙纸、画像、曲腿的安乐椅和高背安乐椅，墙上挂着步枪、手枪、烟袋和纸板做的兽头。看到这个书房，我才明白伏洛嘉布置房间是模仿什么人。我们进去时，杜勃科夫和伏洛嘉正在打牌。桌旁坐着一个我不认识的男人（从谦卑的态度看来，他大概不是个重要人物），聚精会神地看他们打牌。杜勃科夫身穿绸睡袍，脚套软鞋。伏洛嘉脱掉礼服，坐在他对面的沙发上。他涨红了脸，偶尔把目光从纸牌上移开，不高兴地扫我们一眼，显然他正全神贯注地打着牌。他一看见我，脸更红了。

"喂，你发牌！"他对杜勃科夫说。我明白，他有点儿不高兴，因为让我知道了他在打牌。但从他的表情上看不出丝毫窘态，他仿佛在对我说："是的，我在打牌，你对这事大惊小怪，是因为你还年轻。这玩意不仅不是坏事，而且在我们这个年纪是天经地义的。"

我立刻感觉到并且理解他的心情。

不过，杜勃科夫并没有动手发牌，却站起来同我们握手，请我们坐下，又递烟斗给我们，但被我们谢绝了。

"哦，原来是他，是我们的外交家，应该向他庆贺，"杜勃科夫说，"是的，真像个上校。"

"嗯！"我讷讷地说，觉得脸上又泛出得意扬扬的微笑。

我尊敬杜勃科夫，也就是作为一个十六岁的男孩所尊敬的一个二十七岁的副官。大人们都说，他是个品行端正的青年，舞跳得极好，法语也说得漂亮。他在心里不把我这个半大孩子放在眼里，但又竭

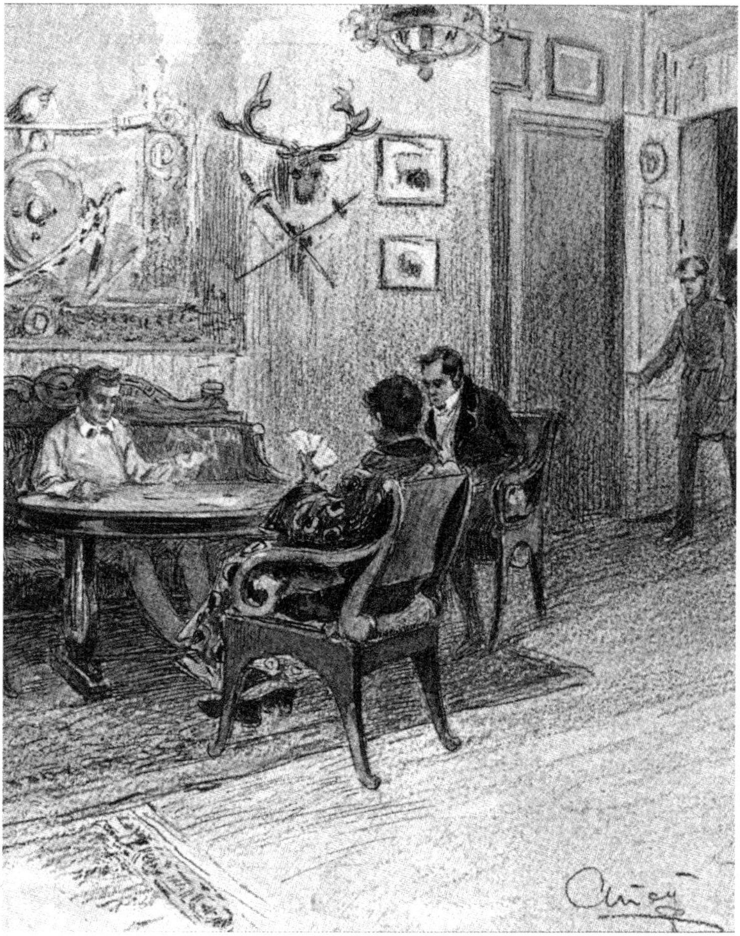

力掩饰这一点。

尽管我很尊敬他，但在我们交往的全部时间里，不知怎的，我不敢正眼看他，觉得挺别扭，挺难受。后来我发现，有三种人我不好意思正眼相看，那就是：大大不如我的人，比我强得多的人，以及那些我不敢跟他们开诚布公的人。杜勃科夫也许比我强，也许不如我，但有一件事可以肯定，就是他经常撒谎，但又不肯承认。我发现他这个缺点，但我自然也不敢向他指出。

"我们再打一局！"伏洛嘉说，像爸爸那样耸耸肩膀，洗着牌。

"他老打不够！"杜勃科夫说，"我们以后再打个够吧。不过，打一局也好，来吧。"

他们打牌的时候，我观察他们的手。伏洛嘉的手又大又好看，他拿牌时伸开大拇指、弯曲其他手指的样子极像爸爸，我一时甚至认为伏洛嘉是要装得像大人而故意做出这种样子的。不过，我朝他脸上看了一眼，立刻看出他在专心打牌，什么也没想。杜勃科夫的手正好相反，又小又胖，朝里弯着，非常灵巧，手指也很柔软。那种常戴戒指、爱好做手工而又喜欢漂亮东西的人常有一双这样的手。

伏洛嘉一定输了钱，因为那个观战的人说他牌运太坏，而杜勃科夫掏出笔记本，在上面记了点儿什么给伏洛嘉看，并且问："对吗？"

"对！"伏洛嘉装出若无其事的样子瞧了瞧笔记本说，"现在我们走吧。"

伏洛嘉带了杜勃科夫，聂赫留朵夫带了我，坐上各自的马车。

"他们打的是什么牌？"我问聂赫留朵夫。

"打辟开[①]，一种无聊的打法。其实赌钱都很无聊。"

[①] 辟开 —— 一种牌戏，参加者二至四人，用牌三十二张。

"输赢大吗？"

"不大，但总是不好的。"

"那您不打牌吗？"

"不，我发誓不赌钱了。但杜勃科夫不赢人家的钱是不肯罢休的。"

"这是他不好，"我说，"伏洛嘉打牌不如他吧？"

"当然不如他，但也没有什么特别不好。杜勃科夫爱赌钱，也会赌钱，但他是个好人。"

"我根本没认为……"我说。

"是的，绝对不能把他往坏里想，因为他确实是个很好的人。我很喜欢他，而且会永远喜欢他，尽管他有缺点。"

不知怎的我认为，聂赫留朵夫之所以过分热心替杜勃科夫辩护，就因为他已不再喜欢他，也不再尊敬他。聂赫留朵夫之所以这样做，只是因为他这人太固执，又唯恐人家责备他反复无常。有些人对友谊终生不渝，并非因为觉得这些朋友始终亲切可爱，而是因为他们一旦爱上一个人，哪怕爱错了，也认为甩开他是不光彩的。聂赫留朵夫就是这样的一种人。

第十五章　大家向我祝贺

杜勃科夫和伏洛嘉叫得出雅尔饭店所有人的名字，从看门人到老板，人人都特别尊敬他们。饭店立刻给了我们一个单间，摆上一桌精美绝伦的酒席，这是杜勃科夫根据法文菜单点的菜。一瓶冰镇香槟（我竭力装作对它毫不在意）已打开了。这顿饭始终吃得很愉快很欢畅，尽管杜勃科夫照例讲了一些古怪离奇的事，仿佛真有其事似的，例如说他祖母用火枪打死三名抢劫她的强盗（这使我羞得满面通红，垂下眼睛，转身不去看他）。尽管我一开口讲话，伏洛嘉就提心吊胆，其实这是根本不必要的，因为我记得，我从未说过什么不得体的话。香槟上来后，大家都向我祝贺，我跟杜勃科夫和聂赫留朵夫交臂干杯，相互亲吻，从此你我相称。我不知道这瓶香槟是谁请客（后来他们告诉我是公摊的），我很想出钱招待朋友，就不停地摸口袋里的钱。我悄悄掏出一张十卢布钞票，招来侍者，把钱交给他，低声吩咐他（大家都默默地望着我，因此都听见），再拿半瓶香槟来。伏洛嘉满面通红，直耸肩膀，惊讶地望着我和所有的人。我明白我做得不合适，但等半瓶酒拿来后，大家喝得更有劲了。这以后大家一直很愉快。杜勃科夫不断地吹牛，伏洛嘉也说了些令人捧腹的笑话，我怎么也没料到他能说得那么有趣。大家笑个不停。伏洛嘉和杜勃科夫的滑稽之处是，模仿和夸大一个人所共知的笑语，例如一个人问："您出过国吗？"另一个人回答说："没有，我没有出过国，但我的兄弟会拉小提琴。"他们把这种无聊的对话任意胡扯，最后甚至说："我的兄弟从来不拉小提琴。"他们就这样一问一答，有时甚至不等人家问，就把两种风马牛不相及的事硬扯在一起，而且说的时候一本正经，结果就格外可笑。我开始懂得奥妙所在，也想说些可笑的话，但当我说的时候，大家都担心地望着我，或者竭力不看我。这样，我的笑话就没有说成。杜勃科夫说："你倒是很会吹牛啊，外交家老弟！"但当时我喝了香槟，又同成年人在一起，心里很高兴，他这句话只是轻微地刺激了我一下。只有聂赫留朵夫，虽然喝得跟我们一样多,但一直很严肃庄重,使大家的取乐没那么放肆。

"喂,诸位,请听我说,"杜勃科夫说,"等吃完饭,让我们来对付外交家。我们到阿姨家去好不好? 到那里叫他乖乖地听我们的话。"

"聂赫留朵夫是不会去的。"伏洛嘉说。

"讨厌的道学先生! 你是个讨厌的道学先生!"杜勃科夫对聂赫留朵夫说,"跟我们一起去,你会知道阿姨可是挺有味道的。"

"不但我不去,我也不让他跟你们一起去。"聂赫留朵夫红着脸回答。

"不让谁去? 外交家,你想去吗? 你瞧,一谈到阿姨,他就眉飞色舞了。"

"不是我不让他去,"聂赫留朵夫继续说,站起来,在房间里来回踱步,眼睛不看我。"我不劝他去,也不希望他去。他现在已不是小孩子了,他要是想去,没有你们陪,他自己也会去的。可是你杜勃科夫应该害臊,你做坏事,还要把别人带坏。"

"我请大家到阿姨家去喝杯茶,这有什么不好?"杜勃科夫对伏洛嘉挤挤眼,说,"你要是不高兴同我们去,那就请便,我跟伏洛嘉一起去。伏洛嘉,你去吗?"

"好,好!"伏洛嘉同意说,"我们去一下,然后跟我回家,我们继续打'辟开'。"

"你想不想跟他们一起去?"聂赫留朵夫走到我跟前,问。

"不!"我回答,在沙发上挪动身子,给他让出地位,他在我旁边坐下,"我真的不想去,要是他不劝我去,我决不会去。"

"不,"我后来补充说,"说我不想跟他们一起去,那不是实话,但我没去,我很高兴。"

青 年 | 251

"太好了，"他说，"自己想干什么就干什么，不要让别人牵着鼻子走，这是最重要的。"

这场小小的争论不仅没有破坏我们的情绪，反而增加了我们的兴致。聂赫留朵夫突然变得十分温顺，那是我所喜欢的。这是做了好事在他身上起的作用。这一点我以后又多次在他身上发现。他保护了我，因此很高兴。他兴高采烈，又要了一瓶香槟（这事违背他的准则），把一位陌生先生请到我们房间里，请他喝酒，唱《让我们及时行乐》①，要我们大家跟着他唱。后来他又提出到索柯尔尼基去兜风，杜勃科夫就说这未免太浪漫了。

"让我们及时行乐吧！"聂赫留朵夫微笑着说，"为了庆祝他进大学，我平生第一次要喝个醉，就这么办。"这种欢乐情绪是很符合聂赫留朵夫的性格的。他好像一位家庭教师或者一位慈父，为自己的孩子感到满意，他想开怀畅饮，并使大家高兴，同时表示我们可以正正当当地欢乐一番。不过，他这种突如其来的欢乐还是感染了我和其他人，何况我们每个人差不多都已喝了半瓶香槟。

我怀着这种愉快的心情到大房间里去，点上杜勃科夫给我的一支烟。

我从座位上站起来，觉得头有点儿晕，我只有勉强振作精神，才能使手脚保持正常状态。不然，我的腿就会东倒西歪，手就会乱动乱舞。我聚精会神，强迫我的手举起来扣上礼服纽扣，抚平头发（这时我的臂肘不知怎的抬得老高），勉强走到门口，但脚不是踩得太重就是踩得太轻，尤其是左脚，几乎总是踮着脚尖走路。有人向

---

① 《让我们及时行乐》——一首古老的歌曲。原文是拉丁文。

我喊道:"你到哪儿去?他们会拿蜡烛来的!"我猜想这是伏洛嘉的声音,一想到我猜对了,就很高兴,但我只对他微微一笑,继续往前走去。

第十六章　吵　嘴

在大房间里,有个留红色小胡子、穿便服、身材矮壮的人坐在小桌旁吃东西,他旁边坐着一个不留胡子、黑头发的高个子男人。他们的目光使人发窘,但我还是决定到他们面前的蜡烛上去点香烟。我走到桌子跟前点烟,眼睛往旁边看着,避开他们的视线。香烟点着后,我忍不住看了一眼那个吃饭的先生。他那双灰眼睛不怀好意地盯着我。我刚要转身,他的红胡子抖动起来,他用法语说:"我吃饭的时候,不喜欢人家抽烟,阁下。"

我含含糊糊地嘟囔了一句。

"对,我不喜欢,"留小胡子的男人严厉地继续说,瞥了不留胡子的人一眼,仿佛要他看看他怎样对付我。"阁下,我也不喜欢那些在我鼻子底下抽烟的人,不喜欢。"我恍然大悟,他这是在骂我,而我开头还觉得很对不起他呢。

"我没想到这会使您不快。"我说。

"哼,您没想到您是个大老粗,我可想到了。"那个人吆喝道。

"您有什么权利嚷嚷?"我说,觉得他是在侮辱我,不禁生起气来。

"我有权利不让人家瞧不起我,我要教训教训像您这样的小子。

您姓什么，阁下？您住在哪里？"

我火冒十丈，嘴唇发抖，喘不过气来。但我还是觉得自己有错，因为香槟喝得太多。我并没有对这人说过什么粗话，相反，我的嘴却顺从地说出我的姓名和地址。

"我姓柯尔皮科夫，阁下，您以后客气些。我们后会有期，您还会听到我的消息的。"他结束说，全部谈话用的都是法语。

我只说了一句"十分荣幸"，竭力使我的语气坚决些，接着转过身去，拿着那支熄灭的香烟回到我们的房间里。

刚才发生的事，我没有告诉哥哥，也没有告诉朋友，再说他们正在热烈地争论什么。我独自坐在角落里，思考着这件怪事。"您是个大老粗，阁下！"这句话一直在我耳朵里鸣响，使我越来越生气。我的酒意完全消失了。当我考虑我在这件事上的行为时，头脑里突然产生一个可怕的念头，我觉得我像个懦夫。我想："他有什么权利攻击我？他为什么不干脆对我说，我使他不快？可见是他错了吧？他叫我大老粗的时候，我为什么不对他说：阁下，大老粗就是放任自己行为粗野的人？或者，我为什么不干脆对他吆喝：住口！这样就好了。我为什么不要求他决斗？没有！我没有这样做，却像一个卑贱的懦夫那样忍气吞声。""您是个大老粗，阁下！"这句话不住地刺激着我的耳朵。"不，不能这样罢休！"我暗自想，站起来，决心再去找那位先生，狠狠地训斥他一番，必要时，甚至可以拿烛台砸他的脑袋。我好不得意地幻想着最后一种手段，但回到大房间里却相当恐惧。幸亏柯尔皮科夫先生已不在了，大房间里只有一个侍者在收拾桌子。我想把刚才的事告诉侍者，向他说明我毫无过错，但不知怎的改了主意，又闷闷不乐地回到我们的房间里。

"我们的外交家出什么事了?"杜勃科夫说,"他现在准是在决定欧洲的命运。"

"你就让我安静一会儿吧!"我烦恼地说,转过身去,接着我在房间里走来走去,不知怎的觉得杜勃科夫根本不是一个好人。"为什么他老开玩笑,叫我'外交家'?这里一点儿也不含什么好意。他一心只想赢伏洛嘉的钱,到什么阿姨家去玩……他身上没有一点儿招人喜欢的地方。他一开口就撒谎,或者说下流话,他还老取笑人。我觉得他这人很笨,而且是个坏人。"我这样胡思乱想了五分钟光景,不知怎的对杜勃科夫越来越充满敌意。杜勃科夫却不理我,这使我更加恼怒。我甚至生伏洛嘉和聂赫留朵夫的气,因为他们竟跟他谈话。

"听我说,先生们,得给外交家浇点冷水,"杜勃科夫突然说,含笑瞧了我一眼,我觉得他的笑带有嘲弄的味道,甚至是幸灾乐祸的。"他有点儿发烧!真的,他有点儿发烧!"

"也得给您浇点儿冷水,您自己在发烧。"我回答,恶意地微笑着,甚至忘记我曾跟他你我相称。

这个回答一定使杜勃科夫惊讶,但他却满不在乎地转过身去,继续跟伏洛嘉和聂赫留朵夫说话。

我想参加他们的谈话,但又觉得我绝对不会做作,就又回到自己的角落,直到离开饭店。

我们付了账,各人穿大衣,这时杜勃科夫对聂赫留朵夫说:"俄瑞斯忒斯和皮拉得斯[①]到哪里去啊?准是回家去谈情说爱吧。我们

---

① 俄瑞斯忒斯和皮拉得斯——希腊神话中的人物,两人友谊深厚。

不干这个，我们要去看看亲爱的阿姨，这可比你们酸溜溜的友谊强。"

"您怎么敢这样议论和嘲笑我们？"我突然说，走到他跟前，挥动双臂。"您不懂这种感情，怎么敢嘲笑人家？我不许您这样做！闭嘴！"我嚷道，接下来又不响了。不知道再说些什么好，我激动得喘不过气来。杜勃科夫起初非常惊讶，后来想一笑置之，但最后他竟大惊失色，垂下眼睛，这使我也大为惊讶。

"我根本没有取笑你们，没有捉弄你们的感情。我不过是随便说说……"他支支吾吾地说。

"原来如此！"我嚷道，但就在这时我感到羞愧，并可怜起杜勃科夫来，他那涨红的窘态毕露的脸流露出真正的痛苦。

"你怎么啦？"伏洛嘉和聂赫留朵夫异口同声地说，"又没有人想侮辱你。"

"有的，他想侮辱我。"

"你弟弟是个不顾死活的人。"杜勃科夫说这话时已走到门外，因此他不可能听见我的话。

我本想追上去，再对他说些难听的话，但就在这时，我跟柯尔皮科夫冲突时在场的那个侍者把大衣递给我，我立刻冷静下来，只在聂赫留朵夫面前装出生气的样子，免得他看见我突然息怒而感到奇怪。第二天，我跟杜勃科夫在伏洛嘉屋里相遇，我们没有提起这事，但态度冷淡多了，连彼此看上一眼都感到难以做到。

柯尔皮科夫第二天以及后来都没有给我消息。多少年来，我同他吵嘴这件事一直记忆犹新，而且使我感到非常痛苦。这事发生后的五六年里，我一想到没有报仇雪恨，就浑身战栗，大声叫嚷，但回想到在同杜勃科夫的冲突中我显得多么英勇，就扬扬自得。直到好多年以后，我才完全改变对这件事的看法，并怀着自嘲的心情回忆同柯尔皮科夫的吵嘴，我不该迁怒于人，使忠厚的杜勃科夫蒙受不白之冤。

那天晚上，我把同柯尔皮科夫的冲突告诉了聂赫留朵夫，把他的模样详细描述了一番，聂赫留朵夫大吃一惊。

"对，就是那个家伙！"他说，"你要知道，这个柯尔皮科夫是个有名的坏蛋，骗子手，尤其是个胆小鬼。他被同伴们从团里赶出来，因为他挨了耳光，却不敢决斗。他哪来这份胆量？"他瞧着我，含笑添加说。"不过他除了'大老粗'，没有说过更多的话吧？"

"没有。"我红着脸回答。

"这样不好，但还没有太大关系！"聂赫留朵夫安慰我说。

很久以后，当我平心静气地想到这件事时，我才得出比较合理的结论，就是：柯尔皮科夫觉得可以在我身上出出气，当着那个没留胡子的黑头发男人的面来报复多年前挨的那记耳光，就像他叫我"大老粗"，而我马上在无辜的杜勃科夫身上发泄一样。

第十七章　我准备出门拜客

第二天醒来，我首先想到的就是同柯尔皮科夫的冲突，就又发了一通牢骚，在房间里跑来跑去，但是无计可施。再有，今天是我在莫斯科的最后一天，遵照爸爸的嘱咐，我得去拜访几家人家，名单是他给我开的。他关心我们的社交生活超过关心我们的品德和教育。他字迹潦草地在纸上开明：（一）务必拜访伊凡·伊凡内奇公爵；（二）务必拜访伊文家；（三）拜访米哈伊洛公爵；（四）如果有时间，拜访聂赫留朵娃公爵夫人和华拉希娜夫人。当然还要拜访监护人、校长和教授们。

最后几个人聂赫留朵夫劝我不必去拜访，他说不但没有必要，而且不合时宜，但其余几家当天都应去拜访。我特别害怕写明务必拜访的头两家。伊凡·伊凡内奇公爵当过陆军上将，是个独身的老富翁，而我这个十六岁的大学生却要去同他打交道，我预料这事对我是不会愉快的。伊文家也很有钱，他们的父亲是位显要的文官，外祖母在世时他只到我们家来过一次。外祖母去世后，伊文家小儿子躲着我们，好像摆起架子来了。伊文家老大听说已读完法学系，在彼得堡供职；老二谢辽查就是我一度崇拜过的那一个，也在彼得堡，如今长得又高又胖，在贵胄军官学校念书。

在青年时代，我不仅不喜欢同那些自视比我高的人交往，而且觉得这是一种难以忍受的痛苦，因为经常害怕受侮辱，还要竭力向他们表明我具有独立人格。不过，我要是不执行爸爸最后一项嘱咐，就必须完成前两项任务作为补偿。我在房间里来回踱步，察看放在椅子上的衣服、佩剑和帽子，正要出门，这时格拉普老头儿带着伊连卡来向我祝贺。格拉普老头儿是个俄国化的德国人，善于奉承拍马，说话肉麻得叫人讨厌，而且常常喝得烂醉。他到我们家来总是有什么事相求。爸爸有时请他到书房里坐坐，但从未请他和我们一起吃过饭。他那卑躬屈节、死乞白赖的模样同貌似忠厚、对我家热络的态度联系起来，使人觉得他对我们全家无限眷恋，但我不知怎的不喜欢他，他一说话，我就为他害臊。

我很不喜欢这两个客人，也不掩饰我对他们的厌恶。我一向瞧不起伊连卡，他也认为我有权这样对待他，可如今他成了同我一样的大学生，这使我有点儿不快。我觉得，这种平等关系使他在我面前也有点儿尴尬。我冷冷地同他打了个招呼，没有请他们父子坐，因为我不好意思这样做，认为就是不请他们坐，他们自己也会坐的，接着就吩咐套车。伊连卡是个忠厚而聪明的小伙子，但头脑有点儿糊涂，情绪往往会无缘无故趋向极端：一会儿哭，一会儿笑，一会儿为点儿小事生气，此刻他似乎就在生气。他一言不发，怨气冲天地望着我和他的父亲，只有对他说话时，才勉强露出恭顺的微笑。他已惯于用这种微笑来掩饰自己的感情，特别是替父亲害臊，他在我们面前摆脱不了这种感情。

"正是这样，尼科连卡少爷，"老头儿对我说，当我穿衣服时，他跟着我满屋子转，同时用他的粗手恭恭敬敬地小心玩弄外祖母送给他的银鼻烟壶。"少爷，我从儿子那里一听到您考上大学，成绩优异——当然，您生来聪明，这是大家都知道的——就忙跑来向您祝贺。要知道，我当年背过您，上帝看见，我爱你们就像爱亲人一样，我的伊连卡也一个劲儿要求来看看您。他跟您也相处惯了。"

伊连卡这时默默地坐在窗前，仿佛在观看我的三角帽，生气地低声嘟囔着。

"哦，我想问问您，尼科连卡少爷，"老头儿继续说，"我的伊连卡考得好吗？他说，他要跟您在一起，请您别把他撇下，多多照顾他，给他出出主意。"

"他吗，考得很好。"我回答，瞧了伊连卡一眼。他发觉我的目光，红了脸，不再翕动嘴唇。

"他今天可以在您这儿待一天吗？"老头儿带着胆怯的微笑说，仿佛他很怕我，不论我到哪儿，他都紧紧跟住，使我时刻都能闻到他浑身的烟味和酒气。我很恼怒，因为他迫使我对他的儿子表示虚假的感情，又因为他使我不能专心打扮，当时这对于我是一项极其重要的事。他那股浓烈的酒气更是使我十分难受，我就冷冷地对他说，我不能陪伊连卡，因为要出门一整天。

"爸爸，您不是要到姐姐家去吗？"伊连卡含笑说，眼睛不看我，"我也有事。"我越发恼怒和羞愧了，为了冲淡我的拒绝，我赶紧说，我今天出门是要去拜访伊凡·伊凡内奇公爵，拜访柯尔纳科娃公爵夫人，拜访地位显赫的伊文家，而且多半会在聂赫留朵娃公爵夫人家吃午饭。我想，他们一知道我将去拜访什么样的大人物，他们一定不会纠缠我了。他们准备走的时候，我请伊连卡下次再到我家来，但伊连卡只喃喃地说了句什么，勉强笑了笑。显然，他再也不会踏进我家的大门了。

送走他们后，我就出去拜客。早晨我请伏洛嘉陪我去，免得我一个人不自在，但他推说兄弟俩合坐一辆篷车未免太肉麻了。

第十八章　华拉希娜夫人家

这样，我就独自出门了。按照路线，我先到西夫采夫·弗拉日克区去拜访华拉希娜夫人。我大约有三年没有见到宋尼奇卡了。我对她的爱自然早已成为往事，但心里还保留着童年恋爱的动人回忆。

这三年里，我有时非常强烈、非常清晰地回忆起她当年的情况，暗暗流泪，觉得自己又在恋爱了，但这只是几分钟的事，而且不是很快又会出现。

我听说宋尼奇卡跟母亲在国外待了两年，有一次她们坐驿车翻车，车窗玻璃划破了宋尼奇卡的脸，因此大大损害了她的容貌。到她们家去的一路上，我历历在目地回想宋尼奇卡当初的模样，又想象着她现在的样子。她在国外待了两年，我不知怎的想象她一定长得非常高，身段优美，端庄矜持，富有魅力。我不愿想象她脸上添了伤疤。虽然我曾听说从前有一个热情的男人，尽管他的恋人生天花毁了容貌，他对她始终没有变心。我竭力想象我迷恋宋尼奇卡，为的是表明我对她仍旧忠贞不渝。尽管她脸上有了伤疤，当马车驶近华拉希娜夫人家时，我还没有坠入情网，我不过是重温旧时的爱情，准备投入爱河，心里向往着恋爱。尤其因为眼看朋友一个个都情有所钟，只有我落在他们后面，我感到害臊。

华拉希娜夫人家住在一座洁净的小木屋里，门前有个院子。一拉门铃（当时莫斯科还很少有这种门铃），就有一个服装整洁的小男孩来给我开门。他不会或者不愿告诉我家里有没有人，把我撇在黑暗的前厅，自己向更暗的走廊跑去。

我独自在这黑暗的前厅里待了好久，发现这里除了前门和走廊外，还有一扇关着的门。这座房子的阴森气氛使我吃惊，但我认为出过国的人理应住这样的房子。过了五分钟光景，通大厅的门由那个男孩从里面打开了。他把我领进一间整洁但并不豪华的客厅。宋尼奇卡紧跟着走了进来。

她十七岁了，身材很矮小，很瘦弱，脸色发黄，看上去不健康。

脸上看不出任何伤疤，但她那双好看的鼓眼睛和快乐和善的笑容，还是同我小时候看到和喜爱的一样。我完全没有料到她会是这副模样，因此无法立刻向她倾注我在路上所酝酿的感情。她照英国习惯把手伸给我（当时这种风俗像门铃一样稀罕），大大方方地握住我的手，让我在沙发上挨着她坐下。

"哦，见到您真高兴，亲爱的尼科连卡。"她说，神态真诚欢快，在说"亲爱的尼科连卡"时用的是一种友好而不是居高临下的口气。使我惊讶的是，她出国回来后竟比以前更单纯、更亲切、更可爱了。我发现她的鼻子旁和眉毛上各有一个小疤，但她那双美丽的眼睛和笑容同我记忆中的完全一样，依旧光彩夺目。

"哦，您变得多了！"她说，"完全变成大人了。那么，您觉得我怎么样？"

"哎，我简直认不出您来了！"我回答，尽管心里在想，我永远认得她。我觉得自己又无忧无虑，轻松愉快，像五年前在外祖母家的舞会上跳"老祖父舞"时那样。

"我是不是变得很难看了？"她摇晃着小脑袋问。

"不，完全不是。您长高了，长大了，"我慌忙回答，"正好相反……甚至更……"

"嗯，还不是一样，可您还记得我们的跳舞、游戏、圣热罗姆、陶拉夫人吗？（我不记得什么陶拉夫人，她显然陶醉在童年的回忆中，把事情混淆了。）哦，那可真是美好的时光！"她接着说，她的笑容似乎比我记忆中的更美，她那双眼睛又在我面前闪闪发亮。她说话的时候，我想到了我当时的心境，觉得我又在恋爱了。我刚这样想，我那无忧无虑的快乐心情就顿时消失，仿佛有一片迷雾遮住了眼前的一切，连她的眼睛和笑容都看不见了，我不知怎的感到害臊，满面通红，连说话都感到困难。

"现在时代不同了，"她叹了口气，稍稍扬起眉毛，继续说，"什么都变坏了，我们也变坏了，是不是，尼科连卡？"

我回答不上来，只默默地望着她。

"当年的伊文家的孩子们，柯尔纳科夫家的孩子们都到哪儿去啦？您还记得吗？"她接着说，带着几分好奇的神情望着我那害臊得通红的脸，"那真是一段好时光！"

我还是回答不上来。

华拉希娜老夫人走进来，使我暂时摆脱了困境。我站起来，行了个礼，又恢复了说话的能力。但宋尼奇卡在她母亲进来后发生了奇怪的变化，她那种快乐亲切的神态突然消失，连她的笑容都变了。除了身材之外，她一下子变成我想象中从国外回来的小姐那副模样了。这种变化似乎毫无理由，因为她母亲笑得同以前一样欢畅，一举一动也像原来那样温柔。华拉希娜夫人坐在一张大安乐椅上，叫我坐在她旁边。她用英语对女儿说了一句话，宋尼奇卡马上走出去，这使我感到更加轻松。华拉希娜夫人问起我家里的人，问起我哥哥、我父亲，然后讲到她丧夫的悲痛，最后她觉得同我没有什么话可说了，就默默地望着我，仿佛说："你要是现在站起来行礼告辞，那是再好也没有了，我的宝贝！"但这时我身上发生了一种奇怪的情况。宋尼奇卡拿着针线活回到屋里，坐在客厅的另一角，因此我能感到她的眼睛在瞧着我。在她母亲讲到丧夫的情形时，我又觉得我坠入情网，并且认为已被她母亲察觉，我顿时觉得羞愧难当，手足无措了。我知道要站起来走掉，就得明白腿该怎么迈，头和手该怎么动。

青 年 | 263

总而言之，我自己觉得又落入昨天喝了半瓶香槟时那样的状态。我觉得干什么都无能为力，因此站不起来。结果真的站不起来。华拉希娜夫人看见我的脸红得像块红布，脸部呆板无神，一定感到惊讶。但我打定主意，与其冒着狼狈地站起来走掉的危险，不如就这样呆呆地坐着。我坐了好半天，希望得个意外机会摆脱困境。一个外貌不扬的年轻人提供了这样的机会，他像家里人那样随随便便走进来，彬彬有礼地对我行了个礼。华拉希娜夫人站起来，道歉说她要同她的秘书谈谈，困惑地瞧了我一眼，仿佛说："您要是想在这儿坐上一辈子，我也不会把您赶走的。"我竭力控制自己的感情站起来，但无力鞠躬告辞，就在母女俩同情的目光下走了出去，但在一张并不挡路的椅子上碰了一下，我所以会这样，因为我只顾到不要被脚下的地毯绊住。到了户外，我打了个哆嗦，大声哼哼了一阵（引得库兹玛几次问我要什么），这种心情就消失了。我相当平静地思考我对宋尼奇卡的爱情，思考她和她母亲的奇怪关系。后来我对父亲说，我发现华拉希娜夫人和她女儿的关系不好，他说："是的，她吝啬得要命，拼命折磨女儿，"他带着超过对亲戚的感情添加说，"她原来是个多么善良可爱的女人哪！我真弄不懂她怎么会变成这样。你在她家里有没有看到她的秘书？一个俄国贵夫人要一个秘书，这算什么派头啊？"他说，怒气冲冲地从我身边走开。

"我看见了。"我回答。

"那么，他至少长得很漂亮吧？"

"不，一点儿也不漂亮。"

"真是不懂！"爸爸说，生气地耸耸肩膀，咳嗽了几声。

"这下子我在恋爱了。"我坐在马车上想。

第十九章　柯尔纳科夫一家

按照路线，我拜访的第二家是柯尔纳科夫家。他们住在阿尔巴特街一座大房子的二楼。楼梯非常整洁讲究，但不能算豪华。到处都是擦得锃亮的铜棍压住的地毯，但是没有鲜花，也没有镜子。我通过地板光亮的大厅走进客厅，大厅也显得庄重、阴森而整洁，家具都擦得发亮，虽然不是新的，但都很结实。不过，哪儿也看不到图画、窗帘或装饰品。客厅里有几位公爵小姐，她们都规规矩矩地坐在那里，什么事也不做，显而易见，家里没有客人时，她们不是这样坐着的。

"妈妈马上就来。"年长的一个对我说，坐得更挨近我些。她毫无拘束地同我谈了一刻钟光景，处事十分老练，谈话一秒钟也没有停止过。但显而易见，她是在敷衍我，因此我不喜欢她。她顺便告诉我他哥哥斯吉邦（她们管他叫艾顿）两年前进了军官学校，现已当上军官。当她谈到她哥哥，特别是谈到他违背妈妈的意愿加入骠骑兵时，她现出一副惶恐的神色，那几个年幼些的公爵小姐本来默默地坐着，这时也现出这样的神色；当她谈到我外祖母去世时，她现出悲痛的样子，那几个妹妹也模仿她这样做；当她回忆到我怎样打圣热罗姆和我被带走时，她笑起来，露出难看的牙齿，那几个妹妹也笑起来，露出难看的牙齿。

公爵夫人走进来。还是那个矮小干瘦的女人，两只眼睛骨碌碌乱转，跟你说话，眼睛却看着别人。她拉住我的手，把她的手举到我的嘴唇上让我吻，要不是考虑到非这样做不可，我是决不会这样吻她的手的。

"您来，我真高兴，"她一如往常，滔滔不绝地说起来，同时环顾着她的女儿们，"哦，他真像他妈妈。是不是，丽莎？"

丽莎说是，虽然我明明知道我一点儿也不像我妈。

"您已经长这么大了！我的艾顿，您一定记得，他是您的表兄弟……不，不是表兄弟，丽莎，是什么呀？我母亲瓦尔瓦拉·德米特里耶夫娜是德米特里·尼古拉耶维奇的女儿，而您的外祖母是纳塔丽雅·尼古拉耶夫娜。"

"那么是远房表兄弟，妈妈。"年长的公爵小姐说。

"哼，你总是把什么都搞混！"做母亲的生气地斥责她说，"不是表兄弟，是远房表兄弟①，您和我的艾顿就是这种关系。他当上军官了，您知道吗？他有一点不好，就是太不听话。你们这些年轻人还得好好管起来，就是要这样！我对您说的是实话，您可别生我这老姨妈的气。我对艾顿也管得很严，就是得这样。"

"是啊，我们是亲戚，"她继续说，"伊凡·伊凡内奇公爵是我的亲叔叔，也是您母亲的叔叔。所以，我跟您妈妈是堂姐妹，不，是表姐妹，对，就是这样。那么，宝贝，您拜访过伊凡公爵啦？"

我说还没有，但今天要去。

"唉，这怎么行！"她嚷道，"您应当首先去拜访他。您要知道，伊凡公爵等于是您的父亲。他没有孩子，因此您和我的孩子就是他

---

① 其实公爵夫人和女儿说的是一回事。原文是法语。

的继承人。不论就年龄、就社会地位、就其他各方面来看,您都应该尊重他。我知道,你们这些年轻人如今都不看重亲戚关系,也不尊敬老人,但您要听我这老姨妈的话,因为我爱你们,也爱你们的妈妈,很爱你们的外婆,很尊敬她。是的,您一定要去,一定要去。"

我说我一定会去的。我觉得我已坐了很久,站起来想走,但她把我拦住。

"不,等一下。丽莎,您父亲在哪儿?叫他到这儿来。他会很高兴见到您的。"她继续对我说。

过了两分钟光景,米哈伊洛公爵真的来了。他是个矮小健壮的人,衣着邋遢,没有刮胡子,脸上表情冷漠,简直像个傻子。他看见我一点儿也不高兴,至少没有流露出高兴的样子。但公爵夫人(看上去他很怕她)对他说:"弗拉基米尔(她准是忘记我的名字了)很像他妈妈,是吗?"她对公爵使了个眼色,公爵大概猜到她的意思,就走到我跟前,露出极其冷淡、甚至不高兴的神色,把没有刮过的面颊凑过来让我吻。

"你还没有穿好衣服,可是你该出门了!"接着公爵夫人就恼怒地对他说,她对家奴显然用惯了这种语气,"你又要惹人家生你的气,又要使人家对你过不去。"

"就走,就走,孩子他妈。"米哈伊洛公爵说着走了出去。我也鞠躬告辞。

我第一次听到我们是伊凡·伊凡内奇公爵的继承人,这事使我震惊和不快。

第二十章　伊文一家

想到接下去必须进行的拜访，我心里更加不快。但在去公爵家之前，我得顺路先去伊文家。他们住在特维尔大街一座漂亮的大房子里。当我从正门进去时，心里不免有点儿胆怯，那里站着一个手持锤形杖的看门人。

我问看门人他们在不在家。

"您要见谁？将军的儿子在家。"看门人对我说。

"将军本人呢？"我鼓足勇气问。

"得先通报一下。您有什么吩咐？"看门人说着，拉了拉门铃。楼梯上出现了一双穿半筒靴的仆人的腿。我十分胆怯，自己也不知怎么，竟对仆人说，不必向将军通报，我先去见将军儿子。当我顺着大楼梯走上去时，我觉得自己变得十分渺小（不是这个词的转义，而是本义）。当我的马车驶到大门前时，我就有过同样的感觉：我觉得马车、马和车夫都变得很渺小。我进去的时候，将军的儿子躺在沙发上睡着了，面前摆着一本打开的书。他的家庭教师弗洛斯特先生还在他们家，跟着我步履轻快地走进屋里，唤醒他的学生。伊文看见我并没露出特别高兴的样子，同我谈话时，他一直望着我的眉毛。虽然他很客气，我觉得他也像那位公爵小姐一样在敷衍我，对我并没有特别的好感，也不想同我交往，看来他另有一批朋友。我这样猜想，主要是因为他望着我的眉毛。总而言之，他对待我的态度，不管我多么不愿承认，几乎就像我对待伊连卡一样。我开始恼火了，注意着伊文的每道目光，当他同弗洛斯特目光相遇时，他的眼神仿佛在问："他到我们家来干什么？"

同我交谈了几句后，伊文说他父母在家，问我要不要一起去见见他们。

"我去换换衣服。"他添加说，然后走到另一个房间，尽管他在自己屋里的衣着——一件新礼服和一件白背心——已很讲究了。几分钟后，他穿了一套扣得整整齐齐的制服回来，我们就一起下楼。我们经过几间接待客人的厅堂都特别高大，布置得富丽堂皇，用大理石和金碧辉煌的材料装饰，挂着薄纱的帘子，到处是镜子。伊文的母亲从另一扇门和我们同时走进小客厅。她非常亲切友好地接待我，让我坐在她身边，满怀同情地打听我们一家的情况。

伊文的母亲我以前只匆匆见过一两次，现在仔细打量她，觉得很喜欢她。她高大瘦削，皮肤白净，仿佛一直很忧郁，很疲劳。她的笑容很伤感，但和蔼可亲；她的眼睛很大，充满倦意，还有点儿斜视，使她看上去更加忧郁动人。她坐着并没弯腰曲背，但全身松弛疲软，一举一动没精打采。她说话有气无力，发音时分不清卷舌音和舌尖音，但听上去很悦耳。她并没敷衍我。她听我讲我家里人的情况，显然很伤感，仿佛我的讲述使她想起以前美好的时光感到惆怅。她的儿子走了出去，她默默地望了我两三分钟，突然哭起来。我坐在她面前，不知道该怎么说、怎么办才好。她没望着我，一个劲儿地哭。起初我很替她难过，后来我就考虑："要不要安慰她？应该怎么办？"最后我又感到恼恨，因为她弄得我很尴尬。"难道我的模样真是那么可怜吗？"我心里想，"要不就是她故意这样，好看看

青年　｜　269

我在这种情况下怎么办。"

"现在走可不合适，仿佛我不愿意看见她哭似的。"我继续想。我在椅子上转了转身，至少提醒她我还在这里。

"唉，我真傻！"她瞧了我一眼说，竭力想装出笑容，"有时我就会这样无缘无故哭起来。"

她在沙发上摸索手帕，突然哭得更厉害了。

"哦，我的上帝！我老是哭，多么可笑！我多么爱你的母亲，我们原来多么要好……是的……"

她找到手帕，拿它捂住脸，继续哭。我又感到很不自在。这样持续了好久。我又生气，又很可怜她。她的眼泪是真诚的，但我认为，与其说她是为我母亲而哭，不如说是哭她自己现在的不幸，她以前的光景可要好得多。要不是小伊文进来，说他父亲找她，我真不知道这局面将怎样收场。她刚站起来要走，伊文的父亲就走进来。他是一个矮小结实的老头子，长着两道乌黑浓密的眉毛，花白的头发剪得短短的，嘴角的表情刚毅果断。

我站起来向他行礼，但这位老将军身穿绿色燕尾服，挂着三枚勋章，不但不还礼，而且几乎不看我一眼。这使我突然感到我不是一个人，而是一件不值得注意的东西——一把椅子或一扇窗户，即使是人，也和椅子窗户毫无区别。

"您还没有给伯爵夫人写信呢，亲爱的。"他用法语对妻子说，神情冷淡而坚决。

"再见，伊尔捷尼耶夫先生。"伊文的母亲突然像她儿子那样傲然昂起头望望我的眉毛说。我再次对她和对她丈夫鞠躬，我的鞠躬对老伊文的作用又像开关窗户一样。不过，大学生伊文把我送到门口,一路上对我说,他将转学到彼得堡大学,因为他父亲在那里获得了一个官职(他告诉我是一个很重要的官职)。

"哼,不论爸爸怎么说,"我坐上马车,暗自嘟囔,"我的脚再也不会跨进这里的门槛了。这位哭太太望着我直哭,仿佛我是个什么可怜人,而伊文那头蠢猪连还礼都不懂,我一定要教训教训他……"至于我要怎样教训他,我可完全不知道,不过是说说罢了。

以后,父亲常常教训我要培植这种关系,不能要求伊文那样有地位的人看重我这样的小孩子,但我有我的想法,不愿听他的教诲。

第二十一章　伊凡·伊凡内奇公爵

"好,现在我们要去尼基塔街拜访最后一家了。"我对库兹玛说。我们的马车就向伊凡·伊凡内奇家驶去。

有了前几次拜访的经验,我照例增强了自信心。此刻去公爵家,我心里相当平静,但突然想起柯尔纳科夫公爵夫人说我是伊凡·伊凡内奇公爵的继承人,接着又看见大门口停着两辆马车,我又像原来那样胆怯起来。

我觉得,替我开门的老门房、帮我脱大衣的仆人、客厅里的三位太太和两位先生,尤其是穿着常礼服、坐在沙发上的公爵本人,他们都把我看作继承人,因此对我没有好感。公爵待我很亲切,吻了吻我,就是说,用他那柔软、干瘪、冰冷的嘴唇贴了一下我的脸,问了问我的功课和打算，同我开玩笑，问我还写不写我在外祖母命名日写过的那种诗，又请我今天到他家吃饭。但他对我越是亲切，我就越觉得他之所以疼我，只是为了不让人察觉，他多么不喜欢我做他的继承人。他满口假牙，因此每说一句话总要把上唇往上一翘，发出轻微的鼻音，仿佛要把上唇吸到鼻孔里去。现在他这么一来，我仿佛觉得他在自言自语："孩子，孩子，你不说我也知道，你是继承人，继承人。"等等。

我们小时候，一向管伊凡·伊凡内奇公爵叫爷爷，但现在我是他的继承人，就不好叫他"爷爷"。而像在座的另一位先生那样称他"大人"，我又觉得有失身份，因此在谈话过程中我就竭力避免称呼他。但最使我不快的是一个老公爵小姐，她住在他家，也是公爵的继承人。吃饭时，我坐在这个公爵小姐旁边。我想她不同我说话，是因为我也像她一样是公爵的继承人，因此她恨我。我也认为，公爵不理睬坐在我们这一边的人，是因为我们——我和公爵小姐——都是他的继承人，他觉得我们同样讨厌。

"是啊，你准不会相信我有多么不痛快，"当天晚上我对聂赫留朵夫说，想在他面前吹嘘，我对当继承人这事是多么反感（我认为这是一种高尚的情操）。"今天在公爵家度过了整整两小时，我觉得真不痛快。他是个很出色的人，待我非常亲切。"我说，同时想让我的朋友知道，我说这话并非因为我在公爵面前受了侮辱。"不过，"我继续说，"一想到他们可能把我看作那位寄人篱下、阿谀奉承的公爵小姐那样的人，就觉得非常难受。他是位了不起的老人，待谁都非常厚道、非常周到，但看到他虐待公爵小姐，我心里就很难受。万恶的金钱破坏了一切关系！老实说，我想最好同公爵开诚布公谈一次，"我说，"对他说，我尊敬他，但并不想要他的遗产，请他不要为我留下什么，并且说，只有在这种情况下我才会常去拜访他。"

我说这番话的时候，聂赫留朵夫并没有放声大笑，而是若有所思地沉默了一会儿，然后对我说："你知道吗？这是你不对。你根本不应该以为人家会把你看作公爵小姐那样的人，即使你这样想，你也应该想开些，也就是说，你明知人家对你可能抱什么看法，但这种看法同你毫不相干，你不要把它放在心上，并且不要因此采取什么行动。你以为，他们认为你在这样想……总而言之，"他觉得自己语无伦次，添加说，"最好不要妄加猜测。"

我这位朋友的话完全正确。但直到好久好久以后，通过生活实践我才相信，有许多事情看似高尚，但应该把它们永远埋在心里，不让别人知道，多想这些事情是有害的，而说出来就更加有害。我相信，高尚的语言难得同高尚的行为一致。我还相信，良好的意图很难表白，而要实行多半是不可能的。但是，青年时代高尚而扬扬自得的冲动又怎么能加以遏制呢？直到好久以后，当我想起它们时，才感到惋惜，就像惋惜情不自禁地折下一朵含苞欲放的鲜花，后来看它在地上凋零、任人践踏那样。

我刚对我的朋友聂赫留朵夫讲了金钱对人们关系的危害，第二天早晨，在我们回乡以前，我就发现我在购买图画和伊斯坦布尔烟斗上把钱都花光了，只得接受他主动借给我的二十五卢布作为路费，而且欠了好久才还他。

第二十二章　跟我的朋友谈心

我们这些话是在去昆采沃①的四轮篷车上进行的。聂赫留朵夫劝我不要早晨去拜访他的母亲，他将在午饭后来接我，把我带到他一家居住的别墅消磨一个黄昏，甚至在那里过夜。直到我们出了城，离开了光怪陆离的肮脏街道和震耳欲聋的闹市噪声，看到一望无际的田野，听见马车在尘土飞扬的道路上辘辘行进，处身在春天的芬芳和广阔无垠的空间怀抱时，我才稍稍从这两天来把我搞得晕头转向的种种印象和自由意识中清醒过来。聂赫留朵夫性格温顺，善于同人交往，他不扭脖子理好领带，不神经质地挤眉弄眼，不眯缝眼睛。我很高兴向他表白了高尚的感情，觉得因此他已宽恕了我同柯尔皮科夫的可耻事件，不再瞧不起我了。我们推心置腹地谈了许多话，这样的话人们不是在任何情况下都能相互倾诉的。聂赫留朵夫告诉我他家庭的情况（我还不认识他家里的人），谈到他的母亲、姨妈、妹妹和那个被伏洛嘉和杜勃科夫认为是他的情人、并管她叫红发姑娘的女人。谈到母亲，他的口气比较冷淡和庄重，但带点儿赞美，仿佛唯恐人家会对此表示异议。谈到姨妈，他的态度是既高兴又体谅。关于妹妹，他谈得很少，仿佛不好意思跟我谈起她。关于那个红发姑娘，他跟我谈得兴致勃勃，她真正的名字叫柳波芙·谢尔盖

---

① 昆采沃——距莫斯科十一公里的城市。

耶夫娜,是个老姑娘,因亲戚关系住在他们聂赫留朵夫家。

"是的,她是个极好的姑娘,"他羞得满面通红地说,但越发大胆地盯着我的眼睛。"她已经不是个年轻的姑娘,甚至都快老了,长得一点儿也不美,但爱美是多么愚蠢、多么无聊,我无法理解,这是多么愚蠢啊!(他说这话的口气,仿佛刚发现了一个新的不平凡的真理。)但她具有那样美好的心灵,那样高尚的品德……我敢肯定,在现在的世界上再也找不到这样的姑娘了(我不知道,聂赫留朵夫受谁的影响,喜欢说在现在的世界上好事很少,他喜欢一再这样说,他说这话也挺合适)。我只怕,"他彻底抨击了那些爱美的人的荒谬之后,平静地继续说,"我只怕你不能很快理解她,认识她,因为她为人谦虚,甚至拘谨,不愿让人看到她那惊人的美德。就说我妈妈吧,你就会看到,她是一个聪明出色的女人,她认识柳波芙·谢尔盖耶夫娜已有好几年了,可是她不理解她,也不想理解她。就说昨天……我告诉你,当你问我的时候,我为什么情绪不佳。前天,柳波芙·谢尔盖耶夫娜要我陪她去看伊凡·雅科夫列维奇。你大概听说过伊凡·雅科夫列维奇吧,大家把他看作疯子,其实他是个杰出的人物。柳波芙·谢尔盖耶夫娜对宗教十分虔诚,而且十分理解伊凡·雅科夫列维奇。她常去看他,同他谈天,把她自己挣来的钱托他转送给穷人。她是个了不起的女人,这你就会看到的。后来,我跟她一起去看伊凡·雅科夫列维奇,我很感激她让我见到这位杰出的人物。可是妈妈怎么也不愿理解这一点,认为这是迷信。昨天我跟妈妈生平第一次吵了嘴,吵得很厉害。"他结束说,脖子痉挛地扭了扭,仿佛又经历一次争吵时的心情。

"那么,你是怎么想的呢?就是说,你想这事会有什么结果……

或者跟她谈谈今后的前途,你们的爱情或者友谊会有什么结果?"我问,想使他摆脱不愉快的回忆。

"你是问,我想不想同她结婚?"他问我,脸又红起来,但大胆地转过身来,瞧着我的脸。

"这算得了什么,"我安慰自己,想,"这不要紧,我们都是大人了,两个朋友坐在马车上讨论未来的生活。就是局外人听见我们的谈话,看见我们的神态,也会感到高兴的。"

"为什么不呢?"在我做了肯定的答复后,他继续说,"老实说,我的生活宗旨就像一般明智的人那样,就是尽量过得幸福和美好,至于同她在一起,只要她愿意,等我完全独立之后,我同她一起生活,将比同天下第一美人生活在一起更快乐更幸福。"

我们这样谈着话,没有发觉已来到昆采沃,也没有注意到天空阴云密布,即将下雨。太阳已经低低地落到右边昆采沃花园的古树之上,半轮光辉夺目的夕阳已蒙上半透明的灰云;另外半轮夕阳放射出断断续续的火红光线,明晃晃地照亮花园里的古树,稠密的绿色树梢还在蔚蓝的天空中闪烁着。这一边天空的亮光同我们前面地平线那里小桦树上空的紫色乌云形成了鲜明的对比。

再往右一些,乔木和灌木里掩映着不同色彩的别墅屋顶,有的反射出灿烂的阳光,有的呈现另一边天空的阴郁景象。左边下方有一个平静的蓝色池塘,周围是一圈嫩绿的爆竹柳,池塘半透明的水面上映着爆竹柳的倒影。池塘后面的土坡上展开一片黑油油的休耕地,碧绿的田埂笔直伸展到远方,直达乌云密布的阴森森的地平线。我们的马车沿着松软的道路摇摇晃晃地行进,道路两旁是一片片绿油油的燕麦,有的已开始拔节。正是无风的天气,空气清新。翠绿的树叶和燕麦纹丝不动,清洁光泽得出奇。每片树叶,每茎小草,都各自过着美好幸福的生活。我发现有一条幽暗的小径,弯弯曲曲地穿过墨绿色的半尺高燕麦田。这条小径不知怎的使我特别鲜明地想到乡村,由回忆乡村而奇妙地产生联想,我格外生动地想到宋尼奇卡,想到我对她的眷恋。

尽管我对聂赫留朵夫友谊深厚,他的坦率也使我十分高兴,我却不想更多地知道他对柳波芙·谢尔盖耶夫娜的感情和打算,我只想告诉他我对宋尼奇卡的爱情,我认为这是一种高尚的爱情。但不知怎的我不敢直率地向他吐露我的想象:将来我同宋尼奇卡结了婚,住在乡下,有一群孩子,他们在地上爬来爬去,管我叫"爸爸",那该多好;有一天他穿着旅行服,带着妻子柳波芙·谢尔盖耶夫娜来看望我们,那该多么有意思……可是我没有这样说,却指着落日说:"聂赫留朵夫,你看,多美啊!"

聂赫留朵夫什么也没有对我说,显然对我很不满意,因为他好不容易向我吐露了心事,我却叫他欣赏他不感兴趣的自然景色。自然景色对他的影响显然不同于对我的影响:打动他的不是景色的美丽而是景色的作用,他爱大自然,理性超过感情。

"我很幸福,"随后我又对他说,也不管他显然正在想心事,根本不关心我对他说的话。"你记得吗,我告诉过你,我小时候爱过一位小姐,这位小姐我今天又见到了,"我兴致勃勃地说,"现在我确实爱上她了……"

尽管他脸上的表情一直很冷淡,我还是向他讲了我的爱情和将来建立幸福家庭的计划。说来奇怪,我刚详细描述了自己热烈的爱情,立刻就感到爱情的温度已经下降。

我们拐到通向别墅的桦树林小径时，遇到一阵小雨，但雨没有把我们淋湿。我发觉下雨，只是因为有几滴雨落到我的鼻子上和手上，有什么东西拍打着黏稠的桦树嫩叶，而桦树则木然不动地垂着纷披的枝叶，使小径充满芳香，并愉快地承受着透明纯净的雨点。我们下了马车，想赶快穿过花园跑到屋里。但就在大门口我们遇见四位女士，两位拿着活计，一位拿着书，另一位抱着哈巴狗，聂赫留朵夫立刻给我介绍他母亲、妹妹、姨妈和柳波芙·谢尔盖耶夫娜，她们停了一下，但雨越下越密了。

"我们到凉台上去吧，到那里你再介绍。"我认为是聂赫留朵夫母亲的那个女人说。我们就跟她们一起登上楼梯。

第二十三章　聂赫留朵夫一家

在这些人中，起初最使我吃惊的是柳波芙·谢尔盖耶夫娜，她穿着宽大的编织鞋，手里抱着哈巴狗，随着大家上楼，中途两次停下，留神地回头对我端详了一番，接着又吻吻她的小狗。她长得很难看，又瘦又矮，头发火红，身子有点儿歪。使她难看的相貌更加难看的是她梳的那种古怪的偏分头，这是秃顶妇女给自己创造的一种发式。不论我怎样想讨好我的朋友，我都不能在她身上找到一点儿美的地方。就连她那双褐色眼睛，虽然表情和善，也生得太小、太无神，一点儿也不好看；还有她那双手（这是每个人的特色）虽然长得不大，也不难看，却是又红又粗。

我跟着她们走进凉台,除了聂赫留朵夫的妹妹华丽雅只用她那双深灰色大眼睛留神地瞧了我一下,每位女士在重新拿起活计之前都同我寒暄了几句。华丽雅把书放在膝盖上,一只手指按着书页,朗读起来。

玛丽雅·伊凡诺夫娜公爵夫人身材高大优美,年约四十岁。从她那露出帽子外面的花白鬓发看来,她的年纪似乎还要大些,但从她那非常娇嫩、几乎没有一道皱纹的脸看来,特别是从她那双快乐活泼的光亮眼睛看来,她要年轻得多。她的眼睛是褐色的,眼神开朗;嘴唇极薄,有些严厉;鼻子相当端庄,稍稍往左歪;她的手很大,有点儿像男人的手,手指很美,没有戴戒指。她穿的那件扣领的藏青连衣裙紧裹住她那依旧年轻苗条的腰肢,显然这是她引以为豪的。我走进走廊,她握住我的手,把我拉到身边,仿佛要更近地端详我。她用酷似她儿子的冷漠而坦率的目光瞧了我一眼,然后说,她从聂赫留朵夫那里就听说过我了,但为了使我跟他们更熟识,她请我在他们家消磨一天一夜。

"您想做什么就做什么,在我们这儿一点儿也不用拘束,就像我们不会因为您来而拘束那样,散散步,看看书,听听朗诵,或者睡一觉,只要您觉得高兴就行。"她添加说。

索菲雅·伊凡诺夫娜是位老姑娘,公爵夫人的妹妹,但样子比公爵夫人老。她极其肥胖,只有矮胖而穿紧身衣的老姑娘才显出这样胖的身材。她的健康身体仿佛在一个劲儿地增肥,随时都有使她窒息的危险。她那两条粗短的手臂已不能在她高耸的胸脯下面碰在一起,她自己已看不见那绷得很紧的胸部了。

尽管玛丽雅·伊凡诺夫娜公爵夫人长着黑头发、黑眼睛,而索菲雅·伊凡诺夫娜则是一头金发,浅蓝色眼睛很大,活泼而又安详(这是很少见的),姐妹俩却有许多同一血统的相似之处:同样的表情、同样的鼻子、同样的嘴唇,只是索菲雅·伊凡诺夫娜的鼻子和嘴唇稍微厚些,笑的时候有点儿向右歪,而公爵夫人的鼻子和嘴唇却向左歪。从服装和发式看,索菲雅·伊凡诺夫娜显然想打扮得年轻些,因此,即使有白头发,她也不愿让它暴露出来。最初,我觉得她的目光和对待我的态度很傲慢,使我感到窘迫,但同公爵夫人相处我却觉得自在。也许是索菲雅·伊凡诺夫娜的肥胖和她同叶卡捷琳娜女皇的肖像有点儿相似,使她在我的眼里显得很傲慢。当她凝视着我,对我说"我们朋友的朋友就是我们的朋友"时,我感到十分胆怯。直到她说了这些话,停住,张开嘴长叹一声,我才平静下来,顿时改变了我对她的看法。大概是由于肥胖的缘故,她有一个习惯:说几句话,便张开嘴长叹一声,同时转动一下蓝色的大眼睛。这种习惯不知怎的使她显得和蔼可亲,因此听到她叹息后我就不再怕她,甚至非常喜欢她了。她的眼睛非常迷人,声音洪亮悦耳,就连她身上那种圆滚滚的线条在当年我觉得也不失为一种美。

柳波芙·谢尔盖耶夫娜,作为我朋友的朋友(我这样认为),应该立刻对我说些亲切友好的话,但她却默默地对我望了好一阵,仿佛不能肯定她要对我说的话会不会过分亲切,结果她只问我在大学读什么系来打破沉默。然后她又目不转睛地打量了我好一阵,显然难以决定要不要对我说那些亲切友好的话。我发现她犹豫不决,就用面部表情恳求她把要对我说的话说出来,可是她只说:"听说,现在大学里很少有人研究科学了。"接着就唤她的哈巴狗秀泽特卡。

这天晚上,柳波芙·谢尔盖耶夫娜说的多半都是这种不着边际、尤关紧要的话。不过我很信任聂赫留朵夫,而他一晚上都忧心忡忡地一会儿望望我,一会儿望望她,仿佛在问:"喂,怎么样?"这样,尽管我心里已经确信,柳波芙·谢尔盖耶夫娜并没有什么出众的地方,不过我还远不愿说出这种想法,甚至连对自己都不肯明说。

这个家庭的最后一个成员是华丽雅,她是个很胖的十六七岁姑娘。

只有那双深灰色大眼睛(眼神快乐而安详,很像她的姨妈)、一条棕色大辫子和两只非常娇嫩而美丽的手在她身上是美丽的。

"我想,尼科连卡先生,您从中间听起会感到乏味的。"索菲雅·伊凡诺夫娜和善地叹了一口气说,同时翻动她正在缝制的衣服。

这时朗诵停了下来,因为聂赫留朵夫走出去了。

"您也许看过《红酋罗伯》①吧?"

当时我认为,单凭身穿大学生制服这一点,我同不太熟识的人交谈,就一定要回答得聪明而独特,只简单地说:"是""不是""无聊""有趣"之类的话,那可真是太丢人了。我瞧了瞧自己崭新的时髦裤子和制服上亮晶晶的纽扣,回答说,我没有读过《红酋罗伯》,但很想听听人家朗诵,因为我看书一向喜欢从中间开始,而不喜欢从头看起。

"猜想过去,预测未来,那就加倍有趣。"我自得其乐地含笑添加说。

公爵夫人仿佛不自然地笑了笑(后来我发现她没有别的笑法)。

"也许这话有道理,"她说,"您要在此地待很久吗,尼科连卡?我不称呼您先生,您不介意吧?您什么时候动身?"

"我不知道,也许明天,也许还要待些日子。"不知怎的我这样

---

① 《红酋罗伯》——英国作家司各特(1771—1832)所著历史小说。

回答，尽管明天我们一定动身。

"我倒希望您留下来，为了您，也为了我的聂赫留朵夫，"公爵夫人望着远处说，"在你们这样的年纪，友谊是很可贵的。"

我觉得人人都望着我，等我开口，尽管华丽雅装作在看她姨妈做针线活。我觉得她们是在考我，因此我得好好露一手。

"是的，对我来说，"我说，"聂赫留朵夫的友谊对我是有益的，但我对他不会有什么益处，因为他比我强一千倍。"我说的这句话聂赫留朵夫不可能听到，要不然我怕他会觉得我言不由衷。

公爵夫人又发出她那习惯性的不自然笑声。

"听他说呀！"她说，"您才是一个十全十美的人。"

"十全十美的人——这话很有意思，得记住。"我暗自想。

"不过，不说您，他在这方面也是个好手，"她压低声音继续说（我特别喜欢听她这样说话），用眼睛示意柳波芙·谢尔盖耶夫娜。"他在可怜的姑姑（大家这样称呼柳波芙·谢尔盖耶夫娜）身上发现了我从没发现的完美人品，尽管我认识她和她的秀泽特卡也有二十年了……华丽雅，叫他们给我拿杯水来。"她添加说，又望着远处，大概觉得把家里的关系讲给我听还为时过早，或者根本没有必要。"是的，还是让他走开好。他在这里没有事，你念下去！走吧，我的朋友，您一直走出房门，再走十五六步，站住，大声说：'彼得，给玛丽雅·伊凡诺夫娜拿一杯冰水来。'"她对我说，又不自然地微微一笑。

"她大概要议论我了，"我走出房间，暗自想，"她大概要说，她发现我是一个绝顶聪明的青年。"我还没有走满十五步，肥胖的索菲雅·伊凡诺夫娜就气喘吁吁地快步追上了我。

"谢谢，亲爱的朋友，"她说，"我自己去说吧。"

第二十四章 爱

后来,我发现,索菲雅·伊凡诺夫娜是那种为数不多的生来适宜过家庭生活的中年妇女,但命运不让她们享受这种幸福。由于这方面得不到满足,她们把长期在心里为丈夫、子女积累、发展和巩固起来的爱倾注到一些她们所中意的人身上。这样的爱在这类老姑娘身上蕴藏得那么丰富,尽管她们中意的人很多,她们的爱却取之不尽,用之不竭,因此她们就把这种爱倾注到周围的人身上,倾注到在生活中同她们接触的人身上,不分好人和坏人。

爱有三种:

第一,对美的爱;

第二,自我牺牲的爱;

第三,积极的爱。

我说的不是青年男女的爱,我害怕这种感情。我在生活中很不幸,因为从来没有在这种爱中看到一点儿真情,而只看到虚情假意。在这种虚情假意中,肉欲、夫妇关系、金钱、结婚或者离婚愿望搞乱了感情本身,使人什么也分辨不清。我说的是对人的爱,根据感情的强弱,或者集中到一个人身上或者几个人身上,或者倾注到许多人身上,我说的是对父母、兄弟、子女、同伴、朋友、同胞的爱,我说的是对人的爱。

对美的爱是爱这种感情本身的美及其表现。对于具有这种爱的人来说，只有所爱的对象能引起快感才是可爱的，他们可以欣赏这种快感的意识和表现。凡是用对美的爱来爱的人，很少关心相互之间的关系，认为这同美和快感无关。他们常常更换爱的对象，因为他们的主要目的只是要经常激发爱的快感。为了保持这种快感，他们经常要用优美的语言向爱的对象，甚至向与爱无关的人倾诉自己的爱。在我国，爱这种美的一定阶级的人，不但逢人就说自己的爱，而且一定要用法语说。说来又可笑又奇怪，但我相信，在一定的社会圈子里，过去有许多人，现在仍有许多人，特别是妇女，要是禁止她们说法语，她们对朋友、丈夫和子女的爱就会立刻消失。

第二种爱是自我牺牲的爱，也就是为所爱的对象不惜牺牲自己的爱，却毫不考虑这种牺牲对所爱的对象有益还是有害。"为了向全世界证明对他或她的忠诚，我不惜做任何麻烦事。"这就是这种爱的定义。这样爱的人从来不相信互爱（他们认为为不理解自己的人牺牲更加有价值），他们总是病态的，这也增加了牺牲的意义。他们多数都始终如一，因为他们如果失去为所爱对象做出牺牲的机会，就会感到痛苦。他们总是拿牺牲生命来向他或她表明自己的一片忠诚，但他们忽略不需要特殊自我牺牲的日常平凡的爱的表现。他们根本不关心：您胃口好吗？睡得好吗？您快乐吗？身体好吗？他们不想方设法照顾您，即使做些他们力所能及的事。但一旦有机会，他们随时都情愿冒着枪林弹雨，赴汤蹈火，为爱殉身。此外，喜欢自我牺牲的爱的人总是以自己的爱自豪，他们往往好挑剔，嫉妒，猜疑，而且说来奇怪，他们希望所爱的对象遇到危险，以便前去搭救；希望所爱的对象遭遇不幸，以便前去安慰；甚至希望对象有缺点，以便加以纠正。

譬如说，您同妻子住在乡下，她以自我牺牲的精神爱您。您身体健康，生活安定，您有您喜欢的工作。爱您的妻子身体十分虚弱，不能料理家务，只得交给仆人去做；她不能照顾孩子，只得交给保姆去管；她甚至不能做她所喜爱的事，因为她把所有的爱都倾注在您身上。她显然有病，但她不愿使您难过，不肯向您提到这事。她显然感到寂寞，但为了您，她情愿寂寞一辈子。您全心全意干您的事，不论是打猎、读书、处理农事或公务，这显然使她感到很痛苦。她看到这些活动会毁了您，但她默默地忍受着。最后您病倒了，这时爱您的妻子就会把自己的病置于脑后，寸步不离地坐在您床边，尽管您恳求她不要徒然折磨自己。您时刻都会感到她那爱怜的目光落在您身上，仿佛在说："唉，我不是说过啦，但我倒无所谓，我反正不离开你。"第二天早晨，您觉得身体好些，走到另一个房间。那个房间没有生火，也没有打扫。您虽然只能喝汤，她却没有吩咐厨师去做，也没有派人去买药。爱您的妻子由于通宵不眠而精疲力竭，但仍旧满怀爱怜地望着您，踮着脚尖走路，小声对仆人做出一些古怪而含糊的吩咐。您要看书，爱您的妻子就叹气说，她知道您不听她的话，您还会生她的气，但她对此已经习惯，您最好还是不要看书。您想在房间里走走，她劝您最好不要这样。您想同来客谈谈，她又劝您最好不要谈。夜里您又发烧，您想打个盹，但爱您的妻子，身体消瘦，脸色苍白，偶尔叹口气，在昏暗的灯光下坐在您对面的安乐椅上，她那轻微的动作和声音使您烦躁不安。您有一个老仆，跟随您已有二十年，您跟他相处惯了，他高高兴兴地伺候您，伺候得很好，因为他白天可以睡觉，而且还有工钱，但她不让他伺候您。她要用她那细弱而笨拙的手亲自做这做那。当她用这样白嫩的手指试图打开药瓶而打不开，试图熄灭蜡烛、倒药水或者嫌恶地摸您的时候，您不能不压抑您的满腔怒火。如果您是个脾气急躁、容易发怒的人，请她出去，您那易受刺激的有病的耳朵就会听见她在门外温顺地叹气，哭泣，对您的仆人唠叨。最后，如果您没有死去，爱您的妻子由于您生病有二十个夜晚没有睡觉（她会反复对您提这事）而病倒了，憔悴了，精神痛苦，什么事也不能做。等到您的健康恢复了，她也只会用郁闷的温情来表示她那种自我牺牲的爱，而这种郁闷心情就会不知不觉传染给您和周围的人。

第三种是积极的爱，就是竭力满足所爱的人的一切需要、一切愿望、怪癖，甚至缺点。用这种方式爱的人，他们的爱总是终生不渝，因为他们爱得越久，就越了解爱的对象，就越容易爱，越容易满足对象的愿望。他们难得用语言来表达爱，即使表达，也不是得意扬扬地说些漂亮话，而是羞羞答答，欲言又止，因为他们总怕爱得不够。这种人甚至爱他们所爱的人的缺点。因为这些缺点使他们有可能去满足所爱的人的新的愿望。他们找寻互爱，甚至不惜欺骗自己，相信互爱是存在的，如果能得到互爱，就感到很幸福。即使得不到，他们也会爱下去，他们不仅希望爱的对象得到幸福，而且总是利用精神上和物质上的大大小小手段来达到目的。

在索菲雅·伊凡诺夫娜的目光中，在她的一言一行中，不论对外甥、外甥女、姐姐、柳波芙·谢尔盖耶夫娜，甚至对我（因为聂赫留朵夫爱我）都闪耀着这种积极的爱。

很久以后，我才充分理解索菲雅·伊凡诺夫娜的价值，但同时头脑里又产生一个问题：既然聂赫留朵夫对爱的理解完全不同于一般青年，而且眼前总有一位可亲可爱的索菲雅·伊凡诺夫娜，他为什么突然热烈地爱上那个莫测高深的柳波芙·谢尔盖耶夫娜，而认为他的姨妈只是有美好的品德罢了？看来，"家乡无先知"这句话是有道理的。究其原因，不是人身上恶多于善，就是恶比善更容易为人所感受，两者必居其一。聂赫留朵夫对柳波芙·谢尔盖耶夫娜的了解还没有多久，而姨妈的爱他则从出生起就体验到了。

第二十五章　我的领悟

我回到凉台时，他们根本不像我所猜想的那样在议论我，不过华丽雅不再朗诵，她把书放在一边，正在同聂赫留朵夫激烈地争论。聂赫留朵夫在那里来回踱步，扭着脖子整理领带，眯缝着眼睛。争论的问题似乎是伊凡·雅科夫列维奇和迷信，但争论得太激烈了，这个问题就不可能不牵涉到同全家有关的事。公爵夫人和柳波芙·谢尔盖耶夫娜默默地坐在那里，一字不漏地听着。有时显然想参加争论，但克制着，让别人代她们发言，一个让华丽雅发，另一个让聂赫留朵夫发。我进去的时候，华丽雅漫不经心地瞟了我一眼，显然她被这场争论强烈地吸引住，根本不关心我有没有听见她说的话。公爵夫人的眼神也是那样，她显然站在华丽雅一边。但聂赫留朵夫当着我的面争论得更激烈，而柳波芙·谢尔盖耶夫娜看见我进去似乎惊慌失措，并不专对什么人说："老人说得好：但愿青年懂事，老年有为。"

不过，这句格言并没有使争论停止，只使我觉得柳波芙·谢尔盖耶夫娜和我的朋友那一方是不对的。虽然在这场家庭口角时有我在场，我感到有点儿不好意思，但是看到这一家人在争吵时所表现出来的真实关系并未因我在场而受影响,我还是感到高兴。

常常有这样的情况:多年来你看到一个家庭一直被同一张虚礼的帷幕遮盖着,他们家庭成员之间的关系对你是个秘密(我甚至发现这张帷幕越厚就显得越美,而你所看不见的真实关系也就越糟)!但是,在这个家庭里偶尔发生一个有时似乎微不足道的问题,例如有关一种丝织花边的事,或者妻子坐丈夫的马车出去拜客,他们的争论就会愈演愈烈,在帷幕下已无法解决问题。于是,争论双方便惊恐万状,在场的人便无比惊讶,他们发现,全部真实的粗暴关系已暴露无遗,帷幕再也无法遮盖,它在争论双方之间悠然晃荡,只会使你想到,你怎么会被它蒙蔽了这么久。一个人有时用足力气往门楣上撞头,也没有像轻触痛处疼得那么厉害。而这样的隐痛几乎家家都有。在这个人家,聂赫留朵夫对柳波芙·谢尔盖耶夫娜的奇特爱情就是这种难言之隐,它在他母亲和妹妹心里引起的即使不是嫉妒,至少也是家属受侮辱的感情。就因为这个缘故,有关伊凡·雅科夫列维奇和迷信的那场争论对他们大家才具有如此重大的意义。

"你总是竭力在别人嘲笑和蔑视的事情中找出些名堂来,"华丽雅声音响亮、一字一顿地说,"你总是竭力从中找出特别好的地方。"

"第一,只有最轻浮的人才会说出瞧不起伊凡·雅科夫列维奇这样杰出人物的话来,"聂赫留朵夫回答,痉挛地把头朝他妹妹相反的方向扭了扭。"第二,另一方面,你又竭力故意不看你眼前的好东西。"

索菲雅·伊凡诺夫娜回到我们那儿,几次惊恐地一会儿瞧瞧外甥,一会儿瞧瞧外甥女,一会儿又瞧瞧我,有两次张开嘴,深深地叹了口气,仿佛心里在说着什么。

"华丽雅,请你赶快念吧,"她亲切地拍拍华丽雅的手,把书递给她说。"我一定要知道他又找到她没有（其实小说里根本没有谁找到谁的事）。你呀，我的好外甥，最好把腮帮扎上，要不天凉了你又会牙疼。"她对外甥说，尽管外甥因为她打断他论证的思路，向她投来不满的目光。朗诵又继续下去。

这场小小的争论丝毫没有破坏家庭的平静和这个女性圈子里的和睦气氛。

这个圈子的倾向和风格显然是由玛丽雅·伊凡诺夫娜公爵夫人制造的。我觉得它具有一种崭新的合乎逻辑而又淳朴优美的迷人风格。从铃铛、书籍封面、安乐椅和桌子等物件的美观、整洁和坚固中，从公爵夫人用胸衣衬出的笔挺姿态中，从她露在外面的花白鬈发中，从她一看见我就直呼尼科连卡的态度中，从她们的工作中，从朗诵、缝纫中，从妇女白得出奇的手中，我都看到了这种风格。（她们的手都有家族的共同特征：手心鲜红，同白得出奇的手背有一条直线分开。）不过，这种风格最鲜明地表现在她们三人的说话上：俄语和法语都说得很好，咬音清楚，一字一句都说得像学究那样准确。这一切，特别是她们像对待成年人那样自然而又认真地对待我，她们把自己的意见告诉我，也倾听我的意见，我很不习惯，尽管我衣服上有亮晶晶的铜纽扣和蓝色翻袖，我还是担心她们会冷不防对我说："难道您真以为人家会一本正经同您谈话吗？念书去吧！"不过，上述种种情况使我同她们在一起丝毫不感到拘谨。我不时站起来，从这个座位移到那个座位，大胆地同大家谈天，只有同华丽雅例外，我觉得初次见面就同她说话有失体统，那是不行的。

她朗诵时，我听着她那嘹亮悦耳的声音，一会儿望望她，一会儿望望花园里因下雨而出现许多黑色圆点的砂砾小径，望望菩提树，稀稀落落的雨点依旧从刚才使我们挨淋而现在露出部分蓝天的乌云上落到树叶上，接着又望望红艳艳的夕阳照耀下被雨淋湿的茂盛老桦树，望望华丽雅，我觉得她一点儿不像我初见时那样难看。

"可惜我已有所爱了，"我想。"可惜华丽雅不是宋尼奇卡！如果我突然成为这个家庭的成员，突然有了母亲、姨妈和妻子，那该多好！"我这样想，同时凝视着正在朗诵的华丽雅，并觉得我在对她施催眠术，她应该瞧我一眼。华丽雅真的从书本上抬起头来望望我，遇到我的目光，就扭过头去。

"雨还没有停。"她说。

突然我体验到一种奇异的感觉：我想起，现在的一切正是旧事重演，那时也下着毛毛雨，太阳也刚落到桦树后面，我也望着她，她正在朗诵，我也对她施催眠术，她也回顾了一下，我甚至记得，这样的情况以前也有过一次。

"难道她就是……她吗？"我心里想。"难道真的开始了吗？"但我立刻断定她不是她，现在还没有开始。我想："第一，她不美，她只是我偶然认识的一个普通姑娘，而那一个将是不同凡响的，我将在不寻常的地方遇见她；再说，我之所以喜欢这一家人，只因为我还没有见过世面，而这样的人总会有的，我这辈子还将遇到许多这样的人。"

第二十六章　吹 牛 炫 耀

吃茶的时候，朗诵停止了，女士们交谈着我所不熟悉的人和事。我觉得，她们这样做，只是为了要使我感到，她们虽然待我很亲切，但在年龄和身份上我同她们还是有距离的。到了我也能参加的一般性谈话时，为了弥补刚才的沉默，我就竭力卖弄过人的聪明和独到的见解，而今天身穿崭新的制服，我觉得更应该这样做。当话题转到别墅时，我突然说，伊凡·伊凡内奇公爵在莫斯科附近有一座豪华的别墅，伦敦和巴黎都常有人前来参观，那里有一道栅栏价值三十八万卢布。我又说，伊凡·伊凡内奇公爵是我的近亲，我今天就在他家吃的午饭，他邀请我到他别墅里去跟他一起住上一个夏天，但被我拒绝了，因为我太熟悉那座别墅，在那里住过好几次，我对那些栅栏和小桥都不感兴趣，因为我不喜欢穷奢极侈，尤其在乡村，我喜欢的乡村就得像个乡村的样子……这样荒诞无稽地胡扯了一通，我脸红耳赤，觉得无地自容，因此大家一定都发现我在撒谎。这时，华丽雅递给我一杯茶，索菲雅·伊凡诺夫娜在我说话时本来望着我，她们都扭过脸去，谈起别的事情来，她们脸上的表情就像后来我常见到的善良的人听到年轻人当面撒谎时那样，仿佛在说："我们明明知道他在撒谎，这个可怜的家伙为什么要这样做呢！"

我说伊凡·伊凡内奇公爵有一座别墅，是因为找不到更好的借口说我同伊凡·伊凡内奇公爵沾亲，说我今天在他家吃了午饭。但我为什么要说什么价值三十八万卢布的栅栏，说我常去他家，其实我从未去过他家，也不可能去他家，而且伊凡·伊凡内奇公爵只在莫斯科和那不勒斯居住，这点聂赫留朵夫家人知道得很清楚。究竟为什么要这样说，连我自己都答不上来。无论在童年时代，少年时代，还是成年以后，我都没有撒谎的毛病，相反，我这人总是过分诚实，过分坦率。但在这早期青年时代，我常有一种古怪的欲望，无缘无故睁着眼睛说瞎话。我说"睁着眼睛",是因为我在很容易被人戳穿的事情上撒谎。我认为,这种怪癖主要出于虚荣心,想使自己显得与本来面目截然不同,再加上有个荒谬的愿望,想撒谎而又不被戳穿。

午茶后,雨过天晴,晚霞明丽,公爵夫人提议去下花园散步,欣赏她心爱的景色。由于我总想标新立异的习气,同时认为像我和公爵夫人这样的聪明人应避免庸俗的客套,我回答说,漫无目的的散步叫人难受,要去我也喜欢独自去。我根本没有想到,这样做是十分粗鲁无礼的。但当时我却认为,没有什么比庸俗的恭维更可耻,也没有什么比直率无礼更可爱更具独立见解,我对自己的回答感到很得意,不过我还是跟大家一起去散步。

公爵夫人心爱的景色在最下面,在花园深处,那里有一座小桥架在狭长的池塘上。景物有限,但很幽雅,引人入胜。我们惯于把艺术和自然混为一谈,以致往往觉得在画中没有见到过的风景不自然,仿佛大自然本身是不自然的;反过来,对画中常见的现象我们又觉得千篇一律,对于我们在现实中见到的同一格调的风景又觉得矫揉造作。公爵夫人心爱的景色就属于这一类。这里有一个小池塘,周围灌木丛生,背后是古木参天的峻峭高山,山树枝叶交错,色彩深浅错杂,山脚有一株老桦树弯到池塘上,部分粗大的树根长在湿润的池塘边,树梢倚着一株高大挺拔的山杨,扶疏的枝叶低垂在光滑的水面上,池塘里倒映着垂枝和周围的草木。

"风景真美啊!"公爵夫人摇摇头说,并不专对什么人。

"是啊,很美。但我觉得太像舞台布景了。"我说,想以此表示我对什么事都有独特的见解。

公爵夫人仿佛没有听到我的话,继续欣赏风景,转身向妹妹和

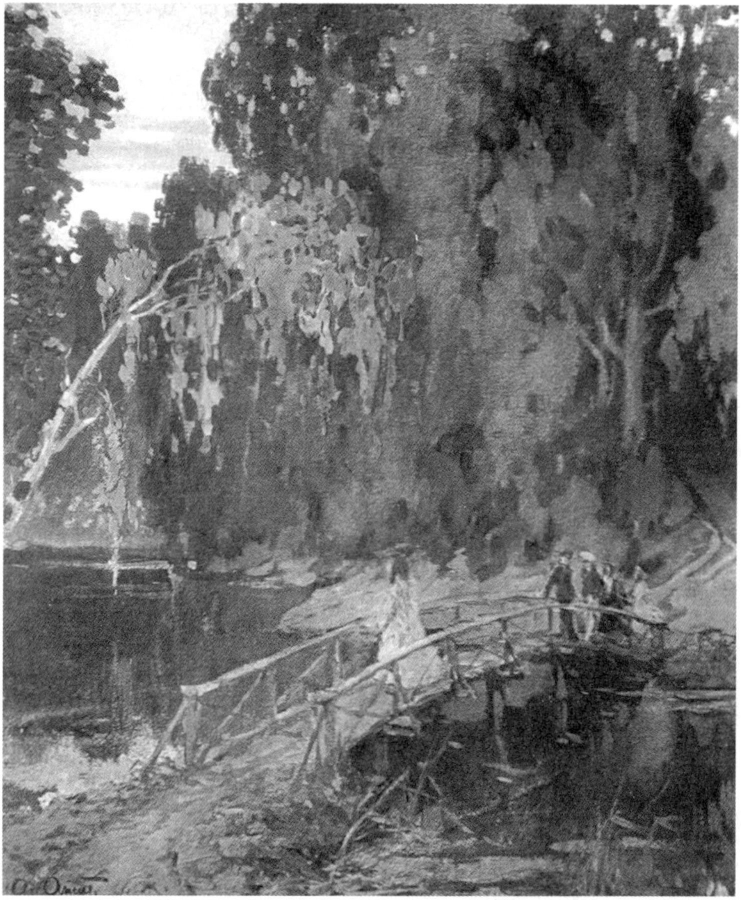

柳波芙·谢尔盖耶夫娜指出她特别喜爱的弯弯曲曲的垂枝和水里的倒影。索菲雅·伊凡诺夫娜说，这一切都很美，她姐姐常在这里消磨几个小时，但她说这话显然是为了使公爵夫人高兴。我发现，凡是赋有积极爱的能力的人都不太会领略大自然的美。柳波芙·谢尔盖耶夫娜也赞不绝口，还问："这棵桦树靠什么支撑着？它能长期矗立着吗？"她不住瞧着她的秀泽特卡。秀泽特卡摇着毛茸茸的尾巴，迈动短短的罗圈腿在小桥上跑来跑去，它的神情仿佛表示这是它有生以来第一次出门。聂赫留朵夫同母亲展开理由充足的争论，说范围有限的风景不可能是美的。华丽雅一言不发。我回头望了她一眼，看见她倚在栏杆上，侧面对我站着，眼睛望着前方。她一定被什么东西吸引住，甚至被感动，因为她显然陷入沉思，没有想到自己，也没有注意有人在看她。那双大眼睛里蕴含着那么多凝聚的注意力和明朗的思想，她的姿态又是那么飘逸自然，尽管她身材不高，还是显得那么端庄大方，使我不禁又想起她，我又问自己："难道真的开始了吗？"于是我又回答自己说，我已爱上了宋尼奇卡，而华丽雅只是一位普通的小姐，我朋友的妹妹。但当时我喜欢她，因此我有一种莫名其妙的愿望，想对她说些煞风景的话。

"你知道吗，聂赫留朵夫，"我对我的朋友说，更走近华丽雅，好让她听见我要说的话，"我觉得，要是没有蚊子，这地方就一无是处，而现在，"我拍了一下前额，真的打死了一只蚊子，添加说，"就更糟了。"

"您大概不喜欢自然风景吧？"华丽雅对我说，没有回过头来。

"我认为这很无聊，没有什么意思。"我回答，因为终于对她说出煞风景的、别出心裁的话而扬扬自得。华丽雅带着惋惜的神情微微扬起眉毛，接着又静静地望着前方。

我对她生起气来，虽然如此，她所倚的油漆剥落的灰色栏杆、倾斜的桦树和低垂的树枝映在幽暗池塘上的倒影、沼泽的气息、在额上打死蚊子的感觉、华丽雅凝注的目光和端庄的姿态——这一切后来常常突然在我的脑海里出现。

第二十七章　聂赫留朵夫

我们散步后回到家里，华丽雅不愿像平常晚上那样唱歌，我却充分相信这是因为我的缘故，以为这是我在小桥上对她说的话造成的。聂赫留朵夫家的人没有吃晚饭，很早就散开了。那一天，不出索菲雅·伊凡诺夫娜的所料，聂赫留朵夫真的牙疼了，我们就比平时早些走进他的房间。我自以为身上的蓝领子和铜纽扣要求我做的我都做了，而且大家都喜欢我，我得意扬扬，情绪极好。聂赫留朵夫正好相反，由于争吵和牙疼，沉默寡言，闷闷不乐。他坐到桌旁，取出日记簿和笔记本。他有个习惯，每天晚上都把要做的事和做过的事记在笔记本上。他一直皱着眉头，用手摸着腮帮，在日记簿和笔记本上写了好一阵。

"哼，别来管我！"索菲雅·伊凡诺夫娜派使女来问他牙疼得怎样，要不要敷药，他就这样对使女嚷道。接着，他说先给他铺好床，他马上回来，说着就到柳波芙·谢尔盖耶夫娜那里去了。

"真可惜，华丽雅长得不好看，她又不是宋尼奇卡，"我一人留在屋里胡思乱想。"等我大学毕业后，到这儿来向她求婚，那该多好！我会对她说:'公爵小姐,我年纪已经不轻了,不会再疯狂地恋爱,但我将永远像爱亲妹妹那样爱您。'我会对她母亲说:'我一向很尊敬您。'对她的姨妈说:'索菲雅·伊凡诺夫娜,请您相信,我非常非常尊敬您。'然后问她:'您干脆说吧,您愿不愿意做我的妻子?'她说:'愿意。'于是她把手伸给我,我握住她的手说:'我的爱情不挂在嘴上,而表现在实际行动上。'但我忽然想到,要是聂赫留朵夫爱上柳波奇卡(事实上柳波奇卡已爱上他了),要同她结婚,那怎么办?到时我们中间就有一个不能结婚。① 这样也不错。那时我将这么办。我一发现这种情况,二话不说,就去找聂赫留朵夫,对他说:'我的朋友,我们不用互相隐瞒了,你知道,我对你妹妹的爱将持续到生命的最后一刻,但我也知道,你剥夺了我最美好的希望,你使我遭殃,但你知道我尼科连卡是怎样对待一生的不幸的吗? 现在我把姐姐给你。'于是我就拉起柳波奇卡的手交给他。他会说:'不,说什么也不行!'我就对他说:'聂赫留朵夫公爵! 您想做得比尼科连卡更宽宏大量,那是办不到的。天下没有人比他更宽宏大量的。'我鞠了一躬,走掉了。聂赫留朵夫和柳波奇卡含泪跑来追我,要求我接受他们的牺牲。只要我爱上华丽雅,我就会答应,并且变得非常非常幸福⋯⋯"这些幻想十分有趣,我很想告诉我的朋友。但是,尽管我们曾保证要相互开诚布公,不知怎的我觉得做不到这一点。

聂赫留朵夫从柳波芙·谢尔盖耶夫娜那里回来,牙齿用她给的药水擦过,但疼得更厉害,因此更加愁眉不展。我的床还没有铺好,聂赫留朵夫的童仆走来问他我睡什么地方。

---

① 当时在俄国,夫妇的兄弟姐妹之间不准通婚。

"滚出去！"聂赫留朵夫跺跺脚喝道。"华西卡！华西卡！华西卡！"那孩子刚走，他就叫道，声音越来越大，"华西卡！把我的被褥铺在地板上。"

"不，还是我睡地板好。"我说。

"哼，随便铺哪儿都行，"聂赫留朵夫继续怒气冲冲地说，"喂，华西卡，你怎么不铺呀？"

但华西卡显然不明白要他做什么，站在那里一动不动。

"喂，你怎么啦？铺呀！铺呀！华西卡！华西卡！"聂赫留朵夫嚷道，顿时大发雷霆。

但华西卡还是不明白，胆怯地站着一动不动。

"难道你真要气死我……把我逼疯吗？"

聂赫留朵夫霍地从坐着的椅子上跳起来，使劲对着华西卡的头挥了几拳。华西卡连忙从屋里逃出去。聂赫留朵夫在门口站住，回头瞧了我一眼，刚才他脸上那种疯狂的残酷模样已换成驯顺、羞愧、天真、爱怜的表情，不禁使我可怜起他来。尽管我想转身不理他，但是办不到。他什么也没有对我说，在房间里默默地踱了好一阵，偶尔带着求饶的神情瞧我一眼，然后从抽屉里取出笔记本，在上面写了点儿什么。他脱下礼服，仔细叠好，走到挂着圣像的角落，把他那双白净的大手交叉在胸前，做起祈祷来。他祈祷了好半天，华西卡趁机拿来铺盖，按照我的低声吩咐铺在地板上。我脱掉衣服躺在地铺上，但聂赫留朵夫还在祈祷。望着他那微驼的背和他每次跪拜时显眼地出现在我面前的鞋后跟，我比原来更热烈地爱聂赫留朵夫了，心里一直在想："要不要告诉他我在幻想我们姐妹的事呢？"聂赫留朵夫祈祷完毕，也在我的地铺上躺下，臂肘支着身子，用亲切的羞怯的目光默默地望了我好一阵。他这样做显然很难受，但他仿佛在惩罚自己。我望着他微微一笑，他也笑了笑。

"你为什么不对我说，我的行为很不好？"他说，"你刚才不是这么想的吗？"

"是的，"我回答，尽管我想的是另一回事，但我仿佛觉得我真的在想那件事。"是的，这样很不好，我没有想到你会这样。"我说，这时对用你称呼他觉得特别高兴。"那么，你牙还疼吗？"我添加说。

"好了。啊，尼科连卡，我的朋友！"聂赫留朵夫十分激动地说，他那双明亮的眼睛里饱含着泪水，"我知道、我感到我这人很坏，上帝知道，我多么希望变得好一些，我也向他做过祈祷，可是我天生这样一种使人讨厌的坏脾气，我有什么办法呢？我有什么办法呢？我竭力克制，改正，可是一下子改不过来，单靠自己改不过来。得有人来帮助我，支持我。这个人就是柳波芙·谢尔盖耶夫娜，她理解我，在这方面给了我许多帮助。我从自己的日记上看出，一年来我改了许多。唉，尼科连卡，我的宝贝！"在这样的自白以后，他用一种异常温柔的神情和更加平静的语气接着说，"像她这样的女性能起多大的作用啊！天哪，等我同她这样的朋友一起独立生活，那时该有多好哇！同她在一起我就变成另一个人了。"

随后，聂赫留朵夫就向我详细讲述他的婚姻、村居生活和不断自我改造的计划。

"我要住到乡下去，你来看我，说不定你会同宋尼奇卡结婚，"他说，"我们的孩子将在一起玩。这一切似乎很可笑很荒唐，但也许会实现。"

"那还用说！很有可能。"我笑着说，同时想，要是我同他妹妹结婚，那就更好了。

"你知道我要对你说什么吗？"他沉默了一会儿说，"你只想象你爱上了宋尼奇卡，可我觉得这不是事实，你还不懂什么是真正的感情。"

我没有反驳他，因为我几乎同意他的话。我们沉默了一会儿。

"你大概注意到，我今天心情不好，还同华丽雅瞎争了一通。事后我非常后悔，尤其因为当着你的面。虽然对许多事她的想法不对，但她是个好姑娘，是个很好的姑娘，以后你会进一步了解她的。"

他转变了话题，从我还不懂得爱情转到称赞他的妹妹，这使我非常高兴，并使我脸红，但我矢口不谈他的妹妹。接下来我们就谈别的事。

我们就这样一直聊到鸡啼二遍。聂赫留朵夫回到自己床上、吹灭蜡烛时，窗外已透进淡淡的曙光。

"哦，现在睡吧。"他说。

"好，"我回答，"再说一句。"

"说吧。"

"活在世界上很快活，是吗？"我问。

"活在世界上很快活！"他回答的语气使我仿佛看见他快乐亲切的眼神和孩子般天真的微笑。

第二十八章　在　乡　下

第二天，我同伏洛嘉一起坐驿车回乡。一路上，回忆莫斯科的种种往事，也想起宋尼奇卡，但是在我们走了五站以后，天色已经黑下来了。"真奇怪，"我想，"我堕入情网，却把这事完全忘记了，我应该想到她才是。"后来我开始想她，就像旅途中想到她那样，断断续续，但是历历在目。我想她想得入迷，以致回乡后两天里，我不知怎的认为在家人面前，特别是在卡金卡面前，必须显得愁肠百结、心事重重。我认为卡金卡在这方面是个行家，我就向她暗示了我的心境。不过，尽管我竭力自欺欺人，有意模仿情人们的各种特征，我却只有两天想到我在恋爱，而且不是经常的，主要是在晚上。最后，我一进入村居生活的新轨道，就把同宋尼奇卡的恋爱忘得一干二净了。

我们到达彼得洛夫斯科耶已是深夜，我在车上睡得那么熟，竟没有看到我家的房子，没有看到桦树夹峙的小径，也没有看到一个家里人。他们都已回屋里去，早就睡了。驼背的福卡老头儿赤着脚，披着老婆的棉袄，手里拿着一支蜡烛，跑来给我们开门。他一看见我们，高兴得直打哆嗦，不断吻我们的肩膀，连忙收拾起他的毛毯，穿好衣服。我穿过门廊，走上楼梯，还没有完全清醒，但在前厅里看见门锁、门闩、一块高低不平的地板、大箱子、滴满烛油的旧烛台、刚点上的蜡烛阴冷弯曲的影子、永远积满灰尘的从不拆下的双重窗（我记得窗外有一棵花楸树）——这一切是那么熟悉，蕴含着那么多往事，彼此又那么和谐，仿佛贯穿着一种思想，我顿时觉得自己又感受到这座可爱的老宅的抚爱。我不由得问自己：我和这座房子怎么能这样长期别离？我连忙跑去看看其他的房间是不是依然如故。一切如旧，只是全都变小了，变矮了，而我似乎变高了，变重了，变笨了。不过，我虽然变了，房子却依旧高高兴兴拥抱我，每块地板、每扇窗户、每级楼梯、每个声音都在我心中唤起无数形象、感情和一去不返的幸福往事。我们走进儿时的卧室，屋角和门口的黑暗中又潜藏着童年的种种恐怖。我们走进客厅，里面的每样东西仍旧洋溢着母亲轻柔温馨的爱。我们穿过大厅，里面仿佛仍蕴含着无忧无虑的童年喧闹的欢乐，并且等待人们去复活它。福卡把我们领到起居室，替我们铺好床。这里的一切：镜子、屏风、古老的木雕圣像、糊着白纸的坑坑洼洼的墙壁，仿佛都在向我提示昔日的痛苦、死亡和一去不复返的往事。

我们躺下睡觉，福卡道了晚安，走了。

"妈妈不是在这个房间里死去的吗？"伏洛嘉问。

我没有回答他，假装睡着了。我要是一说话，准会哭出来。第二天早晨我醒来时，爸爸穿着睡袍和软靴，嘴里叼着一支雪茄，坐在伏洛嘉的床上，同他又说又笑。他快乐地耸耸肩膀，从伏洛嘉床上霍地站起来，走到我跟前，用他的大手拍拍我的背，把脸颊凑过来，贴到我的嘴唇上。

"哦，太好了，谢谢你，外交家。"他用他特有的戏谑亲切的口吻说，他那双炯炯有神的小眼睛凝视着我。"伏洛嘉说你考得很好，好小子，太好了。你只要不淘气，你也是个好小子。谢谢，我的宝贝。现在我们在这儿可以过得挺好，到冬天也许搬到彼得堡去。可惜打猎的季节已过去，不然可以让你们开开心。伏洛嘉，你会用猎枪吗？野味多得很，哪天我自己陪你去打猎。到冬天，上帝保佑，我们搬到彼得堡去，你们去见见世面，结交一些人。你们现在是我的大孩子了。我刚才对伏洛嘉说过，如今你们走上人生的大道，我已经尽了责任，你们自己可以开步走了。你们要是有事愿意和我商量，那就和我商量商量。现在我不是你们的监护人,而是你们的朋友;至少我愿意做你们的朋友和同伴,可能的话,当你们的顾问,再没有别的了。照你的哲学看,这样行吗,尼科连卡? 怎么样,好还是不好? 呃?"

我当然说很好,实际上也的确是这样。爸爸那天的神情特别快乐,逗人喜爱。他待我像平辈,像朋友,这种新的关系使我更加爱他了。

"那么,给我讲讲,你去拜访过所有的亲戚了? 去过伊文家吗? 见到那老头儿啦? 他对你说了什么?"他继续问我,"去拜访过伊凡·伊凡内奇公爵吗?"

我们没有穿衣服,就这样谈了好一阵,直到太阳离开起居室的窗子。雅科夫(他还是那么老态龙钟,手指还是在背后乱动,说话还是带着依旧这个口头禅)走进屋来,向爸爸报告马车已准备好了。

"你到哪儿去?"我问爸爸。

"哦,我差点儿忘了,"爸爸烦恼地耸耸肩膀,清清喉咙说,"我答应今天去叶皮方诺娃家。你记得叶皮方诺娃,佛来米美人吗? 她从前常来看望你们的妈妈。他们一家人都挺不错。"爸爸不好意思地(我有这样的感觉)耸耸肩膀,走了出去。

柳波奇卡在我们谈天时几次走到门口问:"可以进来吗?"但每次爸爸都隔着门对她嚷道:"绝对不行,我们还没有穿好衣服。"

"有什么要紧! 我看见你不是穿着睡袍吗?"

"你兄弟没穿裤子,你不能见,"他对她嚷道,"让他们回头去找你,好吗? 你们去敲门好了。穿着这种衣服同你说话都不成体统。"

"啊,你们真讨厌! 你们至少也该快点儿去客厅,咪咪急于要见你们呢。"柳波奇卡在门外大声叫道。

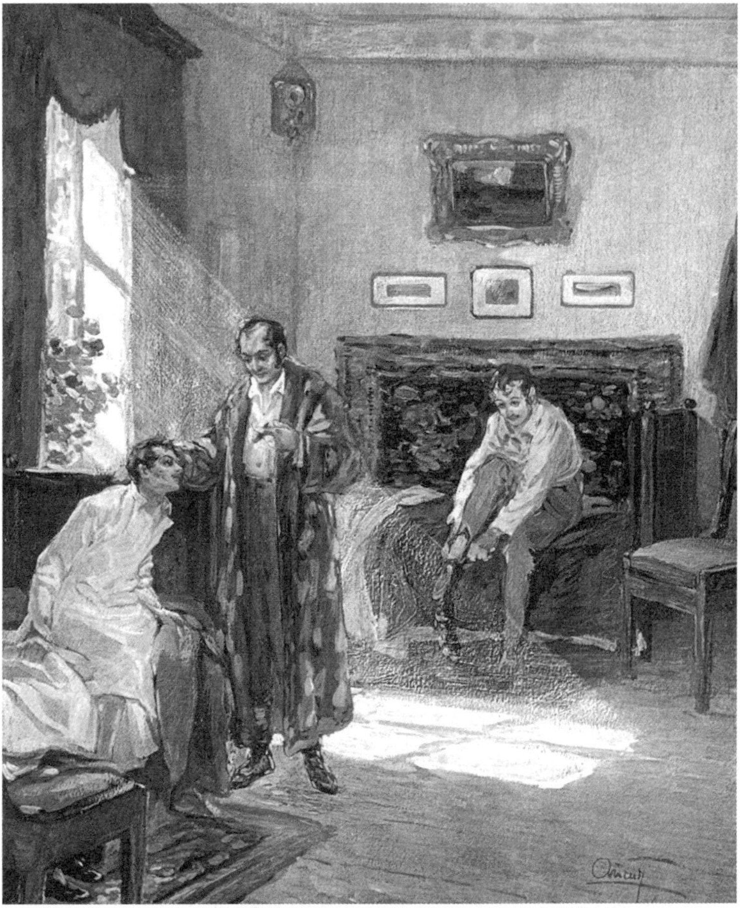

爸爸一走，我连忙穿上大学生制服，来到客厅。伏洛嘉正好相反，不慌不忙，在楼上待了好久，同雅科夫谈论什么地方有山鹬和水鹬。我已经说过，他说他活在世界上最怕向弟弟、爸爸和妹妹表示亲昵，竭力避免流露感情，而趋向另一极端：冷漠无情，因此常常伤害不明原因的人。我在前厅同爸爸打了个照面，他正快步走去上车。他穿着他那件崭新的时髦莫斯科礼服，身上散发着香水味。他看见我，快乐地向我点点头，仿佛说："你瞧，这样好吗？"他的眼睛里又流露出一种得意的神色，这种神色早晨我就发现了，但此刻再次使我惊讶。

客厅还是那个高大明亮的房间，里面摆着英国制的黄色三角钢琴，敞着几扇大窗子，窗外是一片茂盛的苍绿树木和橘黄色的花园小径。同咪咪和柳波奇卡亲吻后，我走到卡金卡跟前，忽然觉得同她接吻有失体统，就红着脸，默默地站住。卡金卡却毫不羞怯，伸出她那白嫩的小手，祝贺我考取大学。伏洛嘉走进客厅，遇见卡金卡，当时也发生同样的情况。说真的，我们在一起长大，天天见面，现在，经过初次离别后，又聚在一起，真不知该怎么办才好。卡金卡的脸比我们俩更红；伏洛嘉一点儿也不窘，对她微微点点头，就走到柳波奇卡身边，他同她也交谈了几句，也并不认真，就独自散步去了。

第二十九章　我们同姑娘们的关系

伏洛嘉对姑娘们抱有一种非常奇怪的看法，他会关心她们有没有吃饱，有没有睡够，服装是不是整齐，法语有没有说错（这会使他在外人面前感到丢脸),但他不承认她们能够思考,能够感受人性,更不承认可以同她们谈论问题。她们要是向他请教什么严肃问题(但她们竭力避免这样做),问他对某本小说的意见,或者他在大学上课的情况,他就向她们扮鬼脸,一言不发地走开,或者故意说些错误的法语,或者一本正经地装出一副蠢相,答非所问地胡扯,眼神突然变得蒙蒙眬眬,嘴里瞎说什么甜面包,或者走吧,或者大白菜,以及诸如此类的话。要是我把柳波奇卡或者卡金卡的话转告他,他总是说:"哼!你还去同她们讨论吗?我看你这人真糟。"

他说这话时那种一成不变的轻蔑神气,你真该看一看,听一听。伏洛嘉长大成人已有两年了,他遇到任何漂亮的女人都会一见钟情。不过,尽管他天天同卡金卡见面,卡金卡穿大人连衣裙也已有两年,而且出落得一天比一天好看,他却从未想到可以同她谈恋爱。这究竟是由于童年的平凡琐事——如戒尺、上衣、任性——记忆犹新呢,还是由于年轻人对家里的一切都抱有反感,还是由于人类的共同弱点,对最初遇到的美好事物不加重视,心里想:"哦,这样的事我一生还会遇到很多呢!"但不论由于什么缘故,伏洛嘉至今没有把卡金卡看作一个女人。

那年夏天,伏洛嘉一直感到无聊,这种心情是由于他瞧不起我们。这一层,我也说过,他并不掩饰。他脸上一直挂着这样的神情:"呸,真无聊,也没有一个人可以谈谈心!"他常常一早独自背着枪出去打猎,或者不穿衣服待在自己房间里看书,直到吃午饭。要是爸爸不在家,他索性拿着书到饭桌上来看,不跟我们当中的任何人说话,使我们觉得仿佛得罪了他似的。晚上,他就躺在客厅沙发上枕着臂肘睡觉,或者一本正经地胡扯些可怕的事,有时简直不成体统，惹得咪咪大为生气，脸上一阵红一阵白，我们却笑得要死。而且，除了跟爸爸，偶尔也跟我谈谈外，他跟谁也不说正经话。对姑娘们的看法，我也不由自主地仿效哥哥，虽然我不像他那样害怕亲昵，对姑娘们的蔑视也远没有他那样根深蒂固。那年夏天，由于无聊我几次想接近柳波奇卡和卡金卡，同她们谈谈，但每次都发现她们逻辑思维的能力极差，对极其普通的事物，例如金钱是什么，大学里学点儿什么，战争是怎么回事等，简直一无所知。要是给她们解释，她们又十分冷淡，以致这种尝试只加强我对她们的不利看法。

记得有一天晚上，柳波奇卡在钢琴上上百次弹奏一段难听的乐曲，伏洛嘉躺在客厅沙发上打瞌睡，偶尔并不对着什么人，恶毒地挖苦说："弹吧，弹吧！……女乐师！……贝多芬！（他说这名字带有特别讽刺的意味）好啊……再来一次……对了。"诸如此类的话。卡金卡和我坐在茶桌旁，卡金卡不知怎的把话题转到她心爱的问题——爱情上来。我很想发一通议论，煞有介事地给爱情下个定义，说爱情就是想从别人身上获得自己所没有的东西的欲望。但卡金卡回答我说，正好相反，如果一个姑娘想嫁富翁，那就不是爱情。她认为财富是最无用的东西，而真正的爱情就要经得起别离的考验（我明白，她这是暗示她对杜勃科夫的爱情）。伏洛嘉准是听到了我们的谈话，突然用臂肘支起身来，大声问道："卡金卡！你是说俄罗斯人吗？"

"总是胡说八道！"卡金卡说。

"放到胡椒瓶里吗？"伏洛嘉一字一顿地说。我不能不认为伏洛嘉是完全正确的。

除了人人身上或多或少发展的智力、悟性和审美能力外，在不同的社会圈子，特别是在家庭里，还存在一种我称为理解的能力。这种能力的实质就是分寸感和对事物的单方面观点。同一圈子或同一家庭里的两个人，只要具有这种能力，总是让感情表达到一定程度，超过这一程度，他们就觉得不真实。他们能同时看出，称赞到什么地方结束，讽刺从什么地方开始，迷恋到什么地方结束，作假从什么地方开始，但对理解力不同的人，情况就完全不同。对具有同样理解力的人来说，每件事物的可笑的一面，或者美好的一面，或者肮脏的一面，都同样显眼。为了使一个圈子或一个家庭的人便于表达同样的理解力，他们往往创造自己的语言、自己的说法，甚至外人所不能理解的特殊语气。在我们家里，在爸爸和我们兄弟之间，这种理解发展到了极点。杜勃科夫不知怎的同我们的圈子很合得来，他的理解力很强，但聂赫留朵夫尽管人比杜勃科夫聪明得多，但理解力却很差。不过，我同伏洛嘉在同一环境里长大，我们相互的理解达到极其细微的程度，可以说超过我同任何人。连爸爸也早就落在我们后面，好多我们觉得像二乘二等于四那样明白的事，他却不理解。例如，我跟伏洛嘉天知道怎么一回事，定下一些特殊的用语：葡萄干表示一种炫耀财富的虚荣心；松果（说的时候还得把手指撮在一起，着重说松字）表示新鲜、健康、雅致而并不时髦的东西；名词用复数，表示特别爱好那种东西，等等。不过，说话的意思多半要看面部表情和总的意义来决定，因此，不论我们中谁想出一个新词来表达一种新的细微差别，另一个就能根据暗示同样正确地领会。姑娘们没有我们这种理解能力，这是我们在精神上同她们疏远和瞧不起她们的主要原因。

　　她们可能有她们的理解力，但同我们的截然不同，因此，我们已看出是一番空话，她们却认为是真实感情；我们认为是讽刺，她们却觉得是实话，等等。但当时我并不懂得，在这方面她们并没有过错，缺乏理解力并不妨碍她们成为聪明漂亮的姑娘，而我却瞧不起她们。再有，有一次我忽然想到坦白这个问题，并且趋于极端，竟责怪柳波奇卡文静、轻信的性格是装模作样，不露真情，说她不愿挖掘自己的思想和内心活动。例如，柳波奇卡每天夜里为爸爸画十字，去祭祷妈妈时她和卡金卡在教堂里流泪，卡金卡弹钢琴时翻动眼珠，不断叹气——我觉得这种种表现都是装模作样。我不禁自问：她们是什么时候学会像大人那样矫揉造作的？她们怎么不害臊？

第三十章　我的活动

尽管如此，由于我迷恋起音乐来，这年夏天我同家里的小姐们比往年更接近了。春天，邻居家一个年轻人到乡下来探望我们。他一进客厅，就盯着那架钢琴，一面随便同咪咪和卡金卡聊天，一面悄悄地把凳子推到钢琴旁边。谈了一会儿天气和乡村生活的乐趣，他巧妙地把话题转到钢琴调音师、音乐和钢琴上，最后说他会弹钢琴，接着就弹了三支圆舞曲。这当儿，柳波奇卡、咪咪和卡金卡都站在钢琴旁瞧着他。这个年轻人后来再也没有到我们家来过，但我很喜欢他的演奏，喜欢他坐在钢琴前弹琴的姿势，喜欢他把头发往后一甩的样子，特别是他用左手弹八度音的姿势，他把小指和大拇指敏捷地伸展到八个音阶宽，然后慢慢收拢，再飞快地伸开。他这种优美的动作、潇洒的姿态、甩动头发的样子，以及我们家女士们对他才能的瞩目，这一切都促发我弹钢琴的愿望。由于这种愿望，再加上深信我对音乐有才能和热情,我就学起钢琴来。在这方面,我的行动就像千百万学琴的男人,特别像女人,没有好的教师,没有真正的才能,完全不理解艺术的功能,也不知道怎样才能发挥艺术的作用。我认为,音乐,或者不如说钢琴,是以自己的感情去迷惑姑娘的手段。在卡金卡的帮助下我学会了看乐谱,我的粗手指练得灵活点儿了,不过为此我勤学苦练了两个月,真是废寝忘食,连吃饭时我也拿不听使唤的无名指在膝盖上练,睡觉时在枕头上练。我立刻动手弹曲子,而且当然是全神贯注地弹,这一点卡金卡也承认,但弹得一点儿也不合拍。

我挑选的都是些可爱的作曲家的著名乐曲,其中包括圆舞曲、加洛普舞曲、浪漫曲(改编曲)等。这些作品,凡是稍稍具备完善欣赏能力的人都会从乐谱商店的大量优美作品中挑选出来,并且说:"这些曲子都不该弹,因为再也找不到比这些更糟糕、更乏味、更无聊的东西了。"大概也正因为这个缘故,您从任何一个俄国小姐的钢琴上都能找到它们。真的,我们这里总可以听到被小姐们弹得面目全非的贝多芬的《悲怆奏鸣曲》和升C小调奏鸣曲(柳波奇卡常弹这几个曲子来纪念妈妈),也可以听到她从莫斯科教师那里学来的一些好作品,但柳波奇卡也弹这位教师自己创作的曲子,还有一些不堪入耳的进行曲和加洛普舞曲。我和卡金卡不喜欢严肃的作品,倒爱好《狂人曲》和《夜莺曲》。这些曲子柳波奇卡弹得飞快,连手指都看不清楚。我也开始弹得很响很流利。我学会了那个年轻人的姿势,时常因为没有外人来看我弹琴而感到遗憾。但不久发现,李斯特和卡尔克布伦纳[①]的作品我弹不了,而且我明白我无法赶上卡金卡。因

[①] 卡尔克布伦纳(1785—1849)——法国钢琴家、作曲家。其作品主要偏重炫技的钢琴曲。

此我想象古典音乐要好弹些，部分也是想标新立异，我就断然认定我喜欢德国古典音乐，而当柳波奇卡弹《悲怆奏鸣曲》时，我就如痴如醉（尽管，说句实话，不久前我对这支奏鸣曲还非常厌恶），并且用德语发音说贝多芬这个名字。不过，我现在回忆起来，虽然当时是胡乱瞎弹，装模作样，但我身上还是有一种类似才能的东西，因为音乐常常使我感动得流泪，而我所喜欢的那些作品我不看乐谱就能弹出来。因此，如果当时有人指导我把音乐看作人生的目的，看作单纯的享受，而不是以热情流畅的演奏作为迷惑姑娘们的手段，我也许真的会成为一名相当出色的音乐家。

阅读伏洛嘉带来的许多法国小说是那年夏天我的另一项活动。当时《基督山伯爵》之类的小说和各种各样的《秘史》刚刚出现，我读欧仁·苏、大仲马和保罗·德·柯克的小说读得入了迷。种种古怪离奇的人物和事件，在我看来都是真实的，我没敢怀疑作者在撒谎，只觉得作者并不存在，是活生生的真人真事从书本里跳到我面前。如果说我从未遇见过我在书里看到的那些人，我也从不怀疑有朝一日他们会出现。

我发现我具有书里所描写的一切激情，而且同每个人物——不论是英雄还是坏蛋——都有相似之处，就像一个多疑的人看医书，会发现自己身上有各种可能得的疾病的症状。我喜欢这些小说里描写的巧妙构思、热烈感情、神怪事件和完美品德：如果是好人，那就十全十美；如果是坏人，那就十恶不赦，就像我小时候看人那样。我特别喜欢这些书都是用法语写的，而那些高尚的人说的高尚的话我都能记住，一旦遇到什么高尚的事我就可以应用。如果有一天我再遇到柯尔皮科夫，我就可以用这些小说里的许多法国坏话来骂他；如果我终于遇到她，我就可以用许多美妙的法语向她倾诉爱情！我要给那些人准备好一些话，他们听了准会气死。根据这些小说，我甚至给自己订了新的道德准则。首先，我希望自己一举一动处处都显得"高尚"（我说法语"高尚"不同于俄语"高尚"，因为法语这个词还具有别的含义）。其次，我希望变得热情。最后，我要尽量显得体面，这种愿望我早就有了。我甚至在仪表和习惯上竭力模仿具有这些优点的人。记得那年夏天我看过几百本小说，其中一本小说里有一个非常热情的浓眉大眼的英雄人物。我真希望在仪表上像他（我觉得我在精神上同他完全一样），我站在镜子前察看自己的眉毛，决定把眉毛剃掉些，使它们长得更浓，但一动手剃，有一处剃得太多了，必须重新把它剃匀，事后一照镜子，不觉大吃一惊，发现我没有了眉毛，显得非常难看。不过，我希望不久就会像那个热情的人那样长出两道浓眉来，并以此自慰，但我还是很焦急，要是家里人看见我没有眉毛，我该怎样对他们说才好。我从伏洛嘉那里弄到一点儿火药，描了描眉毛，把眉毛都烧焦了。火药虽没有爆炸，我却变得像一个烧伤的人。不过没有人发现我的把戏，等到我把那个热情的人忘记了，我的眉毛也真的长得浓多了。

第三十一章　体　面

我在这本书里已几次提到和这个法语章目相同的概念。现在我觉得有必要用专章来加以阐释，因为在生活中这是教育和社会给我灌输的最虚伪最有害的概念。

对人类有许多不同的分类方法：富人和穷人，善人和恶人，军人和文人，聪明人和笨人，等等，但每人都有自己喜欢的主要分类方法，并不知不觉把每个新遇到的人列入这样的类别。在我现在叙述的这个时期里，我喜欢的主要分类法就是把人分成体面和不体面两大类。第二类人又分成天生不体面的人和普通人两种。我尊敬体面人，认为他们有资格同我平起平坐；对第二类人我装出蔑视的神气，其实我是憎恨他们的，对他们抱有侮辱的情绪；第三类人在我心目中是不存在的，我根本瞧不起他们。我所谓的体面，首要条件是能说一口流利的法语，特别是发音准确。一个法语发音难听的人立刻会引起我的强烈反感。"你连发音都不行，何必还学我们说话呢？"我在心里刻毒地嘲笑他。体面人的第二个条件是要留长长的、刷得干干净净的指甲。第三个条件是要懂得怎样行礼、跳舞和应酬。第四个条件十分重要，就是对什么事都要显得冷漠，经常露出一种高雅而傲慢的厌烦神气。除此以外，我还能看出一些共同的特征，根据这些特征，不用交谈，我就能判断他属于哪一类人。在这些特征中，除了房间的布置、手套的式样、字迹和马车之外，主要是脚。看到一个人的靴子和裤子，我立刻就能断定他的身份。不带后跟的方头靴，裤脚很细而没有套带，这是一个普通人。靴头窄而圆，带后跟，裤脚很细而有套带，裤腿紧裹大腿，或者裤脚肥大，有套带，像华盖一样罩在靴头上——这是一个趣味低下的人。

奇怪的是，我肯定不能成为体面人，却对这个概念很感兴趣。也许正因为我要花极大的力气才能成为体面人，这个概念在我心中才这样根深蒂固。为了具备体面人的特点，我浪费了多少十六岁无限宝贵的光阴,想起来都觉得可惜。我所模仿的那些人——伏洛嘉、杜勃科夫和我的多数朋友,他们获得这些特点似乎都很容易。我羡慕地注视着他们,悄悄地在法语上下功夫,学习行礼时眼睛不看对方,学习应酬和跳舞,学习对一切漠不关心和十分厌烦的神气,学习修指甲,甚至让剪子把肉都剪掉了——虽然如此,我还是觉得要花很大力气才能达到目的。房间、写字台、马车,这一切我怎么也不能布置得体面,尽管我不喜欢做事务工作,我还是用心去做。这一切在别人似乎都毫不费力,而且不可能不是这样。记得有一次我花了很大力气修指甲,结果还是徒劳,我就问指甲非常漂亮的杜勃科夫,他的指甲是不是天生这样,他是怎样修剪的。杜勃科夫回答我说:"从我记事时起,我从来没有在指甲上下过功夫,我不明白一个正派人指甲怎么可能不是这样。"这个回答使我十分伤心。我当时还不知道,体面人的主要条件之一是不让人发觉为体面所作的努力。对我来说,体面不仅是一种重要的优点、美好的品德,是我所追求的完善境界,而且是生活所必要的条件,少了它,世界上就没有幸福,没有荣誉,没有美好的东西。著名艺术家也罢,学者也罢,人类的救世主也罢,如果他不是个体面人,我就不尊敬他。一个体面人比他们高出一筹,他们同他不能相提并论。他可以让他们画画,作曲,著书立说,行善,他甚至可以因此称赞他们,要是谁有长处,为什么不可以称赞他呢?但他们不能同他相提并论,因为他是体面人,而他们不是,就是如此。我甚至觉得,如果我的兄弟、父母不是体面人,我会说这是一种不幸,我同他们已经不可能有任何共同之处。这种观念给我带来的最大害处,不在于为了遵守做个体面人的困难条件而浪费了许多可以用作其他正经事的宝贵时间,不是对十分之九人类的憎恨和蔑视，也不是对体面人圈子以外的美德注意不够。最大的害处在于，我确信体面人在社会上占有独特的地位，一个体面人不必争取做官，当马车匠，当兵，或者做学者。他只要达到这种地位，就算完成自己的使命，甚至比大多数人的地位都要崇高。

在青年的某个阶段，在经历了许多挫折和迷误之后，一般人都觉得必须切实参加社会活动，挑选一项献身的工作，但一个体面人难得会这样做。我过去认识，现在还认识大量上了年纪、高傲自大、严于判断的人，如果在阴间向他们提出这样的问题："你是什么人？你在人世做了些什么？"他们准会回答："我原是一个很体面的人。"

这样的命运在等待着我。

第三十二章 青年时代

那年夏天，尽管我头脑里的思想像一团乱麻，我毕竟还年少天真，自由自在，因此也可以说是幸福的。

我通常总是一早起身（我睡在凉台上，常常被早晨明亮的阳光唤醒）。我连忙穿上衣服，夹着一条毛巾和一本法文小说，到离家半俄里的桦树下的河里去洗澡。然后我躺在树荫下的草地上看书，有时眼睛离开书本，望望被晨风吹皱的淡紫色河面，望望对岸发黄的黑麦田，望望玫瑰红的晨曦怎样越来越低地染红桦树的白色树干，桦树一株株从我身边伸展到树林深处。我觉得自己心里也充满像大自然在我周围所散发的那种新鲜的青春活力，感到无比幸福。当天空飘浮着清晨的灰色阴云,我在浴后感到寒意时,我常常不择道路,在树林和野地里漫步,让新鲜露水透过靴子沾湿我的脚。这时,我就生动地幻想着我刚看过的小说里的主人公,一会儿想象自己是个统帅,一会儿是个大臣,一会儿是个力大无穷的壮士,一会儿是个热情如炽的人。我怀着激动的心情不住环顾四周,希望在林中或者树后突然遇见她。当我这样漫步,遇到正在劳动的农民和农妇时,尽管我不把普通人放在眼里,我总是情不自禁地感到十分窘迫,竭力不让他们看见我。天气渐渐热了,我们家的女士们还没有下来喝茶,我常常走到菜园或者果园去吃各种成熟的瓜果。这也是我的一大乐趣。我常常走进苹果园,来到高大茂密的马林果丛中。头上是明朗炎热的天空,周围是一片同杂草交织的马林果带刺的绿色枝叶。墨绿的荨麻,顶上开着小花,笔直地向上伸展;阔叶的牛蒡带着有刺的紫色小花,长得比马林果还高,长得比我的头还高;有些地方牛蒡同荨麻长在一起,高得几乎达到老苹果树淡绿色的茂密枝叶,那些枝叶上挂着一个个像果核般大小、光泽发青的滚圆苹果。这些苹果向着烈日,快要成熟。下面有一丛没有叶子的几乎干枯的马林果,弯弯曲曲地朝着太阳生长;翠绿的小草和幼嫩的牛蒡从隔年陈叶下钻出来,沾满露珠,在永不见天日的背阴处显得葱茏青翠,仿佛不知道苹果树上正烈日当空。

  这个密林里总是潮湿的,发出浓重的霉味,到处是蛛网、落在烂泥地上腐烂发黑的苹果和马林果,有时还有椿象——这种椿象你有时会无意中连同浆果一起吞下去,于是你就得赶快再吃一颗浆果以清口。再往前走,你会惊起一群麻雀,这些麻雀总是栖息在树丛里,不断发出叽叽喳喳的叫声和幼小翅膀拍打树枝的声音。你会听见一只大蜜蜂在哪儿嗡嗡作响，而在花园小径上你会听见园丁傻子阿金姆的脚步声和他永远不停的嘟囔声。你会暗自思忖："是啊！不论是他还是别人，谁也找不到我……"你会两手并用，从圆锥形白色小茎上摘下新鲜多汁的浆果，津津有味地一颗接一颗吃下去。你的双腿会湿到膝盖以上，脑子里充满荒诞不经的思想（你会千百次地念叨：二十个一把，七个一把），手和湿透的裤子裹着的腿都会被荨麻刺疼。太阳透过密林热烘烘地直晒到我的头上，我早就不想吃东西了，但仍坐在密林里，东张西望，倾听，思索，随意采摘和吞食最大最熟的浆果。

我通常在十点多钟来到客厅，这时多半已吃过早茶，女士们都已坐下来做自己的活计。在第一扇窗上，粗布窗帘已放下来遮阳，强烈的阳光透过窗帘的网眼射到各种物品上，留下耀眼的光斑。窗前摆着刺绣架，洁白的布面上有几只苍蝇无声无息地爬来爬去。咪咪坐在刺绣架后面，生气地不住甩动脑袋，移动座位以避开阳光，但太阳还是突然穿过空隙，把热烘烘的阳光忽而这儿忽而那儿晒到她的脸上和手上。从另外三扇窗子落进三块完整的明亮的四方形阳光。在客厅没有漆过的地板的阳光里，米尔卡照例躺着，竖起耳朵，注视着在阳光里爬来爬去的苍蝇。卡金卡坐在沙发上，不是打毛线就是朗诵，用她那在强烈的阳光下仿佛透明的白嫩小手挥赶苍蝇，或者皱起眉头，晃动小脑袋，想晃掉钻到她浓密金发里嗡嗡乱叫的苍蝇。柳波奇卡不是背着双手在房间里来回踱步，等大家一起到花园里去，就是在钢琴上弹些我早就熟悉的曲子。我坐在那里，听着这音乐或朗诵，等待轮到我弹琴。午饭后，我有时照顾姑娘们，陪她们去骑马（我认为步行出游同我的年龄和身份不相称）。我陪姑娘们骑马游览风景胜地和峡谷，感到很愉快。有时我们也会遇到一些惊险的场面，我总是表现得特别勇敢，博得姑娘们的赞赏，她们都把我看作保护人。晚上，如果没有客人，我们在阴凉的阳台上喝过茶，我同爸爸在农场里散过步，我就躺在老地方——那把高背安乐椅里，一边听卡金卡或柳波奇卡弹琴，一边看书，并重温旧时的好梦。有时，我独自坐在客厅里，柳波奇卡正在弹一支旧曲，我不由得放下书，从敞开的阳台门看出去，望着暮色笼罩下高大桦树的弯曲枝叶，望着晴朗的天空。当你凝望着的时候，天空中会突然出现一个小小的黄色斑点，接着又消失了。倾听着客厅里的琴声、大门的吱嘎声、农妇的说话声和牛群归村的声音，我会突然生动地想起纳塔丽雅·萨维什娜，想起妈妈，想起卡尔·伊凡内奇，一时间不禁感到伤心。不过我的心里充满活力和希望，这些往事只用翅膀触触我，就飞走了。

晚饭后，有时我找一个人同到花园里夜游（我害怕一个人走黑暗的林荫路），然后独自睡到游廊的地上，尽管夜里有无数蚊子叮人，我却感到非常快乐。在月圆的晚上，我往往通宵坐在草垫上，望着月光和阴影，谛听着周围的夜籁，脑子里想入非非，主要是幻想当时我认为人生最大幸福的充满诗意的风流韵事，而且因为只能幻想而没有领略过这种幸福而感到惆怅。有时，等大家都走散了，灯火从客厅移到楼上房间，那里传来女人的说话声和开关窗户的声音，我就走到游廊来回踱步，急切地倾听渐渐睡去的房子里的动静。我所梦想的幸福，哪怕还有一点儿毫无根据的希望，我就不可能冷静地为自己构想未来的幸福。

一听见光脚的走路声、咳嗽声、叹息声、推窗声或衣服的窸窣声，我就从床铺上跳起来，偷偷地倾听和张望，无缘无故地激动起来。

现在，楼上窗户里的灯光终于消失，脚步声和说话声被鼾声所代替，巡夜人开始打更，窗户里的灯光刚一消逝，花园就变得半明半暗。最后一道灯光从餐厅移到前厅，灯光投射到露珠滚滚的花园，我从窗口看见驼背的福卡穿着短袄，手里拿着蜡烛，去上床睡觉。我常常从房屋的阴影里偷偷走过湿漉漉的草地，走到前厅窗口，屏息倾听童仆的鼾声和福卡的哼哼声（他以为没有人会听见），以及他久久地念祷文的声音，我感到说不出的激动。他房间里最后一支蜡烛也终于熄灭了，窗户砰的一声关上，剩下我孤零零一人。我怯生生地东张西望，看看花坛旁或床边有没有一个白衣女人，接着就快步跑到游廊上。然后我躺到自己的铺上，脸对着花园，尽量把身子盖住，免得被蚊子和蝙蝠叮咬。我望着花园，听着夜籁，梦想着爱情和幸福。

那时，我觉得天地万物都别有一番意味：老桦树扶疏的枝叶一边沐浴在融融的月光中，另一边却用阴影遮住灌木和道路；池塘宁静而美丽的光辉像声音一样渐渐增强；游廊前花朵上的露珠闪耀着月光，婆娑的花影投射到灰色的花畦上；池塘那边传来一只鹌鹑的啼声，大路上却还有人声，两棵老桦树相互摩擦，发出轻微的声音，一只蚊子在被窝里我的耳边嗡嗡作响；苹果挂住枝丫噗的一声落到枯叶上；青蛙有时跳到凉台台阶前，它们绿油油的脊背在月光下闪着神秘的光彩。这一切在我看来都具有奇特的意义，说明世界无限美丽，而个人幸福则并非完美无缺。这当儿，她突然出现了，梳着一条乌黑的长辫子，挺着高高的胸脯，神态还是那么忧郁美丽。她伸出两条光手臂，热情沸腾地拥抱我。她爱我，我则为了她刹那间的爱而献出了整个生命。月亮在空中越升越高，越来越亮，池塘的波光像声音一样缓缓地增强，变得越来越晶莹，阴影越来越黑，光辉越来越亮。

仔细凝视这一切，留神谛听这一切，我恍然大悟，她那裸露的手臂和热烈的拥抱远不是全部快乐，同她的恋爱也远不是全部幸福；我越眺望那高高的满月，就觉得真正的美和幸福越崇高，越纯洁，越接近上帝，接近一切美和幸福的源泉，我的眼睛里不禁涌出没有得到满足却又快乐激动的泪水。

我始终孤独一人，但我觉得，这神秘而伟大的大自然，这不知为什么高悬在蔚蓝天空的一个地方而又无所不在、仿佛要填满无穷空间的迷人明月，还有我这个被各种猥琐可怜的尘世欲望所玷污但仍具有无限想象力和爱的渺小虫子——我觉得，在这个时刻，大自然、月亮和我，这三者已融为一体了。

第三十三章　邻　居

我们到家的第一天，爸爸把我们的邻居叶皮方诺夫一家称作好人，我听了感到很惊讶，而他登门拜访他们，使我更加惊讶。我们同叶皮方诺夫家为一块地皮打官司已有很久了。我小时候就听见爸爸为这场官司生气，骂叶皮方诺夫一家，请来各种人替自己辩护（我这样理解），还听见雅科夫管他们叫我们的仇人和平民百姓。我还记得妈妈要求在她家里和她面前不要提到他们。

根据这些情况，我从小就养成一种坚定不移的信念，叶皮方诺夫一家是我们的仇人，他们不仅要刺死或者勒死爸爸，而且要刺死或者勒死他的儿子，如果他落在他们手里；他们是名副其实的平民百姓。在我母亲逝世那年,我看见阿芙多基雅·华西里耶夫娜·叶皮方诺娃(佛来米美人)侍候母亲的时候,我简直不能相信她出身平民家庭,我一直把他们一家看得很微贱。尽管那年夏天我们常常同他们见面,我对他们还是抱着古怪的偏见。叶皮方诺夫一家究竟是些什么人? 他们是:母亲是个五十岁的寡妇,性格开朗,风韵犹存;女儿阿芙多基雅·华西里耶夫娜是个美人;还有儿子彼得·华西里耶维奇是个未婚的退伍中尉,说话结巴,性格古板。

安娜·德米特里耶夫娜·叶皮方诺娃在丈夫去世前就同他分居有二十年之久,她有时住在彼得堡,那里有她的亲戚,但多半住在她的梅季希村,离我家三俄里。她的生活方式被四邻八舍讲得极其难听,梅萨利纳①同她相比简直是个天真无邪的孩子。因为这个缘故,姐姐不许我们在家里提到叶皮方诺娃的名字,同时她又丝毫不含讽刺的意思对我们说,乡下这种恶毒的流言蜚语连十分之一都不能相信。当我认识安娜·德米特里耶夫娜的时候,尽管她家里有个农奴出身的管事米玖沙(他一身契尔克斯人打扮,头发卷曲,总是搽过发油,吃饭时站在安娜·德米特里耶夫娜椅子后面,她常常当着他的面用法语请客人欣赏他那漂亮的眼睛和嘴巴),但绝没有传闻中那一类事情。据说,十年前,也就是安娜·德米特里耶夫娜写信要求她的孝顺儿子彼得退伍回家时起,她确实完全改变了生活方式。安娜·德米特里耶夫娜的地产并不多,总共只有一百来个农奴,但她在过快活生活的时期开销很大,因此她十年前抵押和再抵押的田产都过了期,不得不拍卖掉。在这种极其窘迫的情况下,安娜·德

---

① 梅萨利纳(约22—48)——罗马皇帝克劳狄的妃子,以淫乱阴险出名。

米特里耶夫娜认为监护呀，查封财产呀，法官上门呀，以及诸如此类不愉快的事，与其说是因为她付不出利息，不如说是因为她是个妇道人家，因此写信给军队里的儿子，要他把母亲从困境中救出来。彼得·叶皮方诺夫虽然在军队里一帆风顺，不久就可以独立自主，但他放弃一切，退伍回家，作为一个孝顺儿子，把侍奉老母看作首要的天职（他在信里也诚恳地提到），回到家乡。

彼得·叶皮方诺夫虽然外貌不扬，动作笨拙，说话结巴，但行为规矩，思想踏实。他靠着小额贷款、周转、要求和诺言好容易保住田产。成为地主后，彼得·叶皮方诺夫穿上父亲的旧皮大衣，卖掉马和马车，不请客人来梅季希村。他开沟挖渠，增加耕地，减少农民的土地，叫他的农奴伐木，精打细算地卖掉小树林，重振家业。彼得·叶皮方诺夫立了誓，并信守誓言，不还清全部债务，他就只穿父亲的皮大衣和自己做的帆布服，不穿别的衣服，只乘大车，骑农民的马，不坐别的马车。他对母亲恪尽孝道，并在不违反孝道的情况下把这种禁欲主义的生活方式推广到全家。在客厅里，他对母亲结结巴巴地曲意奉承，满足她的一切愿望，如果仆人不执行安娜·德米特里耶夫娜的吩咐，他就责骂他们；但是在他的书房和办公室里，仆人如果没有他的命令擅自把一只鸭子端上饭桌，或者按照安娜·德米特里耶夫娜的吩咐派农奴去探问邻居的病情，或者把农奴姑娘派到树林里去拾马林果，而不是派到菜园里去锄草，他都要严加惩罚。

大约过了四年，债务全部还清，彼得·叶皮方诺夫去了一次莫斯科，回来时就穿上一身新衣，坐着四轮马车。然而，尽管家业蒸蒸日上，他还是保持禁欲主义的习惯，并皱着眉头在家人和外人面前以此自豪，常常结结巴巴地说："凡是真想见我的人，看见我穿着光板皮袄也会高兴的，也愿意吃我的菜汤和麦粥。我自己也吃这些东西。"他添加说。他的一言一行都流露出自豪的神气，这种自豪是由于意识到自己为母亲作出牺牲，赎回产业，并且瞧不起没有这样做的人。

母亲和女儿的性格跟他完全不同，母女之间的脾气也各异。母亲在妇女圈子里是个和蔼可亲、极其愉快的人。凡是快乐美好的事都使她高兴。只有最善良的老人才有的特征——欣赏快乐的年轻人——在她身上得到最充分的表现。她的女儿，阿芙多基雅·华西里耶夫娜，正好相反，生性严肃，或者毋宁说特别冷漠，高傲得毫无道理。这种脾气通常只有未婚的美人才有。她想快乐的时候，她的快乐也有点儿古怪，不知她是在嘲笑自己，还是在嘲笑同她谈话的对方，还是在嘲笑全世界，但这大概并非她的本意。她常常说诸如"是的，我非常美，当然人人都会爱我！"这一类的话，这时我就感到惊讶，弄不懂她想说明什么问题。安娜·德米特里耶夫娜一天到晚忙个不停。她喜欢收拾房子和花园，种花，养金丝雀，收藏小玩意儿。她的房间和花园并不大，也不豪华，但一切都收拾得整整齐齐，干干净净，一切都显得轻松愉快，就像优美的圆舞曲和波尔卡舞曲所表现的那样。客人们常用像玩具一样玲珑可爱来夸奖安娜·德米特里耶夫娜的花园和房间，倒是非常贴切的。安娜·德米特里耶夫娜自己也像个玩具：瘦小玲珑，脸色娇嫩，一双漂亮的小手，穿着总是很得体，性情总是快活开朗。只有她小手上的青筋过于凸出，损害了这种总的形象。阿芙多基雅·华西里耶夫娜正好相反，几乎一向什么事也不做，不仅不喜欢种花，摆弄小玩意儿，甚至不注意修饰打扮,总是客人来了才去换衣服。不过,当她打扮好回到房里时,除了冷漠呆板的眼神和笑容,总是显得美艳动人,而这正是天下美人的通病。她那端正美丽的脸和苗条优美的身材仿佛总是在说:"你高兴看我,就请看吧!"

尽管母亲生性开朗活泼,女儿外表冷若冰霜,你还是会感觉到,母亲除了漂亮和欢乐,不论过去或现在,什么也不爱,而女儿却天生这样的性格,一旦爱上什么人,就会把整个生命奉献给他。

第三十四章 父亲的婚姻

父亲第二次结婚,娶阿芙多基雅·华西里耶夫娜时,已有四十八岁。

春天里,父亲带着姑娘们下乡,我猜想他的心情一定特别兴奋,他喜欢与人交往,这种心情是赌徒们赢了一大笔钱、洗手不干时常有的。他觉得他还有许多未享受的幸福,如果不想用在赌博上,可以用在生活的成功上。何况时值春天,他突然有了许多钱,却孤身一人,感到寂寞。他同雅科夫谈事务,我猜想,他准会想到同叶皮方诺夫家的那场官司,会想到他好久没见的美人阿芙多基雅·华西里耶夫娜,并且会对雅科夫说:"我说,雅科夫,我们为这场官司费了多少麻烦,不如干脆把那块该死的地让给他们,你看怎么样?"

我猜想,雅科夫听到这样的问题,一定在背后摆动手指表示反对,并且肯定地说:"彼得·亚历山德雷奇,官司还是我们有理。"

但爸爸吩咐套车，他穿上时髦的橄榄色大衣，梳了梳稀疏的头发，手帕喷上香水，兴高采烈地 —— 这种心情是由于相信自己的行为像位老爷，而尤其是因为期望遇到一位美人 —— 乘车去拜访邻居。

我只知道，爸爸第一次去拜访没有遇到彼得·叶皮方诺夫，他下地去了。爸爸就独自同女士们待了两小时光景。我能想象，他怎么甜言蜜语，说得她们神魂颠倒，他穿着柔软的靴子在地板上来回踱步，并向她们挤眉弄眼。我也能想象，那位风流多情的老太婆怎样一下子爱上了他，她那位冷若冰霜的美丽女儿怎样兴高采烈。

当使女气喘吁吁地跑去报告彼得·叶皮方诺夫，说伊尔捷尼耶夫老爷亲自光临时，我能想象，他怎样怒气冲冲地回答："哼，他来干什么？"接着他便悄悄地回到家里，也许先到书房里穿上最脏的外套，还派人警告厨师，即使女东家吩咐添菜也决不允许。

后来我常见爸爸和叶皮方诺夫在一起，因此能生动地想象他们第一次见面的情景。我能想象，爸爸怎样向他提出和解那场官司，彼得·叶皮方诺夫还是闷闷不乐，怒气冲冲，因为他为母亲牺牲了自己的前程，而爸爸没有这样的经历，他对爸爸的建议并不感到惊讶。爸爸似乎没有注意到他的恼怒，照样嬉皮笑脸，把他当作一个出色的小丑戏弄，这使彼得·叶皮方诺夫有时生气，有时又不得不违心地忍受。爸爸出于他爱开玩笑的性格，不知怎的把彼得·叶皮方诺夫称作上校，尽管有一次彼得当着他的面，结巴得比平时更厉害，脸气得通红，说他不是上 —— 上 —— 上 —— 上校，而是上 —— 上 —— 上 —— 上尉，可是过了五分钟，爸爸又管他叫上校。

柳波奇卡告诉我，我们没有回乡以前，他们跟叶皮方诺夫一家天天见面，过得非常快乐。爸爸一向善于把一切安排得别出心裁，妙趣横生，同时又简单高雅。他一会儿提议去打猎，一会儿提议去钓鱼，一会儿放焰火，叶皮方诺夫一家每次都参加。柳波奇卡说，要不是那个讨厌的彼得·叶皮方诺夫成天绷着脸，说话结结巴巴使人扫兴，大家就会更快活。

我们回家后，叶皮方诺夫家人只来过我家两次，我们全家去过他们家一次。圣彼得节①是爸爸的命名日，他们和大批客人都来了，但这以后不知怎的我们同叶皮方诺夫家完全断绝了来往，只有爸爸一人仍常去看望他们。

在我看见爸爸和杜涅奇卡（她妈妈这样叫阿芙多基雅·华西里耶夫娜）在一起的短暂时间里，我发现了这个情况。爸爸总是兴高采烈，他这种情绪在我们回家那天就使我吃惊。他快乐，年轻，生气勃勃，十分幸福。他这种幸福的光辉放射到周围所有的人身上，使大家不由得都感染了这样的情绪。阿芙多基雅·华西里耶夫娜在房里的时候，他跟着她寸步不离，不断对她甜言蜜语，我听了都替他害臊；有时他默默地瞧着她，情绪热烈、扬扬自得地耸耸肩膀，干咳一声，有时含笑对她说几句悄悄话，但即使这样仍带着玩笑的意味，他在对待极其严肃的事时也往往抱这种态度。

阿芙多基雅·华西里耶夫娜仿佛从爸爸那里学会了幸福的表情，她那双浅蓝色的大眼睛几乎闪烁着这样的光辉，只有她突然感到羞涩时除外。我理解这种感情，看着她感到又可怜又难受。在这种时刻，她显然害怕每一道目光和每一个动作，以为大家都在瞧着她，都在想她的事，她的一举一动都不合规矩。她怯生生地环顾所有的

---

① 圣彼得节——在七月十二日（俄历六月二十九日）。

青 年 | 325

人，脸上一阵红一阵白，并大胆地高声说话，说的话多半毫无意义。她感觉到这一点，以为爸爸和大家都在听她说话，她的脸就更红了。不过，在这种时候爸爸并没有觉得她的话毫无意义，他还是热情洋溢，咳嗽几声，神魂颠倒地望着她。我发现，阿芙多基雅·华西里耶夫娜的羞涩虽然没有什么来由，但有时是在别人当着爸爸的面提到一位年轻美丽的女人时出现的。她常常从沉思默想转变为古怪的快乐的羞涩（我在前面已经说过），她重复爸爸爱说的字眼和句子，她同别人谈跟爸爸开了头的话题，如果当事人不是我父亲，或者我的年龄再大些，这一切便能向我说明爸爸同阿芙多基雅·华西里耶夫娜的关系，但当时我却没有产生任何怀疑，甚至在爸爸当着我的面收到彼得·叶皮方诺夫的信，显得垂头丧气，直到八月底一直都没有上他们家的门，我都没有怀疑过。

八月底，爸爸又去拜访邻居，并且在我和伏洛嘉动身去莫斯科前夜向我们宣布，他要同阿芙多基雅·华西里耶夫娜结婚。

第三十五章　我们怎样接受这个消息

这个消息正式宣布前一天，家里人人都已知道了，大家议论纷纷。咪咪整天没有走出房门，哭个不停。卡金卡陪着她，直到吃午饭才出来，脸上像她母亲一样带着委屈的神气。柳波奇卡正好相反，非常高兴，吃饭的时候说，她知道一个了不起的秘密，但她不告诉任何人。

"你那个秘密没有什么了不起,"伏洛嘉对她说,没有像她那样高兴,"如果你能认真想一想,你就会明白,这可是件坏事。"

柳波奇卡惊讶地对他注视了一会儿,便没再作声。

午饭后,伏洛嘉想挽起我的手臂,但又怕这样太亲昵,就只碰碰我的手臂,向大厅点点头。

"你知道柳波奇卡说的是什么秘密吗?"他确信只有我们两人在一起时,对我说。

我同伏洛嘉难得在一起谈正经事,因此遇到这种情况,彼此都有点儿别扭,像伏洛嘉说的那样,眼睛里金星直冒。但此刻面对着我眼神里的惶惑不安,他却继续严肃地凝视着我的眼睛,脸上的神情仿佛说:"你不用发窘,我们终究是兄弟,彼此得商量商量家里的大事。"我懂得他的意思,他接下去说:"爸爸要娶阿芙多基雅·华西里耶夫娜,你知道吗?"

我点点头,因为已经知道这事了。

"要知道,这件事很不好。"伏洛嘉继续说。

"这是为什么呀?"

"为什么?"他气愤地回答,"有这样一个结结巴巴的上校舅舅,有这样一门亲戚,真是太好了。她现在只是看上去很和善罢了,谁知道她将来会怎么样,对我们就算没有什么关系吧,但柳波奇卡不久就要进社交界了。有这样一位继母,可不是件很愉快的事,她连法语都说得很糟,她能给柳波奇卡什么影响呢?她只是个粗婆娘罢了,就算很和善,但毕竟只是个粗婆娘。"伏洛嘉结束说,显然因想出"粗婆娘"这个词而得意扬扬。

尽管伏洛嘉那么冷静地评论爸爸选择的对象,使我非常惊讶,我还是觉得他的话有道理。

"爸爸到底为什么要结婚呀?"我问。

"这事可只有天知道了。我只知道彼得·叶皮方诺夫劝过他结婚,要求他结婚,爸爸不愿意,但后来他忽发奇想,有点儿像骑士作风,这就令人难以理解了。直到现在我才开始了解父亲,"伏洛嘉继续说(他不叫爸爸,而叫父亲,使我感到难受),"他是个好人,又善良,又聪明,但是太不稳重,太轻浮……真是奇怪!他看见女人就不能不动心。老实说,他对女人是见一个爱一个。对咪咪也是这样。"

"你这算什么话?"

"我告诉你,不久前我才知道,咪咪年轻的时候,他爱过她,给她写过诗,他们之间有过什么。咪咪到现在还很痛苦。"伏洛嘉说到这里笑起来。

"不可能!"我十分惊讶地说。

"不过重要的是,"伏洛嘉又严肃地说下去,突然改用法语,"这桩婚事将使我家亲朋好友感到很高兴!而且她一定会生孩子。"

伏洛嘉这种合情合理的看法和预见使我大吃一惊,我不知道怎样回答才好。

这时,柳波奇卡走到我们跟前。

"那么,你们都知道了?"她喜气洋洋地问。

"是的,"伏洛嘉说,"只是我感到惊奇,柳波奇卡,你已不是一个奶娃娃了,爸爸要娶这样一个贱货,你有什么可开心的?"

柳波奇卡突然板起脸,沉思起来。

"伏洛嘉!怎么是贱货?你怎么敢这样说阿芙多基雅·华西里耶夫娜?既然爸爸要娶她,她就不是贱货。"

"对，她不是贱货，我只是这么说说，但反正……"

"不要说什么'但反正'！"柳波奇卡大发脾气，打断他的话说，"我并没有说你爱上的那个姑娘是贱货，你怎么能那样说爸爸和一个出色的女人？尽管你是哥哥，你也不能这样对我说，你也不该这样说。"

"为什么不可以评论……"

"不可以评论，"柳波奇卡又打断他的话说，"不可以评论像我们这样的爸爸。咪咪可以评论，但你不可以，哥哥。"

"不，你还什么也不懂，"伏洛嘉轻蔑地说，"你要明白！让一个什么杜涅奇卡来代替过世的妈妈，这样好吗？"

柳波奇卡沉默了一会儿，眼泪突然夺眶而出。

"我原来知道你这人很骄傲，但没想到你竟然这样狠心。"她说着，离开了我们。

"真糊涂。"伏洛嘉扮了个又严肃又可笑的鬼脸，眼睛黯淡无光，说。"你同她们那种人去议论吧。"他接下去说，仿佛责备自己竟会忘了身份去同柳波奇卡说话。

第二天天气很坏，我走进客厅的时候，爸爸和女士还没有下来喝茶。夜里下了一场寒冷的秋雨，空中飘着夜晚留下的残云，一轮朝阳已升得相当高了，透过乌云发出朦胧的光辉。天气又冷又潮，刮着大风。花园门开着，凉台上的地面被夜雨淋得发黑，但积水已渐渐干了。敞开的门用铁钩钩着，被风吹得直晃荡；小路潮湿泥泞；老桦树连同它的白色光枝、灌木、青草、荨麻、醋栗、接骨木连同它的白色背面朝上的树叶都在风中挣扎，仿佛要脱离树根；圆形的黄叶在菩提树夹峙的林荫路上空旋转飞舞，互相追逐，飘落到湿漉漉的路上和暗绿色的再生草地上。我满脑子都是父亲未来的婚事，竭力想用伏洛嘉的观点来看这件事。我觉得我姐姐的前途、我们的前途，甚至父亲本人的前途都不妙。一个局外人，一个陌生人，主要是一个毫无权利的年轻女人，突然，在许多方面占据了别人的位置——占据谁的位置呢？——一个普普通通的年轻小姐竟要占据亡母的位置！一想到这点，我就怒不可遏。同时我又感到伤心，我越来越觉得父亲不对。这当儿，我听见父亲和伏洛嘉在男仆室说话，我不愿在这时看到父亲，就从门口退出去，但柳波奇卡来找我，说爸爸叫我去。

他站在客厅里，一只手支着钢琴，急躁而庄重地朝我这边望着。他脸上已没有近来我一直见到的青春和幸福的表情。他神色忧伤。伏洛嘉手里握着烟斗在屋里来回踱步。我走到父亲跟前，向他请安。

"哦，我的朋友们，"他抬起头断然说，话说得特别急，这种语调在谈到什么不愉快、但已没有商量余地的事时才用的，"不瞒你们说，我想同阿芙多基雅·华西里耶夫娜结婚。"他停了片刻，"你们的妈妈去世后，我从没想到再结婚，但是……"他又停了停，"但是……但是，看来是命里注定了。杜涅奇卡是个善良可爱的姑娘，也不太年轻了。孩子们，我希望你们会爱她，她已从心底里，爱着你们了，她是个好人。现在你们，"他转身对我和伏洛嘉急急地说，仿佛怕我们打断他的话，"你们该走了，但我要在这儿待到新年，过了年再去莫斯科，"他又迟疑了一下，"带妻子和柳波奇卡去。"看见父亲在我们面前羞怯和负疚的神情，我感到难受。我朝他跟前走近些，但伏洛嘉仍吸着烟低着头在屋里来回踱步。

"是的，我的朋友们，你们的老头儿就是这样忽发奇想。"爸爸红着脸，咳嗽着，结束说，把两手伸给我和伏洛嘉。他说这话时眼睛里闪着泪花，他把手伸给当时在房间另一头的伏洛嘉时，我发现他的手有点儿哆嗦。我看到这只哆嗦的手，心里很难受，尤其是当我忽然想到爸爸在一八一二年打过仗而且是一名以勇敢著称的军官时，就更加激动。我握住他那只青筋毕露的大手，吻了吻。他紧紧地握了握我的手，突然呜咽起来，双手抱住柳波奇卡头发乌黑的头，吻着她的眼睛。伏洛嘉假装掉了烟斗，弯下腰去捡，偷偷用拳头擦了擦眼睛，竭力不让人察觉，走出屋去。

第三十六章 大 学

婚礼定于两星期后举行，但大学已开学，我和伏洛嘉九月初去了莫斯科。聂赫留朵夫家的人也从乡下回来了。聂赫留朵夫（我们分手时约定要通信，结果自然是一封信也没有写）一回来，就来看我。我们讲定，第二天他带我第一次去大学上课。

那是个阳光灿烂的日子。

我一走进教室，就觉得落入年轻快乐的人群中。他们在从大窗户射进来的阳光中，在各个教室门口和走廊里进进出出。意识到自己是这个大集体里的一员是很愉快的。不过在这些人中我认识的人不多，而且只限于点头之交，遇到时他们只是对我说一声："您好，伊尔捷尼耶夫！"在我的周围，人们握手，拥抱，交谈，欢笑，十分友好。到处我都感到，这种温暖的关系把这群年轻人联结在一起。但我伤心地发现那里没有我的份。不过，这只是一瞬间的印象。尽管由此而产生了恼恨的情绪，我立即感到我不属于这群人也是好事，我应该有自己的圈子,体面人的圈子,我就坐到第三排上,那里还坐着 Б① 伯爵、З② 男爵、Р③ 公爵、伊文这一类先生,其中伊文和Б伯爵是我所认识的。但这些先生瞧我的神气,使我觉得我也不是完全属于他们那一群的。我开始观察我周围的动态。谢苗诺夫,一头蓬乱的白发,一口雪白的牙齿,敞开礼服,坐在离我不远的地方。他一手托着下巴,嘴里咬着鹅毛笔。考第一名的中学生坐在第一排,腮帮下仍系着一条黑领带,手里玩弄着挂在缎子背心上的银表钥匙。伊科宁总算也进了大学,坐在最高一排凳子上,穿着一条罩住整个靴子的镶边浅蓝色裤子,不断哈哈大笑,大声说他登上了帕尔那索斯山④。伊连卡不仅冷淡地、简直是轻蔑地向我点点头,仿佛要提醒我,我们在这儿是平等的。这使我感到惊讶。他坐在我前面,特别放肆地把两条瘦腿往凳子上一搁(我觉得他是故意做给我看的),跟另一个学生攀谈着,偶尔回头瞧我一眼。伊文这一伙讲着法语。我觉得这些人都是蠢货。他们谈的每句话,我不仅觉得无聊,而且不正确,简直不是法语(我用法语对自己说:这不是法语),而谢苗诺夫、伊连卡等人的举动、言语都不文雅,不规矩,不成体统。

我不属于任何集团,又不善于交际,我感到孤独,就生自己的气。坐在我前排的一个大学生一直在咬指甲,咬得指甲上尽是红色的刺,我看了恶心,就挪动一下,离开他远一点儿。我记得,开学第一天我心里很不痛快。

---

① Б——俄文字母,发音类似英文字母"B"。——编者注
② З——俄文字母,发音类似"兹"。——编者注
③ Р——俄文字母,发音类似"勒"——编者注
④ 帕尔那索斯山——希腊神话中太阳神和文艺女神居住的地方。

教授走进来，大家一阵骚动。接着就鸦雀无声。我记得，我对教授也投了一束嘲讽的目光。我觉得他的开场白毫无意义，这也使我感到惊讶。我原希望讲课自始至终都应该非常精彩，不能减一个字，也不能加一个字。我对此大失所望，立刻就在精美笔记本的"第一讲"标题下画了十八个侧面头像，组成一个花圈。只偶尔在纸上移动一只手，让教授（我肯定他很注意我）以为我是在记笔记。从这堂课开始，我确信，把每位教授讲的东西都记下来，不仅没有必要，简直是很愚蠢的。直到学期结束我都持这种看法。

上下面几节课时，我已不觉得那么孤独了。我结识了许多同学，跟他们握手，交谈，但不知怎的我和同学们总不能真正接近，心里常常感到虚伪和悲伤。我同伊文和那批贵族（大家都这样称呼他们）合不来，因为（据我现在回忆）我对他们粗野无礼，要他们先向我行礼我才还礼，而他们显然不太需要同我结交。至于我跟大多数同学合不来，那是由于完全不同的原因。只要我一发觉哪个同学对我有好感，我就立刻让他知道，我常在伊凡·伊凡内奇公爵家吃饭，我有自备马车。我说这一切，无非是要炫耀自己的地位，使同学因此更喜欢我，但结果往往适得其反，每次我吹嘘伊凡·伊凡内奇公爵是我的亲戚，我有自备马车后，同学就立刻变得对我冷淡和傲慢了。

我们那里有一个公费生，叫奥彼洛夫，他是个谦虚用功的青年，很有才华。他同人握手，并不弯着手指，总是一动不动，手僵得像块木板，因此爱开玩笑的同学有时也这样同他握手，并且把这戏称为"木板式"握手。我几乎总是同他坐在一起，常常和他交谈。奥彼洛夫对教授们有他独特的见解，因此我格外喜欢他。他十分明确地评定每个教授讲课的优缺点，有时甚至取笑他们。从他的小嘴里低声说出来的话，对我起着非同寻常的奇怪作用。虽然如此，他还是十分详细地用他细小的字迹把全部讲义记录下来。我同他开始接近，我们决定一起温习功课。当我坐到他旁边的座位上时，他那双近视的灰色小眼睛便愉快地瞧着我。不过，有一次交谈，我向他说明，我母亲临死时要求父亲不把我们送到公立学校，我也开始相信，公立学校的学生尽管很有学问，我可……一点儿也不喜欢，他们都缺乏教养。我说这话时结结巴巴，并且感到不知怎的脸都红了。奥彼洛夫什么也没对我说，以后上课也不先同我打招呼，不把他的"木板"伸给我握，不同我交谈，我坐到座位上，他把头扭向一边，离笔记本只有一指距离，假装看笔记。奥彼洛夫无缘无故的冷淡使我感到奇怪，但对一个上等人家的青年来说，巴结奥彼洛夫这样的公费生是有失体面的，因此我就不理他，虽然说句实话，他的冷淡使我伤心。有一次我到得比他早，因为讲课的是一位大家敬爱的教授，不常来听课的学生都来了，座位都坐得满满的，我就坐了奥彼洛夫的位子。我把笔记本放在课桌上，走了出去。回到教室时，我看见我的笔记本被挪到后排凳子上，奥彼洛夫坐在他原来的位子上。我对他说，我刚才把笔记本放在这儿的。

"我不知道。"他突然涨红了脸，眼睛不瞧我，回答说。

"我对你说，我把笔记本放在这儿的。"我说，故意装出生气的样子，想用我的勇气吓唬他。"大家都看见的。"我环顾同学，添加说。尽管许多人好奇地望着我，却没有一个吱声。

"这儿的位子又不是包的，谁先来谁就坐。"奥彼洛夫说，生气地在座位上坐坐正，用愤怒的目光扫了我一眼。

"这么说，你是个大老粗。"我说。

奥彼洛夫仿佛嘟囔了一句，仿佛说："你是个傻小子。"但我一点儿也没有听清楚。再说，要是我听清楚了，那又有什么好处？除了像乡巴佬那样吵嘴，还有什么呢？（我很喜欢乡巴佬这个词，我用它回答和解决了许多伤脑筋的问题。）我也可能再说几句，但这时门砰的一声关上了，身穿蓝呢燕尾服的教授向大家点点头，匆匆走上讲台。

不过，临考试前，我需要笔记本，奥彼洛夫就信守诺言，把他的笔记本借给我，而且邀我一起温习功课。

第三十七章　痴　情

那年冬天，我很醉心于谈情说爱。我痴情过三次。有一次我热烈地爱上了一个很丰满的太太。我看到她在弗雷塔格练马场骑马，结果每逢星期二和星期五她骑马的日子我就去练马场看她，但每次我都非常害怕被她看见，因此总是离她远远的，而且急急地离开她必经的地方。当她向我这边张望的时候，我就若无其事地转过身去，以致我连她的相貌都没有看清，至今不知道她是不是真的长得很美。

杜勃科夫认识这位太太。有一次他在练马场发现我躲在仆人和他们抱着的皮大衣后面，他还听聂赫留朵夫说过，我很迷恋这位太太。他提出要把这位女骑士介绍给我，这可把我吓坏了，我慌忙跑出练马场。一想到他会把我的情况告诉她，我就再也不敢走进练马场，连仆人那里也不敢去，唯恐遇见她。

当我爱上陌生女人，特别是有夫之妇时，我所感到的羞愧比爱上宋尼奇卡时厉害千倍。天下我最害怕的事是,我的恋爱对象知道我在爱她,就连知道有我这个人存在我都感到害怕。我觉得,要是她知道我对她的一片痴情,这将是对她的莫大侮辱,她永远不会原谅我。真的,那位女骑士要是知道我躲在仆人后面看她,幻想把她拐走,带到乡下,在那里跟她同居,怎样对付她,她也许有理由觉得深受侮辱。但我不能确定,她即使认识我,也不会立刻知道我对她的想法,因此只同她认识一下,有什么可害臊的呢?

第二次,我在姐姐那里遇见宋尼奇卡,我就爱上了她。我对她的第二度爱情早就过去,但我第三次又爱上了她,这是由于柳波奇卡把宋尼奇卡抄的诗集给我看,诗集里抄录莱蒙托夫的《恶魔》,其中许多伤感的爱情句子下都用红笔画了道道,并且夹了鲜花。想起伏洛嘉去年怎样吻他情人的钱包,我也试着这样做。有一天晚上,我独自待在房间里胡思乱想,眼睛望着一朵小花,我把它贴到嘴唇上,感动得简直要流泪。我又堕入情网,至少一连几天有这样的感觉。

最后,第三次,那年冬天我爱上了伏洛嘉所爱的、常来我家的一位小姐。这位小姐,就我现在记忆所及,没有什么可取之处,也就是没有我一向喜欢的优点。她是莫斯科一位著名的博学多才的夫人的女儿,生得娇小玲珑,淡褐色长发绾成英国式发卷,脸部侧面线条分明。大家都说,这位小姐比她母亲更聪明,更有学问,但这一点我无法判断,因为一想到她的博学多才,我就肃然起敬。我只同她谈过一次话,谈话时还心惊胆战。伏洛嘉从来不因有人在场而羞于表达自己的感情,他这种热情深深感染了我,使我也热恋上了这位小姐。我想,伏洛嘉要是知道哥儿俩爱上同一位小姐,会不高兴的,因此没有向他吐露我的感情。我的情况正好相反,这种感情最让我愉快的是，我们的爱情都是那么纯洁，尽管对象是同一个，而且十分迷人，我们哥儿俩仍很友爱，而且必要时彼此都愿意牺牲自己。不过，说到牺牲这一点，伏洛嘉似乎跟我不完全一样，因为他爱得那么热烈，要是有个真正的外交家要娶她，他会打他耳光，同他决斗的。我觉得牺牲自己的感情是一大快事，也许这不费我什么事，因为我和这位小姐只有一次别出心裁地谈论过高深音乐的价值，虽然我竭力保持这次爱情，但一星期后就消失了。

第三十八章　社　交

那年冬天，我进大学后，梦想仿效哥哥去领略社交活动的快乐，可是完全失望了。伏洛嘉经常跳舞，爸爸也常带着年轻的妻子去参加舞会。可是我呢，大家想必认为太年轻，或者还不会享受这种快乐，谁也不带我到举行舞会的人家去。尽管我答应对聂赫留朵夫推心置腹，无话不谈，我还是没有告诉他，也没有告诉任何人，我是多么想参加舞会，可是被人遗忘了（他们把我看作哲学家，我也就装出那副模样），这是多么苦恼啊！

但那年冬天，柯尔纳科娃公爵夫人家举行了一次晚会。她亲自邀请我们全家去，也包括我在内。这是我第一次参加舞会。临走前，伏洛嘉到我的房间里来，想看看我是怎样打扮的。他这个行动使我感到惊讶和困窘。我认为想打扮得漂亮是很可耻的，不应该让人知道这种想法；他正好相反，认为这种愿望极其自然和必要，因此十分坦率地说，他怕我丢人。他要我一定穿上漆皮靴，而当我想戴上麂皮手套时，他简直吓坏了。他用一种特别的式样给我挂上表，然后领我到库兹涅茨桥理发店去。他们给我烫了发。伏洛嘉走开几步，从远处打量我。

"嗯，现在好了。不过，你不能把前面这绺翘起来的头发弄弄平吗？"他对理发师说。

但不论查理先生[①]怎样用黏糊糊的生发油涂到我的额发上，我戴帽子时它还是翘起来。总而言之，我的头发烫过之后，我的模样比原来更难看。我唯一的补救办法就是装得满不在乎。只有这样，我的外表才不受人注意。

伏洛嘉仿佛也是这个意思，因为他要我把烫过的头发弄弄平，我照他的话做了，但还是不行，他就再没有朝我看，在去柯尔纳科娃家的一路上，他一直闷闷不乐。

我大胆地同伏洛嘉一起走进柯尔纳科娃家。不过，当公爵夫人邀我跳舞时，尽管我一路上很想跳舞，这时不知怎的竟说我不会跳舞。我胆怯了，独自留在陌生人中间，完全陷入平时那种越来越强烈的无法克制的羞涩中。我默默地在一个地方站了一晚上。

跳华尔兹的时候，一位公爵小姐走到我跟前，带着他们一家共有的表面殷勤问我为什么不跳舞。记得当时听到这问题，我很羞怯，但脸上却情不自禁地露出得意的微笑。我用矫揉造作的法语胡说了一遍，以至事隔十年，如今回想起来都感到害臊。多半是音乐刺激了我的神经，大大影响了我，并且把我部分含糊不清的话掩盖掉了。我谈到上流社会，谈到男人和女人的空虚无聊，最后竟信口开河，

---

① 原文是英语。

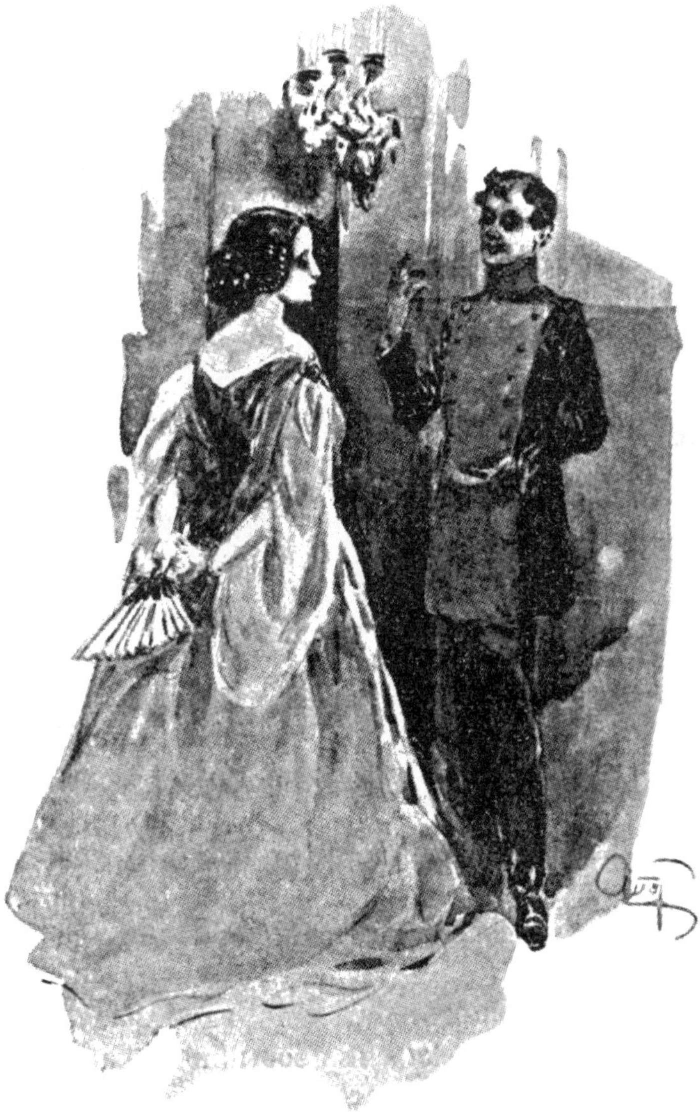

话说到一半停下来。其实那句话是根本无法说下去的。

就连天生善于交际的公爵小姐也窘了，不以为然地对我望了望。我笑了。在这紧要关头，伏洛嘉看见我在高谈阔论，大概很想知道我怎样用语言来弥补不跳舞的损失，就和杜勃科夫一起走到我跟前。他看见我的笑容和公爵小姐的窘态，听见我最后那句荒唐话，他满面通红，转身就走。公爵小姐也站起来离开我。我依旧笑着，但此时意识到自己的愚蠢，真恨不得钻到地缝里去，而且觉得无论如何要活动活动身子，找点儿话说，以摆脱这种困境。我走到杜勃科夫跟前，问他是不是同她跳了好几次舞。我想显得风趣快活，其实是向在雅尔饭店酒宴上被我喝令住口的杜勃科夫求援。杜勃科夫装作没有听见我的话，转过身去。我走到伏洛嘉跟前，好不容易用玩笑的口气对他说："伏洛嘉，你累坏了吧？"但伏洛嘉对我望望，仿佛说："我们单独在一起时，你不要这样对我说话。"接着默默地走了，显然怕我再缠住他。

"天哪，连哥哥也不理我了！"我想。

但不知怎的我没有勇气走掉。到晚会结束，我都闷闷不乐地站在一个地方，直到客人快要散去，拥到前厅，仆人给我穿大衣时把我的帽檐挂住，帽子翘了起来，我才含泪苦笑，并不专对什么人说："真是太美啦！"

第三十九章　酒　宴

尽管在聂赫留朵夫的影响下，我还没有沉迷于通常被大学生们称作酒宴的娱乐中，但那年冬天我还是参加了一次这样的聚会，从中获得的感受却并不太愉快。事情是这样的，那年年初，有一次上课时，З男爵，一个身材高大、相貌端正、神态严肃的金发青年邀请我们大家去欢度同学晚会。我们大家是指多少算得上体面的同班同学，其中自然不包括格拉普、谢苗诺夫、奥彼洛夫，也不包括那些不成体统的人。伏洛嘉听说我要去参加大一学生的酒宴，轻蔑地微微一笑。但我满心希望从这次我从未领略过的娱乐中获得异乎寻常的快乐，八点整就准时到达З男爵家。

З男爵敞开礼服，穿着白背心，在他父母那座不大的住宅灯火辉煌的大厅和客厅里接待客人，那两个富丽堂皇的厅堂是父母临时提供他举行晚会的。走廊里可以看见好奇的使女们的衣服和脑袋，在餐厅里我还看见有位太太的衣服一闪而过，我认为她大概就是男爵夫人。客人大约有二十个，都是大学生，除了跟伊文家人一起来的弗洛斯特先生和一个身材高大、面色红润、身穿便服的先生。这个先生主持酒宴，在向大家介绍时说他是男爵的亲戚，以前在杰尔普特大学①念过书。房间里过分耀眼的灯光，千篇一律的豪华陈设，起初使这些青年感到拘束，大家不由得靠墙站着。只有几个大胆的杰尔普特大学生例外。那个大学生敞开背心，仿佛在同一时间到处都有他存在，整个房间里都充满他那嘹亮悦耳的男高音，而且一刻不停。同学大多数不作声，或者只是拘谨地谈论教授、学科、考试和一般严肃乏味的题目。人人望着餐厅的门，尽管装得若无其事，但大家的神情仿佛在说："哦，该开始了吧。"我也觉得该开始了，怀着急不可耐的兴奋心情等待开始。

① 杰尔普特大学——现名塔尔图大学，在爱沙尼亚塔尔图市。——编者注

喝过仆人端来的茶以后,杰尔普特大学生用俄语问弗洛斯特:"弗洛斯特,你会做热糖酒①吗?"

"当然!"弗洛斯特晃动小腿回答,但杰尔普特大学生又用俄语对他说:"那么,这事就拜托你了(他们在杰尔普特大学是同学,彼此你我相称)。"于是弗洛斯特就迈着他那向外弯的肌肉累累的腿大步从客厅走到餐厅,又从餐厅走到客厅,不多一会儿桌上就出现一个大汤罐,上面有一块十磅重的大砂糖由三把交叉的大学生佩剑支着。3 男爵这时不断地走到客厅里所有望着汤罐的客人面前,始终神情严肃地对每个人说着同样的话:"诸位,让我们按大学生的方式轮流喝酒,为友谊干杯,要不然我们班里就没有友谊了。把衣服解开,或者像他那样干脆脱掉!"真的,杰尔普特大学生已脱掉礼服,把雪白的衬衫袖子卷到雪白的臂肘上面,毅然叉开两腿,煮起汤罐里的朗姆酒来。

"诸位,把蜡烛灭掉!"杰尔普特大学生突然声若洪钟地叫道,那声音仿佛是我们所有的人一起在叫喊。我们默默地望着汤罐和杰尔普特大学生的白衬衫,感到庄严的时刻来临了。

"弗洛斯特,把蜡烛灭掉!"杰尔普特大学生用德语又喊了一遍,大概太激动了。弗洛斯特和我们一起动手熄灭蜡烛。房间里暗下来。只有他那雪白的衣袖和扶着佩剑上那块糖的手被淡蓝的火苗照亮。杰尔普特大学生的洪亮男高音不再是唯一的声音,因为房间里到处都在谈笑。许多人都脱掉礼服,特别是那些穿着十分洁净的漂亮衬衫的人。我也照样做了,并且明白酒宴开始了。虽然还没有发生什么有趣的事,但我坚决相信,等我们每人都干上一杯热糖酒,那时就精彩了。

热糖酒做好了。杰尔普特大学生把每个杯子斟上酒,弄得桌子

---

① 热糖酒 —— 将朗姆酒或白兰地与糖一起点燃融化,再加水果、香料而成。

上一片狼藉，然后叫道："喂，诸位，现在请吧！"当我们每人端起一满杯黏糊糊的热糖酒时，杰尔普特大学生和弗洛斯特唱起一支德国歌来，歌里一再重复"哟嗨"这个感叹词。我们乱七八糟地跟着他们唱，开始碰杯，叫喊，称赞热糖酒，彼此交叉手臂或不交叉手臂喝着又甜又烈的热酒。现在已没有什么可等待的了，酒宴已达到高潮。我已干了一满杯热糖酒，他们又给我斟上一杯。我的太阳穴在扑扑跳动，我看到血红的火焰，周围是一片叫声和笑声，但我不仅不感到丝毫快乐，而且确信所有的人都跟我一样觉得无聊，只是不知为什么，大家都认为必须装出快乐的样子。也许只有杰尔普特大学生一人没有做作，他的脸越来越红。他满场奔走，把人家的空杯子都斟满，泼在桌上的酒越来越多，整张桌子变得又甜又黏。我已记不清那天晚上事情的经过，只记得我非常喜欢杰尔普特大学生和弗洛斯特，拼命记住那支德国歌，吻他们两人甜腻腻的嘴唇；我还记得我也恨过杰尔普特大学生，想拿椅子砸他，但是忍住了；我记得，除了在雅尔饭店体验过的四肢不听使唤的感觉外，那天晚上我的头又痛又晕。我非常害怕当场死掉；我也记得，我们大家不知怎的都坐在地板上，挥动双臂，做出划船的样子，嘴里唱着《顺伏尔加河而下》，但当时我就觉得完全不该那么做；我还记得，我躺在地板上，腿钩着腿，像吉卜赛人那样角力，扭谁的脖子，并且想，要是他没有喝醉，就不会发生这样的事；我还记得，我们吃了晚饭，喝了点儿别的什么，我走到户外透透空气，我的头感到有点儿冷。我们走的时候，我发现天色一片漆黑，马车踏板歪斜滑溜，我也抓不住库兹玛，因为他也变得虚弱无力，像一块抹布似的摇摇晃晃；我记得最主要的一点是，那天晚上我一直觉得，我装得兴高采烈，仿佛我爱狂饮，装成毫无醉意，真是愚蠢得很，我还一直觉得，别人这样装模作样也是很愚蠢的。我觉得，每个人都像我一样感到不愉快，但他以为只有他一人有这样的心情，每个人都认为必须装得快乐，以免破坏全体的快乐情绪。而且，说来也怪，单是为了倒在汤罐里的三瓶十卢布一瓶的香槟和十瓶四卢布一瓶的朗姆酒（晚饭不算，单是酒就花掉七十卢布），我认为我也得装模作样。我对此深信不疑，但第二天上课时，那些参加 3 男爵晚会的同学想起昨晚的行为不仅不感到羞愧，而且故意谈得津津有味，让其他同学听见。这使我感到惊讶。他们说那是一次非常出色的酒宴，杰尔普特大学生干这种事是行家，他们二十个人喝了四十瓶朗姆酒，许多人喝得烂醉如泥，躺在桌子底下。我真不明白，为什么他们要这样吹牛，把自己糟蹋成这个样子。

第四十章　同聂赫留朵夫一家的友谊

那年冬天，我不仅常同来我家的聂赫留朵夫见面，而且开始去他们家，同他们一家人交上朋友。

聂赫留朵夫家的人（母亲、姨妈和女儿）每天晚上都在家，公爵夫人喜欢年轻人（照她的说法，不打牌、不跳舞而能消磨整个黄昏的男人）晚上去她家做客。不过，这样的男人大概很少，因此我几乎每天晚上去他们家，却难得在那里遇见客人。我同这一家人相处惯了，能适应他们的喜怒哀乐，清楚知道他们的相互关系，看惯他们的房间和家具，没有客人时，觉得自由自在，只有跟华丽雅单独相对时例外。我总觉得,她这个不太漂亮的姑娘很希望我会爱上她。但这种困窘的感觉也渐渐消失。她不论同我谈话,或者同她哥哥或柳波芙·谢尔盖耶夫娜谈话,都显得十分自然,我也渐渐把她看成一个普通人,同她相处很快乐,而且这种感情既不可耻,也不危险。在我同她认识的这段时间里,有时我觉得她很丑,有时觉得她不很丑,但我从没问过自己,我是不是爱她。有时我直接同她交谈,但多半是当着她的面,通过同柳波芙·谢尔盖耶夫娜或者聂赫留朵夫的交谈,有意把话说给她听,我特别喜欢这种方法。当着她的面说话,听她唱歌,总之,知道她在我待的房间里,我就感到莫大的快乐。不过,我已经难得想到华丽雅将来同我会有什么关系,也不再幻想如果我的朋友爱上我姐姐,我将作出自我牺牲。即使产生这样的幻想和念头,我也满足于现状,不知不觉竭力驱除对未来的想法。

尽管我同聂赫留朵夫全家很接近,我仍认为绝不能让他们,特别是华丽雅知道我的真实感情和癖性,并且竭力掩饰我的真实面目,甚至装出实际生活中不可能有的青年人的样子。当我对某个事物似乎特别喜欢的时候,我就竭力装得热情奔放、欢天喜地、感叹,做出激动的动作,而看到或者听到任何不平常的事,我又竭力装得漠不关心。我竭力装成蔑视一切的刻毒的讽刺者,同时又是细致的观察家。我竭力做到一举一动都合情合理,对待生活仔细认真,但又蔑视一切物质的东西。我敢大胆地说,我的真实面目要比我竭力装扮的怪物好得多,但即使我这样装模作样,聂赫留朵夫一家还是很喜欢我。幸运的是,他们似乎并不相信我的伪装。只有柳波芙·谢尔盖耶夫娜一人认为我是个极端的利己主义者,无神论者,又好嘲笑人。她似乎不喜欢我,常常同我争论,生我的气,莫名其妙地讽刺我几句。但聂赫留朵夫仍同她保持古怪的、超乎友谊的关系,说谁也不了解她,她待他非常好。他同她的感情仍使全家烦恼。

有一次,华丽雅跟我谈到我们都大惑不解的关系时说:"聂赫留朵夫自尊心很强。他这人太骄傲,尽管十分聪明,但太爱听人家的夸奖,希望一鸣惊人,处处想出人头地,而姑姑心地善良,对他崇拜得五体投地,又不善于掩饰,结果她就尽说他好话,只是毫不虚伪,而是真心实意。"

我记住她这番议论,后来一分析,我不能不承认华丽雅十分聪明,因此我也高兴地提高了她在我心目中的地位。这种提高是由于我在她身上发现智慧和其他优点,但即使这样我也保持一定分寸,从不趋于极端,也就是决不达到神魂颠倒的地步。譬如,索菲雅·伊凡诺夫娜滔滔不绝地谈到她的外甥女,告诉我,四年前,华丽雅年纪还小的时候在乡下不经大人许可就把衣服鞋子送给农家孩子,因此事后只好去把它们追回。我当时听了,并没因这事提高她在我心目中的地位,心里还嘲笑她做事这样不切实际。

聂赫留朵夫家来了客人,有时伏洛嘉和杜勃科夫也来。这时,我就像家里人一样高高兴兴地退到一边,不参加谈话,只听别人说。我觉得别人所说的话都愚蠢透顶,我心里感到奇怪,以公爵夫人的聪明睿智和通情达理,以及她一家人的明白事理,怎么能听这样的胡言乱语,并且还要回答。如果当时我能想到,拿我单独自处时所说的话同别人所说的话作一比较,我一定不会感到丝毫奇怪了。如果我相信我们家的人 —— 阿芙多基雅·华西里耶夫娜、柳波奇卡和卡金卡 —— 同别的女人一样,她们一点儿也不比人家差;如果我回想起杜勃科夫、卡金卡和阿芙多基雅·华西里耶夫娜常常整个晚上都快乐地有说有笑；杜勃科夫每当对什么事不满的时候，总是感情激动地背诵诗句："在人生的宴席上，不幸的同席人哪……"① 或者《恶魔》的片段。总之，只要回想起他们怎样津津有味地一连几小时谈些无聊的话，我也就不感到奇怪了。

当然，有客人的时候，华丽雅就不像我们单独相处时那样照顾我，她既不朗诵，也不弹奏我喜爱的音乐。她同客人谈话，就失去我心目中她的主要魅力——冷静和单纯。我记得，她同我哥哥伏洛嘉谈到戏剧和天气，这使我感到惊讶。我知道，伏洛嘉最讨厌和瞧不起庸俗，华丽雅也总是嘲笑"今天天气哈哈哈"之类的客套，那么，他们两人见面，为什么总是谈些俗不可耐的琐事，而彼此又感到害臊呢？每次听到他们这样谈话后，我总暗暗生华丽雅的气，第二天又嘲笑昨天来过的客人。不过，越是这样，我独自待在聂赫留朵夫家越感到快乐。

不管怎样，我觉得同聂赫留朵夫待在他母亲客厅里，要比同他单独在一起有趣得多。

第四十一章　同聂赫留朵夫的友谊

就在那个时候，我同聂赫留朵夫的友谊已岌岌可危。我早就在仔细观察他，看能不能在他身上找到缺点。在青年时代早期，我们交朋友全凭热情，因此爱的都是十全十美的人。但当热情的迷雾渐渐消散，

---

① 出自法国诗人纪尔贝尔（1751—1780）所写的《颂歌》，当时很流行。

或者理性的亮光穿透迷雾时，我们就看到我们所热爱的对象的真实面目：既有优点，也有缺点，而缺点在我们看来是那么严重，它格外清楚地映入我们的眼帘；喜新厌旧，希望别人达到尽善尽美的地步，这些感情使我们对原来的热爱对象不仅逐渐冷淡下去，而且产生反感，于是我们就不惜抛弃他而去另找十全十美的新人。如果说我在对待聂赫留朵夫的关系上没有发生这种情况，那只能归功于他那经久不衰、一成不变、理智超过感情的友谊，使我不好意思抛弃他。此外，我们之间约定一切必须开诚布公的奇怪关系也约束了我们。我们曾经彼此吐露自己感到羞愧的道德方面的隐私，这些都掌握在对方手里，因此如果分手，那就太可怕了。不过，我们明白，推心置腹的约定早就不被遵守，这种约定限制了我们，使我们之间产生一种奇怪的关系。

那年冬天，我每次去看聂赫留朵夫，几乎都遇到他的同学别卓别多夫，聂赫留朵夫在给他补课。别卓别多夫身体瘦小，麻脸，两只小手上满是雀斑，一头蓬乱的浓密红发。他衣衫褴褛，邋里邋遢，没有教养，书也念得很差。聂赫留朵夫同他的关系，也像他同柳波芙·谢尔盖耶夫娜的关系一样，是我所无法理解的。聂赫留朵夫从所有同学中挑中他，同他接近，唯一的原因恐怕就是整所大学里没有比别卓别多夫更丑陋的学生了。大概就因为这个缘故，聂赫留朵夫觉得自己与众不同，对他表示友好是一件愉快的事。他对这个同学处处表现出这样的傲慢态度："是的，我无所谓，不论您是谁，对我都一样，我喜欢他，这就是说，他是个好人。"

我感到奇怪的是，他常勉强自己怎么不觉得难受？可怜的别卓别多夫怎能忍受这种难堪的处境。我很不喜欢他们那种友谊。

有一天晚上，我到聂赫留朵夫家去，准备跟他一起在他母亲的客厅里消磨一个黄昏，聊聊天，听听华丽雅的唱歌或朗诵。但当时别卓别多夫坐在楼上。聂赫留朵夫不客气地回答我说他不能下楼，因为（我也看到）他楼上有客。

"那儿有什么乐趣？"他添加说，"远不如在这儿坐坐，聊聊好。"虽然我根本没有兴趣跟别卓别多夫坐上两个钟头，但是我不敢独自到客厅去，对朋友的古怪行为很生气，就坐在摇椅上，默默地摇晃起来。我恨聂赫留朵夫和别卓别多夫，因为他们使我失去下楼的乐趣。我盼望别卓别多夫早点儿走，一边默默地听他和聂赫留朵夫谈话，一边很生他们的气。"好一个贵客！情愿陪他坐着！"我想。这时仆人送来了茶，聂赫留朵夫几次三番请别卓别多夫喝茶，因为这个腼腆的客人认为理应先推辞一下，客气地说："您自己用吧！"聂赫留朵夫陪这个客人谈话显然很费劲，他一再想拉我参加谈话，但是毫无结果。我板着脸一声不吭。

"何必装出这么一副样子，没有人会怀疑我是多么无聊。"我心里对聂赫留朵夫说，仍一声不吭，悠然摇着摇椅。我对朋友的憎恨越来越强烈，但暗暗感到得意。"真是个傻瓜，"我想，"他本可以同亲爱的家人愉快地消磨一个黄昏，却偏偏陪这个畜生坐着。可现在时间已经浪费了，下客厅去也晚了。"我从摇椅上瞧着我的朋友。我觉得，他的手臂、姿势、脖子，特别是后脑勺和膝盖看上去都很不顺眼，很讨厌，我真想对他干出什么极不愉快的事来。

别卓别多夫终于站起来，但聂赫留朵夫还不肯立刻放走这样一位可爱的客人，他请别卓别多夫留下来过夜，幸亏别卓别多夫没有同意，走了。

聂赫留朵夫送走他后回来，有几分得意地微笑着，还搓搓手，大概是因为他终于耐心摆脱了这个讨厌的客人。他在房间里来回踱步，偶尔瞧我一眼。我对他越发反感。"他怎么敢这样走来走去，还大笑呢？"我想。

"你生什么气呀？"他在我面前站住，突然问。

"我根本没有生气，"我回答说，就像一般人在这种情况下回答那样，"我只恨你对我、对别卓别多夫、对你自己都装腔作势。"

"胡说八道！我从来不对什么人装腔作势。"

"我老实对你说，我没有忘记我们之间要开诚布公的约定。我相信，"我说，"你同我一样讨厌这个别卓别多夫，因为他愚蠢，天知道他是个什么样的人，你却喜欢在他面前装模作样。"

"不！首先，别卓别多夫是个很好的人……"

"我说，对。我甚至可以对你说，你同柳波芙·谢尔盖耶夫娜的友谊也是建立在这种基础上的：她把你看成神。"

"我对你说，不是这样。"

"可我说就是这样，因为这是我的切身体会，"我压住满腔怒火回答，想用我的坦率使他无法反驳，"我以前对你说过，现在再说一遍，我总觉得我喜欢那些对我说好话的人，但仔细一分析，我们之间并没有真正的情谊。"

"不，"聂赫留朵夫怒气冲冲地扭动脖子调整好领带，"当我喜欢一个人的时候，赞扬也好，咒骂也好，都不能改变我的感情。"

"不对，我向你坦白说过，当爸爸叫我废物的时候，我恨过他一阵子，巴望他死；你也是这样……"

"你就说你自己吧。真可惜，如果你是这样一个……"

"正好相反，"我霍地从摇椅上跳起来，带着不顾死活的勇气盯住他的眼睛,嚷道,"你这样说不好。你不是对我说起过我哥哥吗?我不是要对你提这件事,因为这是不名誉的,你不是对我说过⋯⋯但我要告诉你,现在我可很了解你了。"

我竭力刺痛他,比他刺痛我更厉害。我向他证明,他谁也不爱,还把我认为可以责备他的话都对他说出来。我对他说了之后感到很满意,完全忘记这样做的唯一目的,是要他承认我指出的他的一切缺点,而目前他在气头上是做不到这一点的。在他心平气和能够承认自己的缺点时,我从来没有向他提过这种事。

这场争论已变成吵嘴,聂赫留朵夫突然不作声,离开我到隔壁房间里去。我跟在他后面继续说,但他没有回答我。我知道这位伯爵的缺点之一是爱发火。此刻他正在竭力克制自己。我咒骂他订的一切约法。

这就是我们的约法——彼此之间无话不谈,有关对方的一切绝不透露给第三者——给我们带来的结果。我们热衷于推心置腹,有时竟不顾廉耻地随便乱说,把假定和幻想当作愿望和感情,例如我刚才对他说的那番话。这种坦率不仅不会加强我们的关系,反而伤害感情,把我们拆散。现在由于自尊心作祟,他忽然不愿作极其空泛的自白,而在激烈的争吵中我们就运用以前向对方提供的武器狠狠地打击对方。

第四十二章 继　母

尽管爸爸想过了新年再带妻子来莫斯科,他却在深秋十月就来了,而那还是携犬狩猎的好时光。爸爸说,他之所以改变计划,是因为他的案件要在枢密院审理。但咪咪说，阿芙多基雅·华西里耶夫娜在乡下十分寂寞，常说要去莫斯科，又装作有病，爸爸就决定满足她的愿望。

"其实她从来不爱他，她想嫁个阔佬，所以总是把爱挂在嘴上。"咪咪添加说，若有所思地叹着气，仿佛是说："要是他能欣赏某些人，她们也不至于对他这样了。"

某些人对阿芙多基雅·华西里耶夫娜是不公正的。她对爸爸的爱是热烈的，忠实的，自我牺牲的，这从她的每句话、每个眼神、每个举动中都看得出来。但这种爱情和不与她所崇拜的丈夫分开的愿望，丝毫不妨碍她想从安内特夫人店里买到一条不寻常的头巾，戴上一顶插有罕见的浅蓝色鸵鸟翎的帽子，穿上一件能巧妙地显露她那至今只有丈夫和使女见过的匀称而白净的胸脯和手臂的蓝色威尼斯丝绒连衣裙。卡金卡当然站在母亲一边，但在我们和继母之间自从她到来那天起就建立了一种古怪的戏谑关系。她一下马车，伏洛嘉就装出一副一本正经的样子，垂下眼睛，立正行礼，摇摇摆摆地上去吻她的手，仿佛介绍什么人似的说："儿有幸欢迎亲爱的妈妈光临，有幸吻您的手。"

"哦，亲爱的儿子！"阿芙多基雅·华西里耶夫娜说，露出她那好看的呆板笑容。

"您也别忘了您的次子。"我说，也走上去吻她的手，情不自禁地竭力模仿伏洛嘉的表情和声音。

假定说我们同继母之间确有感情，那么，这种表示就意味着我们不愿把它流露出来；假定说我们之间抱有反感，那么，这种表示就意味着讽刺，或者装模作样的蔑视，或者不愿让在场的父亲了解我们的真正关系和其他许多思想感情。但在目前的情况下,这种表示虽然完全迎合阿芙多基雅·华西里耶夫娜的心意,却毫无意义,只掩饰了我们之间没有任何关系这种现状。后来我常常发现,在别的家庭,当他们的成员预感到彼此关系并不太好的时候,也存在这种虚伪的戏谑关系。我们同阿芙多基雅·华西里耶夫娜之间不知不觉建立了这样的关系。我们几乎从来没有摆脱过这样的关系,总是装得毕恭毕敬,对她说法语,立正行礼,管她叫亲爱的妈妈。她听了总是用同样的玩笑口吻回答,并且露出好看的呆板笑容。只有罗圈腿、爱哭、说话老实的柳波奇卡喜欢继母,她总是天真地、有时笨拙地设法使继母和全家人接近。因为这个缘故,阿芙多基雅·华西里耶夫娜除了热爱爸爸以外,如果她在全世界对哪一个人还有一丝好感的话,那人就是柳波奇卡。阿芙多基雅·华西里耶夫娜甚至对她流露出一种如痴如醉的惊叹和怯生生的尊敬,这使我大感不解。

最初,阿芙多基雅·华西里耶夫娜常常喜欢自称继母,暗示孩子们和家里人对待继母总是很坏,很不公正,因此她的处境很痛苦。但尽管看到这种不愉快的处境,她却没想什么办法去摆脱它,例如她可以爱抚这个,送礼物给那个,不唠唠叨叨。她生性随和,心地善良,要这样做是很容易的。但她不但没有这样做,而且相反,预见到自己处境不愉快,没有遭到攻击就准备自卫,并且认为全家人都千方百计在同她作对,侮辱她,因此觉得处处都有阴谋诡计,自己只好忍气吞声。她的消极无为当然没有赢得爱戴,反而引起反感。再说,她十分缺乏在我家已获得高度发展的那种理解能力(这一点我在前面已提到过),她的习惯又正好同我家根深蒂固的习惯相反。这一点对她也很不利。在我们秩序井然的家庭生活里,她总像一个刚来的客人，起床和就寝忽早忽晚，午饭和晚饭，她有时来吃，有时不来吃。没有客人时，她几乎总是衣衫不整，在我们面前，甚至在仆人面前只穿一条衬裙，披一块纱巾，袒胸露臂，起初我喜欢她的落拓不羁，但不久就由于这种落拓不羁而失去对她的最后敬意。尤其使我们感到奇怪的是，有客人和没有客人在，她竟判若两人：有客人在时，她是个年轻、健康、冷若冰霜的美人，服饰华丽，既不聪明，也不愚笨，但快快活活；没有客人时，她就显得并不年轻，脸色憔悴，神情沮丧，虽然多情，但邋里邋遢，愁眉苦脸。冬天，她含着微笑做客归来，双颊冻得通红，得意扬扬地意识到自己的美丽，摘下帽子，走到镜子前去照照；或者穿着袒胸的豪华舞服，窸窣作响，在仆人面前感到又害臊又高傲，坐上马车；或者我家举行小型晚会，她身穿高领绸连衣裙，围着她那细嫩脖子的领子装饰着精致的花边，她始终露出好看的呆板笑容。在这种时候，我常常望着她想：那些赞美她的人要是像我一样看见她每天晚上留在家里，穿着宽大的便服，蓬头散发，在灯光暗淡的房间里像幽灵一样踱来踱去，直到半夜还在等丈夫回家，他们会怎么说呢？她一会儿走到钢琴前，紧张得皱起眉头，弹弹她所知道的唯一一首圆舞曲；一会儿拿起一本小说，从中间随便看上几行又扔下；一会儿不叫醒仆人，自己走到餐厅，拿起黄瓜和冷牛肉，站在窗口吃起来；一会儿疲倦、忧郁、漫无目的地在一个个房间里荡来荡去。但最使我们和她疏远的原因是她缺乏理解力。这主要表现在人家对她说起她不懂的事时，她总是露出傲慢的神态。当人家向她讲她不太感兴趣的事（除了她自己和她的丈夫，她对什么都不感兴趣）时，她有一种不自觉的习惯，常常撇嘴一笑，歪歪脑袋。这习惯本来也不能怪她，但一再重复，就使人觉得受不了。她的快乐仿佛就在于嘲笑自己,嘲笑你们,嘲笑整个世界,但这种快乐傻里傻气,不能引起别人的共鸣;她的感情也过分矫揉造作。而主要是她毫不害臊地不断对一切人吹嘘她对爸爸的爱。尽管她说她的全部生活就在于对丈夫的爱(这一点她并没有撒谎),尽管她以她的全部生活证明这一点,但照我们看来,这样不知羞耻地一再强调自己的爱,不免令人作呕,而当着外人的面这样说,就比说错法语更使我们为她害臊。

她爱丈夫胜过世上的一切,丈夫也爱她,特别是在初期,他看到喜欢她的不止他一个。她生活的唯一目的就是获得丈夫的宠爱,但她的所作所为仿佛就是故意使他不快,其实她的目的只是要向他证明她爱情的强烈和奉献的决心。

她喜欢打扮,父亲乐于看见她在社交界成为个美人,引起人家的赞美和惊讶;她为父亲牺牲了爱打扮的癖好,越来越惯于穿着灰色衬衫待在家里。爸爸一向认为自由和平等是家庭和睦的必要条件,他希望爱女柳波奇卡和善良年轻的妻子能真诚友好相处,但阿芙多基雅·华西里耶夫娜不惜自我牺牲,认为必须对家里真正的女主人(她这样称呼柳波奇卡)表示有失体统的敬意,这使爸爸生气。那年冬天,他经常赌钱,到冬季结束时输了很多钱,但他照例不愿让赌博影响家庭生活,因此对全家瞒着输钱的事。阿芙多基雅·华西里耶夫娜不惜自我牺牲,她有时害病,那年冬末又怀了孕,但还是认为身穿灰衬衫,蓬头散发,即使在早晨四五点钟摇摇晃晃地去迎接爸爸也是她的责任。在那种时候,爸爸往往是在俱乐部里输了八局之后回来,疲惫不堪,满脸羞愧。她漫不经心地问他输赢如何,脸上露出宽厚的笑容,摇摇头,听他讲在俱乐部里的所作所为,以及他对她再也不要等他回家的再三要求。尽管她对决定爸爸财富的输赢漠不关心，爸爸每天晚上从俱乐部回来，她还是第一个去迎接他。不过，这种迎接，除了自我牺牲的热情之外，还出于一个隐秘的嫉妒心，这种嫉妒心使她痛苦到了极点。世界上没有人能使她相信，爸爸那么晚是从俱乐部回来而不是从情妇那里回来。她竭力想从爸爸脸上看出他在爱情上的秘密，如果看不出什么，她就带着几分哀愁叹口气，沉思着自己的不幸。

那年冬天，爸爸输了很多钱，因此常常心情不佳。由于这些和其他许多接连不断的损失，爸爸对待妻子的态度不时出现隐隐的憎恨，也就是对所爱的人怀着克制的厌恶，其具体表现就是不自觉地想对她做出种种精神上不愉快的事来。

第四十三章　新　同　学

冬天不知不觉地过去了，积雪开始融化，大学已贴出考试日程表。这时我才忽然想到，我要考十八门功课，这些功课我都听过，但没有用心听，也没有做笔记，一门也没有温习过。奇怪的是，"怎么考及格"这样明确的问题，我却从来没有想到过。但那年冬天由于我已长大成人，已成了体面人而得意忘形。每当我想到"怎样考及格"这个问题时，我就拿自己跟同学们相比，心里想："他们也要考试，而且多数人还不是体面人，所以我比他们优越得多，我一定能考及格。"我之所以去上课，是因为我已经习惯于上课，因为爸爸把我从家里打发出来。况且我在大学里有许多朋友,那里总是很快活。我喜欢教室里的喧哗和谈笑;喜欢上课时坐在后排,在教授有板有眼的讲课声中耽于幻想和观察同学。有时我喜欢跟人到马特恩酒店去喝伏特加,吃点儿东西,而且明知会受到训斥,却在教授之后怯生生地推开咯吱作响的门,走进教室。当各年级同学在走廊里嘻嘻哈哈地吵闹时,我也喜欢参加。这一切都很开心。

当大家都认认真真地听课,物理教授讲完他那门课程,说考试再见时,当同学们开始收集笔记本,三五成群地温习功课时,我也想到应该温习温习功课了。我同奥彼洛夫见面时仍互相点头致意,但我们之间的关系仍像我上面说的那样,十分冷淡,他不但借笔记给我,而且请我跟他和其他同学一起温习功课。我向他表示感谢和同意,希望以此尽释前嫌,并希望大家到我家里去,因为我家房子大些。

他们回答我说,将根据远近轮流在各家温习功课。第一次在祖兴家。那是在特鲁布尼林荫路上一幢大房子里一个用隔板隔成的小房间。第一天我就迟到,我去时他们已在朗读了。小房间里烟雾腾腾,不仅有中等烟草的气味,而且有祖兴抽的马合烟的臭味。桌上摆着一瓶伏特加、一个酒杯,还有面包、盐和羊骨头。

祖兴没有起立,他请我喝伏特加,把礼服脱掉。

"我想,您不习惯这样的款待吧?"他添加说。

大家都穿着肮脏的印花布衬衫和胸衬,我竭力不流露轻蔑的神气,脱下礼服,随随便便地躺到沙发上。祖兴有时参考笔记,大声朗读,别的同学打断他,向他提问,他就简明扼要、聪明得体地做解释。我留神细听,因为没有听到上文,许多地方不明白,就提出一个问题。

"唉,老兄,既然您这个也不懂,那就不用听了,"祖兴说,"我把笔记本借给您,您今天回去先看一遍,不然向您解释也没有用。"

我为自己的无知感到惭愧,同时觉得祖兴的意见是对的,我就不再听他讲解,打量起这些新同学来,按照体面人和非体面人这种分类法,他们显然属于第二类,因为我心里不仅蔑视他们,而且对他们有点儿憎恨,因为他们自己不是体面人,却认为我和他们地位平等,甚至还好心照顾我。使我产生这种感觉的是他们的腿和指甲咬坏的脏手、奥彼洛夫小指上留着的长指甲、他们的粉红色衬衫和胸衬、他们亲昵地对骂的脏话、肮脏的房间、祖兴按住一个鼻孔不断轻轻擤鼻涕的习惯,特别是他们使用和强调某些字眼的说话方式。例如他们用笨蛋代替傻瓜,用宛似代替正如,用壮丽代替美好,等等。我觉得他们说话有点儿咬文嚼字,不成体统。不过,最使我感到难以忍受的是他们的发音,尤其是外来语,例如他们把机器、活动、故意、壁炉、莎士比亚这些词的重音都搬了家。

尽管这些人的外表使我十分厌恶,我还是觉得他们也有优点,羡慕他们那种亲密无间的友谊,我被他们所吸引,很想和他们接近,虽然这在我是困难的。温厚诚实的奥彼洛夫我早已认识了;现在,生性活泼而又绝顶聪明、在这群人中出类拔萃的祖兴特别使我喜欢。他矮小结实,头发乌黑,胖胖的脸总是容光焕发,相貌聪明活泼,富有个性。他那虽不算高、但突出在凹陷黑眼睛上的前额,他那像板刷一样粗硬的短发,他那仿佛从来不刮的浓密胡子,使他这副表情显得更加引人注目。他似乎从不为自己考虑(我特别喜欢人们的这种优点),但他显然没有不动脑筋的时候。有些人的脸极富表情,你第一次见到它，过了几小时，它就会变得完全不同。在晚上聚会结束时，我就看到祖兴的脸发生了这种变化。他脸上突然出现了新的皱纹，眼睛陷得更深，笑容迥然不同，整个相貌变得难以认识了。

功课温习完毕，祖兴、其他同学和我，为了表示愿结成朋友，每人喝了一杯伏特加，酒几乎喝光了。祖兴问谁有二十五戈比，他可以派侍候他的老妇人再去买点儿酒来。我刚说愿意出钱，但祖兴仿佛没有听见我的话，转身对着奥彼洛夫。奥彼洛夫掏出珠子钱包，给了他所要的钱。

"注意啦，不要喝得太多！"奥彼洛夫说，他自己滴酒不进。

"没关系。"祖兴回答，吸着羊骨髓（当时我就想，他吃了那么多骨髓，所以那么聪明）。

"没关系，"祖兴接着说，微微笑着，他的笑容很迷人，使你不由得会注意这笑容，并因此感谢他，"即使多喝几杯，也不要紧；老兄，现在让我们瞧瞧究竟谁打败谁，是他打败我，还是我打败他。都准备好了，老兄，"他添加说，用手指弹弹前额，"但愿谢苗诺夫不要打败仗，他喝得太多了。"

真的，头发花白的谢苗诺夫相貌不如我，初次考试时使我很高兴，他入学考试得了第二名，上课第一个月准时来听课，复习前就开始纵酒，学期快结束时压根儿不在大学露面。

"他在哪里啊？"有人问。

"我根本没见到他的影子，"祖兴继续说，"最后一次同他一起，我们把里斯本酒店砸了。这可是一件大事。据说后来又出了什么事……脑筋不错！这人一身是火！人又聪明！要是他完蛋了，那真可惜。不过他非完蛋不可，凭他那股冲动劲儿在大学里是坐不住的。"

青 年

大家又谈了一会儿，由于祖兴家离所有的人都很近，大家约定以后几天仍在他家聚会，然后散去。当我们走到院子里时，我感到有点儿不好意思，因为大家都步行，只有我一人坐马车。我羞愧地提出，用车送奥彼洛夫一程。祖兴跟我们一起出来，他向奥彼洛夫借了一卢布，要到什么地方去通宵做客。一路上，奥彼洛夫对我说了许多有关祖兴的性格脾气和生活方式的事情。回到家里，我久久不能入睡，一直想着我新认识的人。我醒着躺了好半天，内心充满矛盾，一方面，我尊敬他们的博学、单纯、正直、青春的诗意和豪放；另一方面，他们那种不修边幅的模样使我反感。尽管我满心希望同他们接近，但当时却办不到。我们的观点截然不同。在我看来，正是无数细微的差别体现了生活的全部意义和魅力，但他们完全无法理解，反过来也一样。但我和他们不能接近的主要原因是，我穿二十卢布一码的呢料礼服，还有轻便马车和亚麻布衬衫。这个原因在我看来尤其重要，我的富裕不能不使他们觉得屈辱。我在他们面前感到内疚，有时我低声下气，有时又为自己的卑躬屈节而生气，于是我又自负起来，怎么也不能同他们平起平坐，相见以诚。祖兴性格中粗鲁和丑恶的一面，当时被他的潇洒和豪放所掩盖，使我一点儿也不觉得讨厌。

一连两星期，我几乎天天都上祖兴家温习功课。其实我很少温习，因为我说过，我已落在同学们后面，又无力独自用功来追上他们，只是装作在听并懂得他们所念的东西。我觉得，同学们也看出我不过是装装样子，我常常发现他们跳过自己懂得的地方，却从不问我。

我一天比一天更多地原谅这些人的不懂规矩，渐渐习惯他们的生活方式，发现其中有许多诗意盎然的东西。仅仅由于向聂赫留朵夫作过保证不跟他们喝酒，我才克制着自己不同他们去寻欢作乐。

有一次，我想在他们面前卖弄一下自己的文学知识，尤其是法国文学知识，于是就在这个话题上谈了起来。使我惊讶的是，虽然他们用俄国腔说外国书名，他们看过的书却比我多得多，他们知道并且欣赏英国作家，甚至西班牙作家，还有勒萨日①，这些人我当时还没有听说过。他们认为普希金和茹科夫斯基的作品是真正的文学，可我当时认为小时候读过的那些黄皮小书是文学。他们同样看不起大仲马、欧仁·苏和费瓦尔②，而他们，特别是祖兴对文学的评论比我强得多，明确得多。这一点我不能不承认。在音乐知识方面，我也不比他们高明。更使我惊奇的是，奥彼洛夫还会拉小提琴，另一个同我们一起学习的大学生会拉大提琴，会弹钢琴，他们俩都在大学乐队里演奏过，熟谙音乐，也有能力欣赏。总之，凡是我想在他们面前卖弄的东西，除了法语和德语的口语外，他们都懂得比我多，而且并不因此而骄傲。我本可以夸耀我的上流社会风度，可是我不像伏洛嘉那样有风度。那么，我还有什么优越的地方可以瞧不起他们呢？难道因为我认识伊凡·伊凡内奇公爵吗？我会说一口漂亮的法语吗？我有自备马车吗？我有亚麻布衬衫吗？我留有整洁的指甲吗？这一切不是都微不足道吗？由于羡慕眼前的同窗情谊和青春欢乐，我有时会不知不觉地产生这样的念头。他们彼此都你我相称，他们的称呼随便到粗鲁的地步，但在这种表面粗鲁之下，却常常可以看到他们唯恐伤害对方。下流坯，猪猡，他们亲昵地使用这些字眼总是使我恶心，使我暗暗嘲笑他们，但这些字眼并不使他们生气，也无损于他们真挚的友谊。其实他们彼此相待还是很注意，很委婉，

---

① 勒萨日（1668—1747）——法国小说家、剧作家，代表作有长篇小说《吉尔·布拉斯》。
② 费瓦尔（1817—1887）——法国小说家。

就像一般家境贫寒和十分年轻的人那样。主要是在祖兴的性格和他在里斯本酒店的历险中，我感到一种落拓不羁的豪放气概。我猜想，他们的酒宴一定完全不同于我在 3 男爵家里看到的烧朗姆和香槟那种矫揉造作的宴会。

第四十四章　祖兴和谢苗诺夫

我不知道祖兴属于哪个阶级，但我知道他上过 C 中学，没有任何财产，而且看样子不是贵族。那时他才十八岁，但看上去要大得多。他绝顶聪明，理解力特强，对他来说，一下子完全领会一个复杂的问题，预见到它的细节和结论，要比思考出这些结论的规律容易。他知道他聪明，并以此自豪，而且因为这种自命不凡的心理，他待一切人都同样随便，同样和善。他的生活经历一定很丰富。他那热情善感的天性使他很早就懂得爱情、友谊、事业和金钱。尽管身处社会下层，尽管程度不深，凡是体验过的事情，他无一不加以蔑视，或者淡然处之。这是因为这一切他得来全不费功夫。他热心做各种新鲜事，似乎只是为了在达到目的后加以蔑视，而他的天赋总是使他既能达到目的，又有权加以蔑视。在学习方面也一样，他不用功，不做笔记，但精通数学，他说能难倒教授也并非吹牛。他认为他所听的功课中有许多荒谬的东西，但凭他天生善于应付的圆滑本领，他能很快迎合教授的要求，因此所有的教授都喜欢他。他对待上级态度直率，上级也器重他，他不仅不重视学术，也不爱学习，而且瞧不起那些认真钻研他轻易掌握的知识的人。他认为，学习花不了他十分之一的才能；他的大学生活中并没有什么值得他全心全意钻研的东西。他说，他那热情好动的性格需要生活，因此就沉湎于他的财力所许可的酒宴中。他热衷于吃吃喝喝，总想喝得人事不省。现在，面临考试，奥彼洛夫的预言应验了。祖兴失踪了两个星期，因此最后一段时间我们就在另一个大学生家里复习功课。第一堂考试时，他在考场出现了。他脸色苍白，双手发抖，疲惫不堪，又以优异成绩升入二年级。

学期一开始，以祖兴为首的一伙酒鬼共有八人。起初他们之中有伊科宁和谢苗诺夫。伊科宁受不了他们年初所过的狂饮滥喝的放荡生活，离开了，谢苗诺夫却觉得这样还不过瘾，也走了。最初，我们抱着戒心望着他们，互相讲述他们的豪放行为。

这种豪放行为的主角是祖兴，到学期结束时则是谢苗诺夫。后来大家都警惕地望着谢苗诺夫。他来听课（这是难得的事），教室里就一片骚动。

考试前夕，谢苗诺夫以独特的方式毅然结束自己的纵酒生活，由于我同祖兴相识，亲眼看见了这个情景。事情是这样的，有一天晚上，我们刚聚集在祖兴家，奥彼洛夫正埋头在笔记本上，凭着烛台上的蜡烛和他身边插在瓶子里的另一支蜡烛，尖声地念着他记的字迹细小的物理笔记。这时，女房东走了进来，对祖兴说，有人给他送信来。

祖兴走出去，一会儿就回来。他垂着头，若有所思，手里拿着一封拆开的写在灰色包皮纸上的信和两张十卢布钞票。

"诸位，出了一件怪事！"他抬起头来，严肃地望了我们一眼，说。

"什么，收到人家还你的钱了？"奥彼洛夫一面翻着笔记本，一面说。

"喂，往下念吧！"有人说。

"不，诸位！我不念了，"祖兴用同样的语气继续说。"告诉你们，出了一件莫名其妙的事！谢苗诺夫派一个士兵给我送来二十卢布，这是他以前借的。他信上还说，要是我想见他，可以到兵营里去找他。你们知道这是什么意思吗？"他扫了我们一眼，添加说。我们大家都不作声。"我这就去找他，"祖兴接下去说，"谁想去，可以跟我一起走。"

大家立刻穿上衣服，准备去找谢苗诺夫。

"我们大家去看他，像看什么稀有动物似的，"奥彼洛夫用他那尖细的声音说，"这是不是有点儿不合适？"

我完全同意奥彼洛夫的意见。特别是我去，因为我同谢苗诺夫几乎不认识，但我很高兴参加同学们的共同行动，极想看看谢苗诺夫其人，因此听了奥彼洛夫的话，什么也没有说。

"废话！"祖兴说，"我们大家去跟一位同学告别，不论他在什么地方，有什么不合适。没关系！谁想去，就一起走。"

我们雇了马车，带着那个兵出发了。兵营的值班士官不肯放我们进去，但祖兴终于把他说服了。于是那个送信来的兵就把我们领到一个点着几盏小灯、光线昏暗的大房间里，里面的两排铺上有几个前额剃光、穿灰大衣的新兵，有的躺着，有的坐着。一进营房，那股独特的难闻臭气和几百人的鼾声使我大吃一惊。我跟着给我们领路的兵和迈着坚定步伐、领头走在板铺中间的祖兴，提心吊胆地打量着每个新兵，又把谢苗诺夫留给我的印象加到每个新兵身上：肌肉发达的身体,又长又乱的花白头发,雪白的牙齿和炯炯发亮的忧郁眼睛。在营房最深的角落里,在最后一个盛着黑油、灯芯冒烟的瓦罐旁,祖兴紧走了几步,突然停下来。

"你好,谢苗诺夫!"他对一个像别人一样前额剃光的新兵说。那新兵穿着肥大的士兵内衣,披着灰外套,盘腿坐在板铺上,一面同另一个新兵谈话,一面吃东西。这就是他:花白的头发剪得很短,前额剃得发青,面部表情依旧是那么忧郁和刚毅。我唯恐我的目光触犯他,就转过脸去。奥彼洛夫仿佛跟我一样想法,站在大家后面。不过,当谢苗诺夫用他惯常的断断续续的语言向祖兴和其他人打招呼时,他的语气使我们完全放心了。我们连忙走上前去跟他握手,我伸出我的手,奥彼洛夫伸出他的"木板"。但谢苗诺夫抢先伸出他那粗黑的大手,以此使我们摆脱仿佛是特地来向他表示敬意的不愉快感觉。他像平时一样冷淡而平静地说:"你好,祖兴。谢谢你来看我。哦,诸位,请坐。你走吧,库德里亚什卡,"他对和他一起吃饭、谈话的新兵说,"我们以后再谈。大家坐。怎么样?祖兴,你感到奇怪吧?是吗?"

"你没有什么事使我感到奇怪。"祖兴回答,挨着他坐在板铺上,脸上的表情就像医生坐在病人的床上。"要是你来参加考试,那倒会使我感到奇怪,就是这样。你倒讲讲,你到哪儿去了?怎么当起兵来了?"

"到哪儿去了?"他声音重浊有力地回答。"到饭店、酒馆去了,总之是去寻欢作乐了。诸位,大家请坐吧,这儿有的是地方。喂,你把腿缩一缩。"他露出雪白的牙齿,对躺在左边、头枕在手上、好奇地懒洋洋望着我们的一个新兵命令道。"是啊,我喝多了。真糟糕!但也好,"他接着说,每断断续续地说一句,他那刚毅的脸部表情就改变一下。"商人的那件事你是知道的,那坏蛋。他们想把我赶出去。我把所有的钱都花光了。那倒没什么。我负债累累,都是些该死的债。我没有钱还。唉,就是这么一回事。"

"你怎么会产生这种念头的?"祖兴问。

"事情是这样的:有一次在雅罗斯拉夫尔饭店喝酒,那是在斯托任卡,我同一个商人喝酒。他是招兵站上管供应的。我说:'给我一千卢布,我就去。'我就这样来当兵了。"

"基里尔·伊凡诺夫是谁?"

"就是买我的那个人(说到这里,他的眼睛亮了一下,那神情特别古怪、滑稽并含有嘲弄的意味,仿佛微笑了一下)。他取得了参政院的许可。我又喝了酒,还了债,就走了。就是这么一回事。好在他们不会鞭打我的……我还有五卢布。也可能发生战争……"

然后他便给祖兴讲他那不可思议的奇怪经历,刚毅的脸不断改变表情,忧郁的眼睛闪耀着光芒。

当我们不得不离开营房时,我们就同他告别。他伸出手来,同我们紧紧相握,没有站起来送我们,只说:"诸位,什么时候请再过来,据说要到下个月才赶我们走。"他仿佛又微微笑了一下。

但祖兴走了几步又退回去。我想看看他们怎样告别,便停住脚步,我看见祖兴从口袋里掏出钱递给他,但谢苗诺夫把他的手推开。后来我看见他们互相吻了一下。我看见祖兴又向我们走来,相当大声地嚷道:"再见了,长官!大概不等我毕业,你就会当上军官的。"

谢苗诺夫听了这句话,这个从来不笑的人竟破例哈哈大笑起来。这使我大吃一惊,并使我感到难受。我们走了出来。

我们步行回家，一路上祖兴没有作声，手指一会儿按住这边鼻孔，一会儿按住那边鼻孔，不断地轻轻擤着鼻子。一回到家里，他就离开我们，从那天起就喝酒，一直喝到考试。

第四十五章　我失败了

终于临到第一场考试，那是微积分。但我还是稀里糊涂，觉得前途茫茫。每天晚上，同祖兴和其他同学聚会后，我就想到得改变一下自己的观念，有些想法不好，不对头，但到了早晨，随着太阳升起，我又成为一个体面人，并以此沾沾自喜，不想做任何改变。

我怀着这样的心情去参加第一场考试。我在公爵、伯爵和男爵坐着的长凳那一边坐下，用法语同他们交谈起来。说来奇怪，我根本没有想到马上就得回答我一无所知的那门功课。我冷静地望着上去应考的人，甚至还嘲笑其中一些人。

"怎么样，伊连卡？"当伊连卡从考桌旁回来时，我问他，"害怕吗？"

"回头瞧您的吧！"伊连卡说。

自从进大学以来他对我一直很冷淡，我同他说话，他笑也不笑，对我很反感。

我听了伊连卡的回答，轻蔑地一笑，尽管他所表示的疑虑使我吃惊。但我这种心情又被迷雾遮住了。我仍旧漫不经心，若无其事，我甚至答应Ｓ男爵，考试一结束（仿佛对我来说，这是小事一桩）就陪他到马特恩酒店去吃饭。当我和伊科宁一起被叫上去时,我整了整制服后襟,非常镇定地走到考桌前。

当一位年轻的教授——就是入学考试时考过我的那一位——面对面望着我的脸而我摸到考签的时候,我的背上掠过一阵轻微的寒战。伊科宁像以前考试那样身子摇摇晃晃地抽了考题,尽管回答得不好,但还是回答了几句。我也像他以前考试那样做,但更糟糕,因为我拿到另一张考题,什么也回答不出来。教授带着惋惜的神情对我望了望,声音平静而坚决地说:"您不能升二年级,伊尔捷尼耶夫先生。您还是别来参加考试的好。这个系得整顿一下。您也一样,伊科宁先生。"他添加说。

伊科宁要求重考,就像要求施恩一样,但教授回答他说,他不可能在两天里准备好一年里没有准备好的功课,他怎么也不能升级。伊科宁又低声下气地苦苦哀求,还是被教授拒绝了。

"你们可以走了,先生们!"他说,声音不高,但很坚决。

这时我才决心离开考桌。我感到害臊,因为我在场保持沉默,仿佛也参加了伊科宁那种屈辱的哀求。我不记得我怎样从大学生中间穿过大厅,怎样回答他们的问题,怎样走进门厅,怎样走回家里。我受了侮辱,感到委屈,我真是太倒霉了。

一连三天我没有走出房门,谁也不见,像小时候一样放声大哭,哭个痛快。我找寻手枪,我可以自杀,如果我很想死的话。我想,伊连卡·格拉普要是遇见我,一定会唾我的脸,他有理由这样做;奥彼洛夫一定会幸灾乐祸,到处宣传我的耻辱;柯尔皮科夫在雅尔饭店羞辱我是完全有道理的;我跟柯尔纳科娃公爵小姐的愚蠢谈话不会有别的结果,等等。生活中自尊心受到损伤的痛苦时刻一幕幕地从我的脑海里掠过；我竭力把自己的不幸归咎于什么人，认为有人对我策划了一整套阴谋，我埋怨教授，埋怨同学，埋怨伏洛嘉，埋怨聂赫留朵夫，埋怨爸爸送我上大学，埋怨命运使我蒙受奇耻大辱。最后，我觉得我在所有熟人的眼里都彻底完蛋了，于是我求爸爸让我去当骠骑兵，或者去高加索。爸爸对我不满意，但看到我伤心得厉害，就安慰我说，事情虽糟，但还可以补救，只要转到别的系就行了。伏洛嘉认为我的不幸并不可怕，他说，转到别的系，在新同学面前至少不会感到害臊。

我们的女士们根本不了解，不愿意了解，或者无法了解考试是怎么一回事，不能升级是怎么一回事，她们可怜我，只因为看到我很痛苦。

聂赫留朵夫每天来看我，待我一直非常温柔和气，但我反而觉得他对我冷淡了。当他上楼来看我，默默地挨着我坐下，神情就像医生坐到垂危病人的床上那样，我总觉得难受，仿佛受了侮辱。索菲雅·伊凡诺夫娜和华丽雅托他把我以前要过的书带来，并要我去看她们。但就在这种关心里，我看出她们对一个堕落深渊的人抱着高傲而使人感到屈辱的姑息态度。过了三天，我平静些了，但在回乡以前我没有出过家门一步，一直在想着我的苦恼，从这个房间荡到那个房间，竭力避开家里的人。

我反复思考，反复思考，终于有一天晚上，独自坐在楼下听阿芙多基雅·华西里耶夫娜弹圆舞曲，我突然跳起来，跑到楼上，拿出写着"生活准则"的笔记本，打开一看，顿时感到又是悔恨，又是振奋。我哭了，但流的已不是绝望的眼泪。我振作精神，决定重订生活准则，并且坚决相信我再也不会做坏事，再也不浪费时间，再也不做违反生活准则的事。

这种精神上的振奋是否能够持久，它包含着什么样的内容，对我的精神发展奠定了哪些新的基础，我将在更幸福的青年时代后期加以描述。①

九月二十四日② 于雅斯纳雅·波良纳

---

① 列夫·托尔斯泰原拟写最后一部《青春》，但没有写成。
② 指一八五七年。

回　忆

引 言

我的朋友巴·伊·比柳科夫要为我的法文全集写我的传记,他要我向他提供一些资料。

我很想满足他的愿望,开始在头脑里构思自己的传记。起初很自然,不知不觉只回忆我一生中好的方面,同时好像图画的阴影,想起我生活中那些同好的方面有关的阴暗的坏的方面。但更认真地思考我的一生,我发现这种传记即使不是赤裸裸的谎言,也还是一种谎言,因为它隐恶扬善而显得不真实。我想到,要不隐瞒我生活中的任何坏事而写出全部真相,这样的传记将会给人什么印象,不禁不寒而栗。

当时我病了,病中无事,头脑里一直回忆着往事,而那些往事实在可怕。我深深体验到普希金诗中所表达的那种心情:

回 忆

喧闹的白天渐渐沉寂,

城市沉默的广场上

笼罩了一片朦胧的阴影,

还有那睡眠——一天辛劳的奖励。

在万籁无声中,对我来说,

只有辗转反侧失眠的煎熬,
和毒蛇噬心般的痛楚。
浮想联翩,柔肠寸断,
往事如烟,缥缈虚幻。
回顾一生,我只有厌恶,
我内心颤动,诅咒自己,
我痛苦悔恨,泪水滂沱,
但泪水洗不掉断肠的诗句。

最后一行我只做了这样的修改:把"泪水洗不掉断肠的诗句"改成"泪水洗不掉羞愧的诗句"。

就这个印象我在日记里写道:

一九〇三年一月六日

我现在尝到地狱般的痛苦,因为回想起以前全部卑劣的生活。这种回忆使我不得安宁,败坏我的生活。人们总是惋惜死后不能留下回忆。其实不能留下回忆是件幸事。我今世要是记得前世所做的折磨良心的罪孽,那该是多么痛苦啊!要是记得好事,也就会记得一切坏事。幸亏人一死回忆也就消失,只留下一个意识,也就是好事和坏事的总结,是一种复杂的均衡,它的最简单的表现方式就是:×=肯定或否定,大事或小事。是啊,回忆消失是很大的幸福,人带着回忆是不可能活得快活的。现在,随着回忆的消失,我们从洁白的一页开始重新生活,在这一页上我们又可以把好事和坏事记下来。

———————————

是的,我这辈子并非一直过得那么坏——坏的只有二十年。是的,即使在那个时期,我的生活也不像我在病中所想象的那样一无是处,即使在这个时期,我内心也有追求善的冲动,虽然持续没多久,很快就被无法克制的情欲所抑制。但我的思想活动,特别是在病中,使我清楚地看到,写我的传记,也像一般写传记那样,讳言我一生的丑恶和罪孽,那是不真实的。如果写传记,那就得写出全部真相。只有这样的传记,不管我写的时候多么羞愧,才能对读者有所裨益。这样回忆我的一生,也就是从行为的善恶来看待我的一生。我认为我的一生可以分为四个时期:第一,十四岁以前美好的——特别是同以后几个时期相比——天真快乐、充满诗意的童年;第二,那个可怕的二十年,粗野放纵,贪图功名,崇尚虚荣,主要是放纵情欲;第三,从结婚到我精神上的新生,这一时期用世俗的观点看,可以称作道德时期,因为在这十八年里我过着规规矩矩的家庭生活,没沉湎于任何受舆论谴责的罪恶,但我的注意力只局限于自私地关心家庭,增加财富,取得文学上的成功,追求各种各样的满足;最后,第四,我现在所生活的二十年——我希望这样生活,一直到死——对比现在这样的生活我看到了过去生活的全部意义,我不想改变这样的生活,除了我在以前养成的坏习惯之外。

所有这四个时期的生活,我要绝对真实地写出来,如果上帝赐给我力量和生命的话。我想,我这样写成的传记,尽管存在重大缺点,也将比我的十二卷文集——当代人给了它们过高的评价——对人们更有教益。

现在我来做这件事。我先讲第一个时期,特别吸引我的快乐的童年时期。然后,不管我多么羞愧,将毫无保留地讲述以后的可怕的二十年。然后讲第三个时期,这个时期对大家最乏味。最后一个时期,是我对真理的觉醒,它给了我最大的生活幸福,并且由于接近死亡而感到欣慰。

为了避免对童年的重复叙述,我重读了这种题目的作品,并后悔写了这样的作品:写得那么不好,那么文绉绉,那么不真诚。它也不可能不是这样:第一,因为我的意图不是写我个人的经历,而是写我的朋友的童年,结果就把他们的事和我童年的事不协调地混淆在一起。第二,因为在写这部作品时,我的叙述远不是自己独立思考的,而是受了当时我很喜爱的两位作家斯特恩①和特普费尔②的影响。

现在我特别不喜欢最后两部分:少年和青年,其中除了真实和虚构不协调地混淆在一起外,还有不真诚:我希望展示好的和重要的事(但当时我并不认为是好的和重要的),也就是我的民主倾向。我希望我现在所写的会好些,主要是对别人有益些。

一

我出生在雅斯纳雅·波良纳村,在那里度过童年。母亲我完全不记得了。她去世时,我才一岁半。说来奇怪,她连一张照片也没

---

① 斯特恩(1713—1768)——英国小说家,名作有《感伤的旅行》。
② 特普费尔(1799—1846)——瑞士作家、画家,著有《我叔叔的书房》。列夫·托尔斯泰原注为法国作家。——编者注

留下，因此她的真实面貌我无法想象。这却使我感到欣慰，因为在我的想象中只有她的精神面貌，我所知道的有关她的一切都是美好的。我想，这并非因为谈到我母亲的人总是竭力只讲她的好处，而是因为她身上确实有许多好处。

不过，不仅仅我母亲，而且童年时代我周围的人——从父亲到车夫——我觉得都是绝对好的好人。这大概是由于我那儿童的纯洁的爱，像一道强烈的光，使我能看到人们身上的优点。我觉得他们都是绝对好的好人，比我看到的他们的缺点要真实得多。我的母亲长得并不好看，但她受过就当时来说非常好的教育。除了俄语（当时流行着不讲俄语、不写俄语的风气，她却写得一手正规漂亮的俄语）之外，她懂得四种外语：法语、德语、英语和意大利语。她在艺术上一定也很有天赋：她弹得一手好钢琴，她的同龄人告诉我，她讲起故事来构思巧妙、娓娓动听。她最高贵的品质，据女仆说，是她尽管脾气不好，但很能克制。她的侍女告诉我，"她会气得满脸通红，甚至哭出声来，但从不说粗话。"她根本不知道粗话。

我留有几封她写给我父亲和几位姑妈的信，还有她记录大哥尼古拉行为的日记。她死的时候，他才六岁，我想他一定比其他人更酷似她。他们两人都有我非常喜欢的性格。这种性格我是从母亲信里看出并从哥哥嘴里知道的：评论别人宽大厚道，自己则谦虚谨慎，以至竭力讳言自己优于别人的智慧、教育和品德。他们仿佛都羞于提到自己的长处。

关于哥哥，屠格涅夫说得很对：他没有成为大作家所难以避免的那些缺点。这一点我知道得很清楚。

记得有一次，省长的副官，一个很愚蠢的不好的人，同他一起打猎，当着我的面嘲笑他。哥哥瞧着我，露出和善的微笑，显然还很得意。

我在母亲的信里也发现这个特点。在精神上她显然高于父亲和父亲一家，除了塔季雅娜·叶戈尔斯卡雅之外。我同塔季雅娜·叶戈尔斯卡雅一起度过了半辈子，她是个品德出众的女性。

此外，他们两人还有一个特点，就是宽以待人。他们从不谴责什么人。这一点我从哥哥身上看得很清楚，我同他一起过了半辈子。哥哥总是用巧妙、和善的幽默和微笑来表示对别人的强烈否定。这一点我从母亲的信中看到，也从那些了解她的人嘴里听到。

在德米特里·罗斯托夫斯基的一生中有一件事一直使我很感动。他是一个短命的修士，有着所有同道都知道的缺点，虽然如此，长老在梦中却总是看见他处在天堂里圣徒中最好的地位。长老感到很惊讶，问道：这个放纵无度的修士凭什么得到这样的奖赏？人家回答他说："他从不谴责人。"

要是真有这样的奖赏，我想我的哥哥和母亲准能获得。

母亲在她圈子里的第三个突出优点是她写信的语气真实而朴素。当时写信特别流行在感情上言过其实："无可比拟的""极其景仰的""我生命的快乐""无法估价的"等等——这些都是亲人之间常用的形容词，辞藻越华丽，越是言不由衷。

这种用语在父亲的信里常可以看到，虽然不算十分突出。他写："我最最温柔的朋友，我一心只想让幸福永远伴随您……"[1]诸如此类的话。这种话未必完全真诚。她呢，写信时总是用同样的称呼："我亲密的朋友[2]，"她在一封信里写道，"你不在，我觉得时光特别长，虽然，说实话，你在这儿的时候，我们没有充分享受这种时光。"[3]而信末署名总是"忠实于你的玛丽雅"[4]。

---

[1][2][3][4] 原文是法语。

母亲的童年部分是在莫斯科度过的，部分是同我的外祖父伏尔康斯基——一个聪明、骄傲而有才华的人——一起在乡下度过的。

二

关于外祖父，我只知道他曾在叶卡捷琳娜皇朝做到上将，但后来突然失去地位，原因是他拒绝娶波将金的外甥女兼情妇华连卡·恩格尔哈特为妻。对波将金的建议，他回答说："他怎么会要我娶他的情……"

因为这个答复他不仅再也得不到晋升，而且被调任阿尔汉格尔斯克军事长官，直到保罗一世①登位前退职，娶叶卡捷琳娜·德米特里耶夫娜·特鲁别茨卡雅公爵小姐，移居从他父亲谢尔盖·费奥多洛维奇手里接受的雅斯纳雅·波良纳庄园。

叶卡捷琳娜·德米特里耶夫娜公爵小姐死得很早，只留给我外祖父一个女儿玛丽雅。外祖父跟这个爱女和她的法国女友一直生活到他去世，那大概是一八一六年的事。

外祖父被认为是个很严厉的主人，但我从未听到过有关他的残酷和惩罚人的事，而这种事当时是司空见惯的。我相信当时有这种事，但仆人和农民极其尊敬他的庄重和明智，我常常向他们打听他的事，尽管我听到过父亲对他的责怪，但我只听到大家称赞他智慧、

---

① 保罗一世（1754—1801）——俄国沙皇（1796—1801年在位）和叶卡捷琳娜二世之子；在位时加强军事统治，最终被弑。

回忆 | 379

精明和他对农民以及众多仆人的关怀。他为仆人盖了很好的住房，不仅经常关心他们吃饱肚子，而且让他们穿得好，过得快乐。每逢过节，他总为他们组织娱乐活动，荡秋千，跳轮舞。像当时一般开明地主那样，他关心农民的福利，让他们过上安定的生活。再说，外祖父的崇高地位赢得警察局长、分局长和陪审员的尊敬，他也总是庇护他们，使他们不受长官的欺压。

他一定具有敏锐的审美能力。他盖的房子不仅坚固舒适，而且雅致美观。屋前的花园也被他布置得很优美。他一定很爱好音乐，因为他为自己和母亲专门建立了一个很好的小乐队。我看见园子里有一株三抱的大榆树，长在菩提树小径旁的空地上，周围安排着长凳和谱架。每天早晨他在菩提树小径上一面散步，一面听音乐。他厌恶打猎，但爱好花草。

奇怪的命运以最奇怪的方式把他同那位华连卡·恩格尔哈特连在一起。由于拒绝同她结婚，他在服役时受够了罪。这位华连卡后来嫁给了谢尔盖·费奥多洛维奇·高里岑公爵，后者因此获得了种种官位、勋章和奖赏。我的外祖父同这位高里岑公爵及其一家（因此也就包括华连卡在内）交往密切，以至我的母亲同高里岑十个儿子中的一个从小就订了婚，两位老公爵还交换了各家祖先的系列画像（当然都是由农奴画家临摹的复制品）。高里岑家成员的这些肖像画，包括身佩安德烈耶夫勋章绶带的谢尔盖·费奥多洛维奇和棕红色头发的肥胖的华尔华拉·华西里耶夫娜（华连卡）——叶卡捷琳娜勋章的获得者，至今还留在我们家里。不过，这种联姻注定不能成功：因为我母亲的未婚夫，列夫·高里岑，婚前就患热病去世。我作为家里第四个儿子，我的名字也就是用来纪念他的。据说，妈妈非常爱我，叫我"我的小维尼阿明"[①]。

我想,她对死去未婚夫的爱是充满诗意的,这种爱每个姑娘一生只有一次,而她也因此丧失了生命。她同我父亲的婚姻是由她家庭和我父亲安排的。她有钱,年纪已不很轻,是个孤儿;父亲则是一个快乐的出色青年,有声望,有关系,但家产被我祖父挥霍光了,以致父亲拒绝做遗产继承人。我想母亲是爱我父亲的,但只因为他是她的丈夫,尤其因为是孩子们的父亲,但并未真正爱上他。她真正爱过的人,据我所知,只有三个,或者四个:死去的未婚夫,后来的法国女友海尼森小姐。这个法国女人,听我姑母说,是因绝望而自杀的。这位海尼森小姐后来嫁给母亲的表兄弟米哈伊尔·伏尔洪斯基公爵,就是作家伏尔洪斯基的祖父。我母亲同这位海尼森小姐友谊深厚。关于母亲同住在她家两位姑娘的友谊,她写道:

> 我同她们两人的关系都很好。我听音乐,谈笑,疯狂;同另一个谈论感情,对轻浮的上流社会品头评足;她们都发狂般地爱我。我利用她们对我的信任,当她们吵架的时候,就给她们调解,因为没有比她们两人更容易争吵、更可笑的了。她们经常相互不满、哭泣、安慰、责骂,然后又是热情沸腾,友谊万岁。这样,就如照镜子一般,我看到了几年来使我鼓舞和困惑的友谊。我怀着说不出的心情瞧着她们,有时羡慕她们的幻想——这样的幻想我已没有了,但幻想的魅力我是知道的。坦率地说,当万能的幻想使世上的一切都

[①] 原文是法语。

变得非常美丽时，成年人真实可靠的幸福是不是抵得上青年人令人陶醉的幻想呢？有时你也嘲笑她们的孩子气。①

她第三个强烈感情，几乎也是最热烈的感情，就是她对大哥尼古拉的爱。她用俄文写教养他的日记，她记录了他的行为，还读给他听。从这本日记里可以看出，她一心一意想对尼古拉进行最好的教育，同时模模糊糊地考虑为此需要做些什么。譬如，尼古拉看见动物痛苦，十分难过，甚至痛哭流涕，她就责备他，因为她认为男人必须坚强。她竭力想改正他的另一个缺点，那就是他"自作主张"，对祖母不说晚安②或日安③，而说谢谢您④。

她的第四个强烈感情，据姑妈们告诉我，也是我所希望的，就是她对我的爱。这种爱在我出世后代替了对尼古拉的爱。那时尼古拉已离开母亲身边，交由男保姆管。

她需要爱的不是自己，而是别人，对象又是一个换一个。在我的想象中，母亲的心灵就是这样的。

她在我心目中是这样一位心灵纯洁、品德高尚的人，以致在我中年时期，当我同强烈诱惑我的情欲进行斗争时，常常向她的灵魂祈祷，求她帮助我。这样的祈祷往往很有效果。

我从书信和别人的讲述中可以断定，我母亲在我父亲家里的生活是称心如意的。父亲家有老奶奶，他的母亲；她女儿，我的姑妈亚历山德拉·伊里尼奇娜·奥斯顿－萨庚伯爵夫人，和她的养女巴申卡；另一位姑妈（我们这样叫她，其实是一位远亲）塔季雅娜·亚历

---

①②③④ 原文是法语。

山德洛夫娜·叶戈尔斯卡雅，她在祖父家成长，终生住在我父亲家里；男教师费奥多尔·伊凡内奇·莱赛尔，关于他，我在《童年》里写得很真实。

我们总共五个孩子：尼古拉、谢尔盖、德米特里、最小的儿子我和小妹妹玛申卡——母亲就是因为生她而死的。我母亲婚后的生活很短促，大概不超过九年，但很幸福美满。她的生活丰富多彩，充满大家对她的爱和她对家里所有人的爱。我从书信上看出，她过着非常清静的生活。除了邻居奥加廖夫一家和偶然路过的亲戚之外，几乎没有人来到雅斯纳雅·波良纳，母亲的生活是教养孩子，晚上为奶奶大声朗读小说，自己则阅读卢梭的《爱弥尔》之类的严肃小说，评论读过的东西，弹钢琴，教一位姑妈意大利语，散步、做家务。每个家庭都有太平时期，那时既没有人生病，也没有人死亡，一家人过得太太平平，无忧无虑，根本没想到有朝一日这样的日子会结束。我认为母亲在夫家过的就是这样的生活，直到她去世。没有人去世，没有人害重病，父亲的经济困境有了改善。家里人个个健康、快乐、友好。父亲常讲故事和笑话，逗得大家很开心。我没逢到那样的日子。从我记事的时候起，母亲死亡的阴影就一直笼罩着我们一家的生活。

三

以上一切都是根据人家的讲述和书信写成的。下面开始叙述我所经历的和记得的事。

我不想讲模糊的幼年的回忆，这种回忆分不清现实和梦境。现在讲讲我记得清楚的早年的环境和周围的人。其中占首位的自然是我的父亲。这里的首位不是指对我的影响，而是指我对他的感情。

我父亲是他父母唯一活下来的孩子。他的弟弟伊林卡小时候摔了一跤，成了驼背，没长大就夭折了。一八一二年父亲十七岁，他不顾父母的反对、威胁和劝说，参了军。当时，我祖母的近亲哥尔查科夫公爵是陆军大臣；她的另一个兄弟安德烈·伊凡诺维奇是现役将军，父亲就做了他的副官。他在一八一三年——一八一四年参加远征，一八一四年担任信使，在德国某地被法军俘虏，直到一八一五年我军进入巴黎才获释。父亲二十岁就不是个童贞青年。还在他参军之前，十六岁时就由父母做主让他同一个女仆发生了关系，据说是为了他的健康。结果生了儿子米申卡。米申卡后来当了邮差，在我父亲在世时日子过得很好，但后来他腐化堕落，常来向我们这些成年弟弟求助。我记得，当这个相貌酷似父亲（兄弟中数他最像）的哥哥穷困潦倒，要求我们帮助，并为我们给他十卢布、十五卢布而道谢时，我总感到困惑不解。

战争结束后，父亲对军职感到失望——这从信里看得出来——退了伍，来到喀山。我祖父当时是省长，但家道已完全衰落。在喀山，父亲的妹妹彼拉盖雅·伊里尼奇娜嫁给了尤施科夫。祖父不久在喀山去世，父亲成了继承人，但这些遗产还不够还债，身边又有过惯奢侈生活的老母亲、姐妹和表妹。这时，他经人说媒同我母亲结婚，来到雅斯纳雅·波良纳。在雅斯纳雅·波良纳他同母亲共同生活了几年。母亲去世后，他同我们一起生活，这是我记得的。

父亲中等身材，体格匀称，活泼好动，相貌惹人喜欢，一双眼睛却总是很忧郁。

他的生活主要是经营庄园，看来他在这方面不是个行家，但他品德高尚：不仅没有残酷的行为，简直是善良而软弱。我从没听说他用过体罚。这种体罚当时是有的，而且很难想象管理庄园可以不用体罚，但难得使用，而父亲更极少参加这种行动，我们做孩子的从未听说过这种事。直到父亲去世后，我才第一次知道，我们家里也有过体罚。我们孩子跟着男教师散步回来，在打谷场附近遇见胖管家安德烈·伊林和跟在他后面的车夫下手独眼龙库兹玛。库兹玛结过婚，年纪已经不轻，当时神情十分沮丧，使我们感到惊奇。我们中有人问安德烈·伊林他去哪儿，他若无其事地回答说，到打谷场去处罚库兹玛。我无法描写，这话和善良而沮丧的库兹玛的模样使我多么害怕。晚上我把这事告诉负责教育我们的姑妈塔季雅娜·亚历山德洛夫娜。她憎恨体罚，从来不许对我们实行体罚，也不许对农奴实行体罚，而且她有权制止这种事。她听了我告诉她的事，十分气愤，责备说："您怎么不制止他？"她的话使我更加难过。我怎么也没想到我们可以干预这种事，原来我们是可以干预的。但为时已晚，可怕的事已经发生了。

现在回过来谈谈我所知道的父亲的事和我想象中他的生活。他的工作主要是经营庄园和打官司。当时人人都有许多官司要打，而父亲的官司尤其多，因为他得清理祖父遗留下来的事。为了这些官司，父亲不得不出门办事。此外，他常常出去打猎，有时用猎枪，有时用猎犬。打猎的主要伙伴是他的几个朋友：有钱的单身汉基列耶夫斯基、亚泽科夫、格列波夫、伊斯列涅夫。父亲也染有当时地主们的风气：

宠爱他所喜欢的家仆。他宠爱的家仆有彼得鲁沙和马玖沙弟兄俩。两人都长得英俊、灵活,打猎又都很勇敢。在家里,父亲除了管理庄园和教养我们几个孩子外,自己还读了很多书。他受当时风气的影响,收集法国古典文学作品、历史作品以及布封①和居维叶②的博物学作品。姑妈告诉我,父亲定下规矩,不读完所有的书,不买新书。不过,尽管他读书很多,也很难相信他读完了他藏书中的全部《十字军东征和教皇史》③。我可以断定,他对学术并不特别热衷,但他也达到了当时人们的教育水平。就像亚历山大一世初期和一八一三、一八一四、一八一五年远征时代多数人那样,他不是个现在所谓的自由派,而纯粹出于自尊心觉得不能在亚历山大一世末期和尼古拉时代任公职。他从莫斯科写给母亲一封信,信里以戏谑的语气写到自己女婿的兄弟奥西普·伊凡诺维奇·尤施科夫:"奥西普·伊凡诺维奇自以为是,因为他是个三等文官。但我一点儿也不怕他。我有我的三等文官。"在尼古拉时代,他不仅从没在哪儿担任过公职,而且他所有的朋友都是这种自由派,他们不担任公职,而且多少有点儿反对政府。在我的童年甚至青年时期,我家从未接近过任何一名官员。我小时候当然不理解这种事,但我知道父亲从未向谁低声下气,总是用他那快乐大胆甚至嘲弄的语气说话。我在他身上看到的这种自尊心,增加了我对他的爱和钦佩。

我记得我们临睡时走进他的书房去告别,有时只是进去玩玩。他嘴里叼着烟斗,坐在皮沙发上,爱抚我们。有时让我们待在背后

---

① 布封(1707—1788)——法国博物学家,主要著作有《自然史》三十六卷。
② 居维叶(1769—1832)——法国动物学家、古生物学家。
③ 原文是法语。

的沙发上（这使我们特别高兴），他继续读书或者同站在门口的管家或亚泽科夫说话。亚泽科夫是我的教父，常来我家做客。我记得他有时来我们房间，给我们画画，我们觉得这些画都精美绝伦。我记得，他有一次叫我背诵我心爱的普希金诗篇《致大海》中的诗句"再见吧，自由的海洋……"和《拿破仑》中的诗句"出现了奇怪的命运：一个伟人死了……"等等。他显然被我念诗的激情所感动。他听着我念，同在场的亚泽科夫意味深长地交换了个眼色。我明白，他在我的朗诵中看到了我的才华，因此很高兴。我记得，在午饭和晚饭时他常讲笑话和故事，听得祖母、姑妈和我们孩子们都忍俊不禁。我还记得他有时进城去，身穿燕尾服和窄裤子的模样真是风度翩翩。但我记得最清楚的是他出去犬猎。我记得他骑马去打猎。我后来总觉得普希金就是以他为原型来描写努林伯爵的打猎的。我记得我们跟他一起散步，年轻的猎犬紧跟着我们，在没割过的草地上嬉戏，高高的青草拍打着它们，搔得它们的肚子发痒。它们的尾巴歪向一边，飞快地兜着圈子，而父亲怎样欣赏着它们。九月一日是打猎节。我记得那天我们乘敞篷马车到狩猎的树林，那里有一头狐狸被几匹猎犬追逐着，而灵猩则在我们看不见的地方把它抓获了。我记得特别清楚的是纵犬捕狼。这是在我家附近。我们都走去看。大车上载着一头捆住四脚的大灰狼，它乖乖地躺在车上，斜眼瞧着走近它的人们。大家来到花园后面，把狼拖下来，用草叉把它戳在地上，解开它的脚。狼拼命挣扎，抽搐，咬着绳索。最后他们给它解开后颈上的绳索，有人叫了声："放了它！"大家举起草叉，狼站起来，站了十秒钟光景。但大家对它大声吆喝，放出猎狗。狼、狗、马车、骑马的人纷纷往田野飞跑。狼逃走了。我记得父亲嘴里责骂着，气愤地摆摆手回家去。

在我的印象中，他最快乐的事是陪祖母坐在沙发上，帮她摆牌阵。父亲待谁都彬彬有礼，和蔼可亲，待祖母尤其温柔亲切，低声下气。有时，祖母戴着有褶缝和花结的睡帽，露出长长的下巴，坐在长沙发上摆牌阵，偶尔嗅嗅金鼻烟壶。图拉的女军器商彼得洛夫娜坐在沙发旁的安乐椅上，她身穿佩子弹的短上衣，纺着线，间或拿线团在墙上敲敲，墙上已被她敲出一个凹洞。这位彼得洛夫娜是个女商人，不知怎的祖母很喜欢她。她常来我家做客，总是同祖母并排坐在客厅的长沙发上。姑妈们坐在安乐椅上，其中一个大声朗读小说。一把安乐椅上躺着黑斑的霍尔特猎狗米尔卡，躺得安乐椅上现出一个凹陷。它是父亲心爱的快腿猎狗，生有一双乌黑可爱的眼睛。我们进去告别，有时就坐在那儿。告别时，我们总是跟祖母和姑妈们吻吻手。我记得有一次在摆牌阵和朗诵中间，父亲叫正在朗诵的姑妈停下来，指指镜子，嘴里喃喃地说着什么。

我们也都往那儿瞧。

原来是仆人奇虹。他知道父亲在客厅里，就走进他的书房，从他那个折叠式大烟草皮包里取烟草。父亲从镜子里看见他，对着他那踮着脚尖悄悄走路的模样发笑。

姑妈们都笑了。祖母好久弄不懂是怎么一回事，等她明白，也快乐地笑了。我赞赏父亲的善良，向他告别时，特别亲热地吻吻他那筋脉毕露的大手。

我很爱父亲，但他在世的时候，我还不知道我对他的这种爱有多么强烈。

这事以后再说。现在谈谈家庭的其他成员，我是在他们中间度过童年的。

四

祖母彼拉盖雅·尼古拉耶夫娜是尼·伊·哥尔查科夫公爵的女儿。公爵是个盲人，但积累了大量财富。就我所知，祖母目光短浅，受教育不多，她像当时一般人那样，法语比俄语好（这限制了她受教育的机会）。大家都宠爱她：先是父亲，后来是丈夫，然后是儿子（当着我的面）。除此之外，她作为家里的长女，受到哥尔查科夫家所有人的高度尊敬，包括原陆军大臣尼古拉·伊凡诺维奇和安德烈·伊凡诺维奇，以及自由派德米特里·彼得洛维奇的几个儿子：彼得·谢尔盖和塞瓦斯托波尔的米哈伊尔。我的祖父伊里亚·安德烈维奇，她的丈夫，是个平庸的人，但性情温和，乐观，不仅慷慨，而且挥霍无度。他的主要毛病是轻信人。他在别列夫县的波良内庄园——不是雅斯纳雅·波良纳，而是波良内——长期不断举行宴会、演戏、舞会、午餐、乘马车兜风。祖父特别喜欢赌大赌注的龙勃尔和惠斯特[①]，而对人家来借钱又总是有求必应。这些债款，有借无还，主要是被借去做投机生意、行贿。最后他妻子的大庄园也被抵债，弄得一家人生活无着。祖父不得不为谋喀山省长一职而四出奔走，尽管就他的社会关系而言，这事是轻而易举的。人家告诉我，祖父从不接受贿赂，除了赎金之外。人家要向他行贿，他就生气，但祖母却

[①] 龙勃尔和惠斯特——两种纸牌游戏。

背着丈夫接受礼物。在喀山,祖母把小女儿彼拉盖雅嫁给尤施科夫。大女儿亚历山德拉还在彼得堡就嫁给了萨庚伯爵。我祖母于丈夫在喀山去世、儿子(我的父亲)结婚后移居雅斯纳雅·波良纳。我在这里见到她时,她已是一个老妇人。因此她的模样我还记得很清楚。

祖母热爱父亲和我们孙子,逗我们玩,她也爱姑妈们,但我觉得她并不太爱我的母亲,认为她配不上我的父亲,并嫉妒父亲对她的感情。她对仆人并不挑剔,因为大家都知道她是家里头号人物,竭力奉承她。她只有对侍女加莎十分挑剔,折磨她,叫她"您,我亲爱的,"什么事都要她做,千方百计折磨她。说来奇怪,加莎,也就是我当时熟悉的阿加菲雅·米哈伊洛夫娜,感染了祖母那种任性的脾气,对她的丫头,对她的猫,对凡是她能要求的生物,也总是像祖母对她一样任性。

在我们移居莫斯科之前的往事中,同祖母有关的事中有三件给我印象特别深刻。第一件事是祖母洗脸。她使用一种特殊的肥皂,能从手里弄出大量肥皂泡。我觉得只有她能弄出这么多的肥皂泡来。我们常被领到她旁边,这大概因为对她弄出来的肥皂泡感到惊讶和赞叹,而这使她很得意。我记得她的白上衣、白裙子、一双苍老的白手,和浮在她手上的巨大肥皂泡,以及她那得意扬扬的笑吟吟的白脸。

第二件事就是父亲的几个跟班让祖母坐在黄色弹簧敞篷车上,不用马拉而抬着她走。我们常同费奥多尔·伊凡诺维奇一起乘这辆马车到小扎卡兹采榛子。这年的榛子长得特别多。我记得那片稠密的榛树林,彼得鲁沙和马玖沙不断挤开和折断树枝,把祖母的黄色敞篷车抬到树林深处。他们把长着成熟榛子的枝条拉到她跟前,有时榛子已露出来。祖母动手摘下榛子,放到口袋里。我们有时也拉下枝条,有时费奥多尔·伊凡诺维奇以惊人的力气给我们拉下很粗的榛树枝，我们就从四面八方摘下榛子。费奥多尔·伊凡诺维奇放开枝条，枝条慢慢伸直，这时我们看到上面还留着些没有采完的榛子。我记得，林中空地上很热，树荫下却很凉快，散发着榛叶的酸涩味，跟我们同行的姑娘们怎样嗑着榛子，我们怎样不停地嚼着新鲜饱满的榛子仁。我们把采下的榛子装在口袋里，衣兜里，拿到车上。祖母接受榛子，称赞我们。至于我们怎样回家，以后又发生了什么，我可一点儿也记不得了。我只记得祖母、榛子、榛叶酸涩的气味、跟班、黄色敞篷车、太阳，这一切都汇合成一个快乐的印象。我觉得只有祖母能弄出肥皂泡来，而树林、榛子、太阳、树荫只有当祖母坐在由彼得鲁沙和马玖沙抬的黄色敞篷车里时，才可能出现。

同祖母有关的印象最深的回忆是一天晚上她卧室里发生的一件事。这事同列夫·斯吉邦内奇有关。列夫·斯吉邦内奇是个盲人，以讲故事为生，我认识他时他已是个老人。他是祖父时代旧贵族的残余。

他被买回家来，只是为了让他讲故事。他凭盲人的非凡记忆力，只要听过两遍，就能逐字逐句讲述人家念给他听的故事。

他住在家里什么地方，我不知道，但整天看不到他。不过每天晚上他都要上楼到祖母的卧室里去（这个卧室是个低矮的房间，上去要走两个梯级）。他坐在低低的窗台上，晚饭就从主人的餐桌上给他端到那里。他在这儿等着祖母。祖母可以当着一个盲人的面进行晚间盥洗而不觉得害臊。那天轮到我睡在祖母房间里，列夫·斯吉邦内奇身穿肩上打褶的蓝色长礼服，翻着一双白眼睛，坐在窗台上吃晚饭。我不记得祖母是怎样脱衣服的，在这个房间还是别的房间，也不记得我是怎样被放到床上的。我只记得蜡烛熄灭的一刹那，只剩下金光闪闪的圣像前点着的神灯，而祖母，我那个弄出怪诞肥皂

回忆 | 391

泡的奇妙的祖母全身雪白，穿着白色衣服，盖着白色被单，头戴雪白的睡帽，高高地躺在靠垫上。从窗台上传来列夫·斯吉邦内奇从容而平静的声音："继续讲下去吗？""是的，继续讲下去。"

"'亲爱的妹妹'，她说。"列夫·斯吉邦内奇低低地用他不快不慢的苍老声音讲道，"'您给我们讲一个最最好玩的故事吧。这种故事您是挺会讲的。'舍海拉扎达回答说：'好的，我给你们讲一个卡玛拉尔扎曼王子的有趣故事吧，如果陛下同意的话。'得到苏丹的同意，舍海拉扎达就这样开始：'当朝皇帝有个独子……'"

显然，列夫·斯吉邦内奇根据书本开始逐字逐句讲着卡玛拉尔扎曼的故事。我没听清也不了解他所讲的故事，我完全被祖母神秘的模样、壁上跳动的她的影子和只有眼白的老人的模样所吸引。现在我虽看不到他，但我记得他一动不动地坐在窗台上，慢悠悠地说着古怪而严肃的故事。他的声音在神灯灯光晃动的阴暗房间里散布开来。

我准是立刻就睡着了，因为接下去什么也不记得了。直到早晨我又惊奇地欣赏着祖母洗脸时手臂上的肥皂泡。关于祖母移居莫斯科后的印象，以后再讲。现在我要讲讲我所知道和记得的我小时候的另一个重要人物——住在我家的嫡亲姑妈亚历山德拉·伊里尼奇娜·奥斯登-萨庚伯爵夫人。

五

亚历山德拉·伊里尼奇娜姑妈很早就在彼得堡嫁给了波罗的海

沿岸地区有钱的伯爵奥斯登－萨庚。他们看上去是很出色的一对，但对姑妈来说，夫妻关系的结局却是很悲惨的。虽然对她的心灵倒是有益的。阿琳姑妈（家里人都这么叫她）长得楚楚动人，她生有一双蓝色的大眼睛，一张温顺白净的脸。一张她十六岁时的肖像画画的就是这个模样。

婚后不久，奥斯登－萨庚带着年轻的妻子来到他的波罗的海沿岸大庄园。到了那里，他的精神病逐渐发展，起初的显著特点是无缘无故地嫉妒。婚后第一年，姑妈怀了孕，他的病发展得更厉害了，有时完全处于疯狂状态。他觉得他的仇敌都想夺取他的妻子，把他包围起来，他唯一的生路就是逃走。这是夏天的事。有一天，他清早起来对妻子说，只有逃走才是唯一的生路，他已吩咐准备马车，他们立刻动身，叫她快去准备。

马车果然来了，他让姑妈坐上车，吩咐全速前进。半路上，他从箱子里取出两支手枪，扳起扳机，把一支交给姑妈，对她说，要是仇敌知道他们逃亡，就会追上他，他们就将灭亡。他们只剩下一条路，就是相互开枪。姑妈被吓得目瞪口呆，接过手枪，想说服丈夫，但他不听她，只向后转过身，等待人家追来，同时催促车夫赶车。不幸的是，在通向大道的乡间小路上出现了一辆马车。他大叫一声，说一切都完了，并命令她开枪打死自己，他则对姑妈的胸膛开了一枪。他一定看见了他的所作所为，还看见那辆使他恐惧的马车向另一个方向驶去，他停住车，把负伤流血的姑妈从马车里抱出来，放在大道上，自己则赶紧驾车逃走。算姑妈走运，很快就有几个农民跑来，把她抬到牧师那儿。牧师尽他所能把她的伤口包扎了一下，又派人去请医生。她的右胸被打穿（姑妈曾给我看过留下的疤

回忆　　393

痕），但不算厉害。当她躺在牧师家养伤（她仍怀着孕）时，她的丈夫清醒过来，跑去看她。他对牧师说，她怎样无意中负了伤，他要求同她见面。这次见面是可怕的。他像一切精神病人那样，很狡猾，装作对自己的行为感到后悔，只关心她的健康。他坐了好一阵，东拉西扯若无其事地谈着话，想等到只剩下他们两人的时候实行自己的企图。他装作关心她的健康，要她给他看看舌头。她伸出舌头，他就一手抓住她的舌头，一手拿出准备好的剃刀想割断它。两人搏斗起来。她挣脱他的手臂，大声叫喊。人们跑来，制止了他，把他带走。

从那时起，他被确诊患精神病。他在精神病院住了好久，同姑妈没有任何来往。不久姑妈被送到彼得堡娘家，她在那里生下一个死婴。他们怕她为婴儿的死亡而悲伤，就骗她说她的孩子活着，把一个宫廷厨司的妻子刚生下的女孩抱来。这个女孩就是巴申卡。她住在我家，在我懂事的时候，她已是一个成年的姑娘了。我不知道巴申卡什么时候知道自己出生的真相的，但我认识她的时候她已知道她不是姑妈的女儿了。

亚历山德拉·伊里尼奇娜姑妈自从出事后就住在娘家，后来住在我父亲家里，父亲死后成了我们的监护人。我十二岁那年，她死在奥普基纳荒野。

这位姑妈是个真正虔诚的女信徒。她喜欢读圣徒传，同云游派教徒、疯修士、男女修士谈话，其中有些人一直住在我们家里，有些人只是来看看姑妈。几乎一直住在我家的有玛丽雅·盖拉西莫夫娜修女，她是我妹妹的教母，年轻时就以疯修士伊凡努施卡为榜样云游各地。玛丽雅·盖拉西莫夫娜之所以成为妹妹的教母，因为母亲答应请她当教母,只要她能向上帝祈祷,让母亲再生一个女儿,母亲在生了四个儿子之后很想生一个女儿。女儿生下来了,玛丽雅·盖拉西莫夫娜就当了她的教母。她有时住在图拉的女修道院,有时住在我们家。

亚历山德拉·伊里尼奇娜姑妈不仅表面上很虔诚,紧守斋戒,经常祈祷,同圣徒交往,例如同当时著名的奥普基纳荒野的列奥尼德长老交往,而且自己过着真正基督徒的生活。她不仅避免任何奢侈,不要仆人侍候,而且总是千方百计为别人效劳。她一向没有钱,因为她总是把所有的一切分赠给求她的人。

侍女加莎在祖母死后转而侍候她。加莎告诉我姑妈在莫斯科时的生活,她去晨祷,小心翼翼地踮着脚尖从睡着的侍女身边走过,自己做着本该由侍女做的事。她在衣食上极其俭朴,毫无要求,简直叫人难以想象。不管我多么不愿说到这件事,我从小就记得亚历山德拉·伊里尼奇娜姑妈身上那股酸涩的特殊味儿,大概是由于她不注意清洁而产生的。优雅的、富有诗意的、生有一双美丽的眼睛的阿琳姑妈就是这样的。她爱好诵读和抄录法文诗,弹竖琴,而且在盛大的舞会上总是风头很健。

我记得,她对待修女和云游派教徒总是和蔼可亲,就像对待贵族那样。

我记得,她的女婿尤施科夫爱跟她开玩笑。有一次从喀山寄给她一只大箱子,上面写着她的名字。原来大箱子里还有一只箱子,再里面还有一只箱子……最里面是一只小盒子,盒子里有一个用棉花裹着的瓷修士。我记得,她怎样和善地含笑给姑妈看这件礼物。我还记得,吃饭时父亲讲道,她同她的表妹莫尔察诺娃怎样在教堂里捕捉她们所尊敬的牧师，想得到他的祝福。父亲把这件事讲得像一次围捕猎物，仿佛莫尔察诺娃把牧师从皇亲国戚那里夺过来，他就朝北门逃走。莫尔察诺娃追捕"猎物"，一个劲儿地跑去，于是阿琳姑妈就把他抓住。我记得她那亲切可爱的笑声和得意扬扬的面容。她的宗教感情是那么虔诚，那么重要，显然大大超过其他感情，因此她不会生气，不会难过，不会像一般人那样把世俗的事看得很重。她当上我们的监护人后，就关心我们，但她并没让所有的世事占据她的心灵，她认为活着就该侍奉上帝。

六

对我的生活最有影响的第三个人是塔季雅娜·亚历山德洛夫娜·叶戈尔斯卡雅姑妈。她是祖母方面哥尔查科夫家的远房亲戚。她和她的妹妹丽莎（后来嫁给彼得·伊凡诺维奇·托尔斯泰伯爵）当时还是两个小女孩，两个父母双亡的可怜的孤女。还有几个兄弟，由亲戚勉强给他们安排了生活；两个女孩由契仑县当时有地位有势力的塔·谢·斯库拉托娃和我祖母抚养。她们在圣像下做了祈祷，然后抽签。结果丽莎归斯库拉托娃，而皮肤黑黑的女孩则归祖母。塔季雅娜姑妈跟父亲同龄，生于一七九五年，受的教育同我的姑妈们完全一样。大家都很爱她，因为她性格坚强，精力充沛，又有自我牺牲精神。那次用铁尺烙手臂的事最能说明她的性格（这是她亲自告诉我的，并给我看她的臂肘和手腕之间一个很大的烫伤疤）。她小时候有人讲到赛沃拉①的故事。他们这些孩子就争吵说，他们中谁也不敢这样做。"我来。"她说。"你不敢。"我的教父亚泽科夫说。于是他就拿铁尺放在蜡烛上烧（这是符合他的性格的），烧得铁尺发黑，冒烟。"来，把这放在手臂上。"他说。她伸出雪白的手臂（当时姑娘们都穿着袒胸露臂的衣服），亚泽科夫就把烧黑的铁尺放上去。她皱起眉头，但没缩回手臂。直到铁尺把臂上的皮肤烫得掉下来，她才哼哼起来。大人看到她的伤，问她是怎么弄的，她回答说是她自己弄的，想试试赛沃拉所经受的考验。

她就是这样坚强，富有自我牺牲精神。她那粗硬鬈曲的黑发编成一条大辫子。她有一双又黑又亮的眼睛，表情活泼而刚毅，应该是很有魅力的。彼拉盖雅·伊里尼奇娜姑妈的丈夫尤施科夫是个老风流，虽然上了年纪，在回忆到她时，就像人们回忆旧情人那样说："塔季雅娜，哦，她可真是迷人哪。"②在我记得她的时候，她已经四十出头了。我从没想到她美还是不美。我就是爱她，爱她的眼睛，微笑，浅黑、青筋毕露又宽又短的手。

她一定是爱父亲的，父亲也爱她，但她年轻时没嫁给父亲，好让父亲娶我那有钱的母亲，后来她没嫁他，因为她不愿糟蹋她跟他和我们富有诗意的纯洁关系。在她的玻璃珠手提包里，文件中夹着一篇一八三六年（我母亲去世后六年）写的日记：

一八三六年八月十六日。尼古拉今天向我提出一个古

---

① 赛沃拉——盖伊·穆西乌斯。相传是罗马青年英雄，他潜入伊特鲁里亚人营地，刺杀波尔谢皇帝；被捕后，为表示不怕拷打，不怕死，自己把右臂伸进烈火中。

② 原文是法语。

回忆 | 397

怪的建议：嫁给他，做他孩子们的母亲，并永不抛弃他们。第一点建议我拒绝了，第二点建议我答应会在有生之年一直加以实行。①

她在日记里这样写着，但她从没对我们或对任何人说过这件事。父亲死后她实行他的第二个心愿。我们有两个姑妈和祖母。她们对我们都享有比塔季雅娜·亚历山德洛夫娜更大的权利。我们叫她姑妈只是按照习惯，因为我们之间的亲戚关系很远，我总是记不住，但她出于对我们的爱，就仿佛对待负伤的天鹅那样，她在我们的教育上总是起着最重要的作用。我们也都感觉到这一点。我也曾狂热地爱过她。我记得，有一次在客厅沙发里（当时我才五岁），我躺在她身上，她用手抚摸着我。我抓住她的手狂吻，并由于对她的挚爱而流泪。

她被教养成有钱人家的阔小姐，法语比俄语说得好，也写得好，她还弹得一手好钢琴，但后来差不多有三十年没碰过钢琴。她又开始弹琴，是在我长大学琴的时候。有时我们四手联弹，她弹琴的准确和优美常常使我惊讶。她对待女仆总是很和蔼，同她们说话从来不生气，也从来不许鞭打仆人，但她对农奴却总是保持女主人的身份，认为农奴毕竟是农奴。不过，即使如此，她还是不同于其他贵族，受到大家的敬爱。她死后，她的出殡行列经过全村，农民都从家里出来，为她祭祷。她的主要特点是爱，但不论我多么不愿意说，她的爱都集中在一个人——我的父亲身上。只有通过这个中心人物，

---

① 原文是法语。

她才把爱分送到所有的人身上。可以感觉到,她爱我们也是为了他,并通过他而爱所有的人,因为她的一生就是爱。她凭自己的爱对我们拥有最大的权力,但我们的亲姑妈——特别是彼拉盖雅·伊里尼奇娜,在她把我们带到喀山的时候——表面上对我们拥有很大的权力,塔季雅娜·亚历山德洛夫娜服从这种权力,但她的爱并没有因此减少。她住在托尔斯泰伯爵姐妹家,她的心总是跟我们在一起,一有机会她就回到我们那儿。她的晚年,将近二十年,同我一起生活在雅斯纳雅·波良纳。这对我来说是一大幸福。但我们不会珍惜我们的幸福,何况真正的幸福总是无声无息,不惹人注意的。我珍惜她的爱,但远远不够。她爱在自己房间的橱里放着甜食:无花果、蜜糖饼干、海枣,而她买这些东西首先是为了款待我。我不能忘记并感到深深内疚的是,我有几次拒绝接受她的糖果钱,而她总是伤心地叹气,不作声。说实在的,我当时手头拮据,但现在想到对她的拒绝,不能不感到内疚。

后来我结了婚。那时她的身体渐渐衰弱。有一天,我们夫妻俩来到她的房间,她背过身去(我看到她要哭了),说:"听我说,我亲爱的朋友[①],我这个房间很好,你们用得着。我如果死在这里,"她颤声说,"会给你们留下不愉快的回忆,因此你们得把我换个地方,不要让我死在这儿。"从我还不懂事的童年起,她就是这样的一个人。

我说过,塔季雅娜·亚历山德洛夫娜姑妈对我的一生发生过最重大的影响。首先是,还在童年她就教给我爱心的快乐。她不是用语言教我,而是以她的整个人品把爱传染给我。我看到,感觉到,

---

[①] 原文是法语。

她十分善于爱,并且懂得爱的幸福。这是第一。第二,她教会我平静地过独身生活的美。虽然这种回忆已不是在儿童时代,而是在成年之后,我却不能不回忆我同她在雅斯纳雅·波良纳单独过的生活,特别是在秋天和冬天漫长的晚上。这些晚上已成为我美好的回忆。

她的房间是这样的:左角放着一个衣柜,上面有许多只有她才珍惜的小东西,右角是神龛,龛里有圣像和身披银法衣的救世主;中间放着一个她睡觉用的长沙发,沙发前面有一张桌子。通向她侍女房间的门左边是另一张长沙发,沙发上睡着心地善良的老妇人纳塔丽雅·彼得洛夫娜。她同塔季雅娜·亚历山德洛夫娜姑妈一起住,不是为了服侍姑妈,而是因为她没有地方住。靠窗的镜子下放着她的写字台,写字台上放着瓶瓶罐罐,里面装着糖果:蜜糖饼干,海枣,都是她款待我的东西。窗下有两张安乐椅,门右边是一把绣花安乐椅。她喜欢让我坐这把安乐椅,因此晚上我常常坐在这里。

这种生活的主要优点不在于物质方面的照顾,而在于待一切人都很和蔼,包括所有的亲人。这种亲切友好的关系是谁也不能破坏的,而我们就在这种从容不迫、时间在不知不觉中流逝的情况下过日子。我有些优秀思想和优秀心灵活动,得感激这些晚上。我坐在这把椅子上,读书,思考,有时听听姑妈同纳塔丽雅·彼得洛夫娜或侍女杜涅奇卡的谈话,听听那些亲切和善的谈话,偶尔插上一句,然后又坐着读书,思考。这把奇妙的安乐椅现在放在我的房间里,但已面目全非。

当时可以说:"谁坐在上面,谁就幸福,而我就是幸运儿。"是的,当我坐在这把安乐椅上时,我确实很幸福。我在图拉,在邻居家过着罪恶的生活:打牌,同吉卜赛人鬼混,打猎,追求无聊的虚荣。然后回家,走进她的房间,按照老习惯相互吻手,我吻她那可爱有力的手,她吻我这肮脏有罪的手,我还按照老习惯用法语向她问好,同纳塔丽雅·彼得洛夫娜说笑,又坐到安乐椅上。她知道我的所作所为,感到惋惜,但从不责备我,仍旧带着平静的温情,怀着满腔的爱。我坐在安乐椅上读书,思考,听她跟纳塔丽雅·彼得洛夫娜谈话。她们时而回忆古老的往事,时而摆牌阵,时而作预言,时而取笑什么。两位老妇人一起呵呵大笑,特别是姑妈,总发出天真可爱的笑声。这笑声到现在还在我耳边回响。有一次,我讲到一个朋友的妻子对丈夫不忠。我说,做丈夫的一定很高兴,因为把她摆脱了。姑妈刚才还在同纳塔丽雅·彼得洛夫娜谈到蜡烛生花表示将有客来,突然扬起眉毛断然说,丈夫不应该这样做,因为这样会把妻子完全毁掉。然后她给我讲了仆人中间发生的悲剧,那是杜涅奇卡告诉她的。然后她重读玛申卡姐姐的来信。她爱玛申卡的姐姐,即使不超过我,也同爱我一样。她说到玛申卡的丈夫,也就是她的嫡亲外甥。她并不责备他,但说到他怎样对待玛申卡,心里很难过。然后我又读书,她又收拾东西。她一直在回忆往事。她一生有两大优点不由得感染了我,那就是,第一,她待人极其善良,对任何人都是这样。我竭力回忆,也想不起她生过一次气,说过一句尖刻的话,责备过一次人。在三十年共同生活中,这样的事我可一次也想不出来。她说到另一位姑妈,我的嫡亲姑妈,总是只说她的好。其实她把我们从她身边夺走,使她很伤心。妹夫待她很粗暴,她也从不责备他。她甚至不说外人的坏话。她成长的环境使她懂得存在着主人和仆人两个等级的人,但她总是利用自己做主人的地位,尽可能照顾仆人。

她从未因我的放荡生活而公然训斥我,虽然她为我感到难过。她也热爱谢尔盖哥哥,谢尔盖同吉卜赛女人姘居,她也没责备过他。她流露出来的唯一不安,就是他好久没上门,但也只是说:"我们的谢尔盖少爷怎么啦?"只是把谢尔盖换成了谢尔盖少爷。她从不教人应该怎样生活,从不说教,她的全部精神生活只限于内心,外在的只有她的事务,甚至也不是事务,事务是没有的,有的只是她的整个生活,宁静、驯顺、温柔的生活,没有自我陶醉,只有对人的不露形迹的爱。

她内心充满爱的活动,因此她处事总是从容不迫。爱心和从容这两大特点不知不觉吸引人来接受她,使她具有特殊的魅力。因为这个缘故,我知道,她从没得罪过人,也没有谁不爱她。她从不谈自己,从不谈宗教,从不教人怎样信仰,也不谈她自己怎样信仰和祈祷。她信仰一切,但否定一个教条:苦海无边。她说:"上帝本身就是善,他不会叫我们受苦。"① 除了礼拜和追荐祈祷,我从没见过她祷告。只有我偶尔在深晚去向她请晚安,她待我格外亲切,我才猜想是我打断了她的祈祷。

"进来,进来,"她有一次说。"我刚才对纳塔丽雅·彼得洛夫娜说,尼古拉还会来的。"她常拿父亲的名字来称呼我,这使我感到特别高兴,因为这表示在她的爱心中我同父亲合而为一了。每逢这样的深晚,她往往已换了衣服,只穿一件睡衣,包着一块头巾,小脚跐着一双拖鞋,而纳塔丽雅·彼得洛夫娜也是这样衣着随便。"你坐,你坐,我们来摆牌阵。"她看到我不想睡或者一个人感到孤独,就这

---

① 原文是法语。

样说。这种不拘礼仪的夜谈我一直铭记在心，感到特别亲切。有时，纳塔丽雅·彼得洛夫娜或者我说了什么好笑的话，她就会和善地大笑起来，纳塔丽雅·彼得洛夫娜也会随着笑起来。两个老妇人就会笑上好半天，她们自己也不知道笑什么。而我们孩子们笑，只因为我们爱所有的人，所有的人也爱我们，我们感到快乐。

我觉得快乐并非单是由于她对我的爱。而是那种对一切人，对在场的和不在场的，对活着的和死去的人，甚至对动物的爱，生活在这种爱的气氛中是快乐的。

以后如有机会说到我的生活，我还会讲许多有关她的事。现在我只说说雅斯纳雅·波良纳农民在她出殡时的情况。当我们抬着她的灵柩经过村里时，全村近六十户农民没有一个不出来，拦住她的灵柩要求祭祷。"真是位好太太，从没对谁作过恶。"大家都这样说。大家为此爱她，深深地爱她。老子说："无文以为用。"生命也是这样：生命主要的价值在于其中没有恶。塔季雅娜·亚历山德洛夫娜姑妈的一生也没有作过恶。这事说说容易，做起来可难了。这样的人我一生也只知道她一个。

她渐渐失去知觉，平静地死去。按照她的愿望，她没死在她住的那个房间，免得使我们有所忌讳。她临死时几乎不认得所有的人。但她一直是认得我的，她含着微笑，容光焕发，就像按亮的电灯。有时她翕动嘴唇，竭力发出尼古拉这个声音。临死前，她已把我和她终生所爱的那个人合而为一了。

她买海枣，买巧克力，不是为了自己，而是为了我。这样，她觉得小小的快乐，可是我却拒绝她，我却拒绝她！她这样做就如同应人家的要求尽可能送给人家少量钱财一样。我想起这事，不能不

回忆 | 403

感到内疚。最最亲爱的姑妈,请您原谅我。怎奈年少无知,年老悔不当初,[①] 这里不是说年轻时没为自己谋取幸福,而是指没给别人幸福,也是指对已经不在世的人所作的恶。

七

我们的德国教师费·伊·廖谢尔我在《童年》里用卡尔·伊凡诺维奇的名字作过详细描写。他的经历、他的形象和他那幼稚可笑的账单——这一切都是真实的。关于几位哥哥和妹妹,要是有机会的话,我将在叙述我的童年时描写。不过,除了几位哥哥和妹妹,从五岁起同我们一起成长的还有我的同龄人杜涅奇卡·捷梅肖娃。我得说一说,她是什么人,怎样来到我们家。记得在我童年来访的客人中有:姑夫尤施科夫,他的模样孩子们觉得古怪,他留着黑色小胡子和络腮胡子,戴着眼镜(关于他有许多事可说);我的教父亚泽科夫,他是个相貌奇丑的人,浑身散发出烟草味,宽大的脸庞皮肉松弛,可他还要不断地做怪相。除了这两个人以及邻居奥加廖夫和伊斯列尼耶夫之外,来我家访问的还有哥尔查科夫的远房亲戚,有钱的单身汉捷梅肖夫。他称父亲为老兄,对父亲感情特别好。他住在比罗果伏村,离雅斯纳雅·波良纳四十俄里。有一次他从那里带来几头尾巴盘起的乳猪,用大托盘盛着,放在餐厅旁侍应室的桌上。捷梅

---

① 原文是法语。

肖夫、比罗果伏和乳猪在我的印象中汇成一片。

此外，我们这些孩子还记得捷梅肖夫的一件事：他在大厅里弹钢琴，弹的是一首舞曲（他只会弹这个曲子），并要我们在这首乐曲伴奏下跳舞。我们问他应该跳什么舞，他总是说在这个曲子伴奏下什么舞都可以跳。我们喜欢利用这机会任意跳舞。

一个冬天的晚上，喝过晚茶，我们即将被领去睡觉，我的眼睛已困得睁不开。大家都坐在客厅里，客厅里只点着两支蜡烛，光线昏暗。这时突然有个人穿着软靴，从侍仆室快步走进来。他走到客厅中央，扑通一声跪下。他手里拿着一根点燃的长烟斗。烟斗撞在地板上，撞得火星四溅，照亮了他的脸。这人就是捷梅肖夫。捷梅肖夫跪在父亲面前说了些什么，我不记得，也没听清，后来才知道他跪在父亲面前，是因为要父亲接受他带来的私生女杜涅奇卡。这事他已同父亲谈妥，要父亲接受她，把她同自己的孩子一起抚养。从此我们家就有了一个宽雀斑脸跟我同龄的杜涅奇卡，还有她的保姆叶甫普拉克赛雅。叶甫普拉克赛雅是个身材很高、满脸皱纹的老妇人，下巴下垂，喉咙上有个像火鸡一样的小球。她还让我们摸摸她这个小球。

杜涅奇卡来到我们家，在父亲和捷梅肖夫之间还有一笔复杂的金钱交易。这笔交易是这样的。

捷梅肖夫非常有钱，但没有合法子女。他只有两个私生女儿：杜涅奇卡和维罗奇卡。维罗奇卡是个驼背姑娘，是他同女农奴玛尔福代卡生的。玛尔福代卡现在已是自由人了。捷梅肖夫的继承人是他的两个妹妹。他把所有其他产业都给了她们，但希望把他居住的比罗果伏移交给我父亲，再由我父亲把比罗果伏的代价三十万卢布分给两个姑娘。比罗果伏庄园一向被认为是一座金矿，它的价值远不止这个数目。为了办理这件事，想出了以下的办法：捷梅肖夫开具一张把比罗果伏庄园出售给父亲的文书，父亲则给三个局外人——伊斯列尼耶夫、亚泽科夫和格列波夫各开一张十万卢布的期票。一旦捷梅肖夫去世，父亲就得到这个庄园，并向格列波夫、伊斯列尼耶夫和亚泽科夫宣布开给他们的三十万期票的目的，他付的三十万应转交两个姑娘。

也许我对这件事的叙述有错误，但我确实知道，父亲死后比罗果伏庄园过户给了我们，也有过三张开着伊斯列尼耶夫、格列波夫和亚泽科夫名字的期票，监护人付清了期票的钱前两个人各交给两个姑娘十万卢布，而亚泽科夫则侵吞了这笔不属于他的钱。这事下文再说。

杜涅奇卡住在我家，她是个朴实、温和、可爱的姑娘，但并不聪明，也很会哭。我记得，当时我已学过一点儿法文，家里就叫我教她字母。开头我们学得很好（我和她当时都只有五岁），但后来她大概倦了，不肯念我叫她读的那个字母。我坚持要她念，她哭了，我也哭了。当大人听见我们的哭声走来时，我们却哭得喉咙哽住，说不出话来。我记得同她有关的另一件事是，盘子里的李子少了一个，但找不到偷吃的人。费奥多尔·伊凡诺维奇板着脸，眼睛不瞧我们，说："吃了，没关系，但要是把核吞下去，那会死的。"

杜涅奇卡受不了这样的恐吓，说她把核吐出来了。我还记得她另一次的大哭。她跟米金卡弟弟想出一种游戏：把一个小铜链相互吐到对方嘴里。一次她吐得那么用力，而米金卡又把嘴张得很大，结果把链子吞了下去。她哭得死去活来，直到医生来了，大家感到放心为止。

她并不聪明，但善良朴实，主要是极其纯洁，在我们男孩子同她之间除了手足之情,从来没有任何别的感情。

八

我越回忆下去,就越不知道该怎样叙述。我无法把过去的事件和自己的心情联系起来描写,因为我不记得这种联系,也不记得自己的心情。像我至今所做的那样,在描写我童年所接触的人物时,我不知道该把他们的事情穿插在哪里:穿插在我童年结束的地方,我不愿意,因为可能已无法回到那些有趣的人身边,而过了我的童年再来描写他们的生活,读者可能会看不明白,故事也会失去连贯性。

我将信笔往下叙述。要把我的全部生活写出来恐怕没有时间,甚至一定不可能,但我将信笔写下去,不做任何修改。对关心我生活的人来说,写总比不写好,何况我这辈子确实经历了许多美好的事。好吧,按照我原来的想法,先写给我留下好印象的近身仆人,然后写妹妹和几个哥哥。等我写好这些人,然后再按照时间讲述(虽是不连贯的、片段的)给我印象最深的事,不问发生在什么时候。当时家里女仆有这样几个:第一,普拉斯科维雅·伊萨耶夫娜,第二,塔季雅娜·费里波夫娜保姆,第三,安娜·伊凡诺夫娜,第四,叶甫普拉克赛雅。男仆有:第一,尼古拉·德米特里奇,第二,福卡·杰米德奇,第三,阿金姆,第四,塔拉斯,第五,彼得·谢苗内奇,第六,皮缅,第七,侍仆伏洛嘉,第八,侍仆彼得鲁沙,第九,侍仆马玖沙,第十,侍仆华西里·特鲁别茨科依,第十一,车夫尼古拉·费里比奇,第十二,奇虹。

普拉斯科维雅·伊萨耶夫娜我在《童年》里写得相当真实。我所写的一切都确有其事。我不知道这是怎么一回事,我们的房子很大,有四十二个房间。普拉斯科维雅·伊萨耶夫娜是个受尊敬的人,她是管家,但她的小房间则成了我们的童年的游艇。我记得,最愉快的印象之一是,我在课后和课间休息时坐在她的小房间里同她谈话或者听她说话。在这种时刻,她看到我们总是特别高兴、亲热和坦诚。"普拉斯科维雅·伊萨耶夫娜,那么,爷爷是怎么打仗的?骑马打吗?"我激动地问她,只是想同她谈谈和听她说话。

"他一直打仗,有时骑马,有时步行。因此他当了上将。"她回答,打开柜子,取出她称为奥恰科夫熏香的树脂。听她说,这树脂是爷爷从奥恰科夫城带来的。她拿纸在神灯上引火点着树脂,树脂就发出令人愉快的香味。

除了我在《童年》里所描写的她用湿桌布打我之外,她另外还侮辱过我一次。当时她还有一项工作,就是必要时给我们灌肠。一天早晨(不在女仆室,而在费奥多尔·伊凡诺维奇的房间里),我们刚起床,哥哥们已穿好衣服,可是我磨磨蹭蹭,刚要脱去睡袍,穿上衣服,普拉斯科维雅·伊萨耶夫娜就迈着老妇人的快步,带着器具,走了进来。这器具和几根管子,不知为什么用餐巾包着,只露出黄色的骨质管子。还有一碟浸管子的橄榄油。普拉斯科维雅·伊萨耶夫娜一看见我,就认定姑妈叫她灌肠的是我。其实是米金卡,但不知是由于偶然还是米金卡调皮,他知道要被灌肠(这事我们大家都很不喜欢),连忙穿好衣服,逃离卧室。尽管我赌咒发誓,说要灌肠的不是我,普拉斯科维雅·伊萨耶夫娜还是给我灌了肠。

我特别喜欢她，除了她的一片忠心之外，还因为我觉得她同安娜·伊凡诺夫娜代表了爷爷和他的奥恰科夫熏香那种神秘的古老生活。

安娜·伊凡诺夫娜告老回乡。她有两三次来我家，我看见过她。据说她活了一百岁，她记得普加乔夫。她有一双乌黑的眼睛，但牙只剩下一个。她实在太老了，孩子们看见她都感到害怕。

塔季雅娜·费里波夫娜是个年轻的保姆，她身材矮小，皮肤浅黑，一双小手微肿，是老保姆安奴施卡的助手。安奴施卡我几乎不记得了，因为安奴施卡在的时候，我刚开始懂事。我不记得我当时的情景，我也不记得安奴施卡。但是，杜涅奇卡的保姆叶甫普拉克赛雅和她脖子上的小球，我倒是记得清清楚楚。我记得我们怎样轮流抚摩她的小球，我怎样像发现什么新鲜事似的知道安奴施卡不属于一般用人，而是杜涅奇卡从比罗果伏带来的一个专门侍候她的保姆。

我记得塔季雅娜·费里波夫娜，因为她后来成为我的侄儿们和我的大儿子的保姆。这是一个来自民间的十分感人的人物，她同她所抚养的孩子的家庭关系很好。她把自己的全部心血都用在他们身上，对自己的家庭却只限于提供自己攒下的钱。她们这种人往往有挥霍成性的兄弟、丈夫和子女。我记得，塔季雅娜·费里波夫娜也有这样的丈夫和这样的儿子。我记得，她最后痛苦、平静、温顺地死在我们家里，就在我现在坐着写这些回忆录的地方。

她的兄弟尼古拉·费里波维奇是个车夫。我们不仅爱他，而且像多数老爷家孩子那样十分尊敬他。他穿着一双极笨重的靴子，身上总是散发出好闻的马粪味。他的声音洪亮而悦耳。

我要暂停这样依次描写仆人。我觉得这样有点儿乏味，写不好。我要尽量回忆往事，讲讲自己的生活。

回忆 | 409

不过，我要先简略说说几个侍仆和奇虹的情况。

旧时所有的贵族，特别是爱好打猎的贵族，都有自己的宠仆。我父亲有两名兄弟侍仆彼得鲁沙和马玖沙。两人都是漂亮、强壮、机灵的猎人。这两个农奴都已获得自由，并从父亲那里得到种种特权和礼物。后来我父亲突然去世，曾怀疑是被他们毒死的。这种怀疑的理由是，父亲身边的钱和票据都被盗窃，而这些票据（期票等）通过一个女乞丐被弃在莫斯科的房子里。我不希望真有其事，但这是有可能的。这样的事是常有的。正是这些农奴，特别是受到主人抬举的农奴，一旦掌握大权，往往会失去理智，杀死恩人。从一个完全的奴隶变成享有自由和大权的人，这种转变是很难想象的。我不知道这是怎么搞的，也不知道怎么会这样，但我知道这样的事是有的。彼得鲁沙和马玖沙就是这种失去理智的人。他们不满足于既得利益，一心想爬得高些再高些。我那时当然不明白为什么，但我就是喜欢他们，特别是彼得鲁沙，喜欢他的灵巧、膂力过人、男性美、整洁的服装，以及对孩子们——尤其对我——的亲切态度。我总是很欣赏他们，觉得他们与众不同。那些放在他们居住的低层房间窗台上的瓷制和彩色玩偶、小狗、小猫、猴子等都使我崇拜他们。经过他们的房间，我们总是不胜羡慕地望着这些玩具。我觉得这种情况非同寻常。他们两人都没有成家，仆人们都不喜欢他们。

餐厅侍仆奇虹经常拖着一根烟管，我们都很喜欢他，他是个气质完全不同的人。他身材瘦小，脸刮得精光，像一般喜剧演员那样，鼻子和线条清楚的嘴巴之间距离很大，前额会动，一双快乐的灰色眼睛上覆着两条粗眉毛。他原是外祖父所办农奴乐队的长笛手。他在家里的职务是收拾正房和伺候主人进餐。他是个天才演员，很喜欢扮演各种角色，做怪相，逗得孩子们十分快活。大家老是取笑他。下房里常常流传着他的故事，说他有一次在村里走，掉到一个筐子里。每天早晨，他穿着长袜和短褂拿着芦苇扫帚打扫房间，白天坐在前厅织袜子。

（以下是我最初的回忆，发表在第十版的第十二卷。）

是的，往后还有多少有趣的重要事情要讲，但我不能搁下童年，明朗温馨、富有诗意、充满爱和神秘的童年。我们在童年进入生活，感觉到生活真是太神秘了，知道生活不仅限于我们感觉到的东西，但后来对生活深度的感受渐渐淡薄了。是的，这是一段美妙的时光。现在我们上完课，散好步，就被领到客厅吃饭。客厅里有一张很大的环形长沙发，一张红木餐桌，桌子两旁各有四把安乐椅。长沙发对面是阳台门，在阳台门和高大的窗户之间，墙上嵌着两面镀金雕花框的大镜子。祖母坐在长沙发左边，头戴有褶纹的睡帽，手拿金鼻烟壶。亚历山德拉·伊里尼奇娜姑妈、塔季雅娜·亚历山德洛夫娜姑妈、巴申卡、玛申卡、女儿和她的教母玛丽雅·盖拉西莫夫娜（她的事我接下去就要叙述）、费奥多尔·伊凡内奇，大家聚集在一起，等爸爸从书房出来。瞧，爸爸矫健地快步走出来，他的脖子又胖又红，脚穿无跟软靴，眼睛善良好看，动作潇洒豪放。有时他拿着烟斗出来，随即把烟斗交给侍仆。他出来常常坐在祖母身边，吻着她的手，同我们，同姑妈们或者费奥多尔·伊凡内奇有说有笑。

"怎么还不开饭？"他用他那高昂而亲切的声音大声问。侍仆室里应声出来他的跟班伏洛嘉或者马玖沙或者彼得鲁沙。

"马上就开。"

果然，管家福卡·杰米德奇（原是祖父乐队的第二小提琴）身穿高肩打褶的藏青燕尾服，扬起眉毛，庄重严肃，神气活现地走进高高的客厅门（门都漆成暗红色，至今还是这样），报告道："请就餐。"

大家都站起来，父亲把手伸给祖母，接着走上来的是姑妈、巴申卡、我同费奥多尔·伊凡内奇，我家其他人，以及玛丽雅·盖拉西莫夫娜。我从左边走到父亲身边（这一幕不知怎的我记得特别清楚），他用手摸摸我的头发、脖子，我爱这只手背有红条条的白手，我抓住它，犹豫了一下，终于吻吻它。这只手拧拧我的面颊，我感到幸福极了。我们经过楼梯口侍仆室，走进大厅。几乎每把椅子后面都站着一个侍仆，他们左手贴近左胸端着盘子。要是有客人，他们的跟班总是站在椅子后面侍候他们。桌上铺着家庭自织的土布桌布，上面放着水瓶、一杯杯克瓦斯、古老的银匙、木柄的铁刀叉、普通的玻璃杯。汤是在小餐室里舀好后端来的。汤一来，侍仆就送上馅饼。但不知怎的不给孩子们送馅饼，侍仆彼得鲁沙待我特别好，常偷偷塞给我一个馅饼。这种馅饼真是好吃极了！吃午饭总是快快乐乐，饭菜总是挺可口，大家都吃得很开心。只是坐着一动不动很难受，如果上半身不准动，那么，穿着白色厚袜和由聋子鞋匠阿列克谢缝制的粗笨皮鞋的粗壮小脚接触不到地板，就在桌子底下乱动。一切都美味可口，只有偶尔吃到一块不易下咽的多筋牛肉，你嚼着嚼着，趁大人忙于谈话的时候，悄悄把它吐在手心里，扔到桌子底下。稀粥好吃，烤土豆好吃，萝卜好吃，黄瓜鸡块好吃，馅饼尤其好吃，油炸饼好吃，还有奶油面条、土豆条、奶渣饼等都很好吃。有时听大人谈话挺有趣，要是你能听懂他们的谈话。有时同哥哥们谈谈只有我们感兴趣的话题也挺有意思，而望望奇虹则特别好玩。奇虹原是祖父乐队的长笛手，身材矮小，生性乐观，我们觉得他赋有喜剧天才。他有时站在祖母背后,有时站在父亲背后,突然伸出他那刮得光光的长下巴,挥动盘子,摆出一个喜剧性的跳舞姿势。我们都笑起来。要是有个大人回过头来,奇虹就胸前拿着盘子一动不动地站在那儿,好像一座雕像。有时,午餐席上还有一件乐事:大家都注视着我,把我猜字谜的本领公开出来。

"喂,列夫小胖子(大家都这么称呼我,因为我当年是个很胖的孩子),来个新字谜!"父亲说。

我就说出一个字谜。我说的时候,大家都笑眯眯地望着我。我知道,我感觉到,这些微笑并不表示我有什么可笑的地方,也不表示我的话有什么可笑,而是表示望着我的人都爱我。我感觉到这一点,心里高兴得不得了。

吃完饭,仆人把烟斗递给父亲。父亲去他的书房,祖母去客厅,我们则到楼下去画图。有时父亲走来,跟费奥多尔·伊凡内奇说德语,他的发音使我们觉得很奇怪。他有时替我们画图。然后我们跟祖母、姑妈们告别。男仆尼古拉·德米特里奇收起我们的衣服,挂在胳膊上,祝我们晚安,做一个好梦。有时我们没有睡着,聊天,直到费奥多尔·伊凡内奇摸黑走进来,划着火柴,硫磺火柴发出青色火光,然后点着蜡烛,在他那张有高枕的床上躺下来,熄灭蜡烛。我这才渐渐睡着。

哥 哥 们

我从最小的哥哥米金卡讲起。他比我只大一岁。

不，这样不行。我不能换题目，讲哥哥们的事。我得先讲讲餐厅侍仆华西里·特鲁别茨科依。这是一个和蔼可亲的人，显然很喜欢孩子，因此也喜欢我们，特别喜欢谢尔盖。后来他服侍谢尔盖，一直到死。我记得他那刮得光光的脸上的苦笑，他脸上和脖子上的皱纹在近处看得很清楚，还有他那特殊的气味。他抱住我们往上抛（这是我们最开心的事，总是嚷着："轮到我了！这回轮到我了！"），或者背着我们在餐厅跑，而餐厅对我们来说是个有地下通道的神秘地方。同他有关的强烈印象之一是他动身到谢尔巴切夫卡去，那是父亲从彼洛夫斯卡雅那儿继承来的库尔斯克庄园。这事发生在圣诞节期间，当时我们孩子和几个仆人在大厅里玩"传卢布"游戏。这种圣诞节的游戏也得说一说。这种游戏是这样玩的：家里仆人很多，约莫三十人，化装好了，走进房子里，表演各种节目，在格里哥利老头儿的小提琴伴奏下跳舞。格里哥利只有在这种时候才出现在家里。这是十分有趣的游戏。化装者总是化装成熊和牵熊的人，山羊，土耳其男人和土耳其女人，强盗，农民和农妇。我记得有些化装者实在漂亮，尤其是扮土耳其女人的玛莎。有时姑妈也替我们化装。特别诱人的是嵌宝石的腰带和用金银线绣花的头巾，而我觉得自己用烧焦的木塞画出的小胡子看上去很神气。我记得，看见镜子里自己画着黑胡子和黑眉毛的脸，忍不住要笑，可是我得装出土耳其人一本正经的模样。我们到各个房间去，总能吃到各种美味可口的食物。在我幼年的一次圣诞节，化过装的伊斯列尼耶夫家的人都来了，其中有我妻子的父亲、祖父，他的三个儿子和三个女儿。他们个个穿着使我们惊讶的服装：衣服、靴子、厚纸做的小丑服，等等。伊斯列尼耶夫家的人从四十俄里外乘车到来，他们先在村子里换了装。他

们走进大厅,伊斯列尼耶夫坐到钢琴旁,唱着他自己编的歌,他的声音我至今还记得。歌是这样的:

> 我们来到这儿,
> 祝你们新年快乐。
> 人生及时行乐,
> 大家都快快活活。

这一切都很美妙,大人一定也很开心,但我们孩子最感兴趣的还是仆人的表演。

这种游戏是在圣诞节和新年做的,有时延长到主显节①。但过了新年来的人就少了,游戏也不热闹了。就在那一天,华西里被调到谢尔巴切夫卡。我记得,在灯光暗淡的角落,我们围坐在有皮靠背的仿红木椅子上,玩着"传卢布"游戏。一人走来走去,得找出卢布来,其余的人相互传来传去,嘴里唱着:"传卢布,传卢布。"我记得一个女仆用特别甜美清脆的声音唱着这几个字。突然餐厅门开了,华西里衣服特别整洁,手里没拿托盘和餐具,穿过大厅边缘走进书房。我这时才知道华西里要去谢尔巴切夫卡当管家。我懂得这是提升,我为华西里高兴。同时,我舍不得他走,我知道餐厅里将看不到他,他不会再端着托盘给我们送食物,我简直不明白,不相信,竟会发生这样的变化。我暗暗觉得很伤心,听着大家唱"传卢布"时格外难过。当华西里从姑妈房间里出来,露出亲切的苦笑走到我们

---

① 主显节——基督教节日,在圣诞节后第十二天,即一月十九日(俄历一月六日)。

跟前，吻着我们的肩膀时，我第一次体会到人生无常的悲哀，对亲爱的华西里满怀爱怜之情。

后来我再遇见华西里，他已是哥哥的管家，他这人是好是坏我吃不准，不过原来那种纯洁的兄弟般的感情已荡然无存了。

现在我可以谈谈几位哥哥了。

米金卡比我大一岁。他有一双又黑又大的严厉的眼睛。我几乎不记得他小时候的样子了。我只听人家说，他小时候很任性。据说他任性到极点，保姆不对他瞧，他就气得哭起来，后来保姆对他瞧，他又生气，又大声叫嚷。我听说妈妈很受他的罪。他的年龄同我最接近，我同他玩得最多，但我不像喜欢谢尔盖那样喜欢他，也不像敬重尼古拉那样敬重他。我同他相处得很好，不记得同他吵过架。吵嘴、打架也许有过，但也像一般孩子们吵架那样，没有留下丝毫痕迹。我对他怀着单纯、平等、自然的爱，因此没特别留意我们之间的感情。我想，我知道，对人的爱是一种自然心态，或者更确切点儿说，是对一切人的自然关系。这一点我有亲身体会，特别是在童年。如果情况确实是这样，这种感情往往不会被注意。这种情况的改变，只有当你不爱（不是不爱，而是害怕）什么人（譬如我害怕乞丐，害怕伏尔康斯基，因为他常常掐我，好像再没有害怕别的人了），或者特别爱一个人，就像我爱塔季雅娜·亚历山德洛夫娜姑妈、谢尔盖哥哥、尼科连卡、华西里、保姆，主要是巴申卡那样。小时候，除了孩子的快乐嬉闹，关于他我什么也不记得了。我记得特别清楚的是一八四〇年到喀山后的事，当时他已十三岁。这以前在莫斯科，我记得他没有什么特殊的爱好，就像我和谢尔盖一样，他并不特别爱好跳舞，欣赏战争场面（这事以后再谈）。他学习很好，很用功。我记得，给我们上课的大学生波普隆斯基对我们三弟兄的学习是这样评定的：谢尔盖要学，也会学；德米特利要学，但不会学（这不是事实）；列夫不要学，也不会学。我想，这完全是事实。

九

我对德米特里的回忆是从喀山开始的。在喀山，我照例学谢尔盖的样，开始放荡（以后还会说到）。不仅在喀山，我更早就注意起外表来：竭力装出上流社会的派头。但德米特里身上完全没有这方面的迹象，看来他没有一点儿青少年的通病。他总是一本正经，老成持重，外表整洁，做事果断，脾气急躁，个性刚强，不论做什么事总是竭尽全力。我记得，那次他把链子吞下去时，并不特别惊慌。我也记得，姑妈给我吃法国黑李子，我把李子核吞了下去，真是害怕极了，我郑重其事地向她宣布此事，就像快要死掉一样。我还记得，我们乘着小雪橇从陡峭的山上经过仓房滑下去（真是开心）。当时有一个人驾着三驾雪橇，不走大道，也走山路。谢尔盖同一个乡下孩子从山上滑下来，他刹不住雪橇，摔倒在马脚下。孩子们幸免于难，也没受伤。三驾雪橇正往山里滑去。我们都惊慌失措：怎样从边套马下爬出来，辕马受了惊怎么办，等等。米金卡那时才九岁，他走到那人跟前，破口骂他。我记得，使我惊讶和不快的是，他说他胆敢在没有路的地方行驶雪橇，应该被送到马厩去。当时说送马厩就是去挨打。

在喀山他的特点开始展现出来。他学习很好，很稳定，还会作诗，我记得他出色地翻译了席勒的《泉边少年》，但他对翻译并没有入迷。他跟我们很少交往，总是很严肃安静，沉默寡言。我记得，他有一次十分淘气，逗得女孩子们欣喜若狂。我很羡慕他，我想这是因为他平时总是十分严肃。我也想在这方面模仿他。监护我们的姑妈有一个很愚蠢的想法，他给我们每人一名童仆，将来他们就会成为我们的忠实仆人。她把华纽沙给了米金卡。华纽沙至今还活着。米金卡对他常常很粗暴，好像还打过他。我说"好像"，因为记不清这事。我只记得他曾为什么事向华纽沙道歉，低声下气地说请求他原谅。

他就这样在不知不觉中成长，很少同人交往，除了生气时，总是安静而严肃。他那双褐色的大眼睛严厉而深沉。他身材瘦长，但力气相当大，一双手又大又长，背有点儿驼。他的特点从进大学起开始表现出来，他比谢尔盖小一岁，但跟他一起进入大学数学系，只因为大哥是位数学家。我不知道他怎么这样早就开始过宗教生活，但知道是从他大学一年级开始的。笃信宗教自然使他走上教会生活。他醉心于此，直到生命的最后一息。他开始持斋，去教堂参加各种祈祷，生活上对自己要求更严格。

米金卡有一种可贵的品质，就是不把别人对自己的看法放在心上，我认为像母亲，尼古拉也这样，但我却缺乏这种品质。我至今还很在乎人家对我的看法，而米金卡却毫不在乎。我从不记得，当人家称赞他时，他的脸上有过克制不住的情不自禁的微笑。我记得他那双杏子般的褐色大眼睛总是严肃、安详、忧郁，有时甚至是不和善的。我们从喀山起才开始注意他，而且只是因为我和谢尔盖开始重视上流社会，其实也就是注重外表，而他却是邋邋遢遢，衣冠不整。

我们因此批评他。他不跳舞,也不愿学,身为大学生从不涉足社交界,只穿学生制服,系窄小的领带,从青年时代起就扭动脖子,仿佛想挣脱领带的束缚。第一次斋戒,他的特点就表现出来。他不在时髦的大学教堂里斋戒,而在监狱教堂里斋戒。

我们住在监狱对面的戈尔塔洛夫家。当时监狱里有位特别虔诚严格的牧师。他与众不同,在耶稣受难节诵读全部《福音书》,礼拜时间也特别长。米金卡坚持做完礼拜,并认识了牧师。监狱教堂是这样安排的,只用一道玻璃同戴足枷的重囚犯牢房的门隔开。一次,有个重囚犯要把什么东西交给教堂执事:一支蜡烛或者买蜡烛的钱,教堂里谁也不愿接受他的委托,而米金卡却神情严肃地接受了。原来这种事是违禁的,他因此受到训斥,但他仍认为这是应该的,并继续这样做。我们,主要是谢尔盖,结交贵族同学和青年,而米金卡正好相反,从所有同学中只挑选贫穷褴褛的大学生波鲁鲍亚林诺夫,只同他来往,并一起准备考试。

那时我们住在阿尔斯基广场转角的基赛廖夫家楼上。楼上房间由大厅上面的敞廊隔开。米金卡住在楼上敞廊前的房间,谢尔盖和我住敞廊后的房间。我和谢尔盖喜欢小玩意,像大人那样装饰自己的小桌,因此大人给了我们一些小玩意。米金卡没有任何小玩意。他从父亲的东西中只拿了一样,就是矿石。他把矿石分类,放在玻璃柜里。我们弟兄俩和姑妈为米金卡的低级趣味和交友而瞧不起他,还影响了我们那些头脑简单的朋友。有这样一个智力很差的人,叶工程师,他不是我们选择的朋友,是他主动来接近我们。有一次他穿过米金卡的房间,看到矿石,就向米金卡打听。叶装腔作势,不讨人喜欢。米金卡不太乐意回答他。叶便推了一下玻璃柜,还摇晃它们。米金卡说:"住手!"叶不听,他还开玩笑,叫米金卡挪亚①。米金卡发怒了,用他的大手掴了叶一记耳光。叶撒腿就跑。米金卡追他。他跑进我们的房间,我们就把门关起来。但米金卡对我们说,他一出来,他就要揍他一顿。谢尔盖和舒华洛夫(好像是他)劝米金卡把叶放了。他却拿起地板刷子,说一定要好好揍他一顿。我不知道,要是叶从他的房间出去,会出什么事,但叶要求放他一条路,我们就让他几乎爬着穿过满是尘埃的阁楼跑出去。

米金卡生气时就是这样的,但平常可是另一种样子。我们家里还住着一个极古怪的可怜人,那就是一个被收留的名叫柳波芙·谢尔盖耶夫娜的姑娘。她姓什么我不知道。柳波芙·谢尔盖耶夫娜是普罗塔索夫(就是同茹科夫斯基沾亲的普罗塔索夫)近亲结合的产儿。她怎么来到我们家,我不知道。听说大家都疼她,爱她,想给她找个好的人家,甚至想把她嫁给费奥多尔·伊凡诺维奇,但这一切都没有成功。她先是住在我们家,但这事我已记不得了。后来彼拉盖雅·伊里尼奇娜姑妈把她带到喀山,她就住在姑妈家。我就是在喀山认识她的。这是一个可怜温顺、经历坎坷的人。她有一个小房间,有个女孩侍候她。我认识她的时候,她不仅可怜,而且可憎。我不知道她害了什么病,她的脸肿得很厉害,好像被蜜蜂蜇过一样。她的眼睛是两片浮肿的眼皮之间露出的一条缝,上面没有眉毛。她的面颊、鼻子、嘴唇、嘴巴也都浮肿,油光光黄蜡蜡。她说话困难,大概是因为嘴巴浮肿的缘故吧。夏天,她的脸上有苍蝇叮着,但她毫无感觉。那样子特别令人不快。她的头发还是黑色的,但稀稀疏疏,遮不住头皮。姑妈的丈夫尤

---

① 挪亚——人类的新始祖,见《圣经》故事。

施科夫为人不厚道，爱开玩笑，总是不掩饰对她的厌恶。她身上总有一股恶臭。她的房间窗子和气窗从来不开，有一股气闷味儿。就是这样一个柳波芙·谢尔盖耶夫娜成了米金卡的朋友。他常去她那儿，听她说话，同她聊天，读书给她听。说来奇怪，我们在精神上是那么愚钝，只知道嘲笑他，而米金卡却是那么高尚，他根本不理会人家的问话，也从不稍稍表示他所做的一切都是无可指摘的。他只是行动。也不是出于冲动，而我们在喀山时他一直是这样的。

我至今认为，米金卡的死并没使他灭亡。他始终如一，在我认识他之前是这样，在我出生之前是这样，如今在他死后还是这样。

我们分财产的时候，我照例分得了我们居住的雅斯纳雅·波良纳。谢尔盖爱马，比罗果伏有个养马场，他就得到比罗果伏，这也是他的愿望。米金卡和尼古拉分得了其余两座庄园：尼古拉得了尼柯尔斯科耶庄园，米金卡得了库尔斯科耶的谢尔巴切夫卡庄园，那是从彼洛夫斯卡雅那儿继承来的。我手头有米金卡的一封信，说明他对农奴问题的看法。他认为不应该拥有农奴，应该把他们解放。这种思想四十年代在我们圈子里是根本没有的。农奴继承权被认为是必要的，而要使拥有农奴不成为一种罪恶，只要不仅在物质上而且在道德上关心他们就行。从这个意义上说米金卡的信是很严肃、天真和真诚的。他那时是个二十岁的青年（当他毕业的时候），就主动负责引导几百个农奴家庭的道德，用惩罚来威胁他们。情况就同果戈理给地主的信里所说的那样。我记得米金卡念过监狱牧师给他的指示。米金卡就是这样履行他作为地主的职责的。不过，除了地主对农奴的职责之外，当时还有另一项职责，不履行这种职责是不可想象的，那就是服兵役或者做文官。米金卡一毕业，就决定做文官。为了决定担任什么文职，他买了一本高级官员职称录，查阅所有的文职部门，最后认定立法是最重要的部门。决定后，他来到彼得堡，在接见时间走访二部御前大臣。我能想象塔涅耶夫在请愿者中间看到一个衣着简朴（米金卡总是穿着仅可蔽体的衣服）、面容安详严肃、生有一双美丽眼睛的瘦长青年时，他是多么惊讶啊。他问他有什么事，得到的回答是，他是一个俄罗斯贵族，大学毕业，愿为国效劳，想选择立法作为自己的工作。

"贵姓？"

"托尔斯泰伯爵。"

"您从没在哪儿工作过吗？"

"我刚从大学毕业，我的愿望是做个有用的人。"

"您希望得到什么位置？"

"我无所谓，只要做个有用的人。"

真诚的严肃态度使塔涅耶夫十分惊讶，他把米金卡领到二部，介绍给官员们。一定是官员们对米金卡、主要是对这件事有反感，他没有进二部工作。米金卡在彼得堡没有一个熟人，除了法学家奥波连斯基之外。他当时是法院监察官。

米金卡来到奥波连斯基别墅。奥波连斯基后来笑着把这事告诉我。奥波连斯基很世故，处事老练，爱沽名钓誉。他告诉我，当时他家里有客（大概是些贵客，奥波连斯基总有这种客人），米金卡身穿布外套，头戴制帽，穿过花园去找他。奥波连斯基说："我起初没认出他，后来一认出他，我就竭力鼓励他[①]，把他介绍给客人们。我请他脱掉外套，没想到他外套里面没穿上装。"他认为这是不需要的。

---

① 原文是法语。

他坐下,也不管有客人在座,对奥波连斯基也像对塔涅耶夫那样提出问题:在哪里工作可以对人更有益?照奥波连斯基看来,工作只是沽名钓誉的手段,他大概从没想过这样的问题。但他为人老练圆滑,表面上客客气气,就向米金卡介绍各种不同的职务,并表示愿意效劳。米金卡对奥波连斯基和塔涅耶夫显然都很不满意,他没有参加工作,就离开彼得堡。他回到家乡,好像在苏治参加贵族工作,经管农事,主要是农民的事。

我们离开大学后,我就再也没见过他。我知道他仍过着严格的节欲生活,不喝酒,不吸烟,主要是不玩女人,直到二十五岁。这在当时是非常少见的。我知道他同修士和云游派教徒交往,住在我们的监护人伏耶依科夫(谁也不知道他的经历)家。米金卡同他很接近。大家都管他叫鲁卡神父。他平时只穿一件内长衣,长得很难看,身材矮小,斜眼,皮肤黝黑,但非常贞洁,膂力过人。他同人握手,手像铁钳,说话总是意味深长,令人费解。他住在伏耶依科夫家磨坊旁边。他在那里盖了一座小房子,布置了一个种满奇花异草的花圃。米金卡把这位鲁卡神父领回家。据说他同邻居萨莫依洛夫交往。萨莫依洛夫是个老派老地主,极其吝啬。

米金卡身上发生突变时,我大概已到了高加索。他突然开始喝酒,吸烟,乱花钱,找女人。他怎么会这样,我不知道,当时我没看见他。我只知道,引诱他的是伊斯列尼耶夫的小儿子,他是一个相貌讨人喜欢、但道德败坏的人。(关于他以后再谈,如果有机会的话。)米金卡在这种生活上仍是一个严肃虔诚的人。他替第一个接触到的女人,妓女玛莎赎了身,把她带回家。不过,总的来说,这种生活持续了没多久。我想,与其说是由于他在莫斯科过了几个月有害健康的恶劣生活，不如说，是内心斗争，良心折磨，一下子毁了他强壮的身体。他得了痨病，到乡下去，后来又在城里治疗，终于死在奥廖尔。在那里，我最后一次看见他，那已是塞瓦斯托波尔战争之后的事。他的模样十分可怕。一双大手只有骨头连接着臂肘，脸上那双眼睛还是严肃好看，不过带有探索的味道。他不断咳嗽，吐痰，他不愿死，不愿相信他快要死去。那个由他赎身的麻脸玛莎，包着头巾，在旁边照料他。根据他的愿望，当着我的面给他送来了能创造奇迹的圣像。我还记得他向圣像祈祷时脸上的表情。

我当时感到特别不愉快。我从彼得堡来到奥廖尔。在彼得堡我出入交际场所，满脑子虚荣心。我可怜米金卡，但这不够。我回到奥廖尔又走了，几天后他就死了，说实在的，我觉得我最难过的是他的死使我不能参加当时正在举行的宫廷表演，尽管我也受到了邀请。

我放弃按时间顺序叙述的方式。我原以为这样叙述比较好，但我不喜欢这种方式。我不打算单独叙述谢尔盖哥哥和尼古拉哥哥，我仍将就记忆所及按顺序来写。

范法罗诺夫山[1]

对，就是范法罗诺夫山。这是一件很久远、很使人感到亲切的

---

[1] 列夫·托尔斯泰在这篇文章中回忆了大哥。

重要往事。大哥尼古拉比我大六岁,所以当时他十到十一岁,我才四五岁。领我们到范法罗诺夫山去的正是他。我们都很小,我也不知道是怎么搞的,大家对他都用"您"称呼。他当时是个出色的孩子,后来是个出色的人。关于他,屠格涅夫说得很对,他就是缺乏做一个作家所必需的缺点。其中主要的缺点是,他没有虚荣心,他完全不关心人家怎样看待他。不过,他也具有当作家的特点,首先是细腻的艺术感、高度的分寸感、宽厚而乐天的幽默感、永不枯竭的非凡想象力、正确高尚的世界观,但并不因此而有一点儿自满。他富有想象力,能按照拉德克利夫夫人[①]的方式讲述童话、寓言或幽默故事,连续几小时滔滔不绝,讲得那么活灵活现,使人不觉得这是虚构。

他不讲故事和不读书(他读书极多)时,就画画。他几乎总是画头上生角、留八字胡子的鬼,姿势各个不同,干着各种不同的勾当。这些画也都富有想象力和幽默感。

就是他,对我们几个弟弟(我五岁,米金卡六岁,谢尔盖七岁)宣布,他知道一个秘密,这个秘密一旦公开,人人便会过幸福日子,世界上将没有疾病,没有苦恼,谁也不生谁的气,人人相亲相爱,大家都成为蚂蚁兄弟。我记得,我特别喜欢"蚂蚁"这个词,因为它使人想起蚂蚁窝。我们还做蚂蚁兄弟游戏,方法是大家坐在椅子底下,彼此用箱子隔开,再挂上手帕,在黑暗中,相互挤轧。我感到大家特别亲热,很喜欢这种游戏。

蚂蚁兄弟精神已向我们公开,但主要秘密是怎样使人人不会遇到灾难,永不争吵,永不生气,始终幸福。他说他把这个秘密写在

[①] 拉德克利夫夫人(1764—1823)——英国女小说家,擅长将阴森可怖的情景和焦虑思念的情绪描写得充满浪漫情调,著有小说《意大利人》等。

一根绿棒上。这根绿棒埋在旧禁猎区峡谷边的大路旁,那里将埋葬他以纪念尼古拉。除了这根棒之外,还有一座范法罗诺夫山,他说他可以带我们到山上去,只要我们遵守规定的条件。第一个条件是站在角落,脑子里不想白熊。我记得我就站到角落里,但怎么也不能不想白熊。第二个条件我不记得了,但是个很困难的条件……沿着地板缝走而不跌跤。第三个条件很容易,就是要在一年之内不看见兔子,不论是活的、死的或者油炸的。然后得起誓不向任何人公开这些秘密。

谁能遵守这些条件以及他以后将公布的更困难的条件,谁的任何愿望都能得到实现。我们应该说出我们的愿望。谢尔盖希望能用蜡塑造马和鸡。米金卡希望能像画家一样画任何东西,而且是大尺寸的。我想不出什么愿望,只希望能画小尺寸的画。这一切,就像孩子们的事那样,很快就被忘记了。谁也没有去过范法罗诺夫山。但我记得尼古拉告诉我们这些秘密时的神秘模样,以及面对这些秘密我们所体验的激动。

给我留下印象最深的是蚂蚁兄弟会和与此有关能给一切人带来幸福的绿棒。我现在想,尼古拉准是读到或听到共济会的事,听到使人类幸福的共济会宗旨,听到吸收会员的神秘仪式,大概也听到摩拉维亚兄弟会[①],因此在他生动的想象中,在对人的爱和对善的爱中,他想出了所有这些故事,扬扬自得,并且捉弄我们。

蚂蚁兄弟会的理想是要人们相亲相爱,但不要待在挂着手帕的两把安乐椅底下,而要待在全人类的天空底下。这个理想对我也是

---

① 摩拉维亚兄弟会——共济会的一个组织,因俄文摩拉维亚一词与蚂蚁发音相似,被误认为是蚂蚁兄弟会。

适用的。我当时相信绿棒是有的，棒上写着要消灭人间的一切罪恶，并给他们以巨大幸福。我至今还相信世上有这样的真理，它将向人们显示，并实现它给予人们的承诺。

谢尔盖哥哥

尼古拉是我所尊敬的，米金卡是我的伙伴，而谢尔盖则是我所钦佩的，我模仿他，爱他，想做一个像他那样的人。我钦佩他那漂亮的外表，钦佩他的歌声（他喜欢唱歌），钦佩他的画画，钦佩他的乐观，特别钦佩（说来奇怪）他的直爽、他的自私。我却一直在提醒自己，一直在考虑，人家对我的想法和对我的感觉是否有错误，而这破坏了我生活的乐趣。我特别喜欢别人身上相反的东西：直爽和自私。因此我特别喜欢谢尔盖——"喜欢"两字用在这儿是不合适的。尼古拉是我喜欢的，而谢尔盖是我钦佩的，仿佛他是一个完全陌生的人，一个难以理解的人。这种人的生活十分美好，但在我是完全不可理解的，神秘的，因此特别吸引人。前几天谢尔盖去世了，但直到临死时他对我还是那么难以理解，那么宝贵，就像小时候一样。到了老年，生命的最后年月，他更加爱我，珍惜我对他的眷恋，以我为荣，希望变得同我一样，但他办不到，他依然故我：与众不同，自成一格、漂亮、高贵、骄傲，主要是极其真实极其诚恳，这样的人是我从没有见过的。他质朴率真，毫不掩饰，也不想卖弄。同尼古拉在一起，我想说话，思索；同谢尔盖一起，我只想模仿他。这种模仿从幼年就开始了。他饲养母鸡、小鸡，我也饲养母鸡、小鸡。这也是我最初深入了解动物的生活。我记得不同品种的小鸡：灰毛的、花斑的、凤头的，它们一听见我们的叫唤就跑过来，我们喂它们，我们恨那只脱毛荷兰大种老公鸡，因为它欺侮它们。谢尔盖要来这些小鸡，自己加以饲养；我模仿他，也养起小鸡来。谢尔盖在长幅纸上用颜料画各种毛色的母鸡和公鸡，我认为他画得非常好。我也照样画，但画得比他差。（我曾希望借助于范法罗诺夫山来改进我的技术。）当窗子装上护窗板后，谢尔盖想出一个用长条黑面包和白面包通过钥匙孔喂鸡的办法，我也照他的样子做。

有关几位哥哥的事我还有许多话要说，要是能把回忆录写下去，哪怕写到我结婚时为止也好。

我将竭力回忆迁往莫斯科前最生动和快乐的事，那时没有悲伤和痛苦。

离雅斯纳雅·波良纳三俄里有个小村叫格鲁曼特（这名字是外祖父取的，他曾任阿尔汉格尔斯克总督，那里有个岛，叫格鲁曼特）。那里有一个牲口棚和一座小房子，都是外祖父为了夏天使用而建造的。也像外祖父建造的所有建筑物那样，很雅致美观，结实牢固，房子还带有放乳制品的地窖。那是一幢木房子，浅色的窗户和护窗板；宽大而结实的门；一张小木沙发；木桌，桌子的抽屉很大；桌子可以折叠像纸口袋一样，四边折向里面，打开时也是推向四边，随着中心轮轴转动，使翻开的四块板荡在四角上，这样就合成一张两平方俄尺的大桌子。

房子在村庄外面,隔着四五户农家,那地方被称为"花园",风景优美,草地沿着盆地蜿蜒到"漏斗"牧场,两边都是树林。在这个"花园"里,峡谷之上有一座小树林,峡谷里有一股汹涌的冰凉泉水。每天从那里把水运到老爷房子里;峡谷前面有一个大池塘,仿佛是峡谷的延伸,池塘很深,流动着很凉的活水,塘里有鲤鱼、冬穴鱼、欧鳊、河鲈,甚至有鲟鱼。是一个幽静的好地方,在这里不仅可以喝牛奶,吃又冷又浓好像酸奶的乳脂和黑面包,还可以看人捕鱼,或者在山上跑上跑下,跑到池塘边,再跑回来,这真是一种莫大的享受。夏季,逢到好天气,我们有时乘马车到这儿兜风。姑妈们、巴申卡和女孩们乘敞篷马车,我们四兄弟同费奥多尔·伊凡诺维奇一起乘有高高圆弹簧和黄色扶手(当时一般马车没有扶手)的轻便马车。

　　午饭时大家谈论天气,制订旅游计划。两时。我们应在四时出发,回来喝茶。一切都准备好了,但备马备得慢了,从西面,从村庄和禁猎区后面飞来一大片乌云。我们大家都很忧虑,费奥多尔·伊凡诺维奇竭力装出严肃镇静的样子,但我们不断催促他拿主意,他也走到阳台上,迎风站着。他脑后的灰发被风吹得飘起来,他燕尾服的后襟也往那个方向吹。他煞有介事地隔着栏杆往外眺望。我们等他作出决定。"这是飞往萨金卡的。"他说,指着最大的一片乌云。"这片云没关系。"他指着另一片从东方飘来的云说。

　　"那么,您看怎么样?"

　　"得等一下。"

　　但见乌云遮住了整个天空。我们都忧心忡忡。原来吩咐备马,现在又派米沙叫他们停下。小雨稀稀拉拉地下起来。我们都大为扫兴。突然谢尔盖跑到阳台上叫道:"天晴了! 费奥多尔·伊凡诺维奇,这儿来。一片蓝天！"

"哪儿？"

"您到这儿来！"

果然，在飘动的乌云之间有一小片蓝天，一会儿缩小，一会儿扩大。瞧，又是一片，又是一片。瞧，太阳出来了。

"姑妈！天晴了！真的，晴了，您瞧，费奥多尔·伊凡诺维奇说的。"

大家去叫费奥多尔·伊凡诺维奇。他迟疑了一下，但还是作了肯定。天空还没稳定，姑妈们也有点儿犹豫不决。塔季雅娜·亚历山德洛夫娜姑妈含笑说："我想这是真的，亚历山德林，不会下雨了。不会下雨了！你们瞧。"

"姑妈，好姑妈，吩咐他们套车吧。求您了，姑妈，好姑妈！"谢尔盖和我叫得最响。女孩们也帮我们要求。于是决定重新备马。奇虹一跃而起，双脚相互碰撞，往马厩跑去。我们在台阶上跺着小脚，先是等马，然后等姑妈们。一辆带幔帐和车套的敞篷马车驶过来。车上套着两匹涅尔琴斯克枣红马，左边那匹是浅枣红色的，膘肥体壮，右边那匹是深红色的，像尼古拉·费里比奇说的那样，干瘦结实。敞篷马车后面是黄色轻便马车，套着一匹高大的枣红马。

姑妈们和女孩们各就各位。我们的座位也早就规定好。费奥多尔·伊凡诺维奇坐在右首驾马，他旁边坐着谢尔盖和尼古拉；轻便马车很深，我们（我和米金卡）坐在他们后面，我们的背分别靠着两侧，脚凑在一起。整条道路经过打谷场走禁猎区：右边是老禁猎区，左边是新禁猎区。走到这路上真是开心。瞧，我们终于来到一座陡峭的山上，山下有一条河和小桥。"扶好把手，孩子们。"费奥多尔·伊凡诺维奇煞有介事地皱起眉头说，分开缰绳。

我们就开始下山,但最后,费奥多尔·伊凡诺维奇纵马跑了三十步光景,我们觉得马车以惊人的速度飞驰下去。我们早就在等待这个时刻,心都揪紧了。我们过了桥,沿河边前进,又是一座桥,然后上山,来到村子里。马车驶进大门,进入花园,来到房子前面。车夫把马拴好。马踩着青草,身上冒出浓烈的汗味,这样的汗味我以后再也没闻到过。车夫们站在树荫下。光和影在他们的脸上,在他们善良、快乐、幸福的脸上流动。女饲养员玛特廖娜穿一身粗布衣服,看到我们很高兴,她说等我们好久了。我不仅相信,而且不能不相信,世界上人人都只做好事,人人都很高兴。玛特廖娜很高兴,姑妈向她打听她女儿的情况,围着费奥多尔·伊凡诺维奇转的几条狗也很高兴,还有母鸡、公鸡、农家孩子也很高兴,马、牛、池塘里的鱼和林中的鸟也都很高兴。玛特廖娜和她的女儿拿来一大块放过盐的黑面包,摆开一桌非常丰盛的筵席,还送来新鲜柔软留有餐巾印的奶渣、像酸奶般的乳脂,还有一罐罐全脂牛奶。

我们又喝又吃,跑到泉边喝水,绕着池塘奔跑,而费奥多尔·伊凡诺维奇正在那里放钓钩。我们在那里待了半小时,在格鲁曼特待了一小时,才从原路回家,还是那么快乐。我记得只有一次我们的快乐被一件意外的事破坏了,因此我们(至少我和米金卡)痛哭了一场。费奥多尔·伊凡诺维奇的贝尔法,一条眼睛美丽、棕色鬈毛柔软的狗,一直在马车前后奔跑。一次,从格鲁曼特花园出来时,几条农家的狗向它扑来。它向马车冲去,费奥多尔·伊凡诺维奇来不及勒住马,车轮滚过它的前爪。我们回到家里,可怜的贝尔法用三条腿跑回来。费奥多尔·伊凡诺维奇同尼古拉·德米特里奇(照管我们的男仆,也是个猎人)检查了它的前爪,断定腿骨折断,狗残废了,不能再打猎。

我听到费奥多尔·伊凡诺维奇跟尼古拉·德米特里奇在楼上小房间里谈话。当听到费奥多尔·伊凡诺维奇用豪爽果断的语气说"它没用了。得把它吊死。反正没救了"时，我简直不相信自己的耳朵。

这狗受了伤，很痛苦，因此得把它吊死。我感到很难过，不该这样做，但费奥多尔·伊凡诺维奇和尼古拉·德米特里奇赞成这个主意，他们的语气十分肯定，我感到很难过，就像库兹玛被带去鞭挞，或者捷梅肖夫讲到他怎样把一个人因为在斋戒期吃荤而送去当兵那样，但长辈和尊敬的人明确作了这样的决定，我也无可奈何。

我不准备一一叙述我快乐的童年往事，因为这是没有底的，还因为尽管它们对我很宝贵很重要，但要把它们叙述得使旁人也感到很重要，我又不会。

我只讲讲小时候体验过几次的一种心情。我想这种心情是重要的，比我后来体验过的许多感情重要得多。它之所以重要，因为这是我第一次体验到爱，不是对某个人的爱，而是广义的爱，是对上帝的爱。这种感情后来我难得体验到，难得是难得，但毕竟体验到了，因此，我想，这是幼年留下的痕迹。这种感情是这样表达的：我们，特别是我跟米金卡和女孩们，坐在椅子底下，尽量相互挤轧。椅子上挂着手帕，用靠垫隔开，我们说我们是蚂蚁兄弟，并且体验到一种特殊的爱。有时这种柔情转变为相互抚摸，互相挤轧。但这种情况是难得的。我们觉得这样不合适，就立刻停止。像我们所说的那样成为蚂蚁兄弟，不仅表示离群索居，同外人隔绝，而且表示彼此相爱。有时我们坐在椅子底下谈论，谁爱谁，为了幸福应该怎么办，我们将怎样生活，怎样爱一切人。

我记得，这是以旅行游戏开始的。我们坐在椅子上，把椅子当马车，有轿车，有篷车。坐篷车的人就由旅客变成蚂蚁兄弟。其余的人也参加进去。这种游戏非常非常开心，我也因为能参加这种游戏而感谢上帝。我们把这种活动称为游戏，其实世界上一切都是游戏，只有它例外。

孩子们在乡下生活时比较大的事有：父亲出门去基烈耶夫村，到远离庄园的猎区去，听人讲打猎的故事，我们孩子听着，就像听什么重大新闻一样。

后来，我的教父亚泽科夫带着他的鬼脸、烟斗和跟班来了。这个跟班在吃饭时总是站在他椅子后面。后来，伊斯列尼耶夫带着孩子们也来了。他的一个女儿后来成了我的岳母。后来，尤施科夫也来了，他总是带来什么古怪的东西：漫画、木偶、玩具。

童年有一件小事给我留下深刻印象：捷梅肖夫同费奥多尔·伊凡诺维奇在我们楼上育儿室里谈话。我不记得他们怎么会谈到守斋。捷梅肖夫，和蔼可亲的捷梅肖夫，竟若无其事地说："我的厨子（或者跟班，我记不得了）居然在斋期吃荤。我就把他送去当兵。"我之所以至今记得，因为当时我觉得这事很奇怪，难以理解。

还有一件事是关于彼洛夫斯克的遗产。由于伊里亚·米特罗方诺维奇的力争，遗产诉讼案赢了。我记得有一队满载东西的大车从聂鲁奇驶来。

伊里亚·米特罗方诺维奇是个高个子白发老人，嗜酒成癖，原是俄洛夫斯克农奴，后来成为了不起的讼师。他主持了这个遗产案，因为这个缘故，他在雅斯纳雅·波良纳一直被供养到死。

至今留下的印象还有：彼得·伊凡诺维奇·托尔斯泰的到来。他是华列里安的父亲,也是我的妹夫。他进客厅总是穿着睡袍,我们当时不明白为什么这样,后来才知道这是因为他患着晚期痨病。另一个印象是他的兄弟,著名的美国人费奥多尔·托尔斯泰的到来。我记得他乘驿马拉的弹簧马车跑来,走进父亲书房,向他要一种特种法式面包干。他不吃别的面包。当时谢尔盖哥哥牙痛得很厉害。他问谢尔盖是怎么一回事,知道情况后他说他能用催眠术止痛。他走进书房随手锁上门。几分钟后他从那里出来,手里拿着两块细麻布手帕。我记得那两块手帕有紫色花边,他把手帕递给姑妈说:包上这一块就会止痛,包上这一块就能睡着。姑妈拿手帕给谢尔盖包上,我记得,果然一切都如他所说的那样有效。

我记得他那刮得精光的青铜色俊脸,浓密的浅色络腮胡子直留到嘴角,还有同样的浅色的鬈发。关于这个与众不同的罪恶而迷人的人,是有许多事可说的。

第三个印象是母亲的堂兄弟骠骑兵伏尔康斯基公爵的来访。他要对我表示亲热,让我坐在他的膝盖上,一边同长辈谈话,一边搂住我。我想脱身,但他把我搂得更紧。就这样搂了两三分钟。

但这种被俘虏、失去自由、强迫接受抚爱的反感是那么强烈,以致我大为恼火,突然拼命挣扎,放声啼哭,非挣脱不可。

迁居莫斯科

这是一八三七年的事。但究竟是秋天还是冬天,我记不得了。

说是冬天，只因为记得有七辆雪橇和一辆专门让祖母乘坐的有阔跨杠的大雪橇，跨杠两边站着跟班，由于跨杠太宽，到了谢尔普霍夫，进不了大门。这一点我多半是凭人家的讲述而记起来。在我的回忆中也有坐马车的印象。也许是我弄错了，我们乘雪橇多半是去喀山。

我们去莫斯科多半乘马车。我记得这一点，因为我有这样的印象——父亲坐在后面的马车里，中途休息时，他让我们坐到他的车上。这是我们的一大乐事，我记得我是坐着父亲的马车进莫斯科的。那天天气很好。我记得，我看到莫斯科的教堂和房屋，真是欣喜若狂，而父亲在向我介绍莫斯科时那种自豪的语气也使我心醉神迷。我还从迹象上记得那是在秋天，道路还没有积雪，在旅途的第一天（我们用了两天驿马；晚上宿了一夜）傍晚，天色已黑，我们听说道路附近发现一只狐狸。父亲的跟班彼得鲁沙随身带着一条灰色猎狗席拉恩，他放它去追狐狸。我们什么也没看见，但十分兴奋，后来知道狐狸逃跑了，我们都大失所望。

一九〇六年

沃土：日记摘录

我又住到莫斯科省我的朋友契尔特科夫家。客居原因同我与他上次在奥廖尔省边境相聚一样。我是一年前来到莫斯科省的。契尔特科夫这人四海为家，除了土拉省之外。这也是我在那儿客居的原因。这样，我就来到莫斯科省各地，以便同他见面。

我照例在七时后出去散步。天气很热。我先是沿着干硬的泥路走，路旁是一排果实即将开裂撒出种子的洋槐；然后经过开始发黄的黑麦地和一丛丛还很新鲜的美丽的矢车菊；再走到几乎全部翻耕过的黑色休闲地；右边有一个穿白桦皮靴的老头儿，套着一匹瘦小的驽马在用木犁犁地，只听见他怒气冲冲地怪声吆喝着："出来！"接着又吆喝道："呜！魔鬼！"接着又是："出来……魔鬼！"我想跟他聊聊，但当我走到他的犁沟旁时，他已在那块耕地的另一头了。我继续向前走。前面是另一个耕地人。等他走近大路，我准会同他碰头的。"要是能走在一起，我要同他聊聊。"我想。果然我们在大路旁相遇了。这人耕地用的是一匹强壮的红棕马。这个身材匀称的小伙子穿着漂亮，脚蹬靴子，和蔼地回答着我的问题："上帝保佑。"

犁困难地在坚硬的大路上移动，穿过大路停下。

"怎么样，比木犁好使吗？"

"当然，好使多了。"

"用了好久了？"

"没多久，被人家偷掉过。"

"怎么会，结果找到了？"

"找到了，是本村人偷的。"

"那么，去法院告了吗？"

"不告又怎样？"

"既然犁找到了，何必再告呢？"

"他毕竟是个小偷。"

"能拿小偷怎么样，他蹲蹲监狱，会偷得更凶的。"

他聚精会神地瞧着我，对我这个新想法不知是同意好，还是反对好。

他生着一张容光焕发、健康聪明的脸，浅色的胡子刚从下巴和嘴唇上长出来，一双灰色眼睛显出他的聪明灵巧。他掉转马头想往回走，但把犁放下，显然想休息休息，同我聊聊。我抓住犁柄，策动汗沫淋漓的肥壮高大的母马。母马戴上轭，走了几步。但我按不住犁，犁跳动起来，我就勒住马。

"不行，您不会犁。"

"只会破坏你的犁沟。"

"没关系，我会把它整理好的。"

他猛地勒住马，想把我漏耕的地方补上，但他没犁地。

"太阳下很热，我们到树荫下去坐一会儿。"他说，指指耕地尽头的小树林。

我们来到小白桦树荫下。他坐在地上，我站在他前面。

"哪个村子的？"

"波特文印村。"

"远吗?"

"喏,就在那座小山上。"他指给我看。

"那你怎么到离家这么远的地方来耕地?"

"这又不是我的地,是这儿一个庄稼人的地,我是被他雇用的。"

"怎么雇法,雇一个夏天吗?"

"不,光来耕地:耕一遍,再耕一遍,一切都照规矩办。"

"怎么,他的地很多吗?"

"播二十俄斗种子。"

"噢,这马是你的吗? 是匹好马。"

"是啊,马不错。"他略带自豪地说。

这匹马的模样、身材和膘情确实很好,这在农民家里是难得看到的。

"你准是住在下房,做马车夫,是吗?"

"不,在家,自己独个当家。"

"这么年轻?"

"是啊,我七岁丧了爹,哥哥住在莫斯科,在厂里干活。先是姐姐帮助,她也在厂里干活,我从十四岁起就独自过,什么都靠自己,干活,挣钱。"他说,微微露出自豪的神气。

"结过婚吗?"

"没有。"

"那么谁替你操持家务啊?"

"不是有牧师太太吗?"

"有母牛吗?"

"有两头母牛。"

沃土:日记摘录 | 441

"原来如此！你到底几岁？"我问。

"十八岁。"他回答，微微一笑，知道我感兴趣的是他这样年纪轻轻，居然能安排得这样好。这显然使他高兴。

"还真年轻，"我说，"那么，也得去当兵吗？"

"可不，首当其冲。"他若无其事地说，就像人们谈到老，谈到死，谈到一切无可避免的事那样。

我们的谈话，就像我当时跟农民谈话那样，涉及土地问题。他讲到自己的生活，说土地很少，要是不去当雇工或者赶马，就连饭都没有吃。但他讲得津津有味，扬扬自得。他又重复说，他从十四岁起就自己过，一直自己挣钱。

"那么，你喝酒吗？"

他显然不太愿意说他喝酒，但又不愿撒谎。

"喝的。"他耸耸肩膀轻声说。

"那么你识字吗？"

"识的。"

"难道你没读过有关酒的书吗？"

"是的，没读过。"

"我说，最好还是完全不喝。"

"当然，喝酒没什么好处。"

"那就戒了吧。"

他不作声，显然很懂事，正在思考。

"这是办得到的，"我说，"戒了多好。你瞧，我前天去了伊文诺，马车刚走过一户人家，主人就向我问好，还用尊称称呼我。原来十二年前我同他见过面。他叫古津，你认识吗？"

"当然认识。就是谢尔盖·基莫斐伊奇。"

我对他说,十二年前我曾同这位古津组织戒酒协会,古津原来也喝酒,但从那时起他就完全戒了。

"现在古津对我说,改掉这个恶习只有开心,"我说,"他现在日子过得挺好。有了房子,开了店。要是不戒酒,情况也许就完全不同了。"

"对,这话有理。"

"那你也这么办吧。你是个好小子,为什么还要喝酒,既然你自己也说喝酒没什么好处。你也戒了吧,那该多好。"

他不作声,睁大眼睛瞧着我。我准备走,向他伸出手去。

"对,戒掉吧,就从现在开始。这样就好了。"

他用他那只强健的手握住我的手,显然他是用握手来表示他的承诺。

"好吧,行。"他突然快乐而果断地说。

"你答应啦?"我惊奇地问。

"要不又怎样?我答应。"他说,点点头,微微一笑。

从他平静的声音和严肃认真的脸色可以看出,他不是说着玩的,他真的答应了,真的愿意实行他的诺言。

不知是由于衰老,还是由于疾病,或者两者兼而有之,我忍不住流泪,这是感动的泪,喜悦的泪。这个可爱的坚强的人,这么孤独,又这么从善如流,他那朴素的话深深地感动了我,以致我离开他时激动得说不出话来。

我稍稍定下神来,走了几步,回头对他说(这以前我问过他的名字):"注意了,亚历山大:'不答应,要克制;答应了,要做到。'"

"那当然，说得对。"

我离开他时，感到少有的快乐。

我忘记说了，我同他谈话时还答应给他反酗酒的传单和小册子。这种反酗酒的传单贴在邻村一户人家的外墙上，但被一个警察撕掉了。他道了谢，说以后要来吃饭。饭他没来吃，说来罪过，我还以为我们的全部谈话对他并不像我所想的那么重要，他也不需要书。总之，我把他所没有的想法硬加在他头上。傍晚他来了，由于干活和走路而浑身大汗。他在黄昏前干完活，回到家里，卸下犁，收拾好马，高高兴兴走了四俄里跟到我家来取书。我同客人们坐在豪华的凉台上，前面是一片花坛，周围是鲜花盛开的小土岗。总的来说，处身在这种奢侈的环境里，同劳苦民众交往，你总会感到羞愧的。

我出去迎接他，一开头就问他：是不是改变了想法？想不想信守诺言？他仍带着那种善良的微笑说："当然，我对牧师太太也说了。她很高兴，谢谢您啦。"

我看见他耳朵后面夹着一张纸。

"你抽烟吗？"

"抽。"他说，显然以为我会劝他把烟也戒了。但我没这样做。他沉默了一会儿，接着出于一种奇怪的思路——我想这思路是由于他看到我同情他的生活，想告诉我秋天等待着他的一件大事——他对我说："我没告诉您吧，已经有人来向我提亲，"他微微一笑，用询问的神情瞧着我的眼睛，"秋天成亲。"

"原来如此！这是件好事。哪儿找来的？"

他把经过说了说。

"有嫁妆吗？"

"什么嫁妆也没有。可姑娘很好。"

我每次遇到现代的好青年，总提出一个我很关心的问题。

"那么，"我说，"请你原谅我这么问你，但请你说实话，你或者不回答我，或者把全部真相都告诉我。"

他镇定沉着而全神贯注地瞧着我。

"为什么不说。"

"你跟女人犯过罪吗？"

他毫不犹豫坦率地回答："上帝保佑，没这样的事。"

"那么，很好，"我说，"我为你高兴。"

如今再也没什么可说的了。

"那么好，我这就去给您拿书，上帝保佑您。"

我们就分手了。

是啊，这是一片多么适宜播种的奇妙的土地，多么善于吸收啊。而向它播下谎言、强暴、酗酒和淫乱的种子又是多么可怕的罪孽。是啊，多么奇妙的土地不再休闲，等待着种子，长满了杂草。我们呢，我们不断从人民中获取大量东西，可是我们又从获取物中拿出些什么给人民呢——我们向他们提供什么呢？飞机场、无畏舰、三十层大楼、留声机、电影和所有那些我们称作科学和艺术的废物。主要是那种空虚的、不道德的犯罪生活的坏样子。如果我们从人民中取得一切而给予它的只是一些无用的愚蠢的坏样子，那还算不错。可是，我们却没偿付哪怕部分对它无法偿付的责任，还常常向这片渴望真正知识的土地播下"荆棘和蒺藜"，用狡猾的故意的欺骗来迷惑这些像孩子一般纯洁、善良、开朗、可爱的人。

是的,"这世界有祸了,因为将人绊倒。绊倒人的事是免不了的,但那绊倒人的有祸了。"①

始于一九一〇年六月二十一日,密歇尔斯科耶村,
终于一九一〇年七月九日,雅斯纳亚·波良纳

---

① 引自《马太福音》第十八章第七节。

КОНЕЦЪ.

草婴

（1923-2015）

原名盛峻峰，俄语文学翻译家。

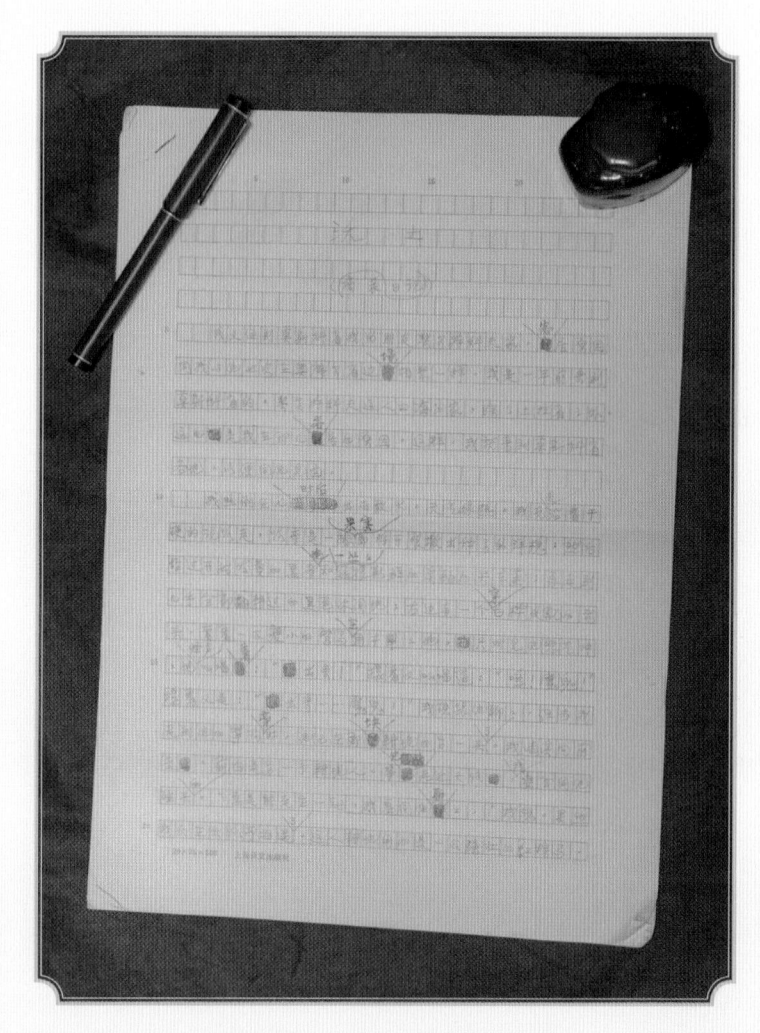

草婴翻译《沃土：日记摘录》手稿